CARINA BERGFELDT

Die Vatermörderin

GOLDMANN
Lesen erleben

Buch

Eine anonyme Frau plant, die Person zu töten, die ihr das Leben zur Hölle gemacht hat: ihren eigenen Vater. Für den perfekten Mord inspirieren lässt sie sich von den Büchern Stieg Larssons oder der TV-Serie *Dexter*. Ihre Überlegungen notiert sie in einem eigens dafür angeschafften Notizbuch, das im Gegensatz zu seinem makabren Inhalt mit farbenfrohen Cupcakes verziert ist. Und um den Fokus nicht zu verlieren, hat sie ein DIN-A3-Blatt an ihren Kühlschrank geklebt. Darauf nur ein Wort: »Vatermord«.

Während der Vatermord geplant wird, findet man im eisigen Simsjön-See nahe des schwedischen Skövde eine gefrorene Frauenleiche – zweifellos ein Mordfall. Die Kommissarin Anna Eiler übernimmt den Fall, während die beiden Reporterinnen Julia Almliden und Ing-Marie Andersson ihre eigenen Ermittlungen durchführen. Jede der drei Frauen hat ihre Gründe, den Mordfall lösen zu wollen, schließlich leben sie in einer Kleinstadt, in der auf die eine oder andere Weise jeder mit jedem verbunden ist – Beziehungen, die in diesem Winter auf die Probe gestellt werden. Sie alle tragen ihre Geheimnisse mit sich herum. Doch eine von ihnen hat das dunkelste Geheimnis von allen …

Autorin

Carina Bergfeldt, 1980 geboren und in Götene, Skaraborg, aufgewachsen, ist Journalistin beim schwedischen *Aftonbladet*. Für ihre Reportage über das Massaker von Utöya erhielt sie 2012 den Swedish Grand Journalism Prize. »Die Vatermörderin« ist ihr erster Roman.

Carina Bergfeldt

Die Vatermörderin

Psychothriller

Aus dem Schwedischen
von Dagmar Lendt

GOLDMANN

Die Originalausgabe erschien 2012
unter dem Titel »Fadersmord«
bei Frank förlag, Stockholm.

Dieses Buch ist auch als E-Book erhältlich.

MIX
Papier aus verantwortungsvollen Quellen
FSC® C014496

Verlagsgruppe Random House FSC® N001967
Das FSC®-zertifizierte Papier *München Super* für dieses Buch
liefert Arctic Paper Mochenwangen GmbH.

1. Auflage
Taschenbuchausgabe Juli 2014

Umschlaggestaltung: UNO Werbeagentur München
Umschlagmotiv: whatapicture/plainpicture; FinePic®, München
Redaktion: Annika Krummacher
AG · Herstellung: Str.
Satz: omnisatz GmbH, Berlin
Druck und Bindung: GGP Media GmbH, Pößneck
Printed in Germany
ISBN 978-3-442-48074-6
www.goldmann-verlag.de

Für Per

Das Jüngste Gericht

Da liegt er endlich zu ihren Füßen. Gefesselt mit acht Rollen Plastikfolie, auf der blauen Campingliege, die sie für vierhundertneunundneunzig Kronen bei Ikea gekauft hat.

Sie betrachtet die dicken Schichten aus durchsichtigem Plastik, die um seine Stirn gewickelt sind.

Um seinen nackten Körper.

Den Brustkorb.

Die Arme.

Den Bauch.

Die Knie und die Fußknöchel.

Sie ist sich ziemlich sicher, dass er sich nicht wird rühren können, wenn er wieder zu sich kommt.

Sie lauscht auf seinen Atem, während er tief betäubt daliegt. Nichtsahnend, in was für einer furchtbar unbequemen Lage sich sein gefesselter nackter Körper befindet. Bewusstlos, noch. Schon bald wird er merken, was los ist. Bald wird er begreifen.

Sie schließt die Augen und zählt in Gedanken die Tage rückwärts, bis sie am ersten Januar angekommen ist.

Wie sie auf den heutigen Tag gewartet hat!

Achtundsiebzig Tage. Oder ihr ganzes Leben lang, je nachdem, wie man rechnet.

Sie will ihn nicht wecken. Noch nicht.

Sie hat keine Eile.

Nichts von dem, was in den nächsten Stunden passieren wird, soll unter Zeitdruck geschehen.

Ihn zu töten soll so lange dauern, wie es nötig ist.

1

Zwei Monate und siebzehn Tage früher
Samstag, den 2. Januar 2010

Geheimnisse. Sie sind genauso wichtig wie der Mensch, dem man sie am liebsten anvertrauen möchte.

Das Erste, was ich an dem Morgen, an dem sich alles änderte, am liebsten getan hätte, war, mich zu ihm umzudrehen und es ihm zu erzählen. Es zu sagen. Alles zu sagen. Nichts zu verschweigen. Es gab niemanden, mit dem ich das Geheimnis lieber geteilt hätte als mit ihm.

Aber ich tat es nicht.

Das Geheimnis sollte das bleiben, was es war: ein Geheimnis. Etwas, was von da an für alle Ewigkeit zwischen uns stehen würde. Was sich zwischen uns drängen und einen kleinen Riss in unserer Beziehung verursachen würde, durch den Leere eindringen und sich festsetzen konnte.

Ich hatte keine Wahl.

Ich stand auf, zog mich an, ging zur Arbeit.

Und wusste, dass nichts mehr so sein würde wie bisher.

2

Samstag, den 2. Januar 2010

Das Außenthermometer zeigte sechzehn Grad unter null. Es hatte geschneit. Der erste Schnee des neuen Jahres. Julia Almliden musste sich anstrengen, um die Gradzahl abzulesen, denn das Fenster, das auf den öden Parkplatz an der Mörkegatan in Skövde hinausging, war von Raureif bedeckt.

Sie legte einen Finger an die Scheibe, um zu prüfen, ob die glitzernden kleinen Kristalle innen oder außen auf der Scheibe saßen.

Sie schmolzen nicht unter ihrem Finger. Also außen. Julia stöhnte genervt. Es war so kalt, dass das Eis ebenso gut auf der Innenseite hätte sein können.

Die Verwaltung des Verlagshauses sparte an allen Ecken und Enden: bei Stiften, Blöcken, bei der Überstundenbezahlung und den Heizkosten. In diesem Winter war das besonders auffällig. Die Temperatur in der Redaktion stieg nie über achtzehn Grad. Es war unmöglich, einen vernünftigen Artikel zu schreiben. Sie hatte schon zum dritten Mal kurz die Tastatur bedienen müssen, um zu verhindern, dass der Bildschirmschoner ansprang. Es sollte wenigstens so aussehen, als ob sie arbeitete.

Sie seufzte. Setzte sich hin. Versuchte es wieder.

Die Reste des Weihnachtsessens stinken. Aber Familie Johansson bleibt nichts anderes übrig, als sich an den widerlichen Gestank zu gewöhnen, der ihnen jedes Mal entgegenschlägt, wenn sie die Tür öffnen. Die Müllabfuhr weigert sich, zum Haus des Ehepaars zu fahren, aus Angst vor den Wölfen, die durch den Wald streifen.

»Das kann doch wohl nicht so schwer sein?«, murrte sie, während sie die drei Sätze markierte und löschte.

Sie drehte sich um und sah verstohlen zu ihrer Kollegin Ing-Marie Andersson hinüber. Die saß da wie immer. Mit der rechten Hand hielt sie die Strickjacke über der Brust zusammen, mit der linken steuerte sie die Computermaus, offenbar surfte sie im Internet. Ing-Marie war knapp vierzig, wirkte aber drei, vier Jahre älter. Sie sah gewöhnlich aus. Krauses rotblondes Haar, das sie als kinnlangen Pagenkopf trug. Helle Haut und Sommersprossen im meist ungeschminkten Gesicht. Der magere Körper der Polizeireporterin verschwand für gewöhnlich unter dicken Strickjacken in unauffälligen, neutralen Farben. Meistens braun.

Wobei Polizeireporterin eine beschönigende Umschreibung war, dachte Julia. Abgesehen von ein paar Schlägereien unter Besoffenen, dem einen oder anderen Raubüberfall im Stadtteil Ryd und den ganzen Anzeigen wegen häuslicher Gewalt passierte nicht viel in Skövde, aber neben der generellen Aufgabe, Bescheid zu wissen, was in der Gegend passierte, gehörte es zu Ing-Maries Tätigkeiten, täglich bei der Polizei anzurufen. Sie nahm diese Aufgabe sehr ernst und zog sie all ihren anderen vor.

Julia musste immer ein wenig spöttisch lächeln, wenn Ing-Marie sich am Telefon mal wieder nicht als Reporterin für Bezirksnachrichten meldete, die sie laut Arbeitsvertrag war, sondern als Polizeireporterin. Ing-Marie hatte gegen den Willen des Chefs sogar Visitenkarten mit dieser Berufsbezeichnung drucken lassen, allerdings auf eigene Kosten. Sie lagen in einer kleinen weißen Schachtel auf ihrem Schreibtisch, neben denen, die *Västgöta-Nytt* bezahlt hatte.

Hin und wieder zog Ing-Marie eine der selbstgekauften Karten heraus und strich mit dem Finger darüber. Im Moment schien sie allerdings in etwas anderes vertieft zu sein. Julia war sich ziemlich sicher, dass sie – wenn sie sich vorbeugte und auf den Bildschirm der Kollegin schielte – das Logo von *CSI* sehen würde. Ing-Marie war ein großer Fan aller drei Fernsehserien und beklagte sich oft darüber, dass es in Skövde keine Verbrechen vom Kaliber der Morde in New York, Miami oder Las Vegas gab. Normalerweise war sie sehr zurückhaltend, aber wenn sie auf den morgendlichen Redaktionskonferenzen einmal den Mund aufmachte, dann meistens, um zu berichten, was am Vorabend um einundzwanzig Uhr auf Kanal 5 los gewesen war. Da ging es um Leute, die von Alligatoren gefressen wurden, um mit Blausäure präparierte Glücksspielautomaten oder Taxifahrer in gelben Autos mit Leichen im Kofferraum.

Julia dachte, wie enttäuscht ihre Kollegin sein musste, dass Skövde nicht mit einem Horatio Caine, Mac Taylor oder Gil Grissom aufwarten konnte. Sie hatte keine Ahnung, ob Ing-Marie sich mit irgendwelchen Männern traf, denn die Polizeireporterin gab nie etwas über ihr Privatleben preis, aber Julia konnte es sich nicht recht vorstellen. Jedenfalls hatte Ing-Marie keine Kinder und war nie verheiratet gewesen, das hatte Julia, in einem Anfall von Neugier, anhand des Einwohnermelderegisters herausgefunden. Offenbar lebte Ing-Marie für den Traum, einen großen Mordfall zu lösen, und glaubte, wenn es erst mal so weit wäre, würde alles andere schon von selbst kommen.

Julia zwang sich, den Blick von Ing-Marie abzuwenden, und konzentrierte sich wieder auf ihren Artikel und den Vorspann, der sich nicht schreiben lassen wollte. Eigentlich hatte sie gar keine Zeit, ihren Gedanken nachzuhängen.

Sie gab sich selbst eine Ohrfeige, und während sie spürte, wie ihre Haut brannte, machte sie sich wieder an die Arbeit.

Der Weihnachtsschinken ist verschimmelt. Der Neujahrshummer ein stinkendes Skelett. »Hoffen wir, dass sie sich nicht bis Mittsommer Zeit lassen«, sagt ein resignierter Herman Johansson. Seit zwei Wochen boykottiert die Müllabfuhr das Haus seiner Familie.

Julia lächelte. So sollte es funktionieren.

3

Ing-Marie Andersson hasste das Schmatzen ihrer Kollegin.

Sie schloss die Augen, massierte sich kräftig die Schläfen und ärgerte sich, dass sie kurz vor Weihnachten die gelben Ohrstöpsel weggeworfen hatte, die bis dahin immer in der obersten Schreibtischschublade gelegen hatten.

Ing-Marie hielt sich eigentlich nicht für eine schnell reizbare Person, aber die Unterhaltungsredakteurin Lottie Strömberg ging ihr einfach auf die Nerven.

Die pummelige Kollegin hatte zwei Eigenschaften, die Ing-Marie auf die Palme brachten:

Sie war faul, und sie tratschte.

Und dann dieses widerliche Schmatzen, das dem Ganzen die Krone aufsetzte.

Ing-Marie wusste, wenn sie zur Unterhaltungsredakteurin hinübersah, würde der Bildschirmschoner laufen, mit Nacktfotos von Lotties ebenso unmöglichem Freund Stephan … oder so ähnlich. Ing-Marie konnte sich seinen Namen einfach nicht merken. Lottie würde mit offenem Mund Kaugummi kauen, während ihre Finger an ihrem neuen iPhone herumspielten.

All das wusste Ing-Marie.

Und all das waren Dinge, die sie provozierten.

Deshalb wandte sie den Blick nicht nach rechts, sondern nach links. Julia Almliden, Reporterin für Vermischtes, starrte gedankenverloren auf ihren Bildschirm. Ing-Marie musterte die zehn Jahre jüngere Kollegin. Julia hatte ihr blondes Haar heute zu einem Knoten zusammengefasst. Immer trug sie es entweder nachlässig hochgesteckt oder zu einem strammen Knoten gebunden. Ing-Marie fragte sich, wie lang die Haare wohl waren, wenn Julia sie offen trug.

Aber das würde Julia nie tun. Das war zu weiblich. Das passte nicht zu ihrer jungenhaften »Jeans, T-Shirt – und gut ist«-Attitüde. Julia lächelte oft und machte einen freundlichen Eindruck, es kam aber selten zu tieferen Gesprächen.

Ing-Marie gefiel es, dass ihre Kollegin so reserviert war. In den vier Jahren, seit Julia Almliden als Reporterin bei *Väst-göta-Nytt* angefangen hatte, waren sie kein einziges Mal zusammen essen gewesen, außer bei den gemeinsamen Weihnachts- und Osterfeiern, die der Verlag ihnen aufzwang. Das kam ihr sehr entgegen. Der Umgang mit Kollegen war eine Unsitte, die sie nach Möglichkeit mied, aus mehreren Gründen. Vor allem aus dem einen Grund, der inzwischen ständig ihre Gedanken beschäftigte.

Sie ließ den Blick durch die schäbigen Räume wandern, in denen die Zeitung nicht erst untergebracht war, seit sie vor zweiundzwanzig Jahren hier angefangen hatte, sondern auch schon siebenundvierzig Jahre davor. Das Haus in der Mörkegatan war in vielerlei Hinsicht ein Spiegelbild der Redaktion, die es beherbergte. Außen ziemlich verwahrlost und innen wenig Substanz.

Ing-Marie wehrte sich gegen den Gedanken, dass sie möglicherweise Mitschuld daran trug, denn sie fand, es sei Aufgabe der Geschäftsführung, für eine Veränderung zu sorgen. Ihr Blick verharrte beim Nachrichtenchef Sven Lindgren, der in Personalunion auch Chefredakteur war. Er saß schräg hinter Julia und blätterte die aktuelle Ausgabe der Zeitung durch, während er laut telefonierte. Seinem einschmeichelnden Tonfall nach zu urteilen war am anderen Ende eine der prominenteren Persönlichkeiten der Stadt. Ing-Marie wünschte sich,

Sven Lindgren würde sich ebenso sehr um das Image der Zeitung kümmern wie um sein eigenes. Sein dichtes und unnatürlich dunkles Haar war akkurat geschnitten. Er trug immer Jeans, ein Jackett und dazu ein kariertes Hemd einer etwas besseren Marke. Stur ließ er den obersten Kragenknopf offen, sodass ein wenig schwarzes Brusthaar herausschaute. Ing-Marie fragte sich, ob er einen Peniskomplex hatte und das schwarze Haar ihm das Gefühl gab, männlicher zu sein. Sie selbst fand, dass er eher aussah wie ein haariger Affe.

Sven Lindgren war drei Jahre zuvor vom Eigentümer der *Västgöta-Nytt* auf den Posten des Chefredakteurs nach Skövde gelockt worden. Davor war er stellvertretender Nachrichtenchef im Spätdienst bei der *Göteborgs-Tidningen* gewesen. Dass er, zumindest auf dem Papier, Chef einer Zeitung werden sollte, schien ihn gereizt zu haben. Doch seit seinem Antritt hatte Sven Lindgren nicht eine einzige gute Idee gehabt, und immer mehr Abonnenten kehrten der Zeitung den Rücken und lasen stattdessen das Konkurrenzblatt *Skövde Nyheter*. Das schien den Zweiundvierzigjährigen nicht sonderlich zu beunruhigen. Solange sein Haar kräftig und dicht war, seine Frau repräsentativ und er in seiner Eigenschaft als »wichtige Persönlichkeit« zu allen offiziellen Gesellschaften und Empfängen der Stadt eingeladen wurde, war Sven Lindgren mit dem Leben zufrieden.

Hinter dem Platz des Chefredakteurs stand Håckes Schreibtisch. Keiner da. Natürlich.

Normalerweise hätte Ing-Marie sich über die mangelnde Arbeitsmoral der Kollegen geärgert, aber heute war sie ausnahmsweise dankbar, dass alle weit weg von der Redaktion in Skövde waren – wenigstens in Gedanken.

Sie sollte es lieber nicht tun.

Sie wusste es eigentlich besser.

Aber sie konnte nicht widerstehen. Das Gefühl war so neu.

So stark. Und alle anderen waren mit ihrem eigenen Kram beschäftigt.

Deshalb riskierte Ing-Marie es schließlich, ein neues Browserfenster auf ihrem Rechner zu öffnen, um auf eine Seite zu gehen, von der sie auf gar keinen Fall wollte, dass ihre Arbeitskollegen sie sahen.

4

Sechshundert Meter von der Zeitungsredaktion entfernt, aber mit den Gedanken tief in der Vergangenheit, saß Polizeiassistentin Anna Eiler vor ihrem Rechner. Sie hatte die Bürotür geschlossen. Sie wollte allein sein.

Bilder von Hass und Tod und Trauer und Ohnmacht. Sie hatte so wenig Zeit. All diese Opfer, die so lange auf Vergeltung gewartet hatten. Sie wollte ihnen ihre volle Aufmerksamkeit widmen.

Wollte ihnen Gerechtigkeit verschaffen. Jetzt.

Aber es fiel ihr schwer, sich zu konzentrieren.

Er beanspruchte wie üblich alle ihre Gedanken.

5

Es war so weit. Es war an der Zeit, sich seinen Tod nicht nur auszumalen, sondern mit der Planung zu beginnen.

Ich schluckte, wusste kaum, wo ich anfangen sollte. Öffnete ein neues Fenster auf dem Rechner, rief Google auf und schrieb das Wort »Profikiller« ins Suchfeld. Mein Zeigefinger zitterte, als ich die Enter-Taste drückte.

Achtzehntausenddreihundert Treffer.

Ich scrollte sie durch, ein einziges Durcheinander. Eine etymologische Erklärung des Wortes, Rezensionen des Films *Der Schakal* und ein Artikel im *Expressen*, dass Exboxweltmeister Mike Tyson einst von Eifersucht zerfressen einen Profikiller angeheuert habe, um Brad Pitt zu töten.

Seufz.

Was hatte ich erwartet? Dass ein Link zum perfekten Mord auftauchen würde? Vielleicht ja, wenn ich ehrlich sein soll.

Ich klickte mich zum Forum des Onlinemagazins *Flashback* durch und fand in mehreren Beiträgen die Angabe, dass es um die hunderttausend Kronen koste, jemanden anzuheuern, der einen Menschen umbrachte. Jedenfalls in Malmö. Ich fragte mich, wie hoch wohl der Satz für Skövde war und ob ich auf der Seite eine Bitte um Hilfestellung posten solle. Ich schüttelte den Kopf, schloss die Seite, leerte den Browserverlauf und stellte fest, dass sich der Misserfolg wie ein böses Virus in mir ausbreitete. Sich Unterstützung im Internet zu suchen war eine außerordentlich blöde Idee gewesen.

Ich wusste es doch besser. Und ich traute niemandem. Wie

sollte ich also den wichtigsten Job, vor dem ich jemals gestanden hatte, einer fremden Person überlassen können?

Diese Sache musste ich selbst erledigen.

Aber nicht jetzt.

Den Rest des Tages krochen die Stunden förmlich dahin. Erst als ich nach Hause gekommen war, erlaubte ich mir, wieder darüber nachzudenken. Über ihn.

Ich ging geradewegs zur Kaffeemaschine und füllte Kaffeepulver und Wasser für drei Tassen ein. Dann stellte ich mich hin und wartete, bis genug durchgelaufen war, um meinen schwarzen Lieblingsbecher zu füllen, bevor ich mich auf mein weißes Sofa setzte. Ich kuschelte mich in meine Lieblingsecke, schaltete die Weihnachtsbaumbeleuchtung an und merkte, wie sich ein Gefühl der Ruhe in mir ausbreitete. Ich schloss die Augen und genoss es. Ruhe konnte ich gut brauchen.

Einige Minuten saß ich mit geschlossenen Augen da, dann griff ich nach der schwarzen Ledertasche und holte mein neues Notizbuch heraus.

Es war im DIN-A5-Format und liniiert. Der vordere Deckel aus durchsichtigem Hartplastik war übersät mit amerikanischen Muffins in verschiedenen Formen. Ich fuhr mit dem Finger darüber und zählte sie. Sieben Reihen von je fünf. Fünfunddreißig Muffins. Oder Cupcakes, wie diese Gebäckstücke neuerdings hießen, wenn sie dekoriert waren.

Sie sahen lecker aus: ein brauner Schokomuffin, der mit Silberperlen übersät war, ein Muffin mit weißer Glasur und einer niedlichen rosafarbenen Zuckerrose – und ein babyblauer Muffin, der über und über mit bunten Streuseln bedeckt war.

Ich mochte das Notizbuch. Nach der Arbeit war ich extra in der Buchhandlung gewesen, wo ich es für neunundfünfzig Kronen gekauft hatte. Es war vielleicht ein bisschen albern, aber ich wollte keinen Standardblock benutzen.

Ich wollte etwas Hübscheres.

Etwas, das meine Laune hob.

Ich wollte ein Notizbuch, das trotz des geplanten Inhalts fröhlich aussah.

Ich schlug die erste Seite auf. Schrieb »Papa« und zog einen Strich darunter.

Der erste Punkt war einfach. Den hatte ich am Tag zuvor um 15.51 Uhr beschlossen.

1. Vater töten.

Und weiter?

Mein Gehirn fühlte sich leer an.

Ich öffnete meinen Laptop, schrieb das Wort »Tod« ins Textfeld der Suchmaschine und klickte den ersten Link an, der auftauchte, die Homepage von *Medizin und Praxis.* Ich las:

Definition: Das Schwedische Gesetzbuch definiert seit 1987 den Begriff Tod als Zustand, in dem die Hirnfunktionen vollkommen und unwiderruflich erloschen sind. Daher bedeutet der Hirntod zugleich den Tod des Menschen. Die Diagnostizierung des Hirntods erfolgt in der Regel indirekt durch die Feststellung, dass Herzschlag und Atmung aufgehört haben.

Feststellung des Todes:

Fehlen von tastbarem Puls in A. carotis, A. radialis, A. femoralis.

Fehlen von Herzgeräuschen bei Auskultation.

Fehlen von Lungengeräuschen bei Auskultation.

Fehlen von thorakalen Bewegungen.

Ausbleibender Pupillenreflex.

Kornea bleich, matt, grau.

Sonnenklar. Oder auch nicht. Ich klappte den Laptop wieder zu, zwirbelte eine Haarsträhne zwischen den Fingern, während ich am Stift kaute, und überlegte einen Moment, bevor ich mit Punkt zwei in meinem Muffinsbuch fortfuhr.

2. Unentdeckt bleiben.

Ich starrte ins Notizbuch und schluckte. Ich konnte meine Atmung kaum mehr kontrollieren und meinte mein Herz pochen zu hören.

Es waren keine schnellen Schläge, die aus meinem Körper drangen.

Das war ein Expresszug.

Ein Formel-1-Rennwagen.

Mein Herz durchbrach gerade die Schallmauer.

»Reiß dich zusammen. Du schaffst das«, sagte ich laut.

Ich schloss die Augen und wartete, bis mein Atem sich vom emotionalen Marathonlauf erholt hatte, ehe ich weiterschrieb.

3. Dafür sorgen, dass kein Unschuldiger für den Mord ins Gefängnis kommt.
4. Dafür sorgen, dass es ein qualvoller Tod wird.

Ich fühlte mich schmutzig.

Ich betrachtete die Worte, die ich gerade geschrieben hatte, und auf einmal verstand ich, wie viel Hass ich in mir tragen musste, Hass, den ich mir nie erlaubt hatte.

Und zum ersten Mal in meinem Leben ließ ich diesem Gefühl freien Lauf.

Ich weinte unaufhörlich, während meine Gedanken vor und zurück durch die Zeit schossen. Zu Räumen, in denen ich nicht sein wollte, zu Orten, die ich nicht besuchen wollte. Bis ich schließlich einschlief, völlig erschlagen, zusammengerollt auf dem weißen Sofa, die Wangen streifig von getrockneten Tränen. In der Hand hielt ich den Stift umklammert, neben mir lag das Notizbuch, und mein Kopf war voll von Gedanken an Papa.

6

Sonntag, den 3. Januar 2010

Der Anruf kam um 07.34 Uhr.

Als das wütende Klingeln des Handys sie weckte, wusste sie zuerst nicht, wo sie war. Jedenfalls nicht in ihrem Bett.

Anna Eiler rappelte sich vom Sofa auf, um das Telefon zu erreichen. Ihr ungeschickter Arm stieß das halb volle Glas um, und das Wasser ergoss sich über den Holztisch. Sie fluchte, aber als sie auf dem Display sah, wer der Anrufer war, wusste sie, dass ihr keine Zeit blieb, einen Lappen zu holen.

Anna räusperte sich, um nicht verschlafen zu klingen, und nahm das Gespräch an. Sie lauschte der kurzen Anweisung, während sie ihre Kleidungsstücke aufsammelte, die verstreut auf dem Fußboden lagen, und Kurs auf die Wohnungstür nahm.

Zu Hause bei Julia Almliden klingelte das Telefon exakt acht Minuten später. Sie fuhr hoch und griff nach dem Störenfried.

»Hallo?«

»Morgen, Schätzchen!«

Julia hätte die Stimme von Janne »Blaulicht« Persson unter einer Million anderer herausgehört, da war sie sich sicher. Der freie Fotograf hatte die nasalste Stimme, die sie je gehört hatte. Er klang wie ein übellauniges altes Weib – nur mit Männerstimme – und sprach außerdem einen extremen Västgötadialekt. Eine unglaubliche Kombination, dachte sie und rieb sich den Schlaf aus den Augen, ehe sie aufseufzte und antwortete: »Hör mal, Blaulicht. Heute ist Sonntag, und ich habe frei. Ruf Ing-Marie an.«

»Aber die nervt so schrecklich. Sie tut immer so, als wäre sie bei der Polizei. ›Schieß mal ein Foto davon. Und? Hast du es im Kasten?‹ Ich verbringe den Sonntagmorgen lieber mit dir.«

Julia stöhnte laut.

»Okay. Was willst du?«

»Ich stehe am Simsjön und gucke mir an, wie Karlkvists Männer eine Leiche aus dem Wasser bergen. Oder besser gesagt, aus dem Eis. Das dauert, weil die Leiche festgefroren ist. Wenn du dich beeilst, bist du hier, bevor sie sie freigesägt haben.«

»Bin in zehn Minuten am See«, sagte sie und legte auf.

Erst vierzig Minuten später, als Anna und Julia bereits am Simsjön standen, klingelte ein drittes Telefon, zu Hause bei Ing-Marie Andersson. Sie warf einen Blick aufs Display und spürte den altbekannten Kloß im Magen, als sie die Nummer sah. Sie sollte rangehen, aber sie wollte nicht. Nicht jetzt. Sie schaltete das Handy aus.

7

Julia Almliden wusste, dass sie sich beeilen musste, aber sie parkte das Auto trotzdem auf dem großen Parkplatz links vom Strand, anstatt es am Straßenrand abzustellen. Mit den Polizisten darüber zu streiten, wo sie stehen durfte und wo nicht, würde länger dauern, als die paar zusätzlichen Meter zu gehen.

Sie musterte die anderen Autos, die dort parkten, sah aber keins mit dem Schriftzug von *Skövde Nyheter*. Julia lächelte. Die Konkurrenz war noch nicht eingetroffen.

Während sie zum Simsjön hinunterging, wanderte ihr Blick zwischen dem Himmel und dem Boden hin und her, damit sie nicht über hervorstehende Wurzeln stolperte. Streifen von Lila und Blau tanzten am schwarzen Winterhimmel, und ein bläulicher Schimmer lag auf dem Schnee, der unter ihren Schritten knarrte.

Gerade als Julia dachte, dass es ein ungewöhnlich schöner Januarmorgen war, kam ihr Janne entgegen. Er sah zufrieden aus.

»Schau mal«, sagte er und hielt ihr ein Foto auf dem Kameradisplay entgegen.

Julia ließ sofort alle Gedanken an die schimmernde, glitzernde Morgendämmerung fallen und starrte auf das, was einmal ein lebender Mensch gewesen, aber jetzt nur noch ein unförmiger Klumpen war, eingehüllt in knallroten Stoff und festgefroren in einem Eisblock. Das Einzige, was man deutlich erkennen konnte, waren zwei Knie und zwei aufgedunsene nackte Füße, die aus dem Eisblock ragten.

Es war nicht das erste Mal, dass sie einen toten Menschen sah, leider gehörte das zu ihrer Arbeit. Auf den Straßen rund um Skövde passierten ständig Verkehrsunfälle – Motorradfahrer, Raser und Kinder, die an der Abfahrt zum Skara Sommarland über die Autobahn liefen. Sie hatte dem Tod schon öfter ins Auge gesehen, dennoch erfüllte er sie jedes Mal mit großem Unbehagen. Echte Tote hatten wenig mit den eleganten Filmleichen zu tun, die abends in der Glotze gezeigt wurden. Sie konnte nicht genau sagen, was anders war. Vielleicht war es die Hautfarbe, dieser schmutzig gelbe Farbton, den ein toter Körper in Wirklichkeit schnell annahm, wenn das Blut nicht mehr zirkulierte. Außer bei der Leiche auf dem Display von Jannes Kamera. Die war alles andere als schmutzig gelb. Die Farbe ging eher ins Grauviolette. Aber das war kein Wunder, wenn man bedachte, dass sie gefroren war.

Julia wandte den Blick ab und sah hinaus auf den See. Die beiden Stege rechts am Ufer waren hell angestrahlt. Man hatte große Scheinwerfer aufgestellt, um die Arbeit draußen auf dem Eis zu erleichtern. Ein Hund und mehrere Leute in Reflektorwesten bewegten sich auf den Stegen. Auf den beiden großen Klippen hatte man orangefarbene Kegel platziert und dazwischen ein polizeiliches Absperrband gespannt. Hinter der Absperrung befanden sich drei Autos, mehrere Polizisten mit Taschenlampen und ein paar Leute vom Rettungsdienst, die sich damit abmühten, die Leiche aus dem Eis zu sägen.

Zwei von ihnen hatten die eigentliche Sägearbeit übernommen, während die Kollegen und ein Gerichtsmediziner daneben standen und zusahen. Sie hielten einen Bergungsschlitten bereit, auf dem der Eisblock mit der eingeschlossenen Leiche abtransportiert werden sollte. Julia fragte sich, ob der Schlitten das wohl aushalten würde. Der Eisblock war ein ganz schöner Brocken. Julia wandte sich an den Fotografen.

»Okay. Was weißt du?«

»Ich tippe auf diese Frau mit den beiden Kindern.«

Simsjön.

Diese Frau mit den beiden Kindern.

Julia versuchte sich zu erinnern. Schließlich fiel ihr die verzweifelte Mutter Elisabeth Hjort ein, die im November einen Zettel für Mann und Kinder in ihrem Haus am Livbojstigen hinterlassen hatte und seitdem spurlos verschwunden war. Trotz Ing-Marie Anderssons höchst bewundernswertem Versuch, daraus ein glühendes Stück Sensationsjournalismus zu machen, waren alle, inklusive Julia, davon ausgegangen, dass es sich um Selbstmord handelte. Man hatte nur die Leiche nie gefunden.

Ing-Marie würde sich ziemlich ärgern, dass Julia jetzt vor Ort war und nicht sie.

Julia blickte sich um. Vielleicht war Klas Hjort, der Ehemann der vermissten Frau, hier irgendwo. Sie entdeckte ihn, eingehüllt in eine gelbe Ambulanzdecke, auf dem Rücksitz eines Polizeiwagens, der hinter der Absperrung am Seeufer stand.

Die Autotür stand offen. Sie kniff die Augen zusammen und stellte fest, dass die beigefarbenen Chinos des Mannes bis zu den Knien durchnässt waren. Sie fragte sich, ob er wohl versucht hatte, zu dem vorzudringen, was vermutlich einmal seine Frau gewesen war, und schauderte bei dem Gedanken.

Vor Klas Hjort stand Kommissar Ulf Karlkvist. Er legte dem Witwer eine Hand auf die Schulter, doch dieser zuckte zusammen und schob Karlkvists Hand gleich wieder weg.

Der Ärmste. Was für Ängste er ausstehen muss, dachte Julia.

Sie bemerkte, dass der Kommissar ihm – garantiert mit Absicht – im Weg stand, damit Hjort nicht allzu viel von den Arbeiten auf dem Eis mitbekam.

Julia schüttelte enttäuscht den Kopf. Kriminalkommissar Ulf Karlkvist vom Dezernat für Kapitalverbrechen stand zwar bereitwillig für Interviews zur Verfügung, aber er ließ keine Reporter hinter die Absperrung, damit sie mit den Angehörigen reden konnten. Sie warf einen Blick auf die Uhr und wandte sich an Janne.

»Hast du im Kasten, was du brauchst? Dann könntest du mir bei einer Sache helfen. Es eilt ein bisschen.«

Der Fotograf scrollte durch seine Aufnahmen und warf einen Blick in die Runde, um sich zu vergewissern, dass die Konkurrenz von *Skövde Nyheter* noch nicht aufgetaucht war. Dann nickte er.

»Gut. Ich bin ein bisschen nervös wegen der Kollegen von *SN*. Ruf Karlkvist an. Rede eine Weile mit ihm, egal worüber. Versuch einfach, ihn ein paar Minuten abzulenken.«

Julia zog ihr Handy hervor und rief das Suchportal hitta.se auf. Schon bald hatte sie die Nummer gefunden und an Janne weitergegeben. Sie wartete, bis sie Karlkvist zum Beifahrersitz gehen sah, um den Anruf des Fotografen anzunehmen. Dann suchte sie die Nummer von Klas Hjort heraus und hoffte, dass er sein Handy dabeihatte. Als sie sah, wie Hjort zu seiner Brusttasche griff, klopfte sie sich in Gedanken selbst auf die Schulter. Ein Mann, dessen Frau vermisst wird, hat immer sein Handy dabei.

»Ha… hallo?«

»Hallo, Julia Almliden hier, von *Västgöta-Nytt*. Wir haben uns im November kennengelernt.«

Das war eine glatte Lüge. Sie nahm an, dass Klas Hjort sich unter den gegebenen Umständen nicht daran erinnerte, wen er im Zusammenhang mit dem Verschwinden seiner Frau alles kennengelernt hatte.

»Ja, hallo. Es … es passt ein bisschen schlecht im Moment.«

»Okay, ich verstehe, ich will auch wirklich nicht stören. Ich wollte nur mal hören, wie es Ihnen geht, jetzt wo man Ihre Frau …«

»Na ja …«

Er atmete schwer. Sie schwieg und hoffte, dass er weitersprechen würde.

»Es ist gut, Gewissheit zu haben«, sagte er schließlich. »Diese Ungewissheit hat uns so fertiggemacht. Man hört ja nicht auf zu hoffen …«

»Es steht also fest, dass sie es ist? Kollegen von uns waren heute Morgen draußen am Simsjön. Und auf den Fotos, die ich gesehen habe … na ja, man kann nicht so gut erkennen, wer das ist.«

Sie biss sich auf die Zunge. Musste sie ihn unbedingt darauf hinweisen, wie entstellt seine Frau nach zwei Monaten im See war? Sie holte tief Luft und hoffte, dass er nicht auflegen würde.

»Doch … das ist sie. Sie hat das rote Kleid an, das ich ihr gekauft hatte, weil wir an unserem fünften Hochzeitstag ausgehen wollten. Sie … sie hat das Kleid geliebt.«

Julia hörte, wie sich seine Atemzüge veränderten, ins Stocken gerieten. Klas Hjort würde gleich kein Wort mehr hervorbringen.

Sie hob den Blick und sah zu dem Mann hinüber, der keine Ahnung hatte, dass die Frau am Telefon nur wenige Meter entfernt stand. Sie bemerkte, wie er nun, da Ulf Karlkvist ihm nicht mehr die Sicht versperrte, direkt auf die Füße im Eisblock starrte. Wie er in den Hörer keuchte, nach Luft schnappte.

»Danke, und entschuldigen Sie bitte die Störung. Bis später.«

Sie legte auf und winkte Janne zu, um seine Aufmerksamkeit zu erregen.

Der Fotograf, der noch immer Kommissar Karlkvist am Telefon festhielt, bemerkte ihr Winken und blickte auf. Mit den Augen folgte er ihrem Finger, der auf Klas Hjort zeigte, und er begriff, was gleich passieren würde. Hastig beendete Janne das Telefonat, griff nach seiner Kamera und begann zu fotografieren. Als Kommissar Karlkvist Sekunden später wieder bei dem trauernden Mann stand, hatte Janne die perfekte Position, um eine schöne Aufnahme von dem verzweifelten Ehemann und dem Gesetzeshüter zu machen. Er und Julia wussten, dass dieses Foto morgen auf der Titelseite erscheinen würde.

Als das Klicken von Jannes Kamera verstummt war, drehte er sich zu Julia um und hob den Arm zum High-five.

Im selben Moment, als sie einschlug, sagte eine Stimme von hinten: »Ist das euer Ernst? Wenige Meter neben euch liegt eine Tote, und ihr beiden klatscht euch ab?«

Eine Stimme, die sie einmal geliebt hatte.

Eine Stimme, die sie immer noch liebte.

Ein Echo aus einer verschwundenen Zeit.

»Hallo, Anna. Ich hatte mich gerade gefragt, wo du wohl bist.« Julia drehte sich zu der Frau um, die ihr einmal nähergestanden hatte als irgendein anderer Mensch auf der Welt – damals, bevor die Hölle losbrach.

Anna Eiler hatte eine neue Frisur. Ihre schwarzen Haare waren schon immer kurz gewesen, aber jetzt trug sie einen fast jungenhaften Stoppelschnitt. Nur der Pony war etwas länger geblieben und fiel ihr halb in die Stirn.

Anna warf Julia und Janne einen kurzen Blick aus ihren dunkelbraunen Augen zu, ehe sie sich unter der Absperrung hindurchduckte und mit energischen Schritten auf Ulf Karlkvist zuging.

Janne sah Julia verwundert an.

»Frag nicht«, sagte sie.

Janne fragte nicht. Das war eine der Eigenschaften, die sie am meisten an ihm schätzte.

Später in der Redaktion versuchte Julia, nicht auf ihr Gewissen zu hören. Sie war gut in dem, was sie tat, aber manchmal hasste sie ihren Job. Lügen, tricksen und Leute bloßstellen. Die drei schlimmsten Seiten des Journalistenberufs.

Sie schob die Gedanken beiseite, setzte sich an den Rechner und begann zu schreiben.

58 Tage lang hat er sie gesucht – seine Ehefrau und die Mutter ihrer gemeinsamen Kinder. Gestern endete die Suche für Klas Hjort (42). Im Simsjön, nur hundert Meter vom Haus des Ehepaars entfernt, wurde seine Frau ertrunken aufgefunden. »Oh Gott, sie fehlt mir so sehr«, sagte er gegenüber *Västgöta-Nytt*.

Julia dachte an das rote Kleid von Elisabeth Hjort. Vielleicht wäre das ein guter Aufhänger für den Vorspann? Zu umständlich, entschied sie und machte sich stattdessen an den eigentlichen Artikel.

Er hatte sie noch nie so schön gesehen wie in diesem Moment. Elisabeth Hjort war seit fünf Jahren mit ihrem Ehemann Klas verheiratet, und als sie an ihrem Hochzeitstag in ihrem neuen roten Kleid lächelnd vor ihm stand, da war es, als wären sie wieder frisch verheiratet.

»Sie war so schön darin. Sie hat dieses Kleid geliebt«, sagte der Witwer gegenüber der VN.

Elisabeth Hjort hat das Kleid nach dem Hochzeitstag nie mehr getragen. Nach Angaben ihres Mannes hatte sich nie die richtige Gelegenheit ergeben.

Bis jetzt.

Seit die zweifache Mutter am 2. November vergangenen Jahres verschwand, hat ihr Mann sie unaufhörlich gesucht. Gestern wurde seine Frau ertrunken im Simsjön gefunden. Sie trug ihr rotes Lieblingskleid.

»Es ist furchtbar, ich kann es nicht beschreiben … aber wenigstens ist es ein gutes Gefühl, endlich zu wissen, was

passiert ist. Diese Ungewissheit hat uns so fertiggemacht«, sagte Klas Hjort.

Julia überflog den Entwurf. Gefühlsporno, wie sie das bei der Zeitung nannten. Ein bisschen übertrieben, aber sie war sich ziemlich sicher, dass Klas Hjort nicht gegen ihre Formulierungen protestieren würde. Sie bezweifelte, dass er sich überhaupt an ihr Telefonat erinnern würde bei dem, was er jetzt alles durchmachte.

Sie musste noch ein bisschen daran feilen, aber der Text war schon mal eine gute Grundlage. Sie hoffte, dass die Kollegen von *Skövde Nyheter*, die erst nach dem Abtransport der Leiche am See eingetroffen waren, die Sache mit dem Kleid nicht spitzgekriegt hatten. Das war ein dramatisches Detail nach ihrem Geschmack, das sie mit niemandem teilen wollte.

Julia blätterte im Textarchiv auf der Suche nach den Artikeln, die in den Tagen nach Elisabeth Hjorts Verschwinden erschienen waren. Sechs Stück. Alle verfasst von Ing-Marie Andersson. Natürlich. Alle voll von wertenden Begriffen. Ing-Marie liebte Wörter wie »exklusiv«, »schockierend« und »enthüllen«. Sie war wie geschaffen für eine Boulevardzeitung, dachte Julia und lächelte, während sie die Texte überflog. Verzweifelter Ehemann posiert mit zwei süßen Kindern, die nicht zu verstehen scheinen, was passiert ist. Interview mit der vierundvierzigjährigen Nachbarin Klara Hunnevie, die eine Suchmannschaft organisiert hat, und eins mit Ermittlungsleiter Ulf Karlkvist, für den alles auf ein freiwilliges Verschwinden hindeutet. Kurzes Zitat von Elisabeth Hjorts Psychotherapeuten, der sich weder dazu äußern will, ob sie während der Therapie suizidale Tendenzen gezeigt habe, noch ob sie überhaupt bei ihm in Therapie gewesen sei, und schließlich ein düsteres Foto mit zwei ihrer Kollegen von Station 55 des Zentralkrankenhauses in Skövde, wo sie als Hilfsschwester gearbeitet hatte, bis sie wegen Erschöpfung krankgeschrieben worden war, nur zwei Wochen vor ihrem Verschwinden.

Julia schrieb eine kurze Zusammenfassung der bisherigen Ereignisse für einen Infokasten, basierend auf Ing-Maries alten Artikeln, und widmete sich dann wieder ihrem eigenen Text. Sie war tief in ihre Arbeit versunken, als sie hinter sich ein Räuspern hörte.

»Bist du bald fertig? Kattis hat den Gemeinderat und seine Frau zum Essen eingeladen, und ich müsste dringend los.«

Julia zuckte zusammen und drehte sich zum Nachrichtenchef um.

»Was? Machst du schon Feierabend?«

»Na ja, es ist fünf, und sie kommen in einer Stunde. Außerdem ist Sonntag, und ich arbeite heute eigentlich gar nicht. Und du auch nicht.«

Sie sah auf die Uhr. Punkt fünf.

»Aha, ach so, nee, kein Problem«, sagte sie.

Sven Lindgren lächelte breit und entblößte eine perfekte Reihe strahlend weißer Zähne. Sie wirkten ebenso unnatürlich wie das Lächeln selbst.

»Hast einen guten Job gemacht heute. Ruf an, wenn du Fragen hast, und schlaf morgen ein bisschen länger, als Überstundenausgleich für heute«, ergänzte er und ging.

Julia hätte ihm am liebsten hinterhergerufen, dass sich neun Überstunden an einem Sonntag nicht durch ein bisschen Ausschlafen am Montag ausgleichen ließen, sah dann aber ein, dass sie keine Zeit zum Streiten hatte.

Sie las den Text noch einmal durch. Jetzt brauchte sie noch ein Zitat von einem Polizisten. Entschlossen wählte sie die Nummer des Polizeireviers und hoffte, dass der Kommissar nicht so ein Zeitfaschist wie Sven Lindgren war, der auch an einem Sonntag um Punkt fünf den Kugelschreiber fallen ließ. Bis vor kurzem hätte sie lieber Anna angerufen, aber im Moment war das keine gute Idee. Vielleicht für immer, dachte sie und spürte einen Stich im Herzen.

»Frau Almliden.«

Entrüstung in der Stimme. Anscheinend war es zurzeit nicht angebracht, überhaupt mit irgendwelchen Gesetzeshütern zu sprechen.

»Das war ziemlich unfair von Ihnen, den Mann anzurufen.«

Sie fluchte insgeheim. Ulf Karlkvist war ohnehin ein Miesmacher, aber besonders ungenießbar, wenn er wütend war. Nach ihrer anfänglichen Erleichterung, dass er überhaupt abgenommen hatte, wurde sie jetzt unsicher.

»Tut mir leid«, sagte sie kleinlaut, bekam aber nur ein Grunzen als Antwort.

»Was wollen Sie?«

»Ich wüsste gern, wer die Leiche gefunden hat.«

»Eine Joggerin. Wiederhören.«

»Warten Sie! Bitte, ich brauche etwas, das ich zitieren kann.«

Der Kommissar knurrte. Er war sauer, aber wenigstens konnte man ihm nicht vorwerfen, unprofessionell zu sein. Zum Glück.

»Um 07.32 Uhr heute Morgen haben wir einen Anruf erhalten, dass eine Joggerin eine im Simsjön festgefrorene Leiche entdeckt habe. Wir sind zum Fundort ausgerückt und haben die Meldung bestätigt gefunden. Die Polizei geht davon aus, dass es sich bei der Person im Eis um eine als vermisst gemeldete vierunddreißigjährige Frau aus Skövde handelt und kein Verbrechen vorliegt. Die Tote wird wie üblich zur Untersuchung in die Rechtsmedizin gebracht, aber wir betrachten den Fall als abgeschlossen.«

»Ist es nicht merkwürdig, dass sie im Eis steckte, mit den Füßen in der Luft? Sie denken wirklich nicht, dass es sich um ein Verbrechen handeln könnte?«

Ein Seufzen in der Leitung.

»Nein. Nein. Und nochmals nein. Die Leiche hat vermutlich längere Zeit im Wasser gelegen, und in den letzten Monaten war das Wetter sehr wechselhaft. Hören Sie, Almliden. Ich habe keine Zeit mehr für Sie.«

Julia versuchte zu protestieren, aber Ulf Karlkvist unterbrach sie.

»Ich muss los. Wie Sie vielleicht verstehen, ist das eine tragische Geschichte, in die kleine Kinder involviert sind, und natürlich hatte ich aus tiefstem Herzen gehofft, dass sie anders ausgehen würde.«

Sie schwiegen beide. Das war eine für Ulf Karlkvists Verhältnisse ungewöhnlich emotionale Formulierung. Was ihm selbst im gleichen Moment bewusst zu werden schien. Julia hörte, wie er sich räusperte.

»Streichen Sie den letzten Satz«, sagte der Kommissar und legte auf.

8

Montag, den 4. Januar 2010

Ich stellte eine Tasse auf den Tisch, schenkte mir ein Glas Orangensaft ein und stellte Brot, Käse und Wurst an den Platz direkt am Fenster. Dann setzte ich mich und schaute hinaus auf die schlafende Stadt mit ihren weihnachtlich geschmückten Fenstern, ehe ich die Tageszeitung aufschlug. Ich las einen Artikel über die ertrunkene Elisabeth Hjort, während ich meinen Morgenkaffee trank. Dabei stellte ich mir vor, dass Papa dort lag anstatt der Leiche, die auf dem Foto nur vage erkennbar war. Dass er dort festgefroren war und mit glänzenden weißen Augen durch den Eisblock starrte.

Er hatte Angst vor Wasser. Offenbar hatte jemand seinen Kopf unter Wasser gedrückt, als er ein kleiner Junge war, und danach hatte Papa nie schwimmen gelernt.

Wasser war gut.

Vielleicht konnte ich ihn ertränken?

Ich stand vom Küchentisch auf, ging zu meinem Laptop und begann, im Internet zu surfen.

Laut Todesursachenregister des Sozialministeriums starben in Schweden jedes Jahr zweihundertfünfzig Personen durch Ertrinken. Davon rund hundert aufgrund von Unfällen und der Rest unter ungeklärten oder absichtlich herbeigeführten Umständen.

Ich sah Papa im Wasser liegen. Nur die dünnen grauen Haare am Hinterkopf waren zu sehen, das Gesicht befand sich unter der Wasseroberfläche.

Gut gelaunt goss ich mir eine Tasse Kaffee ein, gab etwas

Milch dazu und trank einen großen Schluck, ehe ich zum Laptop zurückkehrte, zu meinem Notizbuch griff und weiterlas, während ich gleichzeitig schrieb.

Muffinsbucheintrag vom 4. Januar:

1. *Ertrinken ist eine Todesart, die aufgrund von Sauerstoffmangel eintritt, herbeigeführt durch Eindringen von Flüssigkeit in Atemwege und Lunge.*
2. *Durch den Kontakt von Wasser mit den Stimmbändern ziehen sich die Atemwege reflexartig zusammen (Krampf). Der Austausch von Kohlendioxid und Sauerstoff kommt zum Erliegen, der Kohlendioxidgehalt im Blut steigt, und man wird bewusstlos. Wenn der Krampf sich löst, dringt Wasser in die Lunge ein, und man stirbt.*
3. *Man kann sogar sterben, ohne dass sich die Lunge mit Wasser füllt, nämlich wenn der Sauerstoffmangel im Blut zum Herzstillstand führt.*
4. *Der Unterschied zwischen dem Ertrinken in Süßwasser und dem in Salzwasser besteht darin, dass sich in Süßwasser die Lunge füllt, was wiederum zu hohem Druck, einem Anstieg der zirkulierenden Blutmenge und letztlich zum Herzstillstand führt, während in Salzwasser der Tod durch Ersticken eintritt.*

Ersticken, Herzstillstand. Das hörte sich gut an.

Ich setzte meine Recherche fort. Auf der Homepage des amerikanischen Discovery Channels entdeckte ich einen interessanten Artikel. Er schien zu einem Dokumentarfilm mit dem Titel: *The three most pleasant ways to die* zu gehören, den man außerhalb der USA leider nicht übers Internet sehen konnte. Im Artikel erklärte ein sogenannter Experte: »Als angenehmste Todesart gilt das Ertrinken.«

Sofort verwarf ich die Idee, Papa zu ertränken.

Ich sah auf die Uhr, goss den restlichen Kaffee weg und begann, mich fertig zu machen.

Erst als ich unter der Dusche stand, fragte ich mich, welche Todesarten wohl auf Platz zwei und drei standen. Ich muss diese Webseite wiederfinden, dachte ich, und mir alle Alternativen aufschreiben, damit ich sie nicht verwende.

Sein Tod darf auf keinen Fall angenehm sein.

9

Es war Viertel vor acht morgens, als Anna Eiler feststellte, dass der Mann, der sie terrorisierte, es wieder mal geschafft hatte.

Sie ballte die Hände zu harten Fäusten und widerstand der Versuchung, ihre Wut laut herauszuschreien, während pelzvermummte Nachbarn mit rotnasigen Kindern auf dem Weg zu Kindergarten und Arbeitsplatz an ihr vorbeiliefen.

Nur drei Minuten zuvor war sie aus ihrer Wohnung im Obergeschoss eines der vier wettergegerbten Reihenhäuser gekommen, die ganz hinten in der Gudhemsgatan standen. Sie war zu ihrem Auto gegangen, das auf der anderen Straßenseite parkte, hatte den Kofferraum geöffnet und den Handfeger herausgeholt. Dann hatte sie Windschutzscheibe, Dach und Türgriff von Schnee befreit und beschlossen, auch die Felgen kurz abzubürsten. Dabei hatte sie entdeckt, dass der rechte Vorderreifen zerstochen war und sie es nicht rechtzeitig zur Besprechung schaffen würde. Sie hatte sich gefragt, ob sie Ulf Karlkvist anrufen und Bescheid sagen sollte, dass sie sich verspäten würde. Doch dann hatte sie eingesehen, dass es sinnlos war. Der Schaden war bereits passiert. Sie verbiss sich die Tränen und kramte den Wagenheber hervor.

Während sie den Reifen wechselte, betete sie zu einem Gott, an den sie nicht mehr glaubte, er möge ihr die Kraft geben, das zu tun, was sie tun musste.

10

Viele Jahre zuvor

»So, du Miststück willst dich also scheiden lassen?«, hört sie Papa sagen. Dann wird die Badezimmertür zugemacht.

Die Nachbarn sind zum Abendessen da gewesen, und sie liegt noch wach, weil sie hören will, worüber die Eltern sich unterhalten. Sie hat gedacht, dass sie sich über Jan-Åke Anderssons neuen Schnurrbart lustig machen würden oder sich über die vielen Gläser Wein aufregen, die seine Frau Britt in sich hineingeschüttet hat.

Als sie sich vor ein paar Minuten in den Arm gekniffen hat, um nicht einzuschlafen, hat sie noch gedacht, dass es bestimmt gemütlich sein würde, im Bett zu liegen und ein bisschen zu lauschen. Aber stattdessen hört sie, wie Mama im Bad versucht, ihre Schreie zu unterdrücken.

»Nein, bitte …«, ist zu hören. Wimmernd. Flehend. Mama schreit, wenn auch mit Flüsterstimme. Sie hört, wie Mama die Schreie unterdrückt, sodass es sich eher anhört wie leises Weinen.

Dann ein dumpfes Geräusch. Ihr Vater, der etwas Unverständliches zischt.

Sie begreift, dass es mal wieder so weit ist.

Sie hat keine Angst. Sie hat nie Angst, wenn es passiert. Warum, weiß sie nicht. Sie schaltet ab, denkt an die Details. Sie fragt sich, wo genau Papas Schläge auf Mamas Körper treffen und in welchem Teil des Badezimmers sie sind.

Sie versucht, sich auf die Geräusche zu konzentrieren.

Klonk.

Da ist es wieder. Sie muss an den lustigen Klempner mit dem braunen Wuschelhaar und dem enormen Bart denken, der das

Badezimmer im alten Haus in Österäng renoviert hat. Wie er dastand und ihr zugezwinkert und lustige Gesichter geschnitten hat, während er die Rohre abklopfte und auf das Geräusch lauschte. Er war nett. Sie meint sich zu erinnern, dass er Ingvar hieß.

So hört sich das an. Als würde jemand mit einem Schraubenschlüssel an ein Rohr klopfen.

Klonk.

In Gedanken geht sie durch das Badezimmer. Sie sieht den orangefarbenen PVC-Boden und die beige wasserfeste Tapete mit dem Blumenmuster, die Mama schon seit vielen Jahren auswechseln will. An der linken Seite des Raums gibt es eine Toilette mit einer Plastikbrille und ein weißes Waschbecken mit einem ebenso weißen Unterschrank. Direkt unter den beiden schmalen Fenstern steht die Badewanne. Die rechte Wand ist von lauter Schränken bedeckt.

Keine Fliesen.

Genau deswegen kommen ihr die Geräusche so komisch vor. Sie versucht sich vorzustellen, wogegen Papa wohl Mamas Körper donnert, dass es so merkwürdig klingt.

Klonk.

Wieder sieht sie vor sich, wie Ingvar den Schraubenschlüssel schwingt. Seltsam, dass das Geräusch so laut ist. Ein Schraubenschlüssel ist so hart. Ihre Mutter ist so weich.

Sie zieht sich die Decke über den Kopf. Liegt im Dunkeln unter dem weißen Bettbezug mit den blauen Blümchen und wartet darauf, dass es im Bad still wird.

Dass diese Geräusche aufhören.

Dass Papa nicht mehr so wütend ist.

Dass Mama aufhört zu schluchzen.

Als sie am nächsten Morgen aufwacht, schleicht sie sich ins Elternschlafzimmer. Das Bett ist leer.

Auf Zehenspitzen geht sie weiter ins Bad. Schließt die Tür ab und setzt sich auf den Fußboden.

Sie blickt sich um. Versucht zu verstehen, woher das seltsame Geräusch gekommen ist, das sie in der Nacht gehört hat. Sie ballt die Hand zur Faust und schlägt vorsichtig gegen das Toilettenbecken. Gegen die Badewanne. Das Waschbecken. Auf den Fußbodenbelag aus Plastik. Sie kriegt das Geräusch nicht hin. Nicht so, wie es sich in der Nacht angehört hat.

Sie betätigt die Toilettenspülung und dreht den Wasserhahn auf, damit es sich anhört, als würde sie ihre Hände waschen, bevor sie hinausgeht.

Ihr Vater deckt den Frühstückstisch. Ihr großer Bruder sitzt bereits am Tisch und konzentriert sich darauf, die richtige Menge Kaba auf seinen Löffel zu kriegen.

»Mama ist nicht da«, sagt Papa, noch bevor sie fragen kann.

»Es ging ihr heute Nacht nicht gut. Sie hat einen allergischen Anfall bekommen und musste ins Krankenhaus.«

Instinktiv sucht sie den Blick ihres Bruders. Entdeckt darin ein Meer von Angst, das alles sagt, ehe sich seine tränennassen Augen wieder auf die Tischplatte richten. Ihr Bruder hat auch nicht geschlafen, nachdem die Nachbarn gegangen sind. Ihr Bruder hat das Geräusch auch gehört.

Sie nickt ihrem Vater zu. Setzt sich ihrem Bruder gegenüber an den Tisch und isst schweigend die Brote mit Makrele und Käse, die er ihnen hingestellt hat.

11

Dienstag, den 5. Januar 2010

Als ich aufwachte, war es, als würde jedes einzelne Haar auf meinem Kopf in Flammen stehen. Von der Wurzel bis in die Haarspitzen. Diese Wirkung hatte er auf mich. Vier Nächte waren vergangen, seit die Entscheidung gefallen war.

Seit vier Nächten verfolgte er mich. Jagte mich in meinen Träumen. Die Erinnerung, für deren Verdrängung ich Jahrzehnte gebraucht hatte, schoss aus meinem Unterbewusstsein hervor ans Tageslicht. Aufzuwachen war, wie geblendet zu werden, und ich begann meine Tage inzwischen damit, zusammengekauert im Bett zu liegen und zu blinzeln, bis der Körper sich an das überwältigend grelle Licht gewöhnt hatte, von dem ich mir einbildete, dass es den Raum erfüllte.

Nach ein paar Minuten schaffte ich es, die Augen zu öffnen. Ich warf einen schnellen Blick auf die zornigen roten Ziffern des Weckers, die mir sagten, dass es noch drei Stunden dauern würde, bis er klingelte.

Mir war klar, dass ich auch in dieser Nacht nicht wieder einschlafen würde. Also ging ich stattdessen in die Küche und setzte mich auf den Fußboden. Lehnte den Kopf an eine Schranktür und schaute hinauf zu dem DIN-A3-Blatt, das ich am Kühlschrank befestigt hatte. Ich hatte die Befürchtung, ich könnte eines Tages vergessen, die Seite wieder abzunehmen, aber andererseits gefiel es mir, dass sie da hing. Es spornte mich an. Genau wie das Muffinsbuch.

Ich hatte das Blatt im Querformat aufgehängt und mit schwarzem Filzschreiber ein einziges Wort darauf geschrieben:

Vatermord.

Es war mir selbst eingefallen. Darauf war ich sehr stolz. Das Wort gefiel mir. Vatermord. Ich fand, es klang tragikomisch. Denn ich war mir ja gar nicht sicher, ob ich jemals einen Vater gehabt hatte. Das Wort war so liebevoll. So stark. Seinen Vater zu ermorden – so etwas Verbotenes. Ehrenmord war in meinen Augen eine wahnsinnige Erfindung, bei der ein Familienangehöriger aus irgendeinem unerfindlichen Grund das Recht zu haben glaubte, einem Menschen das Leben zu nehmen. Wir hatten vor ein paar Jahren mal einen Ehrenmord hier in der Gegend. Der Vater des ermordeten Mädchens schaffte es, sich in den Libanon abzusetzen, bevor er verhaftet werden konnte.

Ich versuchte, mich damit zu verteidigen, dass ich im Unterschied zu solchen Fanatikern gute Gründe hatte, das zu tun, was ich tun würde, aber ich konnte nicht einmal mich selbst immer damit überzeugen. Deshalb mochte ich das Wort.

Vatermord.

Eine ständige Erinnerung daran, dass das, was ich plante, ziemlich krank war.

Unter das Wort hatte ich ein Foto geklebt. Es hatte schon etliche Jahre auf dem Buckel und war nach der Geburt meines jüngsten Bruders im Zentralkrankenhaus in Skövde gemacht worden. Unser Supernachzügler.

Mein großer Bruder und ich wären fast aus dem Krankenhaus geworfen worden, weil die Säuglingsschwester nicht glauben wollte, dass wir die Geschwister des Babys waren, so viel älter sind wir.

Das Foto ist eins der letzten mit der ganzen Familie drauf.

Ich rutschte näher an den Kühlschrank heran und studierte es.

»One big family«, murmelte ich.

Der Erste, den ich betrachtete, war Papa.

Klar.

Valdemar verlangte immer meine sofortige Aufmerksamkeit. Sein Name kam aus dem Altnordischen, hatte ich gelernt, und bedeutete »Weltherrscher« oder »gerühmt für seine Macht«.

Er machte seinem Namen alle Ehre. Immer war er der Herrscher über meine Welt gewesen. Und über die Welt vieler anderer.

Große Macht? Und wie.

Es waren die Augen, dachte ich und studierte sie ganz genau auf dem Foto. Ich hatte noch nie jemanden getroffen, der so graue Augen hatte wie Papa. Richtig grau.

Wie tiefgefrorenes Eis.

Diese Augen konnten direkt durch mich hindurchsehen.

Ich erinnerte mich, wie ich mit elf Jahren zum Beratungslehrer gerufen wurde und er mich fragte, wie es mir eigentlich gehe. Die Schulkrankenschwester habe nämlich festgestellt, dass ich gemessen am Schuldurchschnitt im Wachstum zurückgeblieben und innerhalb der letzten elf Monate nicht einen Zentimeter gewachsen sei. Und das sei nicht gut.

Der Beratungslehrer hatte erfahren, dass meine Eltern sich inzwischen hatten scheiden lassen. Vielleicht wolle ich ja mit jemandem darüber sprechen? Ich wurde zu einer Kinderpsychologin geschickt.

Papa hatte sich erst gegen meine Therapie gesträubt, dann aber beschlossen, mich zu jeder Sitzung zu fahren und danach wieder abzuholen.

Die zwölfhundert Meter von der Västerbyschule in Götene zur Praxis der Psychologin verliefen meistens friedlich. Jeden Donnerstag stand Papa um Punkt elf vor der Schule und holte mich ab. Auf der gegenüberliegenden Straßenseite, auf dem Parkplatz vom Västerbybad, stand der rote Pick-up.

Während ich zum Auto ging, das mich immer an eine rote

Ampel erinnerte, dachte ich mir eine Geschichte über irgendeinen Klassenkameraden aus. Etwas, das er lustig finden würde, etwas, worüber er Witze machen konnte.

Papa liebte es, sich über andere Leute lustig zu machen, aber es war wichtig, dass es niemand war, den er nicht leiden konnte, denn dann konnte sein herablassender Spott in reine Wut umschlagen. Darauf musste ich bei meinen Geschichten achten. Meistens ging es gut, und Papa amüsierte sich. Wenn er besonders gute Laune hatte, erzählte er von irgendwelchen merkwürdigen Leuten, mit denen er es in seinem Beruf als Hausverwalter zu tun hatte. Von einsamen, redseligen alten Frauen, die vorgaben, ihre Heizung sei kaputt, nur um ihn zu Kaffee und Kuchen einladen zu können. Oder von Eltern, deren Kinder ich kannte und die mit der Miete im Rückstand waren und ihm einen neuen Esstisch oder ein Gemälde als Bezahlung anboten.

Ich liebte es, wenn er gut gelaunt war und Geschichten aus seinem Arbeitsalltag erzählte. Wenn er mich vor der Praxis der Psychologin absetzte, fühlte ich mich gut.

Erst wenn ich zurückkam, begann der Stress.

Wenn er in seinem Pick-up wartete und auf die Eingangstür starrte, um mich von Kopf bis Fuß zu mustern, sobald ich aus dem Gebäude kam.

Dann begann das Kreuzverhör. Dann nagelte er mich mit seinen grauen Augen fest. Sah direkt in mich hinein.

Dann wollte er nicht mehr über seine Arbeit reden. Dann wollte er keine Witze machen.

»Wie war's?«

Kalte Stimme. Lauernd. Leise. Immer dieselbe Frage.

Dann sollte ich berichten, worüber ich mit der Psychologin gesprochen hatte. Welche Fragen sie mir gestellt hatte.

»Aha. Und was hast du da gesagt?«

Ich gab wortgetreu wieder, was ich auf die Fragen geantwortet hatte. Und achtete darauf, dass kein einziges Wort, keine einzige Betonung falsch klang.

Und dann wartete ich. Hoffte auf das kaum wahrnehmbare Nicken, das bedeutete, dass wir zur nächsten Frage übergehen konnten. Nächster Abschnitt im Bericht. Ich fürchtete mich vor den Momenten, wenn er den Fuß vom Gas nahm und mich ansah. Wenn er mehr wissen wollte. Oder noch schlimmer – wenn er wiederholte, was ich gerade gesagt hatte.

»Traurig? Du hast ihr gesagt, dass du gestern traurig warst? Wieso traurig?«

Wenn er etwas wiederholte, wurde es schlimm. Dann begann das andere, das Unheimliche. Es fing immer damit an, dass er wiederholte, was ich gesagt hatte.

»Wieso traurig, du Rotznase? Was für einen Grund hast du, traurig zu sein, verdammt noch mal?«

Wieder und wieder. Lauter und lauter.

»Bist du ein verdammter Jammerlappen, oder was? Sitzt du etwa da und flennst? Dass alle es sehen können? Wieso traurig?«

Ich wusste nicht, mit wem er sprach. Mit sich selbst? Mit mir? Ich hatte keine Ahnung. Jedenfalls waren das die Tage, an denen die Autofahrt kein Ende nehmen wollte, ich zu spät in die Schule zurückkam und mir eine Entschuldigung ausdenken musste, warum ich mich eine oder zwei Stunden verspätet hatte.

Das waren die Tage, an denen er mit der Hand aufs Lenkrad schlug. Wenn seine Stimme schneidend wurde. Wenn ich ihn enttäuscht hatte, indem ich etwas Falsches sagte. Ich wollte nichts Falsches sagen. Ich wollte keine blöde Heulsuse sein.

Und deshalb lenkte ich sofort ab, wenn die Psychologin auf ein heikles Thema kam oder – Gott bewahre – über Papa zu reden versuchte.

Wir hatten einen Jungen in der Klasse, der als Flüchtling nach Schweden gekommen war. Ich konnte mich gut erinnern, was er über das Leben in seinem Heimatland erzählt hatte. Ich dachte mir, bei der Psychologin über Papa zu reden war so, als würde man in diesem fernen Land draußen spielen. Es konnte ein böses Ende nehmen. Man konnte dabei ums Leben kommen. Man sollte es besser gar nicht erst versuchen.

Ich achtete auch darauf, mit der Psychologin nie über Dinge zu sprechen, die mich zum Weinen bringen könnten.

Verheulte Augen hätte Papa sofort bemerkt.

Verheulte Augen waren ein Abkürzungsweg in den Wahnsinn.

Die Psychologin hatte ziemlich schnell genug von mir. Sie meinte, wenn ich mich nicht öffnen wolle, könne sie mir nicht helfen. Nach fünf Sitzungen sagte sie mit müder Stimme, dass ich nicht mehr zu kommen brauche.

Papa schien erfreut darüber. Er meinte, es sei besser so.

»Solche wie die setzen dir doch nur irgendwelche Flausen in den Kopf.«

Ich wusste nicht, was Flausen waren, aber ich stimmte ihm zu.

Ich war immer derselben Meinung wie Papa.

Ich zwang mich, ihn nicht anzustarren. Suchte das Foto nach etwas anderem ab, worauf ich den Blick richten konnte. Aber das war schwer. Er besaß eine beinahe magnetische Anziehungskraft.

Alle Augen zu mir.

Mensch, schau doch!

Schau mich an, du Satansbraten!

Ich bedeckte sein Gesicht mit dem Daumen und richtete den Blick auf meine Brüder. Wir waren insgesamt vier Geschwister, alle von ihm gezeugt.

Lange hatte ich ums Verrecken nicht begreifen können, warum Papa darauf bestanden hatte, sich so viele Kinder zuzulegen.

Dabei konnte er Kinder offenbar nicht einmal leiden.

12

Donnerstag, den 7. Januar 2010

»So, Herrschaften, können wir heute die Morgenkonferenz ein bisschen schneller abhaken? Ich muss zum Zahnarzt.«

Sven Lindgren las laut aus der Liste vor, von der er gerade fünf Exemplare ausgedruckt und auf die Plätze am Tisch verteilt hatte.

»Ihr seht es ja selbst auf dem Blatt vor euch. Lottie, um fünf ist das Casting für *Supertalent* im Einkaufszentrum. Almliden, die PRO hat um elf ihr Jahrestreffen in der Skolgatan, und Ing-Marie, in einer Stunde fängt im Plenarsaal die Gemeinderatssitzung zum Thema Zahnarztvergütung an. Es wäre gut, wenn du da ein bisschen zaubern könntest, ich mache mir nämlich schon Sorgen wegen der Zahnarztrechnung, die auf mich zukommt …«

»Nein.«

Sven Lindgren blickte verwundert von seinem Blatt auf und starrte Ing-Marie Andersson an.

»Wie bitte?«

»Ich habe nein gesagt.« Ihre Stimme klang schärfer als gewöhnlich. »Ich werde nicht zaubern. Ich werde mich heute nicht mal ansatzweise mit der neuen kommunalen Zahnarztvergütung beschäftigen. Ich habe vor, mich auf das zu konzentrieren, was die morgige Schlagzeile sein wird, wenn nicht die Schlagzeile des Jahres.«

Julia sah ihre zehn Jahre ältere Kollegin fasziniert an. In all den Jahren, die sie zusammenarbeiteten, hatte Ing-Marie noch nie eine so freche Antwort gegeben.

Ing-Marie Andersson strahlte. Sie grinste so breit, dass sogar ein wenig rosa Zahnfleisch im Oberkiefer sichtbar wurde.

Vergeblich versuchte Julia sich zu erinnern, wann die Polizeireporterin das letzte Mal so gegrinst hatte. Egal, was auch immer sie gleich verkünden würde, war es schon faszinierend, einen solchen Eifer in ihrem ansonsten eher missmutigen Blick zu sehen.

Sven Lindgren fixierte sie weiterhin mit dem Blick. Auch er war offenbar neugierig, was hinter ihrer plötzlichen Aufmüpfigkeit steckte.

»Ja, Ing-Marie?«

13

So viele Jahre Unglück, dachte Ing-Marie. Und dann, jetzt, plötzlich alles auf einmal.

Ing-Marie legte das Blatt aus der Hand, schob die Brille hoch, befeuchtete ihre trockenen Lippen und begann zu reden.

»Elisabeth Hjort ist ermordet worden.«

Sie blickte in die Runde, gespannt auf die Reaktion. Als nicht sofort etwas kam, atmete sie hektisch ein und fuhr fort:

»Was ich jetzt sage, fällt natürlich unter den Quellenschutz. Ich habe gerade mit einem meiner Informanten gesprochen, der sehr gute Kontakte zum Kriminaltechnischen Labor in Linköping hat.«

Ihr Blick huschte zwischen den Zuhörern hin und her. Dann fiel er auf Julia. Sie ärgerte sich immer noch darüber, dass die Lokalreporterin am Sonntag den Artikel über den Leichenfund geschrieben hatte. Höchste Zeit, sich ihr eigenes Revier zurückzuerobern.

»Als Polizeireporterin dieser Zeitung …«

Sie merkte, dass sie das zweite Wort etwas zu sehr betont hatte, senkte die Stimme ein wenig und fuhr fort:

»… sehe ich mich gegenüber meinen Lesern in der Pflicht, die Erste zu sein, die mit der großen Neuigkeit rauskommt.«

Sie machte eine Kunstpause.

»Und deshalb kann ich in der morgigen *Västgöta-Nytt* exklusiv enthüllen, dass es ein erstes vorläufiges Obduktionsergebnis gibt. Darin steht, dass Elisabeth Hjort kein Wasser in der Lunge hatte.«

Sie blickte wieder in die Runde. Wie sie vermutet hatte: keine Reaktion.

»Das bedeutet, dass Elisabeth Hjort bereits tot war, als sie im See versunken ist. Die Rechtsmediziner haben Spuren von Gewalteinwirkung gefunden, unter anderem an ihrem Hinterkopf. Aus verständlichen Gründen sind nach zwei Monaten im Wasser viele Spuren verschwunden, aber sie haben offenbar ein paar Splitter sichergestellt, die tief in ihrer Kopfwunde steckten. Der See ist in derselben Nacht zugefroren, in der sie verschwand, deshalb sind viele Funde gut erhalten. Die Splitter werden jetzt analysiert.«

Sie verstummte und wandte sich an den Nachrichtenchef. Lindgrens Kinn war etwa auf Fußbodenhöhe gesunken, und er starrte sie entgeistert an.

»Es hat also nur so ausgesehen wie Selbstmord? Jemand hat sie umgebracht und in den See geworfen? Bist du dir sicher?«

Ing-Marie Andersson nickte und begann zu lachen.

»Das war noch nicht alles. Ich weiß nicht nur, dass sie ermordet wurde.«

Eine klitzekleine Kunstpause. Sie konnte es nicht lassen.

»Ich weiß auch, wann. Auf die Minute genau.«

Sie schloss die Augen. Wusste, dass ihr jetzt alle zuhörten. Sie hätte sagen können, was sie wollte. Sie wusste, was sie eigentlich hätte sagen, erzählen, gestehen wollen. Aber stattdessen schluckte sie und zwang sich, in die Gegenwart zurückzukehren.

»Meine Quelle sagt, es gibt Beweise dafür, dass Elisabeth Hjorts Armbanduhr genau um 16.02 Uhr am 2. November vergangenen Jahres stehen geblieben ist. Also in dem Moment, als sie in den Simsjön geworfen wurde.«

Zwei Sekunden später sprang ihr Chef von seinem Stuhl auf und schlug mit der Faust auf den Tisch. Einen solchen Gefühlsausbruch hatte er in seinen Jahren bei der Zeitung noch nie gezeigt.

»Ing-Marie, das ist ja der Hammer! Wer weiß davon?«

Die Polizeireporterin lachte.

»Ich sag doch, dass ich das Material exklusiv habe. Nur meine Quelle und die Mitarbeiter der Gerichtsmedizin. Ulf Karlkvist und seine Leute haben es gerade erst erfahren. Und ich. Und, na ja, ihr jetzt auch«, sagte sie und nickte dabei jedem zu, der am Tisch saß.

»Endlich!«

Sven Lindgren schlug wieder mit der Faust auf den Tisch.

»Großer Journalistenpreis, here I come! Okay, Leute, an die Arbeit. Ing-Marie, du schreibst die Geschichte genau so, wie du sie uns eben erzählt hast. Mit allen Details, an die du dich erinnern kannst – und die wir bringen können, ohne deine Quelle zu gefährden. Lass das mit der genauen Uhrzeit raus, das heben wir uns für später auf. Rede auch mit dem Ehemann. Und mit Karlkvist, aber warte am besten noch. Nicht vor vier, eher etwas später, dann rechnet er nicht damit, und die Konkurrenz schafft es hoffentlich nicht mehr, uns was wegzuschnappen.«

Er holte nicht mal Luft, sondern sprach im selben Atemzug weiter.

»Almliden, du fährst zu ihrem Psychotherapeuten und quetschst ihn aus. Kann er irgendwas dazu sagen, wer einer Mutter aus Skövde was Böses gewollt haben könnte? Wurde sie bedroht? Davor schreibst du bitte einen neuen Artikel darüber, wie es war, als die Leiche gefunden wurde. Beschreib alles haarklein, bis zur winzigsten Schneeflocke. Alle Details, die dir einfallen. Wir müssen Blaulichts Fotos vom Fundort sichten, ob welche dabei sind, die ein bisschen mehr hergeben, jetzt wo es Mord ist und nicht Selbstmord.«

Der Blick des Chefredakteurs blieb an Sportreporter Håkan Jansson hängen.

»Håcke, du hilfst heute mal im Lokalteil aus. Die Polizei

gibt nachher bekannt, wo diesen Monat Verkehrskontrollen im Bezirk stattfinden. Du stellst eine Liste zusammen und schreibst dreitausend Zeichen darüber, wo die Leute besser vom Gas gehen sollten, wenn sie ihren Führerschein behalten wollen.«

Sven Lindgren wandte sich an die Unterhaltungsredakteurin.

»Lottie, du übernimmst alle anderen Nachrichten.«

Die Hand des Chefs zitterte, während er die Veranstaltungsliste hochhielt und dieselben Punkte laut vorlas, die er vorhin schon vorgetragen hatte.

»Okay, was hatte ich gesagt? Gemeinderatssitzung zur neuen Zahnarztvergütung in einer Stunde im Plenarsaal, PRO in der Skolgatan um elf, Basar im Gemeindehaus in Våmb um eins und natürlich das Casting für *Supertalent.*«

Er legte den Zettel hin und sah Lottie Strömberg an, die einen Flunsch zog und aus dem Fenster starrte. Lindgren zuckte mit den Schultern.

»Ich weiß, Lottie, das wird ein langer Tag, aber diese Gelegenheit müssen wir nutzen. Heute genehmige ich Überstunden. So ist das, wenn die Nachrichtenmühle mahlt.«

Der Nachrichtenchef lächelte zufrieden.

Lottie Strömberg war nicht ganz so begeistert. Die Unterhaltungsredakteurin warf Ing-Marie einen finsteren Blick zu und ließ denselben Blick anschließend auch den anderen am Tisch zukommen.

Ing-Marie stellte sich Stephans Gesicht vor, wenn seine Lottie heute keine zwei Stunden Mittagspause machen konnte. Noch eine Welle der Genugtuung. Eine wütende Lottie, ein Mord und das andere. Heute kam wirklich alles zusammen.

Die Redaktionskonferenz war beendet. Sven Lindgren pfiff vor sich hin, während er den Raum verließ.

Ing-Marie Andersson marschierte zu ihrem Schreibtisch, den Kopf so hoch erhoben wie schon lange nicht mehr. Wie vielleicht nie zuvor. Julia überlegte einen Moment, dann folgte sie der Polizeireporterin zu ihrem Schreibtisch.

»Ing-Marie?«

»Mhm?«

Die Kollegin drehte sich um.

»Ich wollte nur sagen, dass ich richtig toll fand, wie du das hingekriegt hast. Gute Arbeit. Wirklich. Und wie Lindgren darauf angesprungen ist … Du hast es geschafft, dass wir zum ersten Mal seit vielen Jahren einen richtigen Chef haben.«

Julia sah, wie Ing-Maries Wangen die Farbe wechselten. Eben noch blass, begannen sie, sich immer mehr ihren roten Haaren anzugleichen.

Julia begriff, dass ihre Kollegin errötete. Diese Entdeckung machte sie selbst verlegen. So viel Intimität hatten die beiden in ihrer vierjährigen Zusammenarbeit noch nie geteilt.

»Das wollte ich nur sagen«, schloss Julia und ging schnell wieder an ihren Platz.

14

Bis 2008 hatte das Polizeigebäude in Skövde ausgesehen wie die meisten Polizeireviere in schwedischen Kleinstädten. Ein trister graubrauner Betonklotz, rechteckige Fenster in langen Reihen, von innen ebenso hässlich wie von außen. Ein Labyrinth aus hellgelben und mintgrünen Streifen auf den weißen Wänden, Holzstühle mit Metallbeinen aus Massenproduktion und in der Eingangshalle geblümte Sofas.

So war es damals gewesen.

Als ein penibler Baukontrolleur bei einer Inspektion feststellte, dass die Radonkonzentration weit über dem Grenzwert lag, und zur selben Zeit die Reichspolizeiführung beschloss, einen Großteil der polizeilichen Ausbildung nach Skövde zu verlagern – und außerdem das Gerücht aufkam, Kamprad habe die Stadt für seine nächste Ikea-Filiale ins Auge gefasst –, ja, da öffnete die Kommune plötzlich ihr großes Portemonnaie. Skövde sollte eine Stadt werden, die was hermachte. Ein Schmuckstück.

Das Ergebnis war ein neues Mammutgebäude in der Prinsgatan, direkt gegenüber vom Hauptbahnhof, aus weißem Beton und mit getönten Scheiben. Zinnen und Türme, Erker und Rundbogen. Dachschrägen. Hohe Fenster. Eine Lobby mit Orchideen. Echten Orchideen, nicht etwa aus Stoff. Alles vom Feinsten. Und wahnsinnig teuer.

Neben vierundsechzig Einzelbüros, einem Pressesaal, zwei Etagen mit Großraumbüros für die einhundertfünfundvierzig Angestellten, drei Vernehmungszimmern und drei Zellen gab es vier Konferenzräume, die mit den Vornamen der schwedischen Kronprinzessin versehen waren, denn die hatte ein knappes Jahr zuvor das neue Gebäude eingeweiht.

Im größten Raum, »Victoria«, hielt das Drogendezernat seine Besprechungen ab. In Raum »Ingrid« wurden gerade die Eltern eines Jungen befragt, der von zu Hause weggelaufen war. »Alice« war vom Chef der Bezirkspolizeidirektion gebucht worden, der hier sein monatliches Treffen mit dem Stabschef des Skaraborger Regiment P4 abhielt. Im kleinsten der Räume, »Désirée«, saßen Anna Eiler und der neue Kollege von der Reichsmordkommission, Patrik Morrelli. Sie beobachteten, wie Ulf Karlkvist langsam seine Unterlagen durchblätterte, zwei Seiten herausnahm und sie ihnen über den Tisch zuschob. Auf einem ausgedruckten Foto war eine knallrosa Armbanduhr abgebildet.

»Was ihr hier seht, ist eine Adidas Originals Candy. Kostet rund sechshundert Kronen. Die Gerichtsmedizin hat sie ihr vom Handgelenk abgenommen, und der Ehemann hat vorhin am Telefon bestätigt, dass Elisabeth Hjort so eine Uhr besaß.«

Ulf Karlkvist blickte auf seine Notizen.

»Wie ihr seht, hat sie Timer, Rundenzähler und Alarmfunktion. Sie ist wasserfest genug, um einer Dusche standzuhalten, aber mehr nicht.«

»16.02 Uhr«, sagte Anna Eiler. »Gehen wir davon aus, dass dies der Zeitpunkt ist, als sie ins Wasser geworfen wurde?«

Ulf Karlkvist würdigte sie keines Blickes. Stattdessen suchte er Augenkontakt mit Patrik Morrelli, während er weitersprach. »Die Techniker in Linköping halten die Annahme für wahrscheinlich, dass die Uhr stehen geblieben ist, als die Leiche in den Simsjön geworfen wurde. Aber sie haben auch noch etwas anderes entdeckt, was wir unbedingt überprüfen müssen. Außer den tödlichen Schlagverletzungen am Hinterkopf hatte Elisabeth Hjort offenbar auch ein paar ausgeprägte Blutergüsse. Vor allem an den Oberarmen. Vermutlich Abdrücke von Fingern. Ich habe ihre Wohnadresse kurz mit den Notrufprotokollen abgeglichen, aber wir hatten dort keine Einsätze. Was allerdings nichts heißen muss.«

Ulf Karlkvist schluckte.

»Da die Reichsmordkommission sich eingeschaltet hat, wofür wir dankbar sind, sollten wir vielleicht gleich mal die Zuständigkeiten klären, damit es da keine Unstimmigkeiten gibt. Das Verbrechen wird ja inzwischen als Mord beziehungsweise Totschlag eingestuft, daher wird Staatsanwalt Björn Daveus ab morgen die Voruntersuchungen leiten. Als Vertreter der örtlichen Polizei bleibe ich weiterhin Ermittlungsleiter, und du, Patrik, wirst stellvertretender Ermittlungsleiter. Ich werde allerdings die meiste Zeit im Büro sein. Polizeiassistentin Anna Eiler vom Dezernat für Gewaltverbrechen wird dich im Außeneinsatz unterstützen. Selbstverständlich erwarte ich laufende und vollständige Berichterstattung.«

Er wandte sich an Anna Eiler.

»Das solltest selbst du schaffen, oder? Fahr hin, mach diesen Hjort fertig, bis er einknickt und gesteht, und komm anschließend wieder her.«

Ulf Karlkvist sammelte seine Unterlagen zusammen und verließ den Raum.

Patrik Morrelli wandte sich an Anna Eiler.

»Das ist also der Umgangston unter Kollegen bei euch? Wo bin ich denn gelandet?«

Sie zuckte mit den Schultern.

»In Skövde. Oder der Hölle. Entscheide selbst. Der Kommissar ist schon eine ganze Weile so schlecht drauf. Ein ungewöhnlich lang anhaltendes PMS, würde ich sagen.«

Patrik Morrelli musterte sie schweigend. Sie fragte ihn nicht, was er dachte. Wollte es nicht wissen. Ihr gingen genug andere Sachen durch den Kopf.

15

Es war dumm und unvorsichtig, das wusste ich selbst, aber nachdem die Entscheidung nun einmal gefallen war, konnte ich es einfach nicht lassen, das Muffinsbuch und das DIN-A3-Blatt ständig bei mir zu haben, wohin ich auch ging.

Manchmal schloss ich mich auf der Toilette ein und blätterte in meinem Notizbuch oder faltete das Blatt auseinander und betrachtete für ein paar Minuten das Foto. Einfach nur so. Wie in diesem Moment. Ich hörte Stimmen um mich herum. Menschen, deren Leben da draußen wie gewohnt weiterging, während ich auf der Toilette saß.

Ich starrte das Foto an. So viele Jahre hatte ich es besessen, ohne mich im Geringsten dafür zu interessieren. Aber seit dem Tag, an dem sich alles änderte, kam es mir jedes Mal, wenn ich es ansah, wie das erste Mal vor.

Ich betrachtete meinen großen Bruder, den ältesten in der Geschwisterschar. Drei Jahre älter als ich. Fast hundert Kilo schwer. Zwei Meter lang.

Als ich sein Gesicht betrachtete, ging mir auf, wie ähnlich wir uns sahen. Und wie sehr wir Papa ähnelten.

Unser Gesichtsausdruck spiegelte wider, wie wir uns gerade fühlten, in welcher Stimmung wir waren. Im einen Moment konnten unsere Gesichtszüge weich und offen sein und im nächsten hart und verschlossen.

Mein Bruder und ich hatten genau die gleichen Augen. Mandelförmig wie die von Papa, nur die Farbe war anders. Wir hatten die gleiche Stirn wie er. Und wir hatten beide den gleichen traurigen und hungrigen Ausdruck in den Augen, der zu schreien schien: »Tauge ich was?« Auf dem Foto lächelten wir. Nur nicht die Augen, bei keinem von uns.

Mein großer Bruder war von zu Hause ausgezogen, sobald er irgend konnte. Hatte mit seiner Jugendliebe eine eigene Familie gegründet und versucht, seine Kindheit zu vergessen.

»Ich habe maximal vier Erinnerungen an die Zeit vor meinem Auszug. Und ich will, dass es so bleibt«, hatte er geantwortet, als ich ihn einmal fragte, ob er oft daran dachte, was in unserer Kindheit vorgefallen war.

Dafür kannst du dem Himmel danken, dachte ich, während ich ihn auf dem Foto betrachtete. Manchmal fragte ich mich, was Papas Schreckensherrschaft aus ihm gemacht hatte. Was bei meinem großen lieben Bruder unter der Oberfläche brodelte.

Ich erinnerte mich, wie Papa einmal zu Hause bei Mama und uns angerufen hatte und ihn sprechen wollte. Papas Stimme hatte ganz normal geklungen, und ich hatte meinem Bruder den Hörer übergeben und war dann aus dem Zimmer gegangen. Als ich eine halbe Stunde später wieder ins Zimmer kam, war er verschwunden.

Wir suchten ihn stundenlang. Telefonierten seinen Freundeskreis ab. Obwohl es mich Überwindung kostete, rief ich Papa an, der ganz verständnislos tat.

»Wir haben nur kurz miteinander geredet«, sagte er.

Gegen halb elf abends fand meine damalige Stiefmutter, die sich der Suche angeschlossen hatte, meinen Bruder auf einem Schotterweg am Stadtrand von Götene.

Es war Herbst. Um die zehn Grad draußen, ungemütliches Schmuddelwetter, aber mein Bruder, der nur ein T-Shirt, Jeans und weiße Kniestrümpfe anhatte, schien nicht mal zu frieren. Er war einfach stur geradeaus gegangen, nur auf Strümpfen.

Unsere Stiefmutter hatte ein paar Minuten an der Tür gestanden und leise mit Mama geflüstert, bevor sie zurück zu Papa fuhr.

Mein Bruder hatte kein Wort gesagt, als er nach Hause kam, sondern sich einfach in seinem Zimmer eingeschlossen. Als ich ihn Jahre später fragte, was an dem Abend vorgefallen sei, zuckte er mit den Schultern und sagte, er könne sich nicht mehr daran erinnern.

Wieder betrachtete ich sein Gesicht. Ich liebte meinen großen Bruder so sehr.

Wenn das, was du behauptest, wirklich wahr ist, kannst du froh sein, dachte ich. Sei froh über jeden Tag, an den du dich nicht erinnerst.

Ich betrachtete mich selbst auf dem Foto. Fand mich hässlich. Genau wie mein großer Bruder hatte ich Papas Grübchen im Kinn geerbt. Papa hatte fünf Geschwister, und alle waren mit diesem markanten Grübchen gesegnet. Die meisten ihrer Kinder ebenfalls.

Ich ließ den Blick schnell weiterwandern, bevor mir noch schlecht wurde.

Rechts neben mir stand Papas Lieblingssündenbock, mein kleiner Bruder. Lillebror. Geboren an einem 19. Februar, genau wie ich. Aber zwischen den beiden Geburten waren viele Jahre vergangen.

Ich schämte mich, wenn ich daran dachte, wie sehr ich Lillebror das übel genommen hatte. Als wäre es seine Schuld, dass ich seit dem Tag, an dem er auf die Welt kam, an meinem eigenen Geburtstag nicht mehr existierte.

Jedes Jahr hatte Papas damalige Frau eine Torte bestellt, je nachdem, was Lillebror gerade mochte. Ich konnte die Kuchenkunstwerke vor mir sehen, wie sie auf dem Küchentisch in der Götgatan 7 in Götene standen. Das eine Jahr hatte die Torte die Form eines großen braunen Teddybärs. Im Jahr darauf war es ein Pippi-Langstrumpf-Modell. Stiefmutter Nummer eins hatte beschlossen, dass die eine Hälfte der Torte rosa und die andere Hälfte blau sein sollte. Und in der Mitte aufgemalt die rothaarige Astrid-Lindgren-Figur.

»Auf die Weise gehört sie euch beiden«, hatte sie gesagt.

Ich hatte meine Stiefmutter angelächelt und mich artig bedankt. Obwohl ich eigentlich fand, dass eine rosa Torte mit Pippi Langstrumpf angesichts meines fortgeschrittenen Alters kaum passend war. Ich schämte mich dafür, dass ich nicht dankbar gewesen war, sondern traurig, weil ich keine eigene Torte bekommen hatte. Immerhin war die eine Hälfte rosa gewesen.

Zwei Jahre später hatte die Torte die Form eines großen Fußballfeldes und war sogar mit kleinen Spielerfiguren versehen.

Danach verbrachte ich meine Geburtstage oft allein. Ich hatte es satt. Ich ertrug es nicht mehr, wie die Geburtstagsgäste mit einem Geschenk für Lillebror ankamen, mich begrüßten und dann …

Dieser Blick.

Ich konnte auf die Hundertstelsekunde genau sagen, wann ihnen aufging, dass es auch mein Geburtstag war. Wie sie in Papas Arbeitszimmer verschwanden und ein paar Minuten später wieder herauskamen: mit einem verknitterten 50-Kronen-Schein in einem weißen Kuvert, auf das sie schnell noch mit dem Kugelschreiber meinen Namen geschrieben hatten.

Ich hatte es satt, nicht zu existieren.

Ich versuchte, Lillebrors Gesicht auf dem Foto anzulächeln. Er lächelte nicht zurück.

Mein Gott, wie leid mir dieses Kind tat. Keinem von uns blieb der Hass erspart, die Wut, der Wahnsinn.

Uns alle hatte er als Satansbraten beschimpft, immer wieder. Alle hatten wir uns anhören müssen, dass wir zum Kotzen seien, ungewollt, hässlich, geldgierig, dumm, widerlich, dreckig, tollpatschig. Alle hatten wir Prügel bezogen. Aber Lillebror hatte am meisten abgekriegt.

Einmal hatte ich ihn gefragt, ob er wusste, dass ich ihn liebte.

Er hatte mich erstaunt angesehen.

»Echt? Das tust du?«

Die Frage und das Erstaunen waren absolut echt. Er war damals sechzehn und hatte null Selbstwertgefühl. Und das Selbstwertgefühl war mit den Jahren nicht gerade gewachsen.

Ich legte meinen Finger auf das Foto und strich vorsichtig über unseren Jüngsten. Den einzigen in der Geschwisterschar, den Papa vermutlich wirklich mochte. Unseren von allen geliebten Supernachzügler.

Minimus war schon als Säugling ein bezauberndes Kind gewesen. Anders als Lillebror, der Asthma, Koliken und Allergien gegen Milch, Gluten und Farbstoffe hatte, war Minimus kerngesund.

Keine Komplikationen.

Keine Blähungen.

Nur ein fröhliches kleines Baby.

Selbst viele Jahre später war Papas Bild von seinen beiden jüngsten Söhnen unverändert. Und ungerecht wie eh und je. Wenn Besuch kam, verglich Papa sie gern miteinander und prahlte damit, dass Minimus einmal Profifußballer werden würde.

»Der da«, sagte Papa dann und nickte zu seinem zweitjüngsten Sohn, »landet wohl mal in der Fabrik, wenn er nicht vorher kriminell wird.«

Wenn ich an diese Situationen zurückdachte, schämte ich mich dafür, dass ich nichts gesagt hatte. Nicht aufbegehrt. Nicht protestiert. Aber ich hatte mich nicht getraut. Ich hatte es nicht gekonnt.

Papa liebte es, uns Geschwister miteinander zu vergleichen

und immer denjenigen herauszupicken, der am schlechtesten war.

Am meisten schämte ich mich für meine insgeheime Erleichterung, wenn nicht ich das Geschwister war, das Papa gerade heruntermachte. Es war so schwer zu ertragen, das schlechteste Kind zu sein.

Auf dem Familienfoto aus dem Krankenhaus trug mein jüngster Bruder einen Fußballbody. Sein Schicksal war schon damals besiegelt.

Papa liebte Fußball, und Minimus ackerte jede Woche im Götene IF wie ein Pferd, um ihn stolz zu machen.

Minimus war eine Seele von Mensch. Noch hatte ihn niemand zerbrechen können. Ich fragte mich, was für ein Mensch wohl aus ihm werden würde, wenn Papa tot war. Wenn er die Chance bekam, einen eigenen Willen zu entwickeln. Er fehlte mir so sehr, dass es wehtat.

Er hatte nichts getan.

Er hatte nicht darum gebeten, als Valdemars Sohn auf die Welt zu kommen. Er begriff nicht, warum ich ihn nie besuchte.

Das letzte Mal, dass ich mit ihm – und mit Papa – gesprochen hatte, war voriges Jahr auf Minimus' Geburtstag am 17. September gewesen. Papa hatte wieder mal mit seiner Großzügigkeit uns gegenüber geprahlt. Wir konnten all die Geschichten über seine Freigebigkeit und seinen beruflichen Erfolg in- und auswendig herunterbeten.

»Mit diesen Händen«, begann er immer und zeigte seine Hände vor.

Dann mussten wir uns seine Erfolgsgeschichte anhören. Wie er es geschafft hatte, sein Vermögen mit diesen Händen aufzubauen. Wie ihm keiner dabei geholfen hatte. Wie er alles selbst machen musste. Wie alle anderen – und besonders seine Geschwister – eifersüchtig und neidisch waren, weil Valdemar es geschafft hatte.

Valdemar sprach von sich selbst immer in der dritten Person, wenn die Zeit der Selbstbeweihräucherung gekommen war.

Wir mussten zuhören.

An den richtigen Stellen »oh« und »ah« sagen.

Mit Augen voller Bewunderung auf die ausgestreckten Hände schauen.

Nicken und beipflichten, was für ein toller Hecht er war.

Sagen, dass er großzügig war.

Dass sich keiner mit ihm messen konnte.

Dass in ganz Götene keiner so erfolgreich war wie er.

Dass alle anderen strohdumm waren, nur weil sie nicht so gut waren wie er.

Sein Ego streicheln.

Großer Gott, wie satt ich diese Geschichte hatte. Diese verdammten Hände. Und letztes Jahr am Geburtstag hatte ich nicht an der richtigen Stelle »oh« gesagt. Die Frau meines großen Bruders und ich hatten uns schon auf der Hinfahrt im Auto über »diese Hände« lustig gemacht, und als wir sie dann ausgestreckt vor uns gesehen hatten, da wechselten wir unwillkürlich einen schnellen Blick und kicherten.

Wir waren es alle so leid, diesem Idioten zuzuhören.

Wir hätten es besser wissen müssen.

Er war natürlich unglaublich wütend geworden.

Wir hätten ihn verhöhnt, sagte er.

Beleidigt.

Gedemütigt.

Mein Freund, der zum ersten Mal zu einer Familienfeier mitgekommen war – ich hatte ihn bis dahin absichtlich herausgehalten –, hatte Papa erschrocken angestarrt, während dessen Gesicht sich langsam verzog. Hatte die ungeheuer bösen Worte gehört, die nach der anfänglichen eisigen Stille plötzlich wie von selbst aus dem Mund des Mannes gepurzelt waren.

Worte über rotzfreche Gören.

Undankbare Satansbraten. Verdammte Schweinebande.

Widerliche Jammerlappen.

Denen er mal ordentlich den Marsch blasen würde.

Die er enterben würde.

Die es gar nicht geben dürfte.

Mein Freund war entsetzt gewesen über das, was er gesehen und gehört hatte. Er wollte uns nicht glauben, als mein großer Bruder, meine Schwägerin und ich ihn später damit zu beruhigen versuchten, dass diese Beschimpfungen noch von der milderen Sorte gewesen seien. Papa hatte uns rausgeworfen, bevor der Wahnsinn vollends ausbrach.

Wir hatten zu Hause bei meinem Bruder gesessen, die ganze Nacht geredet und dabei die Frage meines Freundes beantwortet, wie oft so etwas vorkam.

Wir hatten versucht, den nächsten Schritt in den Wahnsinn zu beschreiben. Wie es war, dazusitzen und mit anzusehen, wie sein ein Meter vierundachtzig langer Körper sich anspannte. Wie sein Rücken kerzengerade wurde, wie er die breiten Schultern hochzog. Wie wir wussten, dass es wieder so weit war, wenn Papa begann, sich in die Fingerknöchel zu beißen oder an seinen Lippen zu nagen. Wie seine Zunge an der Innenseite der Unterlippe hin und her tanzte, ehe er den Mund aufmachte und neue Bosheiten herauskamen. Drohungen. Gewalt.

Mein Freund konnte es nicht begreifen. Er fragte, was danach passiere. Nach dem Ausbruch.

»Eine Weile ist Ruhe«, sagte mein Bruder. »Ein paar Wochen. Danach rufen wir ihn an und erkundigen uns, wie es ihm geht, und dann ist es, als wäre nie etwas gewesen.«

»Ihr? Aber warum meldet ihr euch denn wieder bei ihm?«, fragte mein Freund erstaunt.

Mein Bruder und ich hatten uns angesehen und erkannt,

dass wir keine vernünftige Antwort darauf hatten. Zum ersten Mal saßen wir zusammen, sahen uns in die Augen und fragten uns: »Warum lassen wir uns das gefallen?«

In jener Nacht schlossen wir einen Pakt. Wir schworen uns hoch und heilig, ihn nie wieder anzurufen.

Einen knappen Monat später stand unsere Stiefmutter Nummer zwei mitten am Tag bei meinem Bruder vor der Tür. Sie wusste genau, dass nur seine Frau zu Hause war. Sie ließ von Papa ausrichten, wir seien eine »Bande von Dreckschweinen, die ihn nicht verdient hatten«.

»Euer Vater Valdemar«, sagte sie in förmlichem, hochtrabendem Ton, »unterbricht hiermit den Kontakt zu euch für einen Zeitraum von sechs Monaten bis zu drei Jahren.«

Ich hatte zuerst Tränen gelacht, als meine Schwägerin am Telefon Papas Frau nachäffte, aber jetzt, ein knappes halbes Jahr später, war mir das Lachen längst im Hals steckengeblieben. Als Strafe dafür, dass wir uns nicht bei ihm gemeldet hatten, als Strafe dafür, dass wir nicht zu Kreuze gekrochen waren, durften wir auch nicht mehr mit dem jüngsten der Familie sprechen. Wir durften ihm nicht einmal Geschenke schicken.

Ich hatte einen ferngesteuerten Helikopter im Schrank liegen – Minimus' Weihnachtsgeschenk vom letzten Jahr. Mein großer Bruder und ich hatten ihn zusammen gekauft und mit der Post verschickt. Papa hatte das Paket nicht abgeholt. Jedes Mal, wenn ich das verpackte Geschenk im Schrank liegen sah, begann ich zwanghaft, Elvis Presleys *Return to sender* zu summen.

Valdemar war ein großer Elvis-Fan.

Ich fragte mich, ob Papa dieselbe Melodie gesummt hatte, als er das Paket an den Absender zurückgehen ließ und damit einem kleinen Jungen das Weihnachtsgeschenk seiner älteren Geschwister vorenthielt.

Wir Geschwister waren wie Garanten. Oder wie Geiseln.

Neue Kinder waren Papas Art, uns ältere für ein paar weitere Jahre an sich zu binden.

Ich kann mir gut vorstellen, dass ich den Kontakt zu ihm mindestens zehn Jahre früher abgebrochen hätte, wenn meine jüngeren Geschwister nicht gewesen wären, die ich liebte und um die ich mir ständig Sorgen machte. Aus Fürsorge für die jüngeren Kinder hielten wir älteren still, hielten wir aus.

Aber damit war jetzt Schluss. Ich würde nicht mehr stillhalten. Und das sollten meine Geschwister auch nicht mehr müssen. Sie wussten nur noch nichts davon.

Ich faltete mein DIN-A3-Blatt zusammen, drückte die Toilettenspülung und kehrte zur Welt da draußen zurück. Ich hatte einen Job zu erledigen.

16

Die Januarluft war feucht und kühl. Eine einsame Schneeflocke kam aus dem Nichts und landete direkt auf Anna Eilers Oberlippe. Sie fühlte die Flocke im selben Moment schmelzen, in dem sie landete, und fuhr sich instinktiv mit der Zunge über die Lippe, während sie gleichzeitig zum Himmel blickte, um zu sehen, ob der einen Flocke weitere folgen würden. Es sah nicht so aus.

Sie hörten die Musik schon aus der gelben Klinkervilla am Livbojstigen strömen, als sie auf der Treppe standen.

Baggi und Mixi, Buddel und Bob, Heppo und Wendy machen den Job.

Anna Eiler zog die Augenbrauen hoch.

»Was um alles in der Welt hört er da?«

Patrik Morrelli lachte.

»Hallo? Machst du Witze?«

Er drückte auf die Klingel und sang mit.

Doch auch der Rollo gehört dazu, so wird die Arbeit erledigt im Nu!

Anna starrte ihn an. Er lächelte.

»Bob der Baumeister. Mein Junge liebt ihn.«

»Ich wusste gar nicht, dass du Kinder hast.«

Er grinste und stellte sich automatisch ein bisschen gerader hin.

»Milo Morrelli. Seit letztem Oktober sechs Jahre alt.«

»Hübscher Name. Ich mag Alliterationen.«

Baumeister Bob verstummte, und Sekunden später öffnete

Klas Hjort die Tür. Sie wollten gerade guten Tag sagen, als eine dünne Kinderstimme aus dem Fernsehzimmer kam.

»Ist Mama nach Hause gekommen, Papa?«

Anna Eiler blickte in die Augen des Mannes. Sie wurden auf einmal so dunkel, dass sie beinahe schwarz wirkten. Er schluckte.

»Nein, Spatz. Es ist Anna, die Polizistin, die neulich schon mal da war.«

Klas Hjort seufzte.

»Wir haben hundert Mal über den Himmel gesprochen. Trotzdem fragen sie jedes Mal, wenn jemand an der Tür klingelt, ob es Elisabeth ist«, sagte er leise.

Anna Eiler wusste nicht, was sie sagen sollte. Sie begriff, dass es kein schnelles und schlichtes Geständnis von diesem Mann geben würde, der vielleicht seine Frau umgebracht hatte, und dass Ulf Karlkvist damit einen weiteren Grund finden würde, auf sie einzudreschen.

Anna erklärte Klas Hjort, dass nun auch die Reichsmordkommission in die Ermittlungen zum Tod seiner Frau eingeschaltet sei, und stellte ihren neuen Kollegen Patrik Morrelli vor. Dann trat sie ein, zog ihre Jacke aus, lächelte den beiden Kindern auf dem Sofa zu, die den Fernseher wieder lauter gestellt hatten, und begann, den Ehemann des Mordopfers zu befragen.

17

Viele Jahre zuvor

Er hat den ganzen Abend davon geredet.

Mama soll sterben.

Sie will aus dem roten Pick-up springen, aber er fährt einfach weiter. Einen Umweg nach dem anderen. Sorgt dafür, dass sie nie am weißen Haus im Ringvägen ankommen, in das Mama, ihr großer Bruder und sie selbst erst kürzlich gezogen sind. Er sorgt dafür, dass sie nie die Sicherheit und Geborgenheit erreichen.

Am Ende weiß sie nicht mehr, wo sie sind, obwohl es normalerweise nur ein paar Minuten dauert, die Stadt zu durchqueren. Sie schaut aus dem Fenster, betrachtet die Birken, an denen sie vorbeifahren, und merkt, wie das Auto über den knirschenden Schotter rumpelt. Sie müssen irgendwo in Sil sein. Vielleicht in Bölaholm. Jedenfalls nicht weit entfernt vom Pferdehof.

Sie versucht, verstohlen zu ihm hinüberzuschauen. Will ihn nicht provozieren, ihn nicht noch wütender machen. Sie sieht, wie ihr Papa die Fäuste schüttelt und aufs Lenkrad schlägt. »Jemand muss was gegen diese Hure unternehmen!«

Gott, wie sehr sie es hasst, mit ihm Auto zu fahren.

Sie stellt sich vor, wie sie sich aus dem Wagen wirft. Sie schließt die Augen und malt sich aus, wie es wäre, wenn der Körper auf dem Schotter aufschlüge.

Sie würde sich die Arme aufschrammen. Die Knie. Ihr Rücken, das Steißbein oder der Hintern würden auch wehtun, je nachdem, mit welchem Körperteil sie zuerst auf den Boden fiele. Aber solange sie es schafft, den Kopf hochzuhalten, damit er nicht auf die Erde trifft, solange sollte es gut gehen. Soll sie es wagen?

»Man soll Menschen ja eigentlich nichts Böses tun. Aber sie ist kein Mensch. Deine Mutter ist eine Hure. Verstehst du, was ich meine? Eine Hure ist kein Mensch.«

Stille.

»Das hört man schon am Namen, dass sie eine Hure ist.«

Er schneidet Grimassen.

»Bodil. Die Bodil-Hure.«

Seinem verzerrten Gesicht entnimmt sie, dass der Name, den er gerade in den Mund genommen hat, zum Ekligsten gehört, was man sagen kann. Mamas Name.

»Hast du schon mal so was Bescheuertes gehört? Bodil. Was für ein Hurenname. Kapierst du?«

Sie kapiert nichts. Gar nichts. Sie hat auch einen Hurennamen. Bodil ist ihr zweiter Vorname.

Sie will ihm nicht mehr zuhören, aber das ist unmöglich.

»Ich habe viel drüber nachgedacht. Dass jemand sie sich mal vorknöpfen müsste. Mann, wäre das gut, dieses Problem aus der Welt zu schaffen! Einfach eines Nachts warten, bis sie mit ihrer Arbeit fertig ist, und dann zack! Keiner würde was mitkriegen. Sie kommt ziemlich spät von der Arbeit, gegen halb zwölf, oder?«

Sie fragt sich, woher er Mamas Arbeitszeiten kennt. Mama macht seit ein paar Wochen nur noch Nachtschichten bei Arla, und sie und Papa wohnen nicht mehr zusammen.

»Was meinst du? Wie viele Jahre Haft kriegt man für so was? Wie lange muss man einsitzen, wenn man eine Hure abmurkst?«

Sie sagt nichts.

Sie denkt über seine Frage nach.

Denkt darüber nach, wie viele Jahre Gefängnis Papa kriegen würde, wenn er Mama umbrächte. Fünf? Zehn? Fünfzehn?

Dann überlegt sie, wo sie und ihr großer Bruder wohnen sollen, wenn Mama im Himmel ist und Papa im Gefängnis. Sie fängt an zu weinen und hofft, dass Papa nicht sieht, wie ihr die Tränen übers Gesicht laufen.

Er sieht es nicht.

Valdemar ist jetzt in Trance.

Diese Stufe des Wahnsinns ist es, vor der sie sich am allermeisten fürchtet. Wenn er weggetreten ist. Wenn er nicht mehr ansprechbar ist. Wenn er einem in die Augen sieht, ohne einen zu sehen. Er hat keine Zeit, einen zu sehen. Er sieht seinen eigenen Film, der sich in seinem Kopf abspielt.

Die. Echte. Wirklichkeit.

Sie hat solche Angst vor seinem Kopf. Die Dinge da drin ändern sich so schnell. Er denkt an eine Menge Sachen, die passiert sind, und in seiner Erinnerung sind sie ganz anders als in ihrem eigenen Kopf. Während sie sich daran erinnert, wie Mama über den Scherz eines anderen Mannes gelacht hat, sagt er, dass Mama sich anderen Kerlen an den Hals wirft. Während sie sich daran erinnert, wie ihr Bruder einmal: »Bitte, Papa!« gesagt hat, ist Papa im Gedächtnis geblieben, dass dieser verdammte Satansbraten gequengelt und gequengelt habe, bis ihm der Kopf von der ganzen Quengelei beinahe geplatzt sei. Sie versteht nicht, was in seinem Gehirn vor sich geht.

»Egal wie, das sollte es wert sein.«

Er bremst, dreht den Kopf und sucht den Blickkontakt. Er grinst.

»Egal, wie hoch die Strafe ist, das sollte es wert sein.«

Papa nickt. Sieht zufrieden aus. Als hätte er sich endlich entschieden.

»Heute Abend«, sagt er. »Heute Abend tue ich es. Dann ist es endlich vorbei.«

Sie wendet das Gesicht ab. Erträgt seinen Blick nicht. Sein zufriedenes Gesicht. Sie sieht stattdessen aus dem Fenster. Sie sind im Ringvägen angekommen.

Trotzdem wagt sie nicht, sich zu rühren. Nur weil Papa das Auto angehalten hat, heißt das noch lange nicht, dass sie aussteigen darf. Er bleibt eine Weile sitzen. Jetzt befindet er sich in der stummen Phase. Sie weiß, dass der nächste Schritt entweder ist, dass er sie gehen lässt oder dass er wieder Gas gibt und eine neue Runde fährt. Sie betet zu Gott, dass er nicht Gas gibt.

Und dann plötzlich ein leiser Seufzer vom Fahrersitz. Gefolgt von einem kaum wahrnehmbaren Nicken, das ihr endlich signalisiert, dass sie aussteigen darf.

Sie stolpert die Treppe hinauf. In ihrem Kopf ist nur ein einziger Gedanke: Ich muss sie retten. Ich bin die Einzige, die weiß, dass Mama heute Nacht sterben soll. Ich muss ihr das Leben retten.

Sie läuft in die Küche, durchsucht die Schubladen. Sie kramt zwischen Käsehobeln und Scheren, greift dann zu einem gewöhnlichen Messer. Nicht eines von der scharfen Sorte, mit denen man Fleisch und Gemüse schneidet, sondern ein Besteckmesser, das man zusammen mit der Gabel neben den Teller legt.

Sie versteckt sich im Garten hinter der großen Eiche. Die Baumkrone, die sich über ihrem Kopf ausbreitet, ist so dicht, dass die Blätter sie vollkommen verdecken, obwohl sie nur einen guten Meter vom Gartenweg entfernt steht. Zu ihren Füßen wachsen Tausende von Blausternen und Vergissmeinnicht. Sie würde sich gern hinhocken, um ihnen näher zu sein, traut sich aber nicht, sich zu bewegen. Trotzdem spenden die Blumen ihr Trost, sie sind etwas, worauf sie ihren Blick richten kann. Sie wartet.

Um halb zwölf knirscht etwas auf dem Weg, der zum Eingang des weißen Betonhauses führt. Schritte, die näher kommen. Sie kann kaum atmen. Weiß nicht, ob es ihre Mutter ist – oder Papa, der sich auf Mamas Ermordung vorbereitet. Schließlich sieht sie Bodils lange braune Haare. Sie fängt an zu weinen und läuft auf sie zu.

Als ihre Mutter die Schritte hört, zuckt sie zusammen, schnappt nach Luft und dreht sich um.

Sie sieht den Blick ihrer Mutter. Wie die Angst in den braunen Augen flackert. Bodil sieht ihre Tochter an und wendet den Kopf fast gleichzeitig in einer Dreihundertsechzig-Grad-Drehung, um den Garten abzusuchen, die Büsche, die Rückseite des Hauses und den Weg.

Sie sieht ihre Mutter an und begreift, dass sie nicht die Einzige ist, die sich vor der Nacht fürchtet, in der Valdemar tatsächlich dort in der Dunkelheit lauert.

»Wir müssen uns beeilen, Mama«, sagt sie.

Bodil schiebt ihre Tochter vor sich her, schließt die Tür ab und bittet sie, ihr alles zu erzählen.

Sie tut es.

Aber erst lässt sie ihre Mutter schwören, niemals ein Wort über das zu verlieren, was passiert ist. Niemals. Zu niemandem.

18

»Wie eklig darf es denn sein?«

»Na ja, keins von den Fotos, auf denen das Gesicht durchs Eis zu sehen ist, aber ruhig eins mit den Füßen. Das finde ich okay. Sie wurde immerhin ermordet. Aber bitte keins, auf dem sie so aufgedunsen aussieht. Die Leute sollen ja nicht auf ihren Frühstücksteller kotzen.«

Julia konnte Jannes schwere Atemzüge durchs Telefon hören. Sie lachte.

»Du bist ja gestört. Du fährst voll darauf ab.«

»Das Foto des Jahres, Baby. Das wird das Foto des Jahres.«

Sie lächelte. Sie verkniff sich, Janne darauf hinzuweisen, dass er, solange sie ihn kannte, seine Fotos jedes Jahr bei dem renommierten Wettbewerb eingereicht hatte, der Preis aber immer an einen Fotografen bei den großen Stockholmer Tageszeitungen oder bei der Boulevardpresse gegangen war.

»Verstehe. Du hast gute Chancen, Janne, echt. Aber mir genügt einfach nur ein Foto für die Zeitung morgen, es muss nicht das Foto des Jahres sein. Mail mir, Ing-Marie und Lindgren deine fünf besten Vorschläge, dann sehen wir sie uns nachher an. Ich muss jetzt zum Psychotherapeuten.«

»Hoffentlich kann er dir weiterhelfen.«

Julia legte auf und schüttelte den Kopf. Macken und Spleens allerorten. Aber ein Besuch bei einem Seelenklempner war vielleicht gar keine so schlechte Idee.

Das rote Besetztzeichen über dem Zimmer des Therapeuten brannte. Sie sah verstohlen zur Uhr. Viertel vor zwölf. Sie würde in seine Mittagspause platzen.

Julia ging zum Zeitschriftenregal und zog ein Einrichtungsmagazin heraus. Sie setzte sich und blätterte zerstreut darin herum, um sich die Zeit zu vertreiben.

Sie hasste Wartezimmer, die machten sie immer nervös. Sie las die Bildunterschriften und versuchte, sich auf die teuren Möbel und eleganten Küchen zu konzentrieren, bis sie irgendwann eine Tür hörte, die sich öffnete.

»Also, bis nächste Woche«, sagte eine Stimme. »Passen Sie auf sich auf.«

Julia legte die Zeitschrift zurück, ging in den Flur und traf auf ein erschrockenes Gesicht. Eine Frau in schwarzen Jeans und schwarzem Mantel mit einem schwarzen Schal, den sie sich mehrfach um den Hals geschlungen hatte. Trotz der dicken Kleidung konnte Julia sehen, dass sie besorgniserregend dünn war. In den Dreißigern. Blass. Dunkelbraune, fast schwarze Haare. Verheulte braune Augen. Ein eingefallenes Gesicht mit hohen Wangenknochen und einem ebenso markanten Kinn. Julia nickte der Frau zu, ehe sie ins Sprechzimmer schlüpfte.

Es war leer. Sie hörte in der Toilette gegenüber Wasser rauschen. Während sie auf die Rückkehr des Therapeuten wartete, blickte sie sich um.

Göran Hjonåkers Sprechzimmer war ungefähr fünf mal sechs Meter groß. Auf dem Schreibtisch stand eine grüne Leselampe von der Sorte, wie sie häufig in amerikanischen Filmen zu sehen war, aber damit endete auch schon die Ähnlichkeit mit den eleganten weißen Zimmern auf der Kinoleinwand. Keine Couch oder Chaiselongue zum Hinlegen. Dafür ein Schreibtisch aus schwedischer Kiefer und dahinter ein schwarzer Bürostuhl mit abgewetztem Bezug, wo an zwei Stellen schon die gelbe Polsterung durchkam. Neben einem weißen Schrank hingen zwei asiatische Bilder mit einem Dutzend kalligraphischer Zeichen in Schwarz, Grau und Weiß. Ein Perserteppich mit rot-braunem Muster bedeckte den größten Teil des Fußbodens. Die beiden durchgesessenen Lehnstühle waren schwarz mit roten Plüschbezügen und erinnerten mit ihren verschnörkelten Blumenschnitzereien ein bisschen an Königsthrone. Zwischen ihnen stand ein kleiner Tisch, auf dem sich eine Schachtel Papiertaschentücher befand.

Julia dachte an die verheulte Frau, die sie gerade auf dem Flur getroffen hatte, und überlegte, wie viele Taschentücher in diesem Zimmer wohl an einem normalen Tag verbraucht wurden. Wenn er die Leute zum Weinen brachte, musste er in seinem Job besser sein als bei der Wahl seiner Einrichtung.

»Es entlastet die Leute ein bisschen und macht sie lockerer.«

Sie zuckte zusammen und schaute erschrocken zur Tür. Ein Mann von Ende vierzig stand auf der Schwelle und lächelte sie an.

»Wer hier sitzt, bekommt den Eindruck, dass auch ich ein bisschen chaotisch bin und dass es völlig okay ist, wenn man sein Leben nicht so ganz im Griff hat.«

Er trug ein kleinkariertes blau-weißes Hemd und helle Jeans. Sein Hemd erinnerte ein bisschen an die von Sven Lindgren, mit dem Unterschied, dass Göran Hjonåker das Feingefühl besaß, auch die oberen Knöpfe zu schließen. Er trug sein dunkelblondes Haar akkurat geschnitten und seitlich gescheitelt. Seine Augen hinter der eckigen schwarzen Brille waren blau mit grünen Sprenkeln und blickten sie freundlich an.

»Entschuldigung … habe ich laut vor mich hin geredet?«

Er lachte und schüttelte den Kopf. »Man braucht keine übernatürlichen Fähigkeiten, um zu verstehen, was Ihnen durch den Kopf geht, während Sie die Stirn so heftig runzeln wie eben.«

Sie lächelte entschuldigend. »Aber Sie haben einen eigenwilligen Einrichtungsgeschmack, das muss ich schon sagen.«

Er streckte die Hand aus. »Ich vermute, Sie sind die Journalistin, die angerufen hat? Göran Hjonåker. Nett, Sie kennenzulernen.«

»Julia Almliden von *Västgöta-Nytt*. Danke, dass Sie sich die Zeit nehmen.«

Er deutete auf die schwarzen Lehnstühle, und sie nahm Platz.

»Bequem«, sagte sie.

Er nickte. »Danke. Das ist Rokoko. Zwei Originale aus dem achtzehnten Jahrhundert. Ich habe sie auf einer Auktion in Falköping entdeckt.«

»Mein Großvater war Auktionator«, erwiderte sie. »Aber ich habe vor allem Porzellanhunde für einen Fünfer ersteigert. Nie solche Schätze wie die hier.«

Warum nur platzte sie gleich mit ihren Kindheitserinnerungen heraus? Sie erschrak und war zugleich fasziniert. Was würde sie Göran Hjonåker noch alles erzählen, wenn sie eine Stunde hier säße?

Sein vorsichtiges Lächeln holte sie in die Gegenwart zurück.

»Porzellanhunde haben durchaus ihren Charme. Aber ich habe ein Faible für diesen Stil. Rokoko ist etwas ganz Besonderes und mit nichts anderem zu vergleichen. Aber ich gehe davon aus, dass Sie nicht gekommen sind, um mit mir über Porzellanhunde und Ihren Großvater zu sprechen?«

Julia lachte und ließ den Blick weiter durch den Raum wandern. Sie bemerkte eine einsame rote Spielzeuglok aus Holz, die an der linken Ecke des Schreibtisches stand.

»Gehört die Ihrem Kind?«, fragte sie.

Er schüttelte den Kopf. »Meine Frau und ich haben keine Kinder. Aber ich behandle nicht nur Erwachsene, sondern auch Kinder.« Er sah sie an. »Also, Frau Almliden, was kann ich für Sie tun? Sie müssen entschuldigen, aber das ist eigentlich meine Mittagspause. Um dreizehn Uhr kommt schon mein nächster Patient.«

»Ich möchte mit Ihnen über Elisabeth Hjort sprechen. Wissen Sie, dass sie ermordet wurde?«

Göran Hjonåker starrte sie aus aufgerissenen Augen an.

»Ermordet?«

Sie nickte. »Wir haben es gerade erfahren. Bisher wissen nur sehr wenige davon.«

Er schwieg.

Sie fuhr fort: »Ich weiß, dass Sie der Schweigepflicht unterliegen. Aber können Sie sich vorstellen, wer ihr etwas Böses wollte?«

Der Psychologe schüttelte fast unmerklich den Kopf.

»Wie Sie selbst sagen: Ich unterliege der Schweigepflicht. Natürlich habe ich der Polizei geholfen, so gut ich kann und ohne das in mich gesetzte Vertrauen zu verletzen, aber mit der Presse über Dinge reden, die während einer Therapie zur Sprache gekommen sind?« Er lächelte schief. »Dann hätte ich bald keine Patienten mehr.«

»Können Sie etwas über Elisabeth Hjorts letzte Sitzung bei Ihnen sagen? Ihr Mann hat meiner Kollegin Ing-Marie Andersson erzählt, dass sie am Vormittag des 2. November, also an dem Tag, als sie verschwunden ist, einen Termin bei Ihnen hatte. Gibt es etwas aus dieser Sitzung, was nicht der Schweigepflicht unterliegt?«

»Dass sie hier war, ist eine Aussage ihres Mannes. Ich werde das nicht bestätigen. Tut mir leid, aber das Einzige, was ich dazu sagen kann, ist, dass die Praxis am 2. November zu den üblichen Zeiten geöffnet war und ich den ganzen Tag lang

Patienten hatte. Welche das waren, kann ich Ihnen verständlicherweise nicht sagen. Und auch nicht, ob Elisabeth Hjort eine davon war.«

Julia erhob sich und legte ihre Visitenkarte auf den Tisch.

»Wenn es doch etwas geben sollte, was Sie über Elisabeth Hjort sagen dürfen, können oder wollen, würden Sie mich dann anrufen?«

Als sie fast schon aus der Tür war, hörte sie ein Räuspern. Sie drehte sich um und blickte Göran Hjonåker an. Er betrachtete sie nachdenklich.

»Ist Ihnen noch etwas eingefallen?«

»Ja. Oder nein, jedenfalls nichts, was mit Elisabeth Hjort zu tun hat. Bitte verstehen Sie mich nicht falsch, aber Sie dürfen gern wiederkommen. Ich habe das Gefühl, dass es gut für Sie wäre, noch einmal hierherzukommen. Aus eigenem Interesse.«

Er schaute sie an.

»Irgendwas ist da. Ich bin mir nicht ganz sicher, was. Haben Sie Sorgen?«

Julia erwiderte seinen Blick schweigend.

»Zeigen Sie mir einen Menschen ohne Sorgen, und ich zeige Ihnen einen Lügner«, sagte sie schließlich.

19

Fünf Stunden später parkte ein Streifenwagen vor dem braunen fünfstöckigen Haus in der Kåkindsgatan, in dem sich Göran Hjonåkers Praxis befand.

Anna Eiler hatte den Fahrstuhl in den dritten Stock nehmen wollen. Patrik Morrelli hatte auf Treppen bestanden. Dieser durchtrainierte Angeber.

Anna versuchte, so diskret wie möglich zu Atem zu kommen, während sie insgeheim ihren neuen Kollegen musterte, der an die Tür klopfte.

Gut sieht er ja aus, dachte sie. Toller Körper. Glänzendes, dichtes schwarzes Haar. Garantiert italienische Vorfahren.

Sie fragte sich, ob er wohl seine Frau schlug.

»Bist du sicher, dass er da ist?«

Sie warf einen schnellen Blick auf die Uhr. Schüttelte den Kopf.

»Nein, es war nur ein Versuch. Jetzt ist es sechs. Normale Leute haben um diese Zeit Feierabend.«

Sie zog ihr Handy hervor, rief die Auskunft an und bat darum, mit Göran Hjonåker verbunden zu werden.

»In Stockholm hätte ein Therapeut eine Geheimnummer«, sagte Patrik.

»Wir sind aber nicht in Stockholm«, erwiderte Anna, während sie darauf wartete, dass jemand abhob.

Göran Hjonåker meldete sich nach dem dritten Klingeln. Anna erklärte ihm, dass sie vor seiner Praxis standen.

»Oh, das tut mir leid. Wenn ich gewusst hätte, dass Sie

kommen, hätte ich natürlich auf Sie gewartet, aber mein letzter Patient ist um fünf gegangen, und ich bin gerade nach Hause gekommen. Ich bitte um Entschuldigung, ich dachte wirklich, Sie würden sich vorher anmelden, aber vielleicht hätte ich einfach warten sollen, bis Sie kommen.«

»Aha, wieso das?«, fragte Anna.

»Na ja …« Sie hörte, wie der Mann am anderen Ende schluckte. »Wegen des Mordes an Elisabeth Hjort.«

Anna Eiler spürte, wie sich ihr Hals zuschnürte. »Und woher, wenn ich fragen darf, wissen Sie von dem Mord an Elisabeth Hjort?«

»Die Journalistin, die heute hier war, hat mir davon erzählt. Wie furchtbar, ich hätte nie gedacht … Natürlich habe ich nichts über meine Sitzungen mit Elisabeth Hjort verlauten lassen. Ich unterliege ja der Schweigepflicht.«

Julia.

Verdammte Julia.

Es musste Julia gewesen sein. Anna Eiler beendete das Gespräch möglichst schnell. Sie musste Karlkvist vorwarnen, dass die Neuigkeit draußen war. Er würde ausrasten. Noch ehe sie die Anruftaste drücken konnte, erschien auch schon der Name des Kommissars auf dem Display. Der altbekannte Kloß im Magen meldete sich postwendend, wie immer, wenn sie versuchen musste, einen herrschsüchtigen und vor Wut tobenden Mann zu beruhigen.

20

Donnerstag, den 7. Januar 2010

Jahrzehnte der Gewalt.

So oft habe ich gesehen, wie sich die Geschichte wiederholt, dass ich die Abfolge inzwischen auswendig kann. Blutjunge ehrgeizige Frau trifft älteren charismatischen Valdemar mit dickem Bankkonto. Sie verliebt sich in ihn. In ihren Augen ist er stark und gibt ihr Sicherheit. Nach drei Monaten ist sie schwanger. Während ihrer Schwangerschaft bekommt sie immer mehr schlimme Sachen über ihre Eltern zu hören. Irgendwann »begreift« sie, dass die Eltern immer gemein zu ihr gewesen sind und sie es nur nicht erkannt hat. Daher bricht sie den Kontakt zu ihnen ab, gerade noch rechtzeitig vor der Niederkunft. Wenn sie dann allein mit dem Neugeborenen dasitzt und sich fett und hässlich findet, ist sie schon so fertig mit den Nerven, dass sie einfach nur froh und dankbar ist, dass Valdemar bei ihr bleibt.

Und dann.

Die Prügel.

Ich begann zu rechnen.

Angenommen, Papa setzte seine Fäuste alle sechs Monate ein – aber das war vermutlich zu niedrig gegriffen. Wie lange schon mochte er Menschen misshandelt haben? So etwas fing in der Regel früh an. Ich tippte auf die letzten fünfundvierzig bis fünfzig Jahre. Nahezu ein halbes Jahrhundert.

Es sprach vieles dafür, dass Papa mindestens alle sechs Monate einen Gewaltausbruch hatte, fünfundvierzig Jahre lang.

Neunzig Fälle von Misshandlung.

Neunzig Verbrechen, für die er hätte verurteilt werden können. Wenn die Opfer ihn angezeigt hätten. Und wenn die Polizei und die Mitarbeiter des Sozialamts, bei denen die Anzeigen eingegangen wären, zugehört hätten.

Mir wurde klar, dass er noch mehr Verbrechen begangen haben musste. Viel mehr. Ich nahm das Schwedische Gesetzbuch aus dem Regal und blätterte planlos darin herum. Schließlich fand ich das, von dem ich nicht gewusst hatte, dass ich danach suchte, im Strafgesetzbuch, zweites Kapitel, dritter Absatz.

> Wer die Integrität eines anderen durch Angriffe gegen dessen Person, Freiheit oder Ehre beschädigt, muss den Schaden ersetzen, der durch diese Verletzung entstanden ist.

Verletzung. Aha.

Ich las weiter:

> Des Weiteren ist es erforderlich, dass die betreffende Person ihre persönliche Integrität in irgendeiner Art und Weise schützt und nicht selbst zu einer solchen Verletzung »einlädt«.

Ich fragte mich, wie oft Valdemar seine eigenen Kinder oder die anderer Leute als Satansbraten beschimpft hatte oder seine Frauen und Freundinnen als Huren. Einmal pro Woche war garantiert zu wenig, aber ich beschloss, mich damit zufriedenzugeben. Schließlich wollte ich nicht übertreiben.

Zweiundfünfzig Wochen pro Jahr mal fünfundvierzig Jahre.

Das machte zweitausenddreihundertvierzig solcher Verletzungen.

Fügte man das den Misshandlungen hinzu, hatte Papa also zweitausendvierhundertdreißig Gesetzesverstöße begangen und war damit durchgekommen.

Ich starrte fasziniert auf die Zahl im Muffinsbuch.

Zweitausendvierhundertdreißig Verbrechen, die nie angezeigt worden waren. Die es deshalb nicht gab.

Ich hatte schon immer ein Faible für Statistiken. Für Dinge, die einer gewissen Logik unterlagen und die man – im Gegensatz zu Papas Launen – berechnen konnte. Deshalb fand ich, dass die Chancen für mich sprachen. Wenn er damit durchgekommen war, fast ein halbes Jahrhundert lang Menschen systematisch zu misshandeln und zu terrorisieren, müsste ich es doch eigentlich schaffen, mit einem einzigen Verbrechen durchzukommen. Ein einziges Mal.

Was war der Grund, dass Papa ungeschoren davongekommen war?

Das würde ich herausfinden. Ich spürte wieder dieses Kribbeln im Bauch.

Planung und Sorgfalt.

Wenn ich die Antwort fand, würde ich ungeschoren davonkommen.

Aber nicht Papa. Diesmal nicht.

Es war kurz vor neun. Der Tag war lang gewesen, und ich merkte, wie mein Kopf von all den Gedanken schmerzte, die darin herumwirbelten.

Ich ging zum Kühlschrank und nahm ein Red Bull heraus, das ich in einem Zug leerte. Dann ging ich zurück zum Sofa und schlug die Stelle auf, an der ich geschrieben hatte, bevor ich mit den Berechnungen anfing.

Oben auf der Seite stand das Wort »Rattengift« und dahinter ein großes Fragezeichen. Ich konzentrierte mich auf das Wort und überlegte, welche Arten von Rattengift es gab. Vor meinem Inneren erschien ein Bild von einer bräunlichen Flasche mit einem gelben Etikett, auf dem ein Totenschädel prangte. Es kam mir ein bisschen altertümlich vor, ihn mit Rattengift zu töten, wie in einem Krimi von Agatha Christie.

Eine schnelle Recherche im Internet ergab, dass ein chinesischer Koch im Jahr 2007 sich selbst und fünf Gäste umgebracht hatte, indem er aus Versehen Rattengift statt Mehl in die Soße rührte. 2002 hatten drei Männer in Österreich Rattengift als Partydroge verkauft, was zwei Tote zur Folge hatte. In Indianapolis hatte eine Frau im Januar 2009 ihr ungeborenes Kind und beinahe auch sich selbst umgebracht, indem sie flüssiges Rattengift als Abtreibungsmittel trank.

Ich überlegte, was für andere Gifte es gab und wie man da rankam. Bei der Recherche stieß ich auf die Geschichte vom ehemaligen russischen KGB-Oberst Alexander Litwinenko und wie er mit Polonium vergiftet worden war, das man in sein Sushi injiziert hatte.

Papa aß kein Sushi. Und ich hatte keine Möglichkeit, an das radioaktive Material zu kommen.

Ich entdeckte einen Text über das Giftlabor, das sich seit den Zwanziger Jahren im Moskauer Gefängnis Lubjanka befunden hatte. Dort hatte man ständig neue effektive Gifte erfunden und manchmal auch an lebenden Menschen ausprobiert. Ich malte mir einen Studienbesuch in Russland aus, verwarf die Idee aber gleich wieder. Gerade wollte ich mich in einen Artikel über Zyankali vertiefen, als ich von dem Klavierakkord unterbrochen wurde, den mein Handy von sich gab. Ich hasste dieses Klingelsignal, hatte aber nie die Energie aufgebracht, es zu ändern. Auf dem Display sah ich, wer anrief, und versuchte, gut gelaunt zu klingen, als ich mich meldete.

Seine Stimme war ungeduldig.

»Wo steckst du? Der Film fängt gleich an. Es ist schon nach neun.«

Es dauerte einen Moment, bis es mir wieder einfiel. Der Kinoabend.

»Bin schon auf der Treppe. In fünf Minuten bin ich da. Kauf schon mal dic Karten. Bussi!«

Ich sah mich um. Mein Freund würde nach dem Kino mit zu mir kommen. Wir würden ein spätes Abendessen einnehmen und noch eine halbe Stunde fernsehen, bevor wir zu Bett gingen und Sex hatten. Die eingefahrene Routine, die in den zwei Jahren unserer Beziehung reibungslos funktioniert hatte. Aber vielleicht nicht gerade heute.

Nicht mit dem DIN-A3-Blatt, das im Moment am Kühlschrank hing.

Nicht mit dem aufgeschlagenen Muffinsbuch.

Nicht, wenn Sex so verlockend war wie eine Magen-Darm-Grippe.

Ich schaute auf die Uhr. Noch vier Minuten, bis die Verfilmung des Stieg-Larsson-Romans *Vergebung* anfangen würde. Oder zwölf Minuten, wenn man die Werbung abzog, tröstete ich mich, während ich durch die Wohnung hetzte und alle Hinweise auf meinen Mordplan beseitigte, die ich finden konnte.

»Du warst bei dem Film gar nicht richtig anwesend«, sagte mein Freund, als wir zweieinhalb Stunden später aus dem Saga-Kino kamen.

Ich sah ihn an. Er sah richtig gut aus. Zwölf Zentimeter größer als ich. Zwölf Jahre älter.

Er hatte freundliche blaue Augen, die lächelten, wenn er mich ansah. Freundliche blaue Augen, die mir für ein paar Minuten das Gefühl gaben, nicht ganz so unerwünscht, ein bisschen willkommener auf dieser Welt zu sein. Kurzes Haar, das sich am ehesten als mausbraun und inzwischen ziemlich graumeliert bezeichnen ließ, während ich die Bezeichnung aschblond vorzog. Verschlankt auf siebenundneunzig Kilo, im Vergleich zu den hundertzwölf, die er gewogen hatte, als wir uns kennenlernten. Doch, er sah schon gut aus, mein Freund.

Ich griff nach seiner Hand und flocht meine Finger in seine. Er war ein friedfertiger Mann. Ein Mensch, der eher sterben würde, als mir etwas Böses anzutun. Und ich empfand genauso für ihn. Bis zu diesem Abend hatte ich ihn noch nie angelogen. Besorgt fragte ich mich, wie viele Lügen ich ihm für den Rest unserer gemeinsamen Zeit noch würde auftischen müssen.

»Ach, ist alles nur ein bisschen viel im Moment.«

Er löste seine Finger aus meinem Griff, legte stattdessen den Arm um meine Schultern und zog mich an sich. Ich schob meine Hand unter seine Jacke und legte sie um seine Taille. Er war immer warm. Auch wenn wie jetzt vierzehn Grad minus waren.

Ich liebte es. Ich liebte ihn.

Wir gingen das kurze Stück vom Kino bis zu meiner Zweizimmerwohnung, ohne etwas zu sagen. Ich war dankbar dafür. Mein Gehirn war vollauf damit beschäftigt, die Informationen zu verarbeiten, die ich während des Films erhalten hatte.

Die Hauptperson Lisbeth Salander hatte auch versucht, ihren Vater zu töten. Und es nicht geschafft. War das ein Zeichen?

Höchstens ein Hinweis, dass ich nicht denselben Fehler machen durfte, dachte ich.

Kaum waren wir in der Wohnung, ging ich auf die Toilette und verriegelte ausnahmsweise die Tür hinter mir. Dann griff ich nach einer alten Nummer von *Klick!*, von der ich wusste, dass mein Freund sie nie durchblättern würde, und kritzelte ein paar kurze Gedächtnisnotizen ganz unten an den Rand von Seite fünfzehn, unter einen Artikel über »Suri Cruises verrücktes Luxusleben«.

Kein Benzin, kein Feuer.
Keine Axt.

Wenn es so weit war, hatte ich nur eine Chance. Ich durfte mir keinen Fehler erlauben. Ich musste lachen, als ich erkannte, wie anmaßend es war, dass ich den Mord an Papa noch sorgfältiger und besser planen musste, als Stieg Larssons geniale Superhackerin es getan hatte.

»Hast du was gesagt? Was ist denn so lustig, Liebling?«, fragte mein Freund von draußen.

Ich beeilte mich, die Zeitschrift ganz unten in den Stapel zu schieben. Dann spülte ich, tat so, als würde ich mir die Hände waschen, und schloss die Tür auf. Begegnete zwei ehrlichen blauen Augen.

»Was so lustig ist? Dass wir beide gleich Sex haben werden«, antwortete ich, beugte mich vor und küsste ihn sanft. Ich schämte mich, weil ich wusste, dass es ihn auf andere Gedanken bringen würde.

Und so war es auch.

21

Viele Jahre zuvor

Sie schauen sich eine Fernsehkomödie an.

Sie liegt auf dem weißen Ledersofa, mit dem Kopf auf der Armlehne. Ihr Vater sitzt gegenüber im weinroten Ledersessel. Plötzlich beugt er sich vor, greift nach der Fernbedienung auf dem Tisch und stellt den Ton leiser. Sie wendet sich fragend zu ihm um und will gerade sagen, dass er lauter stellen soll, als er anfängt zu reden.

»Hast du deinen Papa lieb?«

Die Frage kommt so ungekünstelt. So federleicht.

»Na klar«, antwortet sie.

»Würdest du deinem Papa je etwas Böses antun?«

Sie schüttelt den Kopf und hebt das Gesicht, um seinem Blick zu begegnen.

In derselben Sekunde, als sie die leeren Augen sieht, begreift sie, dass etwas nicht stimmt.

Sie flüstert ein »Nein«.

Er reckt sich. Macht den Hals lang, ruckt mit dem Kopf vor und zurück. Holt tief Luft und beginnt zu reden.

Zuerst unzusammenhängend. Über ungezogene Kinder, die ihrem Vater etwas Böses antun. Darüber, dass Väter es nur gut meinen, dass es aber trotzdem Kinder gibt, die ihren Vätern etwas Böses wollen. Undankbare Satansbraten. Ob sie vielleicht so einen undankbaren Satansbraten kenne?

Sie will aufstehen und weggehen, aber sie kann sich nicht rühren. Sie kann nicht einmal den Arm heben, um sich aufrecht hinzusetzen.

Ihr Körper ist steif.

Sie ist auf der Hut.

Bereit.

Sie fragt sich, was jetzt kommt. Versucht fieberhaft zu überlegen, was sie diesmal falsch gemacht hat. Welcher Film heute in seinem Kopf abläuft.

»Willst du deinen Papa umbringen?«, fragt er wieder in einem neutralen Ton, der ihr mehr Angst einjagt als die übliche hysterische Stimme.

Papa umbringen?

Was für eine merkwürdige Frage.

Sie versteht gar nichts mehr.

Papa umbringen? Warum sollte sie das wollen?

»Nein«, sagt sie.

»Warum bist du dann mit einem Messer nach draußen gegangen und hast auf mich gewartet? Warum hast du auf dem Ringvägen gesessen mit einem großen Fleischmesser in der Hand?«

Plötzlich wird ihr schwarz vor Augen. Woher weiß er das?

Sie wendet sich ihm zu. Die grauen Augen starren sie an. Sie lesen das Erstaunen in ihrem Gesicht, und für einen Moment lachen sie triumphierend.

»Mama hat es mir erzählt«, sagt er.

Dabei wollte sie ihn doch gar nicht umbringen.

Sie schaut sich im Zimmer um, auf der Suche nach einem Ausweg, aber sie sitzt auf dem Sofa fest, an die Wand gedrückt. Sie will sich die Ohren zuhalten. Nicht hören, was kommt.

»Sie hat bei einem Treffen damit geprahlt. Wie du mit einem großen scharfen Fleischmesser auf mich gewartet hast, um mich zu töten. Wie du mich abstechen wolltest. Stimmt das? Wolltest du deinen Papa umbringen?«

Das war kein Fleischmesser, ist das Erste, was sie denkt. Dumme Mama. Wieso hat sie gesagt, dass es ein Fleischmesser war?

Sie macht den Mund auf, will alles erklären, merkt aber, dass es nichts zu sagen gibt. Sie schweigt. Kann nicht sprechen, nichts erklären. Zitternd vor Angst erwartet sie ihre Bestrafung.

Er lässt eine Weile verstreichen.

Ein paar Sekunden.

Vielleicht eine Minute.

Eine Ewigkeit.

Ihr ist jedes Zeitgefühl abhandengekommen.

»Sag schon, du Rotzgöre. Warum wolltest du deinen Papa mit einem großen Schlachtermesser töten?«

Kein Fleischmesser, Papa, denkt sie.

Kein großes Messer.

Kein Schlachtermesser.

Ein normales Besteckmesser.

Ich hatte gar nicht vor, dich zu erstechen. Ich hatte überhaupt nichts vor. Ich wollte nur nicht, dass du Mama umbringst. Du hast gesagt, du würdest Mama umbringen.

Doch das denkt sie nur.

So sitzen sie schweigend da. Sehen sich an.

Schließlich macht er ein Zeichen, dass sie zu ihm kommen soll.

Sie geht langsam zu ihm und muss sich auf seinen Schoß setzen. Sie weint, als er ihre Hand mit festem Griff packt und sie jäh an seine Brust drückt.

»So, jetzt zeig es mir. Zeig es deinem Papa. Wo wolltest du mit dem Messer reinstechen?«

Sie starrt auf sein weißes Lacoste-Shirt. Konzentriert sich auf das Krokodil. Denkt, wenn sie es nur lange genug ansieht, wacht sie vielleicht aus diesem Alptraum auf.

Aber sie ist schon wach.

»Zeig es deinem Papa. Wo wolltest du mit dem Fleischmesser reinstechen?«

Seine Stimme klingt wütender, aber da ist immer noch diese entsetzliche Ruhe. Die sie gar nicht von ihm kennt.

Sie ertappt sich dabei, dass sie den Moment vermisst, in dem Papas Stimme ins Schrille umschlägt. Wenn der Wahnsinn die nächste Stufe erreicht. Wenn man weiß, dass einem nichts anderes übrig bleibt, als zuzuhören, still zu sein und einzustecken. Die Phase kennt sie. Die Stimme kennt sie. Diese neue, ruhige Stimme kennt sie nicht.

Der Griff um ihr Handgelenk wird so fest, dass ihre Hände zu zittern beginnen. Nun hebt er seine eigene freie Hand an die Brust und zeigt auf seine linke Seite.

»Hier? Hattest du vor, mit dem Fleischmesser hier reinzustechen, ins Herz?«

Er bewegt seine Hand auf seiner Brust hin und her. Sieht sie fragend an. Wartet darauf, dass sie nickt und auf die Stelle zeigt.

»Jetzt erzähl. Erzähl, wie du deinen Papa mit dem großen scharfen Fleischmesser töten wolltest.«

Sie schnappt nach Luft. Er schaut sie eine Weile an, seine Augen sind genauso leer wie immer. Sie fragt sich, wie es möglich ist, dass ein Mensch einen anderen so anstarrt und ihn trotzdem nicht sieht, überhaupt nichts sieht.

Der Griff um ihre Hand ist so hart, dass die Finger weiß werden.

Schließlich stößt er sie von sich, schubst sie zu Boden. Valdemar steht auf. Geht weg.

Sie bleibt auf dem Fußboden liegen. Die Finger schmerzen, als das Blut wieder in den Adern fließt. Sie versucht zu atmen. Bekommt keine Luft.

»Das … war nur … ein Besteckmesser … Papa.«

Sie bemüht sich zu sprechen. Die Worte hervorzustoßen. Damit er sie versteht. Wenn sie nur erreichen könnte, dass er sie versteht.

»Kein großes … Messer. Ich wollte dich nicht töten … nicht töten, Papa.«

Er antwortet nicht.

22

FREITAG, DEN 8. JANUAR 2010

Er lag nackt auf der weißen Bettdecke. Sein Penis war steif. Ich meinte zu sehen, dass er lächelte, und fragte mich, ob er wohl vom Sex der vergangenen Nacht träumte.

Ich betrachtete meinen Freund, während ich seinem Schnarchen lauschte. Er schlief tief und fest, nicht wissend, welche Misstöne sein normalerweise relativ leichtes Schnarchen in meinem benommenen Kopf hervorrief.

Ich erinnerte mich an früher. Wie sein Anblick mich manchmal so erregt hatte, dass ich ihn an Tagen wie diesem geweckt hätte, indem ich mich auf ihn setzte und ihn in mir aufnahm. Ich verharrte bei dem Bild. Versuchte, mich an das Gefühl zu erinnern, geil zu sein. Es war unmöglich.

Seit ich meinen Entschluss gefasst hatte, war mir die Lust auf Sex abhandengekommen.

Ich vermisste die Lust. Die Geilheit. Fragte mich, ob sie wohl jemals wiederkommen würde. Ob ich jemals wieder guten Sex haben konnte, einfach weil ich es wollte und nicht, um aus einer kniffligen Situation mit meinem neugierigen Freund herauszukommen.

Ich fühlte mich schäbig, als mir klar wurde, dass ich mit ihm geschlafen hatte, nur damit er nicht weiter nachbohrte, worüber ich gelacht hatte. Dass ich nur mit ihm geschlafen hatte, weil ich nicht wagte, mich an diesem Abend mit ihm zu unterhalten. Weil ich Angst hatte, er könnte an meinem Gesicht ablesen, was in mir vorging und welchen Plan ich verfolgte.

Ich schüttelte den Kopf und wischte eine Träne ab, die mir

über die Wange lief. Ich hatte mit meinem Freund gevögelt, ohne die geringste Lust darauf zu haben, nur damit er einschlief. Wie gemein.

Ich verfluchte Papa dafür, dass es ihm nicht nur gelungen war, mein Leben zu zerstören, sondern nun auch noch mein Liebesleben.

»Total unfair«, murmelte ich und stieg so leise wie möglich aus dem Bett.

Als ich die Schlafzimmertür hinter mir schloss, dankte ich Gott, dass ich mir seinerzeit eine Zweizimmerwohnung zugelegt hatte. Mein Freund würde schlafen, bis um sieben der Wecker klingelte. Wenn wir gevögelt hatten, schlief er immer wie ein Stein. Also blieb mir eine gute Stunde, um mich in meinen Plan zu vertiefen, bevor es Zeit war, zwei Gläser Orangensaft und zwei Tassen Kaffee einzugießen, zwei belegte Brote mit Käse und Cognacmettwurst und zwei Schälchen Vanillejoghurt mit Branflakes vorzubereiten und auf den Tisch zu stellen. Wir waren wirklich vorhersagbar. Wie ein altes Ehepaar.

Vergangenes Jahr hatte ich ihm einen roten Frotteebademantel zu Weihnachten geschenkt. Den zog ich an, obwohl ich einen eigenen hatte, einen weißen. Ich zog seinen vor. Sein Geruch gefiel mir.

Ich ging in die Diele und hob die Zeitung auf, die an der Tür lag. Ein Bild vom Simsjön und darunter eine riesige Schlagzeile: »Frau ermordet.«

Ich legte die Zeitung auf den Frühstückstisch und stellte die Kaffeemaschine an. Dann holte ich das Muffinsbuch hervor, das ich unter dem Weihnachtsteppich für den Christbaum versteckt hatte, und fragte mich, wohin ich es tun sollte, wenn der Baum am Knut-Tag entsorgt wurde.

Ich setzte mich auf den Stuhl am Fenster, dachte an Lisbeth Salander und begann, die einzelnen Punkte aufzulisten.

Fehler, die vermieden werden müssen:

1. Der Glaube, ihn einfach überwältigen zu können.

Vor meinem geistigen Auge erschien ein Bild von Papa. Essen war seine große Leidenschaft. Er leckte nach der Mahlzeit nicht nur seinen eigenen, sondern auch die Teller der anderen Familienmitglieder sauber. Als kleines Kind hatte ich das geliebt. Es war, als spielte Papa mit mir »Guck-guck, wo bin ich?«, wenn sein Kopf über dem Tellerrand auftauchte. Mamas braune Soße aus Bratensaft, Sojasoße, Mehl, Butter, Grillgewürz und Sahne war das Leckerste, was ich mir vorstellen konnte. Trotzdem ließ ich immer ein bisschen auf dem Teller zurück, damit Papa ihn glücklich sauberlecken konnte.

Valdemar hatte immer rund hundert Kilo gewogen. Groß und stark und breitschultrig. Er hatte während seiner gesamten Jugend Fußball gespielt und war stolz darauf, nie Schienbeinschützer getragen zu haben. Papa pflegte zu sagen, dass er eigentlich alles aushielt.

Ich glaubte ihm. Ein Handgemenge zwischen uns würde zweifellos in einem Kampf auf Leben und Tod enden.

2. Ihm mit einer Axt aufzulauern.

Ich lächelte in mich hinein, als ich an Lisbeth Salander dachte. Wie sie sich keuchend im Schuppen versteckt hatte. Die Wahrscheinlichkeit, dass ich mich verstecken und dann mit einer Axt in der Hand hervorspringen könnte, um Papa zu überrumpeln, ging gegen null. Mir war klar, dass er die Gefahr wittern und deshalb zur Rückseite des Verstecks gehen und mich überfallen würde anstatt umgekehrt.

Das hatte er immer schon getan. Er konnte mich besser

als jeder andere einschätzen. Ich habe ihn nie angelogen. Das hätte ich mich nicht getraut. Da war etwas in seinen Augen, das mir befahl, die Wahrheit zu sagen. Ich wusste, dass etwas Schreckliches passieren würde, wenn ich es nicht tat.

Zwei neue Punkte im Muffinsbuch. Mir wurde klar, dass *Vergebung* mir vermutlich nichts weiter über die edle Kunst des Mordens beibringen konnte. Ich war keine Computerhackerin wie Lisbeth Salander. Ich besaß keine Millionen, um mir die raffiniertesten technischen Spielereien zu kaufen. Ich war eine einfache Einwohnerin von Skövde mit einem Gehalt von vierundzwanzigtausendsechshundert Kronen im Monat, die versuchte, einen alten Kerl umzubringen, der zufällig mein Vater war – und ich wollte nicht erwischt werden.

In Gedanken ging ich andere Filme durch. Ich setzte mich auf den Fußboden vor dem DVD-Regal. Es musste doch möglich sein, aus den Fehlern anderer zu lernen. Verwundert stellte ich fest, dass ich den Film *Ein perfekter Mord* von 1998 mit Michael Douglas und Gwyneth Paltrow in den Hauptrollen besaß. Wie passend, auch wenn ich mich beim besten Willen nicht erinnern konnte, wann ich den gekauft hatte. Ich las mir die Rückseite der DVD-Hülle durch und versuchte, mir die Handlung in Erinnerung zu rufen. Es ging um ein verheiratetes Paar, das am Ende versuchte, sich gegenseitig umzubringen. Mir fiel die Zeitung ein, die aufgeschlagen auf dem Küchentisch lag. Kurz fragte ich mich, was zwischen der zweifachen Mutter und ihrem Mann vorgefallen sein mochte.

Doch dann richtete ich meine Energie wieder auf Hollywood und das Foto von Michael Douglas alias Steven Taylor auf der Rückseite der DVD. Sein großer Fehler im Film war gewesen, dass er den Job nicht selbst erledigt hatte. Mir war schon von Anfang an klar gewesen, dass ich die Tat selbst ausführen musste, ich schrieb es aber trotzdem noch mal auf, um ganz sicherzugehen.

3. Jemand anders den Job machen zu lassen.

Mein Blick wanderte an den DVDs entlang und blieb am Film *Das Schweigen der Lämmer* hängen. Ich sah Jodie Fosters Rollenfigur Clarice vor mir. Sie war mir als eher ängstlich in Erinnerung geblieben. Ein bisschen wie ich selbst.

Ich drehte die DVD-Hülle um und betrachtete Hannibal Lecter. Plötzlich meinte ich eine ziemliche Ähnlichkeit zwischen Papa und dem Kannibalen mit seinem fast haarlosen Kopf, den charmanten grauen Schläfen und den ebenso grauen Augen zu entdecken. Ich legte den Film in den DVD-Player, drückte die Mute-Taste, damit kein Ton zu hören war, und startete den schnellen Vorlauf. Als Anthony Hopkins einen gewöhnlichen Kugelschreiber dazu benutzte, einen seiner Bewacher zu töten, drückte ich den Pausenknopf.

4. Seine Hände loszubinden. Auch das darf nicht passieren. Es darf nichts in der Nähe geben, was er greifen könnte. Er würde alles, an das er irgendwie herankäme, dazu benutzen, mich zu töten.

Ich nahm die DVD aus dem Player und legte sie wieder in die Hülle, bevor ich den Rest der Sammlung durchging. Eine kümmerliche Kollektion, aus Mörderperspektive zumindest. Ich besaß sowohl die *Sex-and-the-City*-Box als auch den Kinofilm. Die erste Staffel der amerikanischen Serie *The Office*, den schwedischen Erfolgsfilm *Änglagård – Fannys Farm*, beide Staffeln der britischen Serie *The House of Eliott* und unzählige romantische Komödien. Ich zog *Bridget Jones – Schokolade zum Frühstück*, *Grease* und *Tatsächlich … Liebe* aus dem

Regal, bevor ich *Wie werde ich ihn los – in 10 Tagen?* in die Hand nahm.

Was kannst du mir über das Morden beibringen?, fragte ich Kate Hudsons lachendes Gesicht auf der DVD-Hülle. Im selben Moment klingelte der Wecker im Schlafzimmer.

23

Västgöta-Nytt, Seite 4 und 5, Freitag, den 8. Januar 2010

ZWEIFACHE MUTTER WURDE ERMORDET

VON ING-MARIE ANDERSSON UND JULIA ALMLIDEN

Elisabeth Hjort (34) hat ihre Söhne Erik und Elias nicht aus freien Stücken verlassen. Nachdem ihr Verschwinden über zwei Monate lang als »freiwillig« eingestuft worden war, zwingen neue Beweise die Polizei nun dazu, den Fall wieder aufzurollen. »Wir haben Ermittlungen wegen des Verdachts auf Mord eingeleitet«, sagte Ermittlungsleiter Ulf Karlkvist gegenüber *Västgöta-Nytt*.

Die sensationelle Neuigkeit wurde der Polizei im Laufe des gestrigen Tages bekannt. Elisabeth Hjort, die am 2. November vergangenen Jahres von zu Hause verschwand und deren Leiche am 3. Januar aufgefunden wurde, hat sich im Gegensatz zu früheren Vermutungen nicht das Leben genommen.

Sie wurde allem Anschein nach ermordet.

»Die Ergebnisse des Staatlichen Kriminaltechnischen Labors haben uns veranlasst, Ermittlungen wegen Mordes beziehungsweise Totschlags einzuleiten«, sagte Ulf Karlkvist gegenüber *Västgöta-Nytt*.

»Sie war bereits tot.«

Die Polizei schweigt sich darüber aus, was das SKL bei der Obduktion gefunden hat, aber nach vorliegenden Informationen ist die Mutter von zwei Kindern offensichtlich nicht ertrunken. Sie war, wie *Västgöta-Nytt* aus zuverlässiger Quelle erfuhr, bereits tot, als sie im Simsjön versenkt wurde.

Die Polizei wird im Laufe des Tages mehrere Personen vernehmen. »Es versteht sich von selbst, dass wir jetzt sehr viel zu tun haben«, so Ulf Karlkvist.

Der Ermittlungsleiter wollte keine Angaben dazu machen, ob es bereits einen Mordverdächtigen gebe, betonte jedoch, dass bisher keine Festnahmen erfolgt seien.

Angehörige entsetzt

Für Elisabeth Hjorts Familie ist die Nachricht ein Schock.

»Ich kann es nicht fassen. Wer sollte einen Grund gehabt haben, ihr etwas Böses anzutun?«, sagte ihr Ehemann, Klas Hjort, gegenüber *Västgöta-Nytt.*

Zu der Frage, ob und inwieweit die Frau früher bedroht worden ist, wollten sich weder die Polizei noch ihr Psychotherapeut äußern. Die Polizei wird nun ihre Fahndung verstärken, um Elisabeth Hjorts Mörder zu ergreifen.

»Wir sind leider zwei Monate im Rückstand, erhalten jedoch ab sofort Unterstützung durch die Reichsmordkommission«, sagte Ulf Karlkvist.

Die Polizei hat unter der Rufnummer 0500-571 999 eine Hotline eingerichtet, an die sich die Bevölkerung mit Hinweisen zum Mord an Elisabeth Hjort wenden kann.

24

Ein Exemplar von *Skövde Nyheter* lag auf Julia Almlidens Schreibtisch, als sie fünf vor halb neun in die Redaktion von *Västgöta-Nytt* kam.

Sie hatte nicht einmal Zeit, einen kurzen Blick hineinzuwerfen, als auch schon Ing-Marie neben ihr stand. So hastig, wie die Kollegin von ihrem Stuhl aufgesprungen war, hatte sie mit Sicherheit schon eine ganze Weile auf ihr Erscheinen gewartet.

»Nicht ein Wort.«

»Was?«

»Nicht ein Wort. Sie bringen kein einziges Wort über die Sache. *Skövde Nyheter* hat den Mord komplett verpasst. Wir sind die Einzigen. Begreifst du? Verdammt, ist das gut! Jetzt rufen sicher bald die großen Boulevardzeitungen an und wollen mit uns zusammenarbeiten!«

Julia lächelte. Unter den Alternativen in ihrem eigenen Vokabular war »verdammt« kaum als Fluch zu bewerten. Aber für Ing-Marie? Jedenfalls war es das Gröbste, was sie ihre Kollegin je hatte sagen hören.

»Spitze, Ing-Marie! Wie gesagt, du hast wirklich eine Superarbeit geleistet.«

Julia blickte auf den Haufen Fotos zum Verschwinden von Elisabeth Hjort, die Janne Persson ihr frühmorgens auf den Platz gelegt haben musste.

»Wenigstens kann man Blaulicht nicht vorwerfen, selektiv zu sein«, sagte sie resigniert.

Ing-Marie lachte. »Ich helfe dir. Wir gehen sie zusammen durch.«

Julia sah sie verblüfft an. Die Kollegin wirkte so aufgedreht und gut gelaunt, dabei war es noch nicht mal neun. Was wohl in sie gefahren war?

25

Inzwischen kriege ich jedes Mal eine Heidenangst, wenn ich Lillebrors Namen auf dem Display sehe. So war es auch, als er eben anrief.

»Ich bin's. Stör ich?«

»Hallo, Bruderherz. Nein, du störst nicht«, sagte ich und versuchte, mir nicht anmerken zu lassen, wie erleichtert ich war, dass nichts Neues passiert zu sein schien. »Wie geht's deinem Kopf?«

»Besser«, antwortete er, und es hörte sich an, als ob es stimmte. Wir verabredeten uns für nächste Woche, wenn ihm die Fäden gezogen werden sollten.

Das Gespräch dauerte – wie immer, wenn Lillebror anrief – keine zwei Minuten. Er will nie länger reden. Und als Erstes fragt er immer, ob er stört. So als wollte er einem nicht die Zeit stehlen. Lästig sein.

Das andere Telefonat, das das Leben so vieler Menschen verändern sollte, hatte in den allerersten Stunden des neuen Jahres stattgefunden.

»Arbeitest du? Ich bin in Skövde. Kannst du mich aus dem Krankenhaus abholen?«

Ich hatte keine Fragen gestellt. Hatte mich nicht getraut. Nur meinen Freund aus dem Bett gejagt und mich ins Auto gesetzt.

Acht Minuten später stand ich in der steril wirkenden Notaufnahme des Zentralkrankenhauses und suchte den Raum mit den Augen ab. Mir kam es vor, als stinke es nach Blut und

Panik. Eine Frau in den Siebzigern saß in einem Rollstuhl dicht am Eingang und musterte mich ungeniert von Kopf bis Fuß.

»Sie sehen nicht krank aus«, sagte sie. »Ich war zuerst hier. Ich bin vor Ihnen dran.«

Ich ignorierte die Frau und schaute nach links. Ein kleiner Junge lag auf einer Pritsche. Er sah blass aus, war umgeben von lauter Schläuchen und Kabeln und konnte nicht älter als fünf sein. Auf einem Stuhl neben ihm saß eine Frau, die ihm mit der einen Hand über den Körper strich. In der anderen hielt sie krampfhaft ein zerknülltes Papiertaschentuch. Ihre Augen waren rot und geschwollen, aber sie versuchte, ihn anzulächeln. Flüsterte etwas, das ich nicht verstehen konnte. Egal. Die Worte waren nicht für mich bestimmt.

Ich wandte mich nach rechts und sah einen jungen Mann, der in einem der Betten lag und dem man oben auf dem Kopf die Haare abrasiert hatte. Er sah mich an und hob langsam die Hand zu einem Gruß, als koste die Bewegung ihn übermächtige Anstrengung.

Es dauerte ein paar Sekunden, bis ich begriff, dass die blasse rasierte Gestalt, die dort lag, mein Bruder war. Gerade als ich an sein Bett trat, näherte sich eine Krankenschwester mit raschen Schritten. Sie war in den Fünfzigern, hatte kurzes braunes Haar mit ergrauten Schläfen und dunkle, grimmig blickende Augen. Auf ihrem grünen Kittel befand sich ein großer eingetrockneter Fleck, den ich sofort als Blut identifizierte.

Erschrocken richtete ich den Blick auf Lillebror, um zu sehen, ob es vielleicht sein Blut war. Als ich den großen dunklen Fleck auf seinem blauen Strickpullover entdeckte, wäre ich am liebsten schreiend rausgelaufen.

»Sind Sie eine Angehörige?«

Ich nickte.

»Ich bin seine Schwester.«

Die Krankenschwester sah Lillebror an, der ihr kaum merklich zunickte, um unsere Verwandtschaft zu bestätigen.

Daraufhin fuhr sie fort: »Wir hätten es lieber gesehen, wenn ein Erziehungsberechtigter ihn abholt, aber Ihr Bruder sagt, dass weder seine Mutter noch sein Vater greifbar seien. Da Sie so viel älter sind, dürfte es kein Problem sein.«

Es passte mir nicht, dass die Frau über Lillebror redete, als wäre er nicht anwesend.

Sein ganzes Leben lang haben die Leute über seinen Kopf hinweg gesprochen. Ich streckte instinktiv die Hand nach seiner aus, doch er zog sie weg.

Die Krankenschwester, die sich immer noch nicht namentlich vorgestellt hatte, sah ihn scharf an.

»Die Polizei hat ihn schon vernommen. Oder na ja, sie haben es jedenfalls versucht. Die Polizeibeamten, meine ich. Ihr Bruder hat sich aber kaum dazu geäußert, was passiert ist.«

Er wandte den Blick ab. »Es war mitten in der Nacht«, sagte er. »Ich war in Götene unterwegs, und da hat mich so ein Typ einfach verprügelt. Keine Ahnung, wer das war.«

Die Krankenschwester schnaufte demonstrativ.

»Silvester und Neujahr ist hier immer Hochbetrieb, deshalb haben wir eigentlich keinen Platz, um ihn hierzubehalten. Bevor Ihr Bruder entlassen wird, muss noch der Arzt mit Ihnen sprechen. In den nächsten vierundzwanzig Stunden muss Ihr Bruder unter Aufsicht bleiben. Er hat eine starke Gehirnerschütterung und sollte nachts nicht allein schlafen. Falls er sich erbricht, müssen Sie ihn sofort wieder herbringen, unverzüglich.«

Ich nickte. »Mein Freund wartet im Auto. Wir werden abwechselnd auf ihn aufpassen. Wir lassen ihn nicht allein.«

Die Schwester nickte.

»Ich sage dem Arzt, dass Sie hier sind. Er kommt sofort.«

Ich setzte mich auf die Kante des Krankenhausbetts und

versuchte, meinem Bruder in die Augen zu sehen, aber er wandte den Blick ab.

Keiner von uns sagte ein Wort.

Ich reichte ihm wieder die Hand. Diesmal zog er seine nicht weg.

So verging vielleicht eine Minute. Vielleicht waren es auch zehn. Möglicherweise sogar zwanzig. Dann kam ein weißer Kittel auf uns zu. Ich blickte auf und sah, wie sich ein glatzköpfiger Mann näherte. Unter dem Kittel trug er eine grüne Hose und einen grünen Pullover. Dazu blaue Plastikpantoffeln. Aus seiner Brusttasche ragten vier Kugelschreiber. Er hatte ein Stethoskop um den Hals, eine braune Mappe in der Hand und meinen Bruder im Visier.

»Wie fühlst du dich?«

Ein Schulterzucken als Antwort.

Der Mann streckte die Hand aus.

»Ich bin Dr. Hansson, ich habe diesen jungen Mann hier heute Nacht verarztet. Sie sind seine Schwester, stimmt das?«

Ich nickte. Erwiderte den Händedruck. Stellte mich vor.

Er öffnete die Mappe und blätterte darin herum. Weder Lillebror noch ich sagten ein Wort. Beide schauten wir den Mann an, der stumm vor uns stand und Seiten umblätterte.

Nachdem eine halbe Minute vergangen war, hätte ich ihn am liebsten unterbrochen, aber ich traute mich nicht.

Ich wartete und beobachtete seine Augen, die kreuz und quer über die Seiten glitten. Schließlich schlug Dr. Hansson die Mappe zu und richtete den Blick auf mich.

»Der junge Mann hier hat unglaubliches Glück im Unglück gehabt.«

Er schwieg und ließ den Blick langsam zwischen uns hin und her wandern.

»Und du bleibst dabei, dass du dich nicht erinnerst, was dir passiert ist?«, sagte er an meinen Bruder gewandt.

Erneutes Schulterzucken.

Dr. Hansson schlug die Mappe wieder auf.

»Ich weiß nicht, wie viel die Krankenschwester Ihnen erzählt hat, aber Ihr Bruder wurde schwer misshandelt. Die Wunde ist tief. Wir mussten ihn mit vierzehn Stichen nähen. Nächste Woche müssen die Fäden gezogen werden, vielleicht auch erst in zehn Tagen, je nachdem, wie der Heilungsprozess verläuft. Der Schlag gegen seinen Kopf war enorm wuchtig, es ist ein Wunder, dass er mit einer Gehirnerschütterung davongekommen ist. Wir haben sicherheitshalber eine Computertomographie gemacht, um ernste Verletzungen ausschließen zu können. Bei einem derart harten Schlag gegen den Kopf können Blutungen entstehen und die Schädeldecke verletzt werden. Wir haben allerdings nichts dergleichen festgestellt und deshalb beschlossen, dass er nach Hause darf.«

Dr. Hansson sprach erst weiter, nachdem er wieder Blickkontakt mit Lillebror aufgenommen hatte.

»Du wirst in den nächsten Tagen Kopfschmerzen haben und dich benommen fühlen. Das ist normal nach einer Gehirnerschütterung. Du darfst keinen Sport treiben und keinen Alkohol trinken, bis du dich wieder vollkommen fit fühlst. Es wäre außerdem klug, Dinge zu vermeiden, die Konzentration erfordern, wie etwa Fernsehen oder Computerspiele.«

Dann wandte er sich wieder an mich. »Er muss in den nächsten vierundzwanzig Stunden unter ständiger Aufsicht sein. Übelkeit ist wie gesagt normal, aber wenn er sich erbricht, müssen Sie ihn wieder herbringen.«

Dr. Hansson verstummte und warf dem Jungen einen langen forschenden Blick zu.

»Du hättest tot sein können. Ich hoffe, dass du niemanden deckst, denn was dir angetan wurde, ist eine sehr ernste Sache.«

Lillebror antwortete nicht. Der Arzt beugte sich vor und klopfte ihm sacht aufs Bein.

»Okay. Pass auf dich auf. Ich hoffe, du kommst nicht wieder her.«

Lillebror nickte und ergriff die ausgestreckte Hand des Arztes. Schüttelte sie. Ich tat das Gleiche.

Wir sahen Dr. Hansson nach, wie er den Gang entlangging und schließlich um eine Ecke verschwand, dann griff ich nach der schwarzen Daunenjacke meines Bruders und half ihm, sie anzuziehen.

Mein Herz klopfte, als wir langsam durch die Krankenhausflure Richtung Parkplatz gingen, wo mein Freund im Auto saß und wartete. Ich sah, wie er die Augen aufriss, als er Lillebror erblickte. Trotzdem rang er sich ein Lächeln ab, während er die Hand vorsichtig auf seine Schulter legte.

»Hallo, Sportsfreund. Schön, dich wiederzusehen.«

Ich sah, wie mein Bruder zum ersten Mal lächelte, seit ich ihn abgeholt hatte.

Was tatsächlich in der Silvesternacht passiert war, kam eine Stunde und achtundvierzig Minuten später heraus, als wir auf dem weißen Sofa saßen.

Ich hatte keine Fragen gestellt. Hatte den Mund nicht aufbekommen. Ich wusste instinktiv, was er antworten würde, und war mir nicht sicher, wie ich reagieren würde. Ich spürte am ganzen Körper, dass gerade etwas geschah. Würde ich mich ins Auto setzen, nach Götene fahren und den Kerl in besinnungsloser Wut einfach umbringen, wenn er die Tür öffnete?

Wir schwiegen zusammen auf dem Sofa, Lillebror lag am einen Ende, wir saßen am anderen. Auf Lillebrors Seite des Couchtisches stand ein Glas Saft. Mein Freund und ich hatten uns jeder einen Kaffee eingeschenkt. Alle Getränke standen unangetastet da.

Die Stille hing wie eine Wolke im Raum. Mein Freund brach schließlich das Schweigen.

»Ich werde nicht für deine Schwester sprechen, Junge, sondern nur für mich selbst. Ich bin froh, dass du uns angerufen hast.«

Wieder bemerkte ich, wie ein vorsichtiges Lächeln auf den Lippen meines Bruders erschien.

Er sieht ihn, dachte ich. Er ist ein erwachsener Mann, alt genug, um sein Vater zu sein, und er sieht ihn, behandelt ihn wie einen Menschen. Plötzlich verstand ich, warum Lillebror immer so entspannt wirkte, wenn mein Freund dabei war.

»Und ich will dir überhaupt nicht vorwerfen, dass du nicht die Wahrheit sagst, aber wir wissen ja alle drei, dass du vermutlich sehr wohl weißt, wie das passiert ist. Willst du uns das nicht erzählen?«

Er schickte Lillebror einen freundlichen, aber forschenden Blick.

»Es bleibt hier in diesem Raum.«

Endlich begann Lillebror zu erzählen. Wie Papa wütend geworden war, als er noch weggehen wollte. Warum genau, blieb unklar. Vielleicht war Lillebror Abschaum. Oder er wollte sich mit Abschaum treffen. Mein Bruder wusste es nicht mehr, sondern nur, dass Papas Wut schnell eskaliert und außer Kontrolle geraten war.

»Er hat gesagt, er bringt mich um. In allen Einzelheiten hat er beschrieben, wie er es tun würde. Er würde mich an die Wand drücken, seine Hände um meinen Hals legen, mich hochheben und dann stehen bleiben. Er würde mich so lange da hängen lassen, bis ich abkratze, hat er gesagt.«

Er senkte die Stimme.

»Aber viel unheimlicher war, was er danach gesagt hat. Er hat gelacht und gesagt, er werde dann zwar bestraft, aber das sei es schon wert. Ich habe Panik gekriegt. Es hat sich wirklich so angehört, als ob er es ernst meint. Er hat so zufrieden ausgesehen, als er das sagte. Dass es das wert sei – Hauptsache, ich wäre tot.«

Lillebror erzählte, wie er aufgestanden sei, um zu gehen, und Papa den Rücken zugedreht habe. Wie Valdemar vor Wut gerast habe, weil der Junge nicht sitzen geblieben sei, bis die Bestrafung vorüber war, und wie Papa nach einer Karaffe mit fertig gemixter Rum-Cola gegriffen habe. Sie stand auf dem Tisch und sollte im Laufe des Silvesterabends geleert werden. Stattdessen war die volle Karaffe Sekunden später direkt auf Lillebrors Oberkopf gelandet.

Die Karaffe war kaputtgegangen.

Lillebrors Kopf auch.

Die Wunde, hatte Dr. Hansson gesagt, war zwölf Zentimeter lang.

»Wie bist du ins Krankenhaus gekommen?«

Ich hatte es gewagt, zum ersten Mal etwas zu sagen.

»Papa hat mir Geld für ein Taxi gegeben, als er gesehen hat, wie stark ich blute. Er hatte was getrunken, konnte also nicht selbst fahren. Er sagte, die würden da nur ein Pflaster draufmachen und dass ich keinen Notarztwagen rufen solle. Es hat ein bisschen gedauert, bis ich dich anrufen konnte, weil in der Notaufnahme so viel los war. Ich musste ziemlich lange warten. Hab den Jahreswechsel dort gefeiert.«

Stille legte sich über den Raum.

Ich ließ meinen Tränen freien Lauf und saß einfach da und streichelte langsam seinen Arm. Es gab nichts zu sagen.

»Ihr müsst ihn anzeigen.«

Mein Freund klang resigniert. Er sah mich an.

»Du kannst ihn damit nicht durchkommen lassen. Für das hier kann er ins Gefängnis wandern.«

Der kurze Blick, den mein kleiner Bruder ihm zuwarf, enthielt das ganze Gefühlsspektrum. Enttäuschung. Hass. Angst. Schließlich sah er zu mir.

»Wenn du ihn anzeigst, rede ich nie wieder mit dir. Hörst du? Ich werde sagen, dass du dir das alles ausgedacht hast, und ich werde nie wieder ein Wort mit dir reden. Dann bist du für mich gestorben. Dann habe ich keine Schwester mehr.«

Er hatte meine Hand weggestoßen. Sein Blick, der zwischen uns hin und her flackerte, war zuerst mörderisch, voller Hass. Dann begann mein Bruder haltlos zu weinen.

»Ich meine das ernst. Papa würde mich totschlagen.«

Ich legte meine Hand wieder auf seine. Ich versuchte, beruhigend zu klingen.

»Ich werde ihn nicht anzeigen. Und er wird das auch nicht tun.« Ich sah meinen Freund an. Wartete.

»Nein«, sagte er. Kurz und knapp.

»Jetzt möchte ich, dass du dich hinlegst und schläfst. Wir werden uns abwechseln, um bei dir zu bleiben. Ich mache eine Kleinigkeit zu essen. Keiner wird irgendwen anzeigen. Ich nicht. Er auch nicht«, sagte ich und nickte zu meinem Freund. »Wir möchten nur, dass du dich ausruhst.«

Unter Tränen sah mein kleiner Bruder mich lange forschend an, ehe sein Atem sich so weit beruhigte, dass ich wusste, er vertraut mir.

Mein Freund legte beschützend einen Arm um Lillebror, brachte ihn ins Schlafzimmer und deckte ihn zu. Dann holte er einen Stuhl und setzte sich ans Bett. Ich schloss mich auf der Toilette ein, wo ich endlich den Weinkrampf zuließ.

Ich hatte geglaubt, verdient zu haben, was Papa mir jahrelang angetan hatte. Aber jetzt, da ich erkannte, dass ich durch meinen Auszug von zu Hause und den Kontaktabbruch kein einziges Problem gelöst, sondern nur die Fackel an die nächste Geschwistergeneration weitergereicht hatte, war Schluss damit. Ich sah meinen lieben verängstigten kleinen Bruder vor mir und begriff, dass er sehr wohl durch Papas jüngsten Tobsuchtsanfall hätte sterben können. Der Arzt hatte gesagt, er habe »ein unglaubliches Glück« gehabt.

Papa hatte so viele Grenzen überschritten.

Heute war er über eine weitere gegangen. Die wichtigste.

Ich kannte Papa schon lang genug.

Ich wusste es.

Es begann mit Drohungen und ging irgendwann von seelischer Grausamkeit zu Körperverletzung über. Meistens eskalierte diese und wurde mit jedem Mal schlimmer. Bisher hatte seine innere Hemmschwelle ihn immerhin davon abgehalten, seine Kinder zu verprügeln – er hatte »nur« seine Frauen misshandelt. Jetzt war diese Hemmschwelle gesunken. Eines Tages würde sie ganz wegfallen. Und dann würde er jemanden umbringen. Ganz egal wen.

Es durfte keiner meiner Brüder sein, die zufällig in seiner Nähe waren. Möglichst auch nicht Stiefmutter Nummer zwei. Obwohl sie ehrlich gesagt ganz unten auf meiner Prioritätenliste stand.

Ich weinte, bis ich keine Tränen mehr hatte.

In dem Moment schaute ich auf die Uhr und fasste meinen Entschluss.

Es war 15.51 Uhr. Am Neujahrstag, dem 1. Januar 2010.

Lillebror hatte die Nacht bei uns verbracht. Wir hatten abwechselnd an seinem Bett gewacht.

Mein Freund hatte ihn am Morgen zu seiner Mutter gefahren, während ich zur Arbeit ging. Gleich danach hatte er mich angerufen. Er war so wütend gewesen. Zum ersten Mal in den Jahren, die wir zusammen waren, hatte er die Stimme erhoben. War laut geworden. Hatte gesagt, dass wir nicht länger nach Papas Pfeife tanzen durften.

Das werden wir auch nicht, wollte ich sagen, doch ich sagte es nicht.

Er sagte, ich sei eine Idiotin, wenn ich keine Anzeige erstatte. Dass ich es besser wissen müsse. Nicht mehr schweigen dürfe.

Es nützt nichts, ihn anzuzeigen, wollte ich sagen. Aber auch das sagte ich nicht. Ich sagte gar nichts.

Dass es nichts nützte, Papa bei der Polizei anzuzeigen, hatte ich früh gelernt.

Auf die harte Tour.

26

Viele Jahre zuvor

»Du kleine miese Hure. Bist du das, ja? Eine Hure?«

Sie sieht Papas Rücken, während er die Worte hervorzischt. Sie steht in der Waschküche in der Götgatan 7. Er steht da, beugt sich über ihre Stiefmutter.

Sein Rücken ist gerade.

Die Beine sind gespreizt.

Seine Fausthiebe treffen den Bauch und die Brüste ihrer Stiefmutter beinahe rhythmisch, und Valdemar atmet schwer, während die Fäuste auf seine Frau eindreschen.

Ihre Stiefmutter sagt kein Wort. Sie wimmert nur jedes Mal auf, wenn die Faust in ihren Weichteilen landet.

Sie selbst öffnet den Mund, kriegt aber keinen Ton heraus. So als wäre keine Luft mehr in ihrem Körper. Sie spürt zum ersten Mal, wie sich die Kehle zuschnürt und die Luft sich in ihrem Hals staut. Ein Gefühl, das sich von diesem Tag an in ihr einnisten wird. Das oft wiederkommen wird. Immer unerwartet. Immer unwillkommen. Wie ein ungebetener Gast zieht dieses Gefühl bei ihr ein und übernimmt die Herrschaft über ihr Leben. Sie ringt nach Luft und nach Worten. Erst beim dritten Versuch bringt sie etwas hervor.

»Papa«, keucht sie.

Er dreht sich um. Die Augen aufgerissen. In Trance. Seine rechte Hand schwebt noch in der Luft, zur Faust geballt. Wird er jetzt sie schlagen?

»Ja?«

Atmen. Das Atmen fällt ihr so schwer.

»Man … man darf nicht schlagen, Papa.«

Er sieht erstaunt aus. Sie hat den Film in seinem Kopf unterbrochen. Den Prozess gestört. Man darf nicht schlagen. Natürlich darf man nicht schlagen.

»Nein, nein, wir schlagen uns nicht«, sagt er und zieht seine misshandelte Frau hoch.

Die Stiefmutter geht an ihr vorbei, die Hand auf dem Bauch, den Kopf gesenkt. Sie verschwindet in der Küche.

Weder Papa noch sie sagen etwas. Sie sehen sich nur an. Als sie Geklapper aus der Küche hören – die Stiefmutter stellt Kaffeetassen auf den Tisch –, geht Valdemar rüber und leistet seiner Frau Gesellschaft.

Sie bleibt in der Waschküche zurück. Ihre Beine zittern. Ihr Brustkorb schmerzt noch immer. Sie hört, wie die beiden da draußen reden. Leise unterhalten sie sich darüber, was auf den Tisch soll. Sie fragt sich, ob sie das alles geträumt hat. Sieht wieder Papas erstauntes Gesicht vor sich.

Man darf nicht schlagen, sagt sie.

Natürlich darf man nicht schlagen, antwortet er.

Selbstverständlich nicht.

Er begreift es selbst nicht, denkt sie.

Es ist jemand anders, der das tut. Jemand, der die Kontrolle übernimmt.

Während sie da in der Waschküche steht, überkommt sie ein Gefühl des Muts. Sie wird ihre Stiefmutter retten. Wird Papa vor sich selbst retten. Sie wird die Polizei anrufen.

Heldenmusik ertönt in ihrem Kopf. Die Fanfare, wenn derjenige Einzug hält, der in den Zeichentrickserien die Welt gerettet hat.

Ta-ta-taa, erklingt die Fanfare.

Sie wird das Richtige tun. Das, was sie sich nie getraut hat in den Nächten, als das seltsame Geräusch durchs Haus drang, damals, als er Mama geschlagen hat.

Ta-ta-taa.

Sie geht aus der Waschküche. Hört, wie sie nur wenige Schritte ent-

fernt in der Küche mit dem Frühstück beschäftigt sind. Wie sie damit beschäftigt sind, so zu tun, als sei alles ganz normal in der Götgatan 7.

Sie geht in Papas Arbeitszimmer, das sie eigentlich nicht betreten darf. Sie sieht sein Handy auf dem Schreibtisch liegen und versteckt es in ihrem Pulloverärmel. Es ist schwer und klotzig und fühlt sich an wie ein Ziegelstein, als sie zur Leiter schleicht und auf den Dachboden klettert.

Dort oben in der pechschwarzen Dunkelheit wählt sie eine Neun und vier Nullen.

Ta-ta-taa.

Eine Frau meldet sich.

Sie fängt an zu weinen.

»Er schlägt sie«, ist alles, was sie hervorbringt.

Die Frau in der Notrufzentrale fragt, wie alt sie ist, wo sie wohnt und von welchem Telefon aus sie anruft.

Sie schämt sich, als sie gesteht, dass sie in Papas Arbeitszimmer war und ein Handy mitgenommen hat, das sie eigentlich nicht benutzen darf.

»Aber ich musste doch«, sagt sie. »Er darf sie nicht mehr schlagen.«

Die Frau ist kurz angebunden, aber sie sagt, dass es okay war, Papas Handy zu nehmen, und dass sie einen Polizeiwagen vorbeischicken werden.

Sie bekommt Panik.

»Bitte, bitte, kein Tatü-tata-Auto«, bettelt sie, weil ihr das Wort »Sirene« nicht einfallen will.

»Kein Tatü-tata«, antwortet die Frau und legt auf.

Zuerst sieht er überrascht aus, als die beiden Polizisten vor der Tür stehen.

»Familienstreit? Nein, davon weiß ich nichts. Weißt du etwas von einem Streit?«

Seine grauen Augen suchen ihren Blick.

Erst viel später wird sie begreifen, dass ihm vermutlich gar nicht klar war, wer die Polizei gerufen hat. Vermutlich hat er einfach gedacht, die Polizeibeamten würden einem Kind glauben, das ihnen sagt, dass alles ruhig sei. Und dann würden sie die Tür zumachen und wieder wegfahren.

Aber all das denkt sie in diesem Moment nicht. Sie ist überzeugt, dass er weiß, was sie Schlimmes getan hat. Dass sie die Polizei angerufen und gepetzt hat.

Sie kann nicht lügen. Die grauen Augen sehen sie an, und dann muss man die Wahrheit sagen. Man darf seinen Papa nicht anlügen.

»Ich habe angerufen.«

Tränen laufen ihr über die Wangen. Sie kann nichts dagegen tun.

»Du darfst sie nicht mehr schlagen.«

Die Polizisten sind mit der Stiefmutter ins Wohnzimmer gegangen, um sie zu befragen. In der Zwischenzeit lassen sie sie mit Papa in der Küche sitzen und warten. Sie und Papa allein in einem Zimmer. Die beiden Polizisten und die Stiefmutter in einem anderen. Es wäre ihr am liebsten gewesen, wenn einer der Polizisten bei ihnen geblieben wäre. Bei ihr. Sie will nicht mit Papa allein sein.

»Was hast du gemacht, verdammt noch mal?«, zischt er sie an. »Du saudummes Balg! Was sollen die Nachbarn denken, wenn ein Polizeiauto vor dem Haus steht?«

Sie weint, sagt: »Entschuldigung.« Wieder und wieder. Versucht, sich an die Fanfare zu erinnern. Ta-ta-taa. Es geht nicht.

»Du bist so bescheuert. So unfassbar dumm. Lächerlich bist du, weißt du das? Heulst über jeden Scheiß. Als Oma gestorben ist, hast du nicht so geheult wie jetzt. So egal war sie dir. Aber jetzt heulst du, was? Du dummes Gör. Was würde wohl Oma dazu sagen?«

Sie denkt an ihre Oma und schämt sich. Sie fragt sich, ob Oma jetzt wohl im Himmel sitzt und enttäuscht ist, weil ihre Enkelin jetzt mehr weint als damals, als sie gestorben ist.

»Das wollte ich nicht«, sagt sie und versucht zu erklären, dass die Polizisten dumm seien, weil sie in einem Tatü-tata-Auto gekommen sind und sie doch darum gebeten hatte, es nicht zu tun. Ihm zuliebe.

»Wir sagen, dass es ein Einbruch war. Hörst du? Ein Einbruch. Und wenn sie wieder weg sind, entschuldigst du dich bei deiner Stiefmutter. Stell dir vor, was du ihr angetan hast. Jetzt muss sie da drinnen mit den Polizisten herumsitzen. Pfui, kann ich nur sagen. Du entschuldigst dich für das, was du getan hast, du Rotzgöre, kapiert?«

Sie nickt.

Sie hat es kapiert. Sie ist eine Rotzgöre, für die er sich vor den Nachbarn schämen muss. Es war nur ein Einbruch.

Die Polizisten bleiben eine gute halbe Stunde.

Sie hört nie wieder etwas von ihnen.

Papa sagt, dass alles ein Missverständnis gewesen sei, aber dass die Stiefmutter trotzdem eine Entschuldigung von ihr hören wolle, weil sie die Polizei angerufen habe. Denn nur deshalb hätten sie sich vor den Nachbarn schämen und sie anlügen müssen.

27

Ich merkte, dass ich nach dem Gespräch mit meinem Bruder immer noch mit dem Telefon in der Hand dasaß.

Geliebter kleiner Junge, dachte ich wieder. Es war ungeheuerlich, was ihm passiert war. Völlig unakzeptabel. Aber auch eine Offenbarung.

Der Augenblick, in dem ich endlich aufhörte, Papa zu decken.

Der Augenblick, in dem ich stattdessen begann, die anderen zu sehen.

Die Opfer. Nicht den Täter.

Der Augenblick, als sich die Rollen unwiderruflich änderten.

So lange hatte ich Bilder von Tritten und Schlägen im Kopf gehabt. Hasserfüllte Worte, gegen die man sich nicht wehren konnte. Und immer war es Papa gewesen, der austeilte. Aber um 15.51 Uhr am 1. Januar änderte sich das Bild. Jetzt war es nicht Lillebror, der an eine Wand gedrückt wurde. Oder meine Mutter, die im Badezimmer herumgestoßen wurde. Oder meine Stiefmutter, die in der Waschküche auf dem Boden lag.

Es war Papa.

Blutig, schmutzig und zusammengeschlagen.

Er war jetzt das Opfer.

Lillebror wusste nichts davon. Er sollte, wenn möglich, auch nie etwas davon erfahren. Aber das, was er in der Silvesternacht hatte durchmachen müssen, hatte etwas in mir geweckt.

Eine schlummernde Tötungsmaschine voller Kraft und Hass, die größer, mächtiger und gefährlicher war als alles, was ich jemals gekannt hatte.

Dafür liebte ich Lillebror.

Zum ersten Mal fühlte ich mich nicht als Opfer.

Zum ersten Mal würde Papa selbst eines sein.

Ich schüttelte den Kopf und versuchte, mich zu konzentrieren.

Nicht jetzt, sagte ich mir. Nicht jetzt.

28

Sie wäre bestimmt hübsch gewesen.

Elisabeth Hjort wurde nur vierunddreißig Jahre alt. Hätte sie noch gelebt, wäre sie am zwölften Mai fünfunddreißig geworden.

Anna Eiler sah sich die Fotos von ihr an. Dabei stellte sie fest, dass ihr kastanienbraunes Haar auf allen Familienfotos zu einem nachlässigen Pferdeschwanz gebunden war, aus dem ständig Haarsträhnen heraushingen. Dass ihre verwaschenen grauen BH-Träger immer unter den etwas zu großen Pullovern hervorschauten. Dass sie dicke Tränensäcke unter den haselnussbraunen Augen und Krähenfüße in den Augenwinkeln hatte. Beides passte nicht zu ihrem Alter.

Auf allen Fotos trug Elisabeth Hjort dieselbe Halskette. Mit zwei kleinen silbernen Kinderfüßen. Anna Eiler notierte sich in ihren Unterlagen, dass sie Klas Hjort und die Kriminaltechniker fragen musste, ob einer von ihnen die Halskette hatte.

Sie versuchte sich vorzustellen, wie die Frau ausgesehen hätte, wenn sie ein paar Kilo mehr gewogen hätte. Zum Friseur gegangen wäre. Sich die Spitzen hätte schneiden lassen und etwas aus ihrem Lockenkopf gemacht hätte. Wenn sie Make-up und ein wenig Mascara benutzt hätte. Unterwäsche in der richtigen Größe getragen hätte. Acht Stunden Schlaf bekommen hätte. Gelächelt hätte.

Ja, dann wäre Elisabeth Hjort hübsch gewesen.

29

Bevor sie verschwand, war sie zwei Wochen lang krankgeschrieben gewesen. Den Fotos nach zu urteilen, hätte Elisabeth Hjort sich schon viel früher krankschreiben lassen sollen.

Julia griff nach einem Familienfoto und betrachtete die Kinder der Ermordeten. Sie wusste, dass sie sieben und vier Jahre alt waren, aber das Foto war vermutlich schon vor einiger Zeit aufgenommen worden. Die Jungs sahen aus, als könnten sie einen ganz schön auf Trab halten. Sie musterte den älteren Jungen, Erik. Er hatte den gleichen dichten Blondschopf wie sein Vater, aber die braunen Augen seiner Mutter. Sein kleiner Bruder Elias hatte ebenfalls braune Augen, und auch die braunen Locken stammten eindeutig von seiner Mama. Hübsche Kinder, dachte sie und hoffte, dass Klas Hjort nicht der Mörder war. Es wäre so tragisch, wenn die Kleinen nach der Mutter auch noch den Vater verlieren würden.

30

Ing-Marie saß neben Julia und sah sich Jannes Fotos vom 2. November an. Er hatte wie üblich den Polizeifunk abgehört und war fast zur gleichen Zeit wie die Streifenwagenbesatzung vor Ort gewesen, eine halbe Stunde bevor sie selbst dort eingetroffen war.

Janne hatte die dreißig Minuten gut genutzt. Als die Techniker mit ihrer Arbeit fertig waren, hatte er den verzweifelten Klas Hjort gefragt, ob er nicht auch ein paar Fotos im Haus machen könne, »sicherheitshalber«. Das Ergebnis war der imposante Bilderhaufen, der vor ihr lag.

Ing-Marie sah das Leben der Hjorts in ihrem gelben Fünfzigerjahre-Klinkerhaus am Livbojstigen 2 vor sich. Sie schämte sich beinahe dafür, wie unbarmherzig Janne gewesen war. Sie dachte an ihr eigenes Haus und errötete beim Gedanken daran, was Janne bei einer ähnlichen Inspektion dort alles finden würde. Sie spürte, dass sie die Privatsphäre der Hjorts verletzte, als sie mit Hilfe der Fotos in deren Bad mit den grell türkisblauen Fliesen eindrang. Sie sah, welches Shampoo und welche Körperlotion Elisabeth Hjort benutzt hatte, dass alle Familienmitglieder – auch die Kinder – Elektrozahnbürsten verwendeten und dass Klas Hjort oder seine Söhne die Klobrille nicht wieder herunterklappten.

Sie musterte die Badewanne. Statistisch gesehen war das Badezimmer der gefährlichste Ort in einem Haushalt. Sie überlegte, ob Elisabeth Hjort wohl hier gestorben war. Ob sie vielleicht in der Badewanne ausgerutscht war und ihr

Mann sich hinterher gezwungen gesehen hatte, dem Ganzen den Anschein eines Unfalls zu geben. Oder ob er ihren Kopf während eines Wutanfalls gegen den Wannenrand geschlagen hatte.

Ing-Marie spürte, wie ihr bei der Vorstellung ein Schauer über den Rücken lief. Sie zog die braune Strickjacke enger um den Leib.

Die Fotos von der Küche zeigten ein heilloses Durcheinander. Hervorgezogene Stühle. Flecken auf dem Fußboden. Eine bräunliche Schmiere auf dem Esstisch, bei der sie den Verdacht hatte – oder wenigstens die Hoffnung –, dass es entweder Leberwurst oder verschütteter Kakao war. Schmutziges Geschirr und ein umgefallener Milchkarton auf der Spüle. Aber so sah es vielleicht bei allen Familien mit Kleinkindern aus. Was wusste sie schon von Familienleben? Sie kam sich ja sogar in der Zweisamkeit immer noch wie eine Anfängerin vor.

Ing-Marie griff zu den nächsten Fotos und fand sich im Schlafzimmer des Paares wieder. Das alte Doppelbett mit dem robusten Kiefernrahmen sah vertraut aus. Die Sorte, die in vielen älteren Häusern zu finden war. Vermutlich ein Erbstück von seinen oder ihren Eltern oder vielleicht gebraucht gekauft. Die Betten waren gemacht, wenn auch schlampig. Vier Kissen, zwei Bettdecken, die Bezüge blau gemustert mit roten Sternchen. Sie erkannte das Dessin aus dem neuesten Ikea-Katalog wieder. Über dem Bett hing ein ovaler Spiegel, der das Blitzlicht von Jannes Kamera reflektierte.

Da hat er mal wieder nicht mitgedacht, dachte sie.

Zwei Nachttische aus demselben Kiefernholz wie das Bett vervollständigten das Ensemble. Anscheinend hatte Klas Hjort zu diesem Zeitpunkt Michael Connellys *Echo Park* gelesen, während auf Elisabeths Nachttisch vier Ausgaben der Zeitschrift *Mama* lagen. Oder vielleicht war es auch umgekehrt, vielleicht war die Dame des Hauses Connelly-Fan gewesen, auch wenn Ing-Marie das stark bezweifelte.

Die Kinderzimmer waren aufgeräumt und verglichen mit der Küche auffallend sauber. Offenbar war es Elisabeth Hjort wichtiger gewesen, den Kindern eine schöne Umgebung zu schaffen als sich selbst.

Die Spielsachen waren ordentlich aufgereiht. Einer der Söhne, sie tippte auf den älteren, Erik, schien in der Lego-Phase zu sein. Elias schien lieber mit Autos zu spielen. Sie zählte zwei Rennwagen, drei Zugmaschinen, einen Lastwagen, einen Krankenwagen und ein Polizeiauto, die nebeneinander in einem Regal standen.

Ing-Marie blätterte zwischen den Fotos hin und her. Irgendwas störte sie, aber sie konnte beim besten Willen nicht sagen, was. Sie suchte ihren Artikel vom 4. November hervor und las ihn noch einmal durch.

34-JÄHRIGE FRAU VERSCHWUNDEN

VON ING-MARIE ANDERSSON

Die zweifache Mutter Elisabeth Hjort aus Skövde ist spurlos verschwunden. Die 34-jährige Frau verließ ihr Haus am Montag und wurde – trotz intensiven Polizeieinsatzes – seitdem nicht mehr gesehen. »Wir gehen nicht von einem Verbrechen aus«, so Ulf Karlkvist von der Polizei Skövde.

Von außen betrachtet schien es ein ganz normaler Montag zu sein. Der 2. November begann wie jeder andere Alltag bei der Familie Hjort im Livbojstigen in Skövde. Der Vater nahm die beiden Söhne auf seinem Weg zur Arbeit mit und verließ das Haus morgens gegen sieben. Zurück blieb seine krankgeschriebene Frau Elisabeth, die in der Tür stand und ihnen nachwinkte.

»Sie war ein bisschen niedergeschlagen, ausgebrannt und so. Elisabeth war bei einem Psychologen in Therapie, aber nichts hat darauf hingedeutet, dass so etwas passieren würde«, sagt ein erschütterter Klas Hjort gegenüber *Västgöta-Nytt.*

»Ich wusste sofort, dass etwas nicht stimmte.«

Als der Ehemann gegen Viertel vor fünf von der Arbeit nach Hause kam, fand er einen Zettel vor, den seine Frau hinterlassen hatte.

»Ich wusste sofort, dass etwas nicht stimmte, als ich zur Tür hereinkam. Es war viel zu still im Haus. Gleich im Flur las ich den Zettel, ging wieder vor die Tür und rief sofort die Polizei an. Ich war völlig geschockt und saß draußen auf der Treppe, bis die Polizeibeamten kamen«, sagt der Ehemann.

»Anscheinend freiwillig«

Die Polizei hält sich mit Auskünften zum Verschwinden von Elisabeth Hjort sehr zurück. Auch im Exklusivgespräch zwischen der Polizeireporterin von *Västgöta-Nytt* und dem ermittelnden Beamten will dieser zum Inhalt des Briefes keine Angaben machen.

»Soweit wir das zum jetzigen Zeitpunkt sagen können, handelt es sich um ein freiwilliges Verschwinden«, erklärt Ermittlungsleiter Ulf Karlkvist.

Auf der Suche nach der Vermissten wurde die gesamte Umgebung des Hauses am Livbojstigen auf den Kopf gestellt. Hundestaffeln, freiwillige Suchmannschaften aus der Nachbarschaft sowie Einsatzkräfte des Zivilschutzes haben die Polizei dabei unterstützt – ohne Ergebnis.

»Ich konnte nicht einfach zu Hause herumsitzen, jetzt, wo Elisabeth verschwunden ist. Morgen machen wir weiter. Jeder, der helfen will, ist natürlich willkommen«, sagt Klara Hunnevie, Nachbarin und enge Freundin der Familie, und wischt sich eine Träne aus dem Gesicht.

Bitte um Mithilfe

Jetzt bittet die Polizei die Bevölkerung um Hinweise.

»Wer Elisabeth Hjort am 2. November gesehen oder etwas Auffälliges in der Gegend bemerkt hat, wo sie verschwunden ist, wird gebeten, sich umgehend bei der Polizei zu melden«, sagt Ulf Karlkvist.

Ing-Marie griff noch einmal zu den Fotos vom Haus der Familie Hjort.

Und plötzlich sah sie es. Sie öffnete den Mund, um ihre Entdeckung mit Julia zu teilen, überlegte es sich aber anders.

Es war Freitagnachmittag.

Und es war zweifelsohne wichtig, diesen Mordfall zu lösen, aber Ing-Marie hatte etwas vor, was tatsächlich noch wichtiger war. Was sie nicht verschieben wollte.

Du musst bis Montag warten, sagte sie in Gedanken zu der Frau auf dem Foto, schaltete den Computer aus und ging nach Hause.

31

SAMSTAG, DEN 9. JANUAR 2010

Ich dachte zuerst, es sei ein schlechter Witz, als Papa von seiner neuen Freundin erzählte. Als sie sich kennenlernten, ging sie noch aufs Gymnasium. Er war bereits Großvater.

Ich betrachtete das Foto der rothaarigen jungen Frau mit den Sommersprossen, die gerade Papas viertes Kind geboren hatte, als das Foto gemacht worden war. Sie sah darauf wesentlich älter aus als zwanzig.

Bevor ich meine neue Stiefmutter zum ersten Mal traf, war ich überzeugt, dass sie ein Partygirl war und nur auf Valdemars Vermögen aus. Deshalb war ich ziemlich überrascht, als ich sie dann persönlich kennenlernte. Sie wirkte normal. Jedenfalls relativ. Wortkarg, beinahe stumm. Aber dennoch ziemlich normal.

Erst als ich mit Papa allein war, bekam ich die Erklärung dafür geliefert.

»Wie findest du sie?«

Ich schluckte und überlegte. Es konnte gefährlich werden, wenn ich das Falsche sagte.

Antworte schnell. Antworte richtig.

»Nett. Ein bisschen still vielleicht.«

»Ja, sie ist schüchtern, das stimmt. Aber das ist vielleicht kein Wunder, auch wenn es mich manchmal stört. Sie ist ziemlich belastet.«

»Belastet?«

»Sie wurde auf einer Party in Skara von zwei Kerlen vergewaltigt. Das war offenbar ein gutes halbes Jahr, bevor wir uns kennenlernten. Sie hat keine Anzeige erstattet. Sie sagt, dass sie völlig verstört war und sich nicht getraut hat. Ich war zuerst ziemlich verärgert, weil sie mich nicht … na ja … ranlassen wollte, du weißt schon. Ich dachte erst, es wäre mein Fehler.«

Er lachte laut und schüttelte den Kopf.

»Ein Schwachsinn, oder? Als könnte Valdemar etwas falsch machen.«

Er suchte meinen Blick, und wie üblich stimmte ich ihm mit einem deutlichen Nicken zu. Immer Papa zustimmen.

Er schien zufrieden und fuhr fort: »Aber dann hat sie mir die ganze Geschichte erzählt, hat geheult und war ganz aufgelöst. Also habe ich sie in Ruhe gelassen. Sie war eine Weile etwas verkrampft, aber dann hat sich das gegeben. Inzwischen ist alles bestens.« Er grinste zufrieden.

Nun, da ich viele Jahre später in meiner Wohnung saß und an die Unterhaltung zurückdachte, wurde mir klar, dass ich damals keine Sekunde lang darüber nachgedacht hatte, was er tat. Was für ein Vertrauensbruch ihr gegenüber es gewesen war, dass er mir von dieser Vergewaltigung erzählt hatte. Vermutlich hatte sie ihm vertraut und geglaubt, ihr Geheimnis sei bei ihm sicher. Valdemar war ihr edler Ritter gewesen, wenn auch verborgen im Körper eines übergewichtigen alten Mannes anstatt in einer schimmernden Rüstung wie in den Märchen.

Ich fuhr mit dem Finger über das Wort »Vatermord« und betrachtete wieder das Foto von dem alten Mann und seiner jungen Frau. Valdemar hatte all seine Frauen gefunden, als sie knapp zwanzig waren, ganz gleich, wie alt er selbst war. Sie waren jung und verunsichert. Geschädigt durch irgendein traumatisches Erlebnis. Ich fragte mich, ob er es riechen konnte. Ihre Unsicherheit. Ihre Verzweiflung. Und ich fragte mich, was Mama hinter sich hatte, als sie ihn mit neunzehn kennengelernt hatte. Warum war sie eine von ihnen geworden, von den Frauen, die sich in seine Welt verirrten? Ich bezweifelte, dass ich sie jemals danach fragen würde.

Meine erste Stiefmutter hatte nicht nur einen »verkorksten Vater«, wie Valdemar es nannte, sondern auch einen Freund, der sie misshandelt hatte, bevor sie Papa kennenlernte. Ich sah immer noch Papas entgeisterten Blick vor mir, als er mir davon erzählte.

»Kannst du dir das vorstellen, dass ihr Freund sie verprügelt hat?«, hatte er mich gefragt. So als sei das vollkommen unbegreiflich. Als hätte er nicht selbst über ihr gestanden und mit harten Fäusten auf ihren Bauch eingedroschen.

Und warum meine jüngste Stiefmutter in seinem Netz hängen geblieben war, erklärte sich ja von selbst.

Zuerst Mama.

Dann Stiefmutter Nummer eins.

Und nun Stiefmutter Nummer zwei.

Ich betrachtete das junge verängstigte Mädchen.

Armes Ding.

Ich ertappte mich dabei, wie ich darüber nachdachte, ob er sie schon misshandelte. Wenn er dem Zeitschema folgte, dann tat er das. Und zwar schon lange.

Mein großer Bruder und ich machten manchmal Witze darüber und rätselten herum, in welchem Stadium sich Papas momentane Beziehung wohl befand. Wenn ich jetzt im Nachhinein daran dachte, schämte ich mich wegen des Galgenhumors und unseres Jargons, aber das war wohl unser Überlebensmechanismus.

Wenn die Entwicklung ihren gewohnten Gang nahm, würde der nächste Schritt darin bestehen, dass Stiefmutter Nummer zwei innerhalb der nächsten Jahre einen anderen Mann kennenlernte. Und dann endlich die Kraft haben würde, Papa zu verlassen.

Das hatte Mama schließlich getan, nachdem sie Bengt getroffen hatte. Und auch meine erste Stiefmutter verliebte sich in einen Lehrerkollegen an der Schule, an der sie arbeitete.

Nicht dass seine derzeitige Frau ihn verlassen wollte. Sie vergötterte Valdemar und hatte sich im Laufe der Jahre langsam, aber sicher in ein erschreckendes weibliches Abziehbild von ihm verwandelt. Genau wie vor ihr Stiefmutter Nummer eins. Sie war eine kleinere und schlankere Ausgabe von Papa gewesen und hatte uns ältere Kinder genauso beschimpft und gemobbt.

Seine jetzige Frau kämpfte aus Leibeskräften darum, nicht auf der untersten Stufe zu stehen. Nicht diejenige zu sein, die den Hass auf sich zog. Sie hätte jeden von uns bedenkenlos ausgeliefert, um ihre eigene Haut zu retten.

Ich betrachtete wieder das Foto und fragte mich, wie es Stiefmutter Nummer zwei wohl eigentlich ging.

Wahrscheinlich nicht anders als uns anderen.

32

Sonntag, den 10. Januar 2010

»Jetzt brauche ich nur noch Ihre Kreditkarte, und dann sind wir fertig.«

Anna Eiler blickte von den Autoschlüsseln auf dem Tresen zu der lächelnden jungen Frau hinter dem Hertz-Schalter am Hauptbahnhof.

Sie hatte Zugang zu acht oder neun Dienstwagen, ihrem eigenen und denen ihrer Kollegen, deren Schlüssel sie sich hätte geben lassen können, und trotzdem stand sie hier, um einen kleinen weißen Fiat Punto zu mieten.

Sie wusste, dass es albern war. Aber wenigstens würde sie damit unerkannt bleiben.

Er würde sie nicht sehen. Sie ihn schon.

Sie musste ihn sehen. Musste die Augen sehen, von denen sie immer noch schweißgebadet aufwachte. Diese massige Gestalt, die sie abwechselnd geliebt und gehasst hatte. Den Mann, der ihr so wehgetan hatte.

Sie reichte ihre Kreditkarte über den Tresen. Zehn Minuten später ließ sie den Motor an und fuhr los. Entgegen allen Vorschriften lag ihre Dienstpistole geladen im Handschuhfach. Für alle Fälle.

33

Montag, den 11. Januar 2010

Ing-Maries Atem ging schnell. Sie blickte auf ihre Hand, die das Diktiergerät so fest umklammerte, dass die Finger ganz weiß waren. Sie versuchte, den Griff ein wenig zu lockern.

»Okay. Wer von uns ist der gute Bulle und wer der böse Bulle?«

Sie fixierte ihre Kollegin, die aussah, als müsse sie sich das Lachen verkneifen.

»Sind wir jetzt bei Martin Beck gelandet?«, entgegnete Julia. »Vielleicht hätten wir vorher mit Lindgren abklären müssen, ob du dich wirklich in Gunvald Larsson verwandeln und Leute an die Wand drücken sollst?«

»Lindgren ist es egal, wie wir vorgehen, solange er die Lorbeeren ernten kann. Also, wie machen wir es? Entscheide dich!« Ing-Marie klang ärgerlich, dabei hatte sie es gar nicht so gemeint.

Julia musterte sie schweigend. Minutenlang, wie ihr schien.

»Wir schaffen das, Ing-Marie«, sagte sie schließlich. »Du kennst dich mit diesem Fall am besten aus. Ich denke, du übernimmst die Führung und spielst die Böse, dann bin ich die Nette, die nur einspringt, wenn es nötig wird. Einverstanden?«

Ing-Marie nickte so nachdrücklich, dass ihr die Brille auf die Nasenspitze rutschte. Sie schob sie hastig zurück und versuchte, die Kontrolle über die Situation zurückzugewinnen. Julia brauchte nicht zu wissen, wie wichtig es ihr war, diesen Mord aufzuklären.

»Denk dran – wir wissen, dass er lügt. Wir wissen nur noch

nicht, worauf sich seine Lüge bezieht«, sagte sie und versuchte zu lächeln.

Julia nickte und drückte den Klingelknopf.

Sie mussten nicht lange warten.

Klas Hjort öffnete die Tür und ließ sie eintreten.

»Die Kinder sind bei ihrem Cousin, deshalb ist es hier so ungewöhnlich still. Kaffee?«, fragte er, während er ihnen voraus in die Küche ging.

»Nein. Ich denke, es ist am besten, wir bringen die Sache zügig hinter uns. Oder was meinen Sie?«

Ing-Marie zuckte selbst zusammen, als sie ihre Stimme hörte. So autoritär hatte sie noch nie geklungen.

Sie nahmen am Küchentisch Platz, Klas Hjort auf der einen Seite, Ing-Marie und Julia gegenüber.

Wesentlich sauberer als auf den Fotos, dachte Ing-Marie, während sie sich umsah. Das Frühstück war abgeräumt, die Spüle blankgeputzt, die Stühle in Reih und Glied. Sie fragte sich, ob er ein größerer Pedant als seine Frau war oder ob er aus schlechtem Gewissen geputzt hatte.

»So, ich nehme an, Sie wissen, warum wir hier sind?«

»Nein, eigentlich nicht«, erwiderte er zögernd.

»Wir sind hier, weil wir wissen, dass Sie die Polizei angelogen haben. Sie waren nicht gerade erst von der Arbeit nach Hause gekommen, als Sie Elisabeths Zettel fanden. Das können wir beweisen.«

Sie schluckte. Ihrer Stimme war nicht anzuhören, wie nervös sie war. Als Vernehmungsleiterin wäre ich echt gut, dachte Ing-Marie. Zumindest so gut wie die im Fernsehen. Hart. Entschlossen. Sie hoffte, dass es auch in der Realität so funktionierte.

»Woher … woher wissen Sie das?«, stotterte Klas Hjort mit weit aufgerissenen Augen.

Ing-Marie antwortete mit einem hörbaren und, wie sie bemerkte, etwas theatralischen Schnauben, ehe sie herablassend lächelte.

»So läuft das nicht. Sie haben zu viele Krimis gesehen. Wir sind hier nicht bei *CSI*, *Beck* oder *Wallander*. Sie glauben doch wohl nicht etwa, wir würden Ihnen verraten, was wir wissen, und Ihnen damit die Chance geben, uns irgendwelche Ausreden aufzutischen? Ich sage Ihnen nur so viel: Wir haben Beweise dafür, dass Sie lügen, was den Tag betrifft, an dem Ihre Frau verschwunden ist, und wir werden von hier aus auf direktem Weg zur Polizei fahren. Aber vorher gebe ich Ihnen die Chance, Ihre Haut zu retten und zu erklären, warum Sie gelogen haben.«

Sie schluckte. Die Gedanken rasten durch ihren Kopf. Sie war im Grunde dankbar, dass Klas Hjort schwieg und auf den Tisch starrte. Sie musste sich beruhigen.

Es war Klas Hjorts Schilderung seiner Ankunft zu Hause, die sie hatte stutzig werden lassen.

Ich wusste sofort, dass etwas nicht stimmte, als ich zur Tür hereinkam. Es war viel zu still im Haus. Gleich im Flur las ich den Zettel, ging wieder vor die Tür und rief sofort die Polizei an. Ich war völlig geschockt und saß draußen auf der Treppe, bis die Polizeibeamten kamen.

Ing-Marie hatte die Fotos vom Badezimmer hervorgesucht und wieder das Detail gesehen, über das sie gleich beim ersten Mal gestolpert war.

Die hochgeklappte Klobrille.

Ing-Marie vermied es nach Möglichkeit, die Toilette in der Redaktion zu benutzen, und zwar aus zwei Gründen: Sven Lindgren und Håkan Jansson. Beide hatten die schlechte Angewohnheit, die Brille hochgeklappt zu lassen, und nicht selten hinterließen sie den einen oder anderen gelben Tropfen auf dem Rand der Kloschüssel. Alle Penisträger der Familie Hjort waren an jenem Morgen seit sieben Uhr im Kindergarten oder bei der Arbeit gewesen, und Klas behauptete, um Viertel vor fünf nach Hause gekommen zu sein. Ing-Marie bezweifelte, dass Elisabeth Hjort während dieser zehn Stunden kein einziges Mal die Toilette aufgesucht hatte. Nein, das Klo war zuletzt von einem Mann benutzt worden, und zwar vermutlich von Klas Hjort. Deshalb hatte er gelogen, als er behauptete, gleich auf dem Absatz kehrtgemacht zu haben.

Julia spürte, dass der Witwer sie ansah. Sie lächelte ihn freundlich an. Guter Bulle, dachte sie.

»Wollen Sie nicht lieber sagen, wie es wirklich war? Sie werden sich danach viel besser fühlen, versprochen.«

Klas Hjorts Schultern fielen herab. Er senkte den Kopf und schloss die Augen. Sein Oberkörper bebte, und die Tränen liefen ihm übers Gesicht.

»Ich wollte nicht, dass es herauskommt. Wegen der Kinder. Es hat mir im Grunde nichts bedeutet. Ich weiß nicht, wieso ich mich überhaupt darauf eingelassen habe.«

Ing-Marie und Julia wechselten einen Blick. Beide zogen die Augenbrauen hoch.

»Weiter, ist doch gar nicht so schwer«, murmelte Ing-Marie und hoffte, dass sie nicht so unsicher klang, wie sie sich fühlte.

»Elisabeth hatte sich schon so lange Zeit nicht wohlgefühlt. Und sie ... sie wollte nicht mehr ... na ja, intim sein, meine ich. Und als Klara mir angeboten hat ... Elisabeth hat davon nichts mitbekommen. Wir haben uns ein halbes Jahr lang getroffen. Jeden Montag. Ich bin früher von der Arbeit weg und war gegen drei bei ihr. Das Auto habe ich eine Straße weiter geparkt und bin hintenrum durchs Gebüsch in ihren Garten. Und dann haben wir ... Mein Gott, ich kann es gar nicht aussprechen.«

Klas Hjort keuchte. Die Tränen flossen immer weiter.

»Oh Gott. Und während wir da …«

Sein Gesicht war verzerrt. Er schlug sich die Hände vor den Mund, um ein Schluchzen zu unterdrücken.

»Und während ich bei ihr war … Mit ihr … da hat jemand Elisabeth umgebracht.«

Der Rotz lief ihm aus der Nase und über den Mund. Er fuhr sich mit der Hand über die Lippen, um ihn abzuwischen, verteilte ihn aber nur auf der Wange. Er zitterte. Schluchzte.

»Also …« Julia räusperte sich. Sie war unsicher, was sie jetzt tun sollte. »Sie waren an dem Nachmittag nicht zwischendurch mal zu Hause?«

Klas Hjort blickte auf.

»Nein. Ich habe gelogen und gesagt, ich war auf der Arbeit, dabei war ich in Wirklichkeit bei Klara. Wenn ich hier gewesen wäre, würde Elisabeth noch leben.«

Die Tränen flossen wieder stärker. Er stand auf und ging zur Spüle. Riss ein Blatt von der Küchenrolle ab und schnäuzte sich laut, ehe er sich zu den beiden Reporterinnen umwandte.

»Ich verstehe nicht, wie Sie das herausgefunden haben … Fast ein halbes Jahr lang habe ich es geschafft, mich jeden Montag um drei unauffällig aus der Firma zu schleichen und fünf vor halb fünf wieder da zu sein, um auszustempeln. Und nie hat es irgendwer bemerkt.«

Ing-Marie Andersson schnaubte.

»Dachten Sie.«

Klas Hjort sah sie an und nickte.

»Ja … dachte ich.«

Er blickte zu Boden. Schluckte hörbar. Holte tief Luft und fügte hinzu: »Danke. Ich fasse es nicht, wie ich mich benommen habe. Ich werde sofort zur Polizei gehen und das richtigstellen.«

Er stand auf und ging in die Diele.

»Ziehen Sie die Tür einfach hinter sich zu, wenn Sie gehen«, hörten sie ihn rufen, dann fiel die Haustür ins Schloss.

34

Klara Hunnevie wirkte zwischen den verschneiten Grundstücken und Reihenhausvorgärten irgendwie fehl am Platz. So als passte sie nicht recht in diese Gegend mit den schmucklosen Flachdachhäusern, den ausrangierten Weihnachtsbäumen am Straßenrand, den gelben Hundepfützen im Schnee und den bunten Bobschlitten, die an den Hauswänden standen. Julia hätte nicht genau sagen können, was es war, aber alles an Klara Hunnevies Erscheinung deutete darauf hin, dass sie nicht hierhergehörte.

Das Erste, was Julia auffiel, waren die Beine der Frau. Lang und schlank in schwarzen Strumpfhosen, an den Füßen dunkle hochhackige Lederstiefel. Unter dem roten Mantel schauten eine knielange graue Strickjacke und ein etwas längerer schwarzer Rock hervor. Ihre dunklen Locken fielen unter einer schwarzen Strickmütze bis über die Schultern herab. Ihr Gesicht war blass mit rosigen Wangen.

Klara Hunnevies Atem dampfte in der kalten Luft, während sie näher kam. Als sie bei Julia und Ing-Marie angekommen war, zeigte ihr Blick keinerlei Überraschung, dass auf ihrer Vortreppe zwei ungebetene Gäste standen.

Klara nickte Ing-Marie wiedererkennend zu und gab Julia die Hand, bevor sie die Tür öffnete. Die beiden Reporterinnen folgten ihr unaufgefordert ins Einfamilienhaus, zogen ihre Jacken aus und setzten sich anschließend in die Küche.

Julia blickte sich um. Die Küche war ebenso makellos wie das Äußere der Frau. Der kühle weiße Fliesenboden glänzte.

Der Tisch, an dem sie saßen, war sorgfältig abgewischt, und als Klara Hunnevie den Vorratsschrank öffnete, um die Kaffeedose herauszunehmen, sah Julia, dass Konserven, Tüten und Kartons alle ordentlich aufgereiht dastanden. Sie richtete ihren Blick auf Ing-Marie und wartete darauf, dass die Kollegin mit der Befragung beginnen würde.

»Frau Hunnevie, Sie hatten eine Affäre mit Elisabeth Hjorts Ehemann und haben trotzdem eine Gruppe von Freiwilligen organisiert, um sie zu suchen? Was für eine außerordentlich hilfsbereite Nachbarin Sie doch sind. Offenbar sind Sie allen behilflich. Im wahrsten Sinne des Wortes.«

Klara Hunnevie, die ihnen den Rücken zudrehte und gerade Kaffee in die Maschine füllte, schnappte nach Luft. Die Hand, die das Kaffeemaß hielt, zitterte, und das Kaffeepulver fiel auf die glänzende Spüle. Ing-Marie spürte Julias erstaunten Blick und hob die Hand in ihre Richtung, ehe sie fortfuhr:

»Ich bin wirklich auf Sie hereingefallen, das muss ich schon sagen. Ich schäme mich, dass ich einen so mitfühlenden Artikel über Sie geschrieben habe. Darüber, wie unermüdlich Sie nach Elisabeth gesucht haben. Wie Sie um sie geweint haben. Und ich hätte nicht übel Lust, in der morgigen *Västgöta-Nytt* einen Artikel zu veröffentlichen, der eine ganz andere Seite von Ihnen zeigt. Jetzt möchte ich, dass Sie sich hinsetzen und alles erzählen, was Sie über Elisabeth Hjorts Verschwinden wissen. Und alles über Ihre Affäre mit Elisabeths Mann.«

Klara Hunnevie drehte sich zu ihr um. Aus ihren blauen Augen zuckten nun schwarze Blitze.

»Das war mir schon klar, dass Sie Mitleid mit ihr haben! Die arme Betty! Die kleine Elisabeth! Alle hatten Mitleid mit ihr! Sicher, wir waren Freundinnen oder wie immer Sie das nennen wollen. In dieser Straße ist man ja gezwungen, mit allen befreundet zu sein, die halbwegs normal und im selben Alter sind. Jeden Herbst das ewige gemeinsame Blätterfegen, den ganzen

Sommer hindurch Gartenfeste, und die Frauen müssen das ganze Jahr lang Kochrezepte austauschen, während die Männer sich gegenseitig Schlagbohrmaschinen ausborgen. Daher haben wir uns natürlich getroffen. Andauernd. Beim Krebsessen und beim Weihnachtspunsch und beim Mittsommerfest und weiß der Geier wo noch alles. Mein Gott, was war ich ihr Drängen auf all diese verdammten gemeinsamen Aktivitäten leid.«

Beim letzten Satz pfefferte Klara Hunnevie die Kaffeedose auf den Boden. Das braune Pulver flog durch den Raum.

»Verstehen Sie? Je besser man diese unangenehme Frau kennengelernt hatte, desto mehr verachtete man sie. Sie hat sich über die Kinder beklagt. Über ihren Mann. Über ihren Job. Über ihre Kollegen. Über mich. Über alles und jeden, außer natürlich über sich selbst!«

Klara Hunnevie erstarrte. Ihr schien bewusst zu werden, was sie eben gesagt hatte. Sie schluckte, legte die Hand auf den Brustkorb und atmete tief ein, ehe sie die Kaffeedose aufhob und auf die Spüle stellte. Anschließend nahm sie Handfeger und Kehrschaufel aus dem Schrank und begann, schweigend das Kaffeepulver aufzufegen.

Ing-Marie sah ihr verblüfft zu. Keine Minute später war der Fußboden genauso makellos wie zuvor.

Klara Hunnevie zog einen Stuhl hervor, setzte sich und strich den schwarzen Rock glatt. Sie sagte nichts mehr. Sie hatte ihre Meinung bereits kundgetan. Nun wartete sie.

»Wusste Elisabeth, dass Sie und Klas eine Affäre hatten?«, fragte Ing-Marie schließlich.

Klara Hunnevie schüttelte den Kopf.

»Keiner wusste davon. Sie sind hier, also nehme ich an, dass Klas es Ihnen erzählt hat, aber keiner hat etwas davon gewusst. Wir waren sehr diskret.«

Ing-Marie wollte wissen, wie lange Klas an dem Tag, als Elisabeth verschwand, bei ihr gewesen sei.

»Er ist irgendwann zwischen Viertel nach und zwanzig nach vier gegangen. Klas legte immer Wert darauf, rechtzeitig wieder in der Firma zu sein, um pünktlich zum Feierabend ausstempeln zu können.«

Klara Hunnevie senkte den Blick auf die Tischplatte.

»Ich unterrichte montags bis Viertel vor drei in der Schule. Anschließend bin ich sofort nach Hause gerast, um in der Tür zu stehen, wenn er um Punkt drei kam.«

Sie schüttelte den Kopf.

»Lüstern, freudig und dankbar. So hatte er mich am liebsten …«

Sie blickte aus dem Fenster. Saß lange so da und schwieg, ehe sie schließlich hinzufügte: »Was für ein Leben.«

Ing-Marie schluckte. Ein Doppelleben. Sie wusste nur zu gut, wie sich das anfühlte.

»Sind Sie froh, dass es jetzt vorbei ist?«, fragte sie.

Klara Hunnevie starrte sie an. Verständnislos.

»Was? Nein, ich meinte meine jetzige Situation. Während unser Verhältnis andauerte, habe ich mir natürlich ausgemalt, wie es wäre, wenn Elisabeth weg wäre und ich Klas ganz für mich allein hätte. Ich konnte ja nicht ahnen, dass am selben Tag, an dem sie verschwand, auch Klas aus meinem Leben verschwinden würde.«

Klara Hunnevie sah auf einmal so einsam aus.

»Er hat mich seitdem nicht einmal mehr angesehen. Hat keinen Fuß mehr in dieses Haus gesetzt. Wechselt die Straßenseite, wenn wir uns, Gott bewahre, einmal zufällig auf dem Bürgersteig entgegenkommen.«

Sie verzog das Gesicht.

»Dieser Feigling. Während ihrer Ehe konnte er sie nicht verlassen, weil sie so hilflos war, und jetzt, wo sie weg ist, hat er ein dermaßen schlechtes Gewissen wegen dem, was er ihr angetan hat, dass er sie nicht loslassen kann.«

»Hat er das gesagt?«, fragte Ing-Marie.

Klara Hunnevie zuckte mit den Schultern.

»Das ist meine Interpretation. Ich wüsste nicht, warum er mich sonst fallen lassen sollte.«

Ing-Marie betrachtete die Frau. Ihr fielen durchaus noch andere Gründe ein, aber sie wechselte das Thema und stellte stattdessen die Frage, die sie und Julia am meisten interessierte.

»Haben Sie Elisabeth Hjort getötet?«

Klara Hunnevie zog die Augenbrauen hoch. Ließ den Blick zwischen Ing-Marie und Julia hin und her wandern. Ihre Stimme wurde eiskalt.

»Das war's dann mit der Gastfreundschaft. Obwohl ich mich ehrlich gesagt nicht erinnern kann, Sie überhaupt hereingebeten zu haben. Bitte verlassen Sie mein Haus.«

Sie gingen in die Diele und zogen ihre Schuhe an. Sie wollten gerade gehen, als Ing-Marie ein Bild entdeckte, das auf dem Fußboden stand, halb verdeckt unter einer Jacke. Sie schob die Jacke beiseite und blickte in die lachenden Gesichter eines Brautpaars. Klara Hunnevie und ihr Ehemann Mats. Sie standen Händchen haltend auf einer Wiese und blickten über die Schulter zurück direkt in die Kamera.

»Hübsches Foto«, sagte Ing-Marie, als sie merkte, dass Klara Hunnevie hinter ihr stand.

»Und ein fantastischer Rahmen«, warf Julia ein.

Klara rümpfte die Nase.

»Der Rahmen ist kaputt. Auf den Boden gefallen. Ich wollte ihn schon längst reparieren lassen, bin nur noch nicht dazu gekommen.«

Alle drei betrachteten den fast fünfzehn Zentimeter breiten Rahmen aus Ebenholz, in das ein wunderbares Rosenmuster geschnitzt war. In der unteren Ecke war ein großer Splitter herausgebrochen.

Klara Hunnevie verfolgte mit dem Finger die Konturen der Blumen.

»Schön ist er, das stimmt. Deshalb scheue ich mich auch, ihn wegzuwerfen. Der Rahmen bedeutet mir mehr als das Bild.«

Auf dem Weg zu ihrem Wagen sahen Ing-Marie und Julia, wie ein Polizeiauto in die Straße bog, und erkannten Anna Eilers Profil hinter der Scheibe. Anna bremste und warf ihnen einen finsteren Blick zu, ehe sie vor Klara Hunnevies weißer Villa einparkte.

»Seid ihr nicht befreundet?«, fragte Ing-Marie.

Sie sah, wie ein dunkler Schatten über das Gesicht ihrer Kollegin huschte.

»Wie sich herausgestellt hat, gehen unsere Vorstellungen von Freundschaft weit auseinander«, erwiderte Julia ausweichend.

Ing-Marie sah sie einen Moment lang schweigend an.

»Schade. Jetzt hätten wir eine gute Polizeiquelle brauchen können.«

»Dann besorg eine. Wozu bist du Polizeireporterin?«

35

Sie war nicht sauer. Sie war fuchsteufelswild.

Anna Eiler konnte es nicht ausstehen, die Zweite am Ball zu sein, und sie hasste es, sich zu blamieren. Als Klas Hjort mit verheulten Augen und rotem Kopf im Polizeigebäude erschienen war, um seine amourösen Eskapaden zu beichten, wäre sie am liebsten im Boden versunken. Das war ihr Fall. Diese Art Fehler machte sie normalerweise nicht. Schon gar nicht, wenn ein Kollege der Reichsmordkommission dabei war.

Patrik Morrelli hatte Anna gebeten, kurz mit ihm das Vernehmungszimmer zu verlassen, in dem Klas Hjort langsam, aber sicher eine ganze Packung Papiertaschentücher aufbrauchte, während er seine durchgeplante Liebschaft mit der Nachbarin gestand.

»Wurde sein Alibi nicht überprüft?«, hatte Patrik gefragt.

»Doch. Natürlich. Er war auf der Arbeit. Sein Chef hat das bestätigt. Irgendwas muss in der Kommunikation falsch gelaufen sein.«

Sie hatten Klas Hjort wesentlich härter rangenommen als bei früheren Befragungen. Er behauptete, seine Frau nie geschlagen zu haben. Betrogen, ja. Geschlagen, nein. Er liebte sie doch. Er konnte sich nicht erklären, woher die blauen Flecken an ihrem Körper stammten. Und der Sex mit der Nachbarin habe ihm nichts bedeutet.

Anna fand den Satz bemerkenswert. »Es bedeutet mir nichts.« Es gab so viele Männer, die genau das sagten. Und so viele Frauen, die das glaubten. Dass sie selbst immer wieder auf solche Phrasen hereingefallen war, verdrängte sie. Sie war nicht wie diese Frauen. Die Schwachen. Die Opfer. Das war der Unterschied.

Als Anna jetzt Klara Hunnevie gegenüberstand, hasste sie Julia noch mal extra für die Richtung, die ihr Leben genommen hatte. Eigentlich konnte man sogar sagen, dass alles Julias Schuld war.

»Ich habe alles gesagt, was ich zu sagen hatte«, sagte die allzu perfekte Frau, die ihr die Tür öffnete.

»Einen Dreck haben Sie!«, rief Anna Eiler und drängte sich in Klara Hunnevies Haus.

Sie hatte die Lügen, die Ausflüchte und die leeren Worte satt.

Sie hatte sie viel zu oft gehört.

36

Viele Jahre zuvor

Sie schließt die Augen und betet zu Gott, dass er sie schlägt.

Ihr Vater steht zwei Schritte von ihr entfernt in der Küche. Das Gesicht wutverzerrt. Die Wangen rot. Die Stirn gerunzelt wie immer, wenn das Gehirn auf Hochtouren arbeitet. Die eine Hand in der Luft, drohend über ihrem Kopf schwebend. Die andere so fest geballt, dass sie deutlich sehen kann, wie das Blut in den drei blauen Adern auf seinem Handrücken pulsiert. Seine Knöchel sind wund. Er hat seit Tagen daran genagt, der Ausbruch war also absehbar.

Und trotzdem, denkt sie, bin ich jedes Mal wieder genauso überrascht.

Sein Mund arbeitet wie ein Maschinengewehr. Die Worte kommen mit einer solchen Geschwindigkeit herausgeschossen, dass sie sie kaum verstehen kann.

»Du undankbare Rotzgöre! Eine verdammte Schweinebande seid ihr, einer wie der andere.«

Er ändert den Tonfall. Die Stimme wird schriller. Kleine Tropfen sprühen aus seinem Mund. Stünde sie dichter bei ihm, würde die Spucke auf ihrem Gesicht landen. Es wäre nicht das erste Mal.

Sie empfindet plötzlich eine vage Dankbarkeit gegenüber ihrem Vater, dass er ihr seine Speichelspritzer nicht ins Gesicht schleudert.

»Hörst du überhaupt zu? Du Rabenaas? Pass bloß auf, du Drecksbalg. Dir werd ich's zeigen. Willst du, dass ich das tue? Soll ich dir Rotzgöre die Flötentöne beibringen?«

Sie sieht in seine grauen Augen und erinnert sich, wie sie sich vor wenigen Tagen einer ihrer besten Freundinnen anvertraut hat. Sie hat ihr erzählt, dass ihr Vater gewalttätig sei und dass sie oft Angst vor ihm habe.

»Ach herrje. Schlägt er dich?«, hat die Freundin gefragt.

Nein, hat sie geantwortet, und die Freundin hat mit den Schultern gezuckt und von etwas anderem geredet. Nur sie selbst hat all das gehört, was nach diesem Nein nicht gesagt wurde.

Dass es dann doch keinen Grund gebe, Angst zu haben.

Dass es dann nicht so schlimm sei.

Dass alle Eltern manchmal ausrasteten und ihre Kinder anschrien.

Aber die Freundin hat geschwiegen. Ihr Schulterzucken hat alles gesagt.

Sie blickt wieder in Papas Augen. Er befindet sich jetzt in Trance. Sie versucht sich zu erinnern, was diesmal den Wahnsinn ausgelöst hat, aber sie weiß es nicht mehr, obwohl der Ausbruch gerade erst begonnen hat. Manchmal hat sie das Gefühl, sie könnte sagen, was sie wollte, es würde ohnehin keine Rolle spielen.

Sie stellt es sich wie einen Film vor. Seine Version der Wirklichkeit. Sie sieht eine Kinoleinwand und sich selbst, wie sie mit einem Becher Popcorn davorsitzt und die Wirklichkeit vorgeführt bekommt, wie Papa sie sieht. Vielleicht kann sie dann verstehen, was in ihm vorgeht.

»Grinst du etwa? Lachst du mich aus, du Drecksau?«

Sie lacht nicht. Ganz und gar nicht.

»Ich werde dich lehren zu grinsen. Du bist wie deine Mutter. Wie deine verdammte verhurte Mutter. Wie die Bodil-Hure.«

Bodil-Hure.

Das hallt wie ein Echo in ihrem Kopf.

Bodil-Hure. Bodil-Hure. Bodil-Hure.

Wieso sagt er das über Mama? Was weiß er, was sie nicht weiß?

Sie denkt wieder an ihre Freundin. Wie soll sie ihr erklären, wie das ist, nicht zu leben, sondern nur zu existieren? Wie sie jede Se-

kunde eines jeden Tages als Seismograph fungieren muss – ständig bereit, die winzigsten Veränderungen zu erfassen?

Wie soll sie Terror ohne Gewalt erklären?

Misshandlung ohne blaue Flecken?

Alles dreht sich um Nuancen. Den Tonfall. Hochgezogene Augenbrauen. Eine Bissspur auf der Unterlippe. Graue Augen, die eine Welt zum Stehen bringen.

Wie soll sie erklären, dass sie innerhalb einer Nanosekunde weiß, dass die Welt sich verändert hat und nun alles, einfach alles passieren kann?

»Pfui Teufel, bist du widerlich! Ich könnte kotzen, wenn ich dich sehe! Womit habe ich eine so ekelhafte Drecksgöre wie dich bloß verdient?«

Er sieht sie an. Voller Hass. Abscheu. In seinen Augen liegt abgrundtiefe Verachtung.

Sie weiß, dass er noch nie etwas so Ekelhaftes gesehen hat wie das, was er in dieser Sekunde sieht. Nämlich sie.

»Pfui Teufel, also wirklich!«

Er runzelt die Stirn. Mustert sie von oben bis unten. Schüttelt den Kopf.

»Irgendwer wird's dir schon zeigen. Was man mit einem Satansbraten wie dir macht. Da freu ich mich schon drauf.«

Sie will, dass ihre Freundin sie versteht. Dass irgendjemand sie versteht. Ganz egal wer. Aber wie kann sie erklären, wie es ist, wenn man sich eine detaillierte Schilderung mit den entsprechenden Geräuschen anhören muss – von der eigenen Mutter, die eine Hure ist, die andere Männer reitet, als wären sie Pferde? Wenn der Vater ihr ganz genau vormacht, wie ihre Mutter sich bewegt und wie sie stöhnt, wenn sie andere Männer in sich eindringen lässt? Soll sie anderen dasselbe Bild zeichnen, das ihr Vater ihr zeichnet, wie Mamas Körper zuckt und sie immer noch mehr will? Dann würden die anderen ihre Mutter vielleicht verachten. Dann würden sie sie vielleicht auch Bodil-Hure nennen. Und das will sie nicht.

Wie sollte sie erklären, wie es ist, mit diesen Bildern vollgestopft zu werden, während sie verzweifelt versucht, die viel zu große Portion Spaghetti mit Hackfleischsoße aufzuessen, die Papa ihr auf den Teller getan hat, denn man darf erst vom Tisch aufstehen, wenn alles aufgegessen ist.

»Und dann dieser verfluchte Schwule, den du lieber zum Vater hast als mich. Diese Schwuchtel. Weißt du, dass er hinter seinem Rücken so genannt wird? Und zwar von der ganzen Stadt?«

Das wusste sie nicht. Sie nennt ihn Bengt. Er hat gesagt, dass er so heißt. Bengt. Sie wird ihm niemals erzählen, was die Leute sagen. Er wäre traurig, wenn er erfahren würde, dass alle ihn Schwuchtel nennen.

»Man sieht es ihm an. Dass er schwul ist. Und den willst du zum Vater? Der ist also besser als ich? Ist er besser als ich, du Rotzgöre? Magst du Bengt, die Schwuchtel?«

Wieder das Gesicht der Freundin.

Wie sollte sie ihr erklären, warum sie durch einen einzigen Blick ihres Vaters weiß, dass die nächsten Minuten, Stunden, Tage ein schrecklicher Alptraum sein werden?

Wie es ist, einzuschlafen und aufzuwachen mit einer Angst im Bauch, die mehr wehtut als jeder andere physische Schmerz? Dass sie ihr ganzes Leben versucht hat, den wütenden, verrückten, grauen Blick aufzuhalten, noch bevor er sich zeigt?

»Ihr passt perfekt zusammen. Rotzgöre, Hurenmutter und Bengt Schwuchtel. Geh mir aus den Augen. Hau ab, zur Hölle mit dir. Ich will dich nie wiedersehen.«

Sie weiß nicht, wie sie das alles erklären sollte. Deshalb beschließt sie, dass ihre Freundin der erste und der letzte Mensch ist, dem sie sich je anvertraut hat.

Nein, er hat sie nie geschlagen. Und aller Wahrscheinlichkeit nach wird er es auch heute nicht tun. Sie kennt seine Monologe, die Hasspredigten. Er ist in der Schlussphase. Wenn sie stehen bleibt und sich nicht rührt, wird er sie nicht schlagen.

Also bleibt sie stehen.

Aber als der Ausbruch vorbei ist, wünscht sie wieder, er hätte sie geschlagen. Wie oft sie sich das ausgemalt hat. Wie oft sie sich nach dem Knall gesehnt hat. Wie das sein wird, wenn der Schlag erst kommt. Eine Ohrfeige vielleicht? Sie hat Angst vor seinen Fäusten.

Sie hat das verzerrte Gesicht ihrer Stiefmutter gesehen, als die Fäuste sie trafen. Die Fäuste tun sicher sehr weh. Aber eine Ohrfeige? Sie kann direkt spüren, wie sie auf ihrer Haut brennt. Sie schlägt sich selbst manchmal und bildet sich ein, es wären seine Hände. Lieber Gott, wie sehr sie sich wünscht, er würde sie schlagen.

Nur ein Mal. Bitte, Papa, nur ein Mal.

Dann ist es vielleicht okay.

Dann zuckt ihre Freundin vielleicht nicht mehr die Achseln.

Dann darf sie ihn endlich hassen.

37

Dienstag, den 12. Januar 2010

Sie hatte schon lange aufgehört, höflich anzuklopfen.

Jetzt hämmerte sie stattdessen gegen die Tür. Mit harten, wütenden Schlägen.

Julia ließ den Blick die Straße entlangwandern, während sie darauf wartete, dass die Tür geöffnet wurde.

Zuerst hatte sie sich die Häuser der Nachbarn vorgenommen, die auf derselben Straßenseite wohnten wie die Familie Hjort. Jetzt stand sie auf der gegenüberliegenden Seite des Livbojstigen und stellte missmutig fest, dass sie noch die Hälfte vor sich hatte. Was für ein Scheißjob! Und er brachte nicht mal was.

Es war Lindgrens glänzende Idee gewesen, dass Julia die Nachbarn abklappern sollte, als er hörte, dass sie und Ing-Marie den Seitensprung von Klas Hjort aufgedeckt hatten.

»Vielleicht hat einer was gesehen, sich damals aber nichts dabei gedacht. Ich rieche da eine Story. Klopf einfach überall, bis du sie findest«, hatte er bei der Morgenkonferenz angeordnet.

Ing-Marie musste sich natürlich nicht den Arsch abfrieren und an fremde Türen hämmern. Wenn es um einen Scheißjob ging, der eigentlich Sache der Polizeireporterin war, tauchte plötzlich irgendeine Bezirksnachricht auf, die wahnsinnig wichtig war, obwohl sie mitten in einem Mordfall steckten. Manchmal hatte sie den Eindruck, dass Ing-Marie sich einfach verdrückte. Normalerweise machte es ihr nichts aus, heute schon.

»Ja?«

Julia zuckte zusammen. Sie hatte gar nicht gehört, dass die Tür aufgegangen war.

Die Frau vor ihr mochte zwischen siebzig und achtzig sein. Sie sah wach aus und trug ihr langes graues Haar zu einem wohlgeformten Knoten hochgesteckt, nur ein paar widerspenstige Locken ringelten sich an den Schläfen. Schmale Brillengläser mit einer dünnen grauen Einfassung rahmten die blauen Augen ein, von denen sich Lachfalten bis zu den Ohren zogen. Ihr Lächeln zeigte eine Reihe kleiner Zähne, die vom Alter und vermutlich auch von einer größeren Menge Kaffee verfärbt waren. Die Frau hatte weiche Pausbacken, die Julia an ihre Großmutter erinnerten. Es juckte sie in den Fingern hineinzukneifen.

Doch das tat sie natürlich nicht. Stattdessen stellte sie sich vor und wurde ins Haus gebeten.

Anna-Maj Hansson ging voraus in die Küche, wo sie Kaffee aufsetzte und das gute Service auf den Tisch stellte.

Julia hob ihre Tasse hoch und bewunderte die fein gemalten rosafarbenen Rosenknospen, die zierlichen Golddetails und die schönen Blätter. Ihre Großmutter hatte auch solche Tassen gehabt.

»Was für eine schreckliche Geschichte. Und dass so etwas hier in der Straße passiert ist. Man hätte doch gedacht, solche schrecklichen Morde gibt es nur in der Großstadt.«

Julia nickte.

»Vor ein paar Tagen waren zwei Polizisten hier und haben sich erkundigt, ob ich an dem Tag, an dem Elisabeth verschwand, etwas Außergewöhnliches bemerkt hätte, aber mir war nichts aufgefallen. Sie hatten es ziemlich eilig, nicht mal Zeit für einen Kaffee hatten sie.«

Anna-Maj Hansson deutete mit einem enttäuschten Kopfnicken auf die Kaffeetassen.

Julia lächelte. Sie konnte die Polizisten verstehen. Ob Anna wohl auch hier gewesen war?

Sie warf einen schnellen Blick auf die Uhr. Eine Viertelstunde konnte sie für die alte Dame wohl erübrigen.

»Wie war Elisabeth Hjort denn so?«

»Na ja, zum Schluss ging es ihr nicht sehr gut. Sie war sehr einsam. Oft gereizt … Sie wissen, dass sie krankgeschrieben war, oder?«

Anna-Maj Hansson wartete die Antwort nicht ab, sondern redete weiter.

»In der letzten Zeit hat man sie kaum noch gesehen. Sie hat sich sehr gehen lassen, die Ärmste. Die Kleidung war ungepflegt, die Haare hat sie sich nicht mehr gewaschen, und geschminkt hat sie sich gar nicht. Sie hat nicht einmal gegrüßt, wenn sie den Müll rausbrachte. Sie hat sich vollkommen zurückgezogen.«

»Wie war das Verhältnis zwischen ihr und ihrer Familie?«

»Mir haben die Kinder leidgetan, wenn sie draußen saß und ihnen beim Spielen zusah. Sie hat nie mitgemacht, sondern nur dagesessen, mit der Kaffeetasse in der Hand, und in die Luft gestarrt. Wenn die Jungs versuchten, ihre Aufmerksamkeit zu bekommen, wurden sie angefaucht. Es tat mir im Herzen weh, dieses Elend mit anzusehen. Wie das Verhältnis zu ihrem Mann war, weiß ich nicht. Ich habe sie nie zusammen gesehen. Immer nur einen von ihnen und die Kinder. Nie beide.«

Julia trank noch einen Schluck Kaffee.

»Und die Nachbarn? Wie war das mit Klara Hunnevie, ist Ihnen da etwas aufgefallen?«

»Nein, sie war wohl ein paar Mal zum Kaffee drüben. In der letzten Zeit etwas seltener. Wie gesagt, Elisabeth hat sich von allen zurückgezogen. Und ich weiß nicht, da war wohl auch was mit ihrem Mann, deswegen ist der Kontakt dann irgendwann eingeschlafen.«

Julia lächelte. Typisch Kleinstadt. Natürlich wussten die Nachbarn ganz genau, wer mit wem ins Bett ging, auch wenn die Betroffenen selbst anderer Meinung waren.

»Sie meinen Klas?«

Anna-Maj Hansson blickte sie erstaunt an.

»Was? Nein, Mats natürlich.«

Jetzt war es an Julia, erstaunt zu gucken. Anna-Maj Hansson schien es nicht zu bemerken.

»Mats Hunnevie, Klaras Mann. Er war drüben bei Elisabeth. Nur eine Woche, bevor sie verschwand. Er hat herumgebrüllt und eine Riesenszene gemacht. Was hat er noch gesagt …«

Sie schwieg, schien zu überlegen.

»Das wird dir noch leidtun!«, rief Anna-Maj Hansson plötzlich und sah Julia an. »Das hat er geschrien, und dann hat er die Tür zugeknallt. Ich war gerade mit dem Fahrdienst vom Einkaufen zurückgekommen. Erst wollte ich ihn bitten, mir mit den Einkaufstüten zu helfen, aber er sah so wütend aus, dass ich sie lieber selbst getragen habe. Ich musste drei Mal laufen, ich habe nicht mehr so viel Kraft, wissen Sie. Meine Enkel wollten zu Besuch kommen, deshalb hatte ich eine Menge eingekauft.«

»Moment … Er hat die Tür zugeknallt? Elisabeths Haustür?«

»Ja, genau. Deswegen nahm ich an, dass sie sich vielleicht gestritten hatten und der Kontakt zwischen Elisabeth und Klara aus dem Grund abgerissen war.«

»Haben Sie das auch der Polizei gesagt?«

»Nein. Ehrlich gesagt habe ich nicht daran gedacht … Die Polizisten hatten es ja auch so eilig. Und das muss ungefähr eine Woche vorher gewesen sein. Die Polizisten haben nur gefragt, ob ich an dem Tag, als Elisabeth verschwand, irgendwas bemerkt hätte. Und das hatte ich nicht.«

Sie schenkte Kaffee nach, bevor Julia sie daran hindern konnte.

»Aber es macht nichts, dass ich nichts gesagt habe. Wissen Sie, Mats ist ein ganz Lieber. Ein Engel. Er hilft mir mit dem Laubharken, und Schneeschippen tut er auch. Und im Sommer mäht er meinen Rasen.«

Sie blickte Julia fest in die Augen und wirkte gleich zehn Jahre jünger.

»Glauben Sie mir, Kindchen. Dieser Mann kann keiner Fliege was zuleide tun.«

38

»Er kommt gleich.«

Julia nickte der Frau am Empfang zu und erhob sich von dem unbequemen, aber todschicken Besuchersofa aus weißem Leder.

Nach dem Besuch bei Anna-Maj Hansson hatte sie sich ins Auto gesetzt und war auf kürzestem Weg zum Electrolux-Werk in Mariestad gefahren. Sie wollte der alten Frau keine Gelegenheit geben, ihren hilfsbereiten Engel von Nachbarn darüber zu informieren, was sie eben der Journalistin erzählt hatte. Und dem Mann wollte sie keine Gelegenheit geben, sich seine Antworten zurechtzulegen.

Während sie auf Mats Hunnevie wartete, überlegte sie, ob ihr Entschluss wirklich so klug gewesen war. Schließlich war es sein Job, Kühlschränke zusammenzubauen, die in die ganze Welt verschickt wurden. Falls etwas schiefging und er sich aufregte, würde sie sich schlimmstenfalls in einen Container gesperrt wiederfinden, unterwegs in ein kriegsgeschütteltes Gebiet auf der anderen Seite der Erde, bevor irgendjemand sie vermisste. Und Ing-Marie würde stinksauer sein, dass Julia sich das Interview unter den Nagel gerissen hatte. Sie würde kaum eine Hilfsaktion starten.

Julia versuchte gerade, ihr altes Schulfranzösisch hervorzukramen und sich zurechtzulegen, was: »Ich bin gekidnappt worden« hieß, als sie Schritte hörte, die sich näherten.

Sie blickte auf und wusste sofort, dass er es war. Es war seinem Körper anzusehen, dass er nicht nur seiner Nachbarin bei der Gartenarbeit half, sondern auch auf seinem eigenen Grundstück Schnee schippte, Laub harkte und den Rasen mähte. Julia betrachtete Mats Hunnevies muskelbepackte Oberarme und hätte wetten können, dass er in seiner Freizeit außerdem in den Wald fuhr und Bäume fällte. Wenn er nicht mit bloßen Händen Lastwagen über die Fernstraße zog. Oder vor dem Fernseher Eisenstangen verbog.

Der muskulöse Mann, der jetzt nur noch wenige Schritte entfernt war, besaß zweifellos die Körperkraft, die nötig war, um jemanden umzubringen. Hoffentlich nicht auch die mentale Einstellung. Sonst wäre sie übel dran.

Sie gaben sich die Hand, und Julia versuchte, einschmeichelnd zu lächeln.

»Danke, dass Sie sich Zeit genommen haben. Können wir uns irgendwo unterhalten, wo es etwas ruhiger ist?«

Er ging mit ihr in einen der Konferenzräume in der oberen Etage. Sie nahmen an einem weißen Holztisch auf neuen, ebenfalls sehr unbequemen weißen Stühlen Platz. Julia registrierte die weißen Wände, bemerkte die weißen Vorhänge und betrachtete die Weißwandtafel, die völlig unbenutzt wirkte.

»Scheint, als würden Sie mit Weißwaren arbeiten«, sagte sie und lächelte.

Er antwortete darauf mit einem Lachen.

Die Zähne sind auch noch weiß, dachte sie.

»Tja, gut möglich. Ich weiß es nicht. In meiner Welt ist alles schwarz-weiß.«

Er bemerkte ihren erstaunten Blick. Erneutes Lachen.

»Ich bin farbenblind. Aber Sie sind doch sicher nicht gekommen, um mit mir über die Einrichtung bei Electrolux zu sprechen? Ich habe nicht viel Zeit. Wenn ich zwei Minuten aus der Produktion raus bin, vermissen sie mich.«

Julia hatte während der Autofahrt überlegt, was die beste Vorgehensweise wäre. Wie sie ihre Fragen formulieren sollte. Aber als sie Mats Hunnevie gegenübersaß und auf seine Oberarme starrte, die aussahen, als könnten sie jede Minute das T-Shirt sprengen, vergaß sie alle Logik.

»Was sagen Sie dazu, dass Ihre Frau Sie mit Klas Hjort betrügt?«

Er sah sie an. Sein Gesichtsausdruck erstarrte. Die Kiefermuskeln verkrampften sich. Ein besorgter Schatten glitt über seine Augen.

»Wollen Sie darüber schreiben? Warum?«

»Nein. Oder anders gesagt, wir berichten für gewöhnlich nicht über Seitensprünge. Wenn es nicht extrem wichtig ist. Das scheint hier nicht der Fall zu sein. Aber ich habe doch Grund zu der Frage, oder nicht?«

Mats Hunnevie atmete in einem einzigen langen Atemzug aus, der wie ein tiefer Seufzer klang.

»Erstens betrügt sie mich nicht. Sie hat mich betrogen«, sagte er.

Julia wollte gerade eine Entschuldigung murmeln, dass sie das falsche Tempus gewählt hatte, als er die Hand zu einer abwehrenden Geste erhob.

»Ich hatte ziemlich schnell begriffen, wie die Dinge lagen. Man sagt, Frauen würden so etwas wittern, aber glauben Sie mir, das gilt ebenso für Männer. Man merkt doch, wie sie sich entzieht. Wie abwesend sie plötzlich wirkt. Wie sie plötzlich ohne Anlass ein besonders leckeres Gericht kocht, und die Stimme in deinem Kopf dir sagt, dass sie es tut, weil sie ein schlechtes Gewissen hat. Wenn es in Zeitungen oder in Filmen um Seitensprünge geht, heißt es oft, dass der untreue Partner – übrigens fast immer der Mann – heimlich SMS schickt oder seltsame Anrufe bekommt und in ein anderes Zimmer geht und flüsternd in den Hörer spricht. Bei uns war das nicht so. Ganz im Gegenteil. Bis dahin hatte Klaras Handy immer in ihrer Handtasche gesteckt, das war völlig normal, aber plötzlich lag es ständig an den merkwürdigsten Orten herum. So als wollte sie demonstrieren, dass sie nun wirklich überhaupt keine Geheimnisse vor mir hatte. Dass sie auf gar keinen Fall fremdgeht.«

»Woher wussten Sie, dass Klas ihr Geliebter war?«

»Ganz einfach. Er konnte mir nicht mehr in die Augen sehen. Er hat aufgehört, mit uns Hallenbandy zu spielen und mit den Kumpels aus der Nachbarschaft auf die Trabrennbahn zu gehen. Nicht weil er sich mit Klara treffen wollte – ich wusste, dass sie sich montags gesehen hatten, weil das Bett dann immer frisch bezogen war –, sondern weil er ganz einfach nicht mehr mit mir zusammen sein konnte.«

»Waren Sie denn nicht wütend?«

»Und wie. Ich hätte ihn umbringen können.«

Er verstummte. Biss sich auf die Oberlippe, sodass sie ganz weiß wurde. Schien nachzudenken, ehe er weitersprach.

»Tut mir leid, das klang jetzt irgendwie daneben, wenn man bedenkt, was mit Elisabeth passiert ist. Aber natürlich war ich verletzt. Ich konnte nicht begreifen, warum ich ihr nicht gut genug war. Warum er sich nicht an seine eigene Frau halten konnte. Eine Zeitlang war ich wahnsinnig wütend.«

»Und da sind Sie zu Elisabeth gegangen?«

Mats Hunnevie zuckte zusammen.

»Woher wissen Sie das denn?«

Julia zuckte mit den Schultern.

Er warf ihr einen langen Blick zu, ehe er fortfuhr: »Wie gesagt, hier in der Produktion ist meistens Hochbetrieb, aber es stimmt, ich bin zu Elisabeth gefahren. Ich denke, das war ein oder zwei Wochen, bevor sie verschwunden ist. An dem Tag hatten wir eine Reparatur in Skövde, bei der ich dabei sein musste. Während die anderen Jungs anschließend Kaffee trinken gegangen sind, bin ich zu Elisabeth gefahren. Ich wusste, dass Klara in der Schule war und Klas bei der Arbeit.«

Er schwieg einen Moment.

»Ich will damit sagen, es war kein Montag. Wie auch immer. Jedenfalls habe ich bei ihr geklingelt, und wir haben uns zusammengesetzt. Sie sah schlimm aus. Erschöpft. Müde. Sie war total schlecht drauf. Ich habe gesagt, ich wüsste, dass Klas und Klara eine Affäre hätten. Ich hatte irgendeine Reaktion erwartet, Tränen, Schreie … aber da kam nichts. Können Sie sich das vorstellen? Nichts. Ich habe sie gefragt, ob sie mich verstanden hätte, und sie hat ja gesagt. Und dann habe ich irgendwas gesagt wie: ›Wir müssen was unternehmen, wir müssen es ihnen heimzahlen.‹ Ich hatte keine Vorstellung, wie, aber ich war so wütend, ich wollte einfach irgendwas tun. Und da hat sie mich angesehen und gesagt: ›Ach Mats, wir sind doch selbst schuld.‹«

Julia schwieg. Sie fürchtete, er könnte aufhören zu reden, sobald sie den Mund aufmachte.

»Ich habe sie gefragt, wie sie das gemeint hat, und da hat sie es noch einmal wiederholt. Dass es unsere Schuld sei. Klas und Klara hätten einander nicht gebraucht, wenn wir uns besser um unsere Ehen gekümmert hätten, sagte sie. Da bin ich ausgerastet. Ich hab sie angeschrien, ob sie ganz und gar den Verstand verloren hätte. Den ganzen Weg nach draußen zum Auto habe ich getobt. Ich weiß nicht mehr genau, was ich geschrien habe, aber irgendwas von wegen, dass die beiden sicher eines Tages zusammen abhauen würden, und dann werde es ihr noch leidtun, dass sie nichts unternommen hat. Dass sie einfach nur tatenlos zugesehen hat.«

Mats Hunnevie lehnte sich zurück, schloss die Augen und holte tief Luft.

»Ich bin losgefahren, um meine Kollegen abzuholen, musste aber schon bald feststellen, dass ich nicht fahren konnte. Ich war so wütend, dass ich am ganzen Leib zitterte. Deshalb habe ich am Straßenrand angehalten und so lange auf das Lenkrad eingeschlagen, bis ich nicht mehr konnte. Und dann habe ich über das nachgedacht, was Elisabeth gesagt hat.«

Er blickte Julia an und versuchte zu lächeln.

»Und wissen Sie was? Sie hatte tatsächlich recht. Ich habe mich nicht um Klara gekümmert. Ich habe viel gearbeitet und ihr nicht zugehört, wenn sie abends von ihren anstrengenden Schülern erzählt hat. Ich habe mich nie dafür bedankt, dass meistens sie gekocht und geputzt hat, obwohl wir beide Vollzeit arbeiten. Also habe ich beschlossen, mich zu ändern und alles dafür zu tun, dass Klara zu mir zurückkehrt.«

»Wie hat sie reagiert?«

»Zuerst war sie überrascht. Und kurz darauf ist ja Elisabeth verschwunden, und ich glaube, da hat Klas sich zurückgezogen. Oder vielleicht hat Klara auch mit ihm Schluss gemacht. Ich hoffe Letzteres, obwohl ich es nicht glaube. Jedenfalls haben wir nie darüber geredet, ich glaube, Klara weiß nicht mal, dass ich es weiß.«

Seine Stimme veränderte sich, klang hoffnungsvoller.

»Jedenfalls habe ich den Eindruck, dass wir beide an unserer Ehe arbeiten. An uns. Wir haben uns eine neue Chance gegeben, und ich habe nicht vor, diese Chance zu verspielen.«

»Sie haben Elisabeth also nicht angeschrien, weil Sie wütend auf sie waren und sie umbringen wollten?«

Er blickte sie verwundert an.

»Was für eine merkwürdige Frage ist das denn? Natürlich wollte ich sie nicht umbringen. Sie hatte ja recht.«

Die letzten Worte flüsterte er: »Elisabeth hat meine Ehe gerettet.«

39

Freitag, den 15. Januar 2010

Anna Eiler zog sich die Mütze tiefer über die Ohren. Das war jetzt der dritte Abend in Folge, den sie eigentlich mit wesentlich wichtigeren Dingen hatte zubringen wollen, aber jetzt in dieser Straße vergeudete.

Aber es blieb ihr nichts anderes übrig. Nach dem Reinfall mit Klas Hjort wollte sie nichts mehr dem Zufall oder ihren nichtsnutzigen Kollegen überlassen.

Bisher war die Befragung der Nachbarschaft ein einziger großer Misserfolg gewesen. Niemand hatte etwas Außergewöhnliches bemerkt, niemand wusste etwas. Jetzt hatte sie nur noch ein Haus auf ihrer Liste, das blaue Holzhaus auf der anderen Straßenseite, das dem der Familie Hjort direkt gegenüberlag.

Ein Paar blaue Augen lächelte ihr entgegen, als die Tür aufging.

»Sie mussen ja ganz durchgefroren sein, Kindchen. Nur herein, nur herein.«

Anna Eiler überlegte kurz, ob sie der alten Dame einen Kurzvortrag darüber halten sollte, keinem Fremden zu vertrauen und sich immer den Polizeiausweis zeigen zu lassen, aber wegen der Kälte beschloss sie, einfach der Einladung zu folgen und einzutreten.

Nachdem sich die beiden bekanntgemacht hatten, fragte Anna-Maj Hansson, ob Anna einen Kaffee wolle. Dankend nahm sie an.

Es klapperte im Schrank, als Anna-Maj Hansson zwei schöne Porzellantassen hervorholte. Der Duft, der sich in der Küche ausbreitete, war herrlich. Anna liebte Kaffee aus dem Perkolator.

»Ich weiß, dass meine Kollegen schon hier waren, aber ich wollte trotzdem noch einmal nachfragen, damit uns nichts entgeht. Ist Ihnen noch etwas zu dem Tag eingefallen, an dem Elisabeth Hjort verschwunden ist?«

Anna-Maj Hansson schüttelte den Kopf.

»Tut mir leid, meine Liebe, aber ich war an dem Tag nicht zu Hause.«

Anna lächelte ermutigend.

»Ich verstehe. Aber ich wüsste gern noch etwas anderes. Es war offenbar so, dass Elisabeth einige blaue Flecken am Körper hatte, als sie starb. Ich frage mich … Haben Sie jemals so etwas an ihr bemerkt? Blutergüsse, blaue Flecken?«

Anna-Maj Hansson schwieg eine ganze Weile. Öffnete den Mund, als wollte sie etwas sagen, schloss ihn dann aber wieder. Anna war es nicht entgangen.

»Woran haben Sie gedacht?«

»Na ja, jetzt, wo Sie es sagen … Elisabeth hatte normalerweise keine blauen Flecken, aber einen Tag vor ihrem Verschwinden war ich drüben bei ihr, um mir ein paar Eier zu borgen. Ich wollte meinen Lieblingskuchen backen, wissen Sie, für die junge Frau, die bei mir putzt, ich habe nämlich eine Haushaltshilfe, und ich wollte sie zum Kaffee …«

»Und was war mit Elisabeth, sagten Sie?«

»Na ja, ich habe angeklopft, ich hatte sie ja wie gesagt in der letzten Zeit nicht oft gesehen, und sie machte die Tür auf, und jetzt, wo Sie es sagen … Ja, sie hatte blaue Flecken am Körper. Große sogar.«

Die mysteriösen Blutergüsse, die die Gerichtsmedizin festgestellt hatte. Anna trank einen Schluck Kaffee, um sich zu beruhigen. Sie wollte nicht zu eifrig erscheinen, das konnte die Erinnerung der alten Dame stören.

»Ach herrje, hatte sie sich wehgetan?«

Anna-Maj Hansson wand sich.

»Das hat sie zumindest gesagt, als ich sie danach fragte. Elisabeth war fast nackt, hatte nur so ein dünnes Hemdchen an, mitten im Herbst, obwohl … Da sie nicht rausging, war ihr vielleicht nicht kalt. Sie wissen ja, die jungen Frauen heutzutage haben alle nicht viel an …«

»Und was genau hat sie auf Ihre Frage geantwortet?«

Anna klang drängender, als sie beabsichtigt hatte, und fuhr deshalb beruhigend fort: »Wissen Sie, es hat bestimmt nichts zu bedeuten, aber es ist besser, auf der sicheren Seite zu sein. Mir können Sie es ruhig erzählen. Es wird keine Konsequenzen für Sie haben.«

Anna-Maj Hansson trank vorsichtig einen Schluck.

»Sie sagte, sie wäre auf der Treppe gefallen.«

»Haben Sie ihr das geglaubt?«

Anna-Maj Hansson wand sich wieder und blickte die Polizistin nervös an.

»Familie Hjort wohnt in einem ebenerdigen Haus«, sagte sie schließlich. »Es gibt dort gar keine Treppe.«

Anna Eiler schnappte nach Luft. Sie stürzte den Rest Kaffee hinunter, verabschiedete sich eilig und ging.

Draußen steuerte sie auf das Haus gegenüber zu und klingelte Sturm, während sie gleichzeitig an die Tür klopfte. Als mehrere Minuten vergangen waren, ohne dass sich etwas rührte, zog sie ihr Handy hervor. Er meldete sich nach dem zweiten Klingeln.

»Ich stehe vor Ihrem Haus. Ich muss sofort mit Ihnen sprechen. Wo sind Sie?«

Klas Hjort klang erstaunt.

»Die Kinder und ich sind für ein paar Tage weggefahren. Ihre Großeltern wollten sie gern sehen. Wir kommen am Sonntag zurück.«

»Montagmorgen um neun Uhr finden Sie sich auf dem Revier ein. Das ist ein Befehl.«

Anna Eiler legte auf und schickte eine SMS an Patrik Morrelli. Sie spürte, wie ihr Herz immer schneller schlug. Die Treppe. Hatte Elisabeth das wirklich als Grund angegeben? Dass sie auf der Treppe gestürzt war?

Frauen stürzten so gut wie nie auf der Treppe.

Anna hasste Männer, die Frauen hassten. Fast ebenso sehr, wie sie Frauen hasste, die solche Männer liebten. Fast ebenso sehr, wie sie sich selbst hasste.

40

Viele Jahre zuvor

Sie wird vom Fieber geschüttelt. Sie kann ihre Mutter da draußen hören. Mama putzt die Küche und schaut in regelmäßigen Abständen nach ihr, fühlt ihre Stirn, streichelt ihre Wange.

Ihr Vater ist nicht zu Hause. Er ist Teppichleger und hat momentan einen Auftrag in Helsingborg.

Sie mag weder essen noch trinken. Sie fühlt sich benommen und versucht, das Fieber, so gut es geht, wegzuschlafen.

Nach ein paar Stunden wacht sie davon auf, dass das Bett knarrt. Sie dreht den schweren Kopf und sieht Papa am Fußende des Bettes sitzen. Papa, der doch erst am Wochenende wieder nach Hause kommen soll.

Er lächelt sie an.

»Bist du krank, meine kleine Linja?«

Linja.

So nennt er sie manchmal. Wenn er gute Laune hat. Dann ist sie Papas Linja. Sie weiß nicht, woher der Kosename kommt, aber er gefällt ihr.

»Du bist zu Hause?«, fragt sie mit rauer, brüchiger Stimme.

Er lächelt wieder.

»Mama hat mich angerufen und gesagt, dass du krank bist. Das hat mir so leidgetan, deshalb habe ich den hier für dich gekauft.«

Er reicht ihr einen geflochtenen und weiß angemalten Korb, in dem ein kleiner Topf mit einem blühenden Miniaturrosenbusch steht. Die kleinen Blütenknospen sind rosa. Ihre Lieblingsfarbe.

Das ist das schönste Geschenk, das sie jemals bekommen hat.

Ihr Vater stellt den Rosenbusch auf den Nachttisch. Dann deckt er sie sorgfältig zu und geht aus dem Zimmer. Sie hört, wie er in der Küche mit Mama redet, und denkt daran, wie weit er gefahren ist, extra für sie.

Wie lang die Strecke bis Helsingborg ist, weiß sie nicht, aber sie ist sich sicher, dass es ganz, ganz weit ist. Sie stellt sich vor, dass Papa die ganze Nacht fahren muss, um morgen früh wieder in Helsingborg zu sein. Aber das macht er gern. Seiner Linja zuliebe.

Sie betrachtet den Rosenbusch.

Er hat sie lieb.

Sie ist Papas kleine Linja.

Als sie einschläft, ist ihr Kopf voller Bilder vom besten Papa der Welt, der sie mehr liebt als alles andere.

41

SAMSTAG, DEN 16. JANUAR 2010

Ich wachte davon auf, dass ich weinte. Ich presste meine Finger an die Schläfen, versuchte, die Bilder aus meinem Kopf zu verjagen.

Ich konnte nicht noch mehr Erinnerungen ertragen. Sie machten mich wahnsinnig.

Die Bilder vom kaputten Kopf meines kleinen Bruders, die sich in meinem Inneren immer mehr festsetzten, waren schlimm genug. Immerhin weckten sie diesen neuen Hass, der mich mit Glut erfüllte und mir die Kraft gab weiterzumachen.

Aber von den wenigen Gelegenheiten zu träumen, als er ein ganz normaler Vater gewesen war – das war die reinste Folter.

Ich hatte versucht, es meinem Freund zu erklären, als er mal wieder gebrummt hatte, dass ich den Kontakt zu Valdemar längst hätte abbrechen sollen. Da hatte ich eine von den zwei oder drei guten Erinnerungen hervorgeholt, die ich an Valdemar hatte, wie um zu beweisen, dass er doch ein toller Vater war. Manchmal. Hin und wieder zumindest.

Mein Freund hatte sich die Anekdote angehört und mich mit betrübtem Blick angesehen.

»Du erinnerst dich an zwei solche Situationen? In denen er nett zu dir war?«

Er wartete meine Antwort nicht ab.

»Ich habe auch zwei solche Erinnerungen an meinen Vater … und zwar von jedem Tag, den wir zusammen waren. Zwei pro Tag. Nicht zwei aus einer ganzen Kindheit. Dass ein Mensch dich an neunhundertneunundneunzig Tagen von tausend wie Dreck behandelt und dann am letzten Tag nett zu dir ist …«

Er hatte mich vorsichtig angelächelt. Aber seine blauen Augen hatten nicht gestrahlt, wie sie es normalerweise taten, wenn er lächelte.

»Das ist nicht okay, Schatz. So soll es auf gar keinen Fall sein. Das macht es fast noch schlimmer.«

Ich warf einen schnellen Blick auf mein Muffinsbuch, sah aber ein, dass ich schwereres Geschütz auffahren musste. Ich griff zum Telefon.

»Ich bin's. Kann ich vorbeikommen?«

Drei Minuten später schloss ich die Tür hinter mir.

42

Mama hatte ihre schwarz-weiß gemusterten Filippa-K-Becher aufgedeckt. Es dampfte daraus. Sofort erkannte ich den Duft von Mamas frisch gebrühtem Perkolatorkaffee und setzte mich an den Tisch.

Ich beugte mich vor und schnupperte an dem Teller mit den vier Zimtschnecken. Ich wusste, dass meine Mutter sie eben erst aus der Tiefkühltruhe geholt und in der Mikrowelle aufgetaut hatte.

»Oder möchtest du lieber Frühstück, Liebes?«

Ich antwortete mit einem Lächeln und schüttelte den Kopf. Wie kam es, dass Mama immer selbst gebackene Zimtschnecken im Haus hatte? Wann backte sie die eigentlich?

Ich konnte mich nicht erinnern, Mama in den letzten zwanzig Jahren ein einziges Mal backen gesehen zu haben, aber trotzdem waren ihre Zimtschnecken immer da, wenn sie am dringendsten gebraucht wurden. Duft und Geschmack der herrlichen Butter-, Zucker- und Zimtmischung waren für mich so eindeutig mit meiner Mutter verknüpft.

»Was ist los?«

Ich sah sie an. Wie schön du bist, dachte ich.

Mama war alles, was ich nicht war. Sie besaß etwas, das ich nicht besaß.

Fröhlichkeit, soziale Kompetenz, innere Stärke. Das, was die Leute der Einfachheit halber »das gewisse Etwas« nannten.

Heutzutage würde Mama nie einen Raum betreten und sich unsicher fühlen. Sie würde hineingehen und ihn ausfüllen.

Ich hingegen würde am liebsten draußen im Flur stehen bleiben, wenn ich die Wahl hätte.

Ich merkte, wie sie ihre Hand auf meine legte. Ich blickte auf und begegnete ihren braunen Augen, die darauf warteten, dass ich etwas sagte. Ich hätte ihr gern erzählt, was mit Lillebror passiert war. Aber Mama, die sich vor langer Zeit aus Papas Griff befreit hatte, hätte ihn sofort angezeigt und damit meine Pläne durchkreuzt. Ich räusperte mich.

»Mama, ich weiß, dass es sich komisch anhört. Aber ich würde gern wissen, wie es war, als Papa dich zum ersten Mal geschlagen hat.«

Mama zuckte zusammen. Sie zuckte immer zusammen, wenn ich über Valdemar sprach.

»Warum?«, flüsterte sie.

»Na ja ...«

Warum tat ich Mama das an? Ich wäre am liebsten aufgestanden und gegangen, aber stattdessen holte ich tief Luft und fuhr fort: »Es ist schon eine Weile her, dass ich mit ihm gesprochen habe. Und ich finde, es tut richtig gut, nichts mit ihm zu tun zu haben. Aber Papa hat bald Geburtstag, und ich weiß, dass ich dann denken werde, ich müsste ihn anrufen, aus alter Gewohnheit. Es mag schrecklich klingen, aber ich möchte gern wissen, wie es dir gegangen ist, als ihr zusammengelebt habt, wie er so war. Damit ich gar nicht erst in Versuchung komme, ihn anzurufen.«

Mama sah mich an. Sie litt ganz offensichtlich, und ich begriff, dass sie sich fragte, welche Alternativen sie hatte. Entweder öffnete sie ihr Herz und kramte die Erinnerungen hervor, für deren Verdrängung sie wahrscheinlich Jahrzehnte gebraucht hatte, oder aber sie schwieg und verweigerte damit ihrem Kind die Hilfe bei dem Vorhaben, sich von dem Mann zu befreien, vor dem sie selbst viele Jahre zuvor geflohen war.

Sie traf ihre Wahl schnell.

»Das erste Mal waren wir frisch verheiratet«, sagte sie und lehnte sich auf dem Stuhl zurück. »Ich war schwanger, und wir besuchten meine Eltern in Bengtstorp. Meine älteren Brüder hatten damals einen Freund namens Benke. Er war immer da gewesen, solange ich denken konnte, deshalb war er für mich wie ein großer Bruder.«

Bodil sank in sich zusammen, während sie sprach. Ich sah, wie die Erinnerungen sie überwältigten, und bereute, dass ich sie überhaupt gefragt hatte.

»Es war nur Spaß. Benke neckte mich wegen meiner großen Füße, genau wie Hasse, Leffe und Stig es immer taten.«

Mama tastete sich vor. Schien nach den richtigen Worten zu suchen.

»Für mich war es kein Unterschied, ob er mich neckte oder einer meiner Brüder.«

Ich schaute Mama an und spürte, wie sich meine Nackenhaare sträubten. Jetzt saßen wir hier, Jahrzehnte später, und sie entschuldigte sich immer noch.

»Ich bin zu ihm hingegangen und habe ihn gezwickt.«

Mama stand auf und kam um den Tisch herum.

»So.«

Sie stellte sich hinter mich, legte die Hände auf meine Schultern und drückte kurz zu.

»So habe ich ihn gezwickt. Nur zum Spaß. Er hatte sich über mich lustig gemacht, und das war meine kleine Rache.«

Sie erzählte, wie sie auf die Toilette gegangen war, bevor sie sich schlafen legte. Wie sie barfuß über die taufeuchte Wiese gelaufen war und wie der Himbeerstrauch geduftet hatte, der an der Hauswand wuchs.

Ich erinnerte mich, wie oft ich als Kind dort draußen auf dem Plumpsklo gesessen und die Bilder an den Wänden betrachtet hatte. Mama hatte sie gemalt. Auf allen waren Mäuse zu sehen.

Mäuse, die von großen Käselaiben naschten.

Mäuse, die große Käseboote ruderten.

Mäuse, die große Käseautos fuhren.

Mamas Mäuse waren so niedlich.

»Ich saß also da auf dem Klo, als dein Vater hereinkam und die Tür von innen zumachte. Ich weiß gar nicht, wie es anfing, nur dass ich auf einmal einen Faustschlag mitten ins Gesicht bekam. ›Betrügst du mich also, du Schlampe‹, sagte er.«

Mama sah mich unverwandt an, während sie sprach.

»Er schlug und schlug und schlug. Damals war er unvorsichtig. Anfangs tobte er sich noch an meinem Gesicht aus. Später wusste er es besser.«

Sie verstummte, schloss die Augen, durchlebte es noch einmal. Eine Träne kroch langsam unter dem Augenlid hervor, und als sie schließlich die Wange hinabrollte, war sie schwarz von Eyeliner und Wimperntusche.

»Es tut mir leid, Mama. Lass uns aufhören.«

Sie schüttelte den Kopf.

Zum Aufhören war es zu spät.

»Es waren drei Wörter, die er immer wieder benutzte. Ich war eine Hündin, eine Schlampe und eine Hure. Diese drei Worte. Ich hätte es vor ihm mit anderen Kerlen getrieben, sagte er.«

Sie legte die Hände vors Gesicht. Befühlte ihre Wangen, wie um zu kontrollieren, dass sie noch da waren. Dass sie unversehrt waren.

»Nach einer Weile begann er, sich auf meinen Bauch zu konzentrieren. Er fragte, ob das da drinnen sein Kind sei … und dann schlug er mit den Fäusten zu. Auf den Bauchnabel. Links und rechts in die Seiten. Von unten.«

Sie legte sich die Hand auf den Bauch und schaute mich mit tränenverschleiertem Blick an.

»Ich bring den Bastard um«, stieß sie flüsternd hervor.

»Das hat er gesagt. Jedes Mal, wenn er zuschlug. Ich bring den Bastard um.«

Ihre Wangen waren streifig von der zerlaufenen Wimperntusche.

»Ich war mit deinem Bruder im sechsten Monat. Ich war mir absolut sicher, dass Valdemar ihn töten würde.«

Sie erzählte, wie Papa schließlich müde von all den Schlägen geworden sei, dass sie da aber schon nicht mehr habe gehen können. Wie sie auf allen vieren über die Wiese zurück zum Haus gekrochen sei.

»Ich habe die ganze Nacht in mein Kissen gebissen, um nicht laut zu schreien. Um nicht herauszubrüllen, wie weh es tat. Ich hatte solche Schmerzen, dass ich mich nicht bewegen konnte.«

Sie sah mir in die Augen. Seufzte. Verzog den Mund.

»Weißt du, was daran so krank ist? Das Einzige, woran ich in der Nacht denken konnte, war das Grundstück, das ich oben in Funäsdalen geerbt hatte. Und dass ich mich nicht scheiden lassen konnte, weil wir keinen Ehevertrag gemacht hatten. Dass Valdemar meiner Familie das Land wegnehmen würde, sollte ich ihn verlassen.«

Sie schüttelte den Kopf.

»Es klingt so verrückt, wenn man das jetzt laut ausspricht. Aber damals war das alles, woran ich denken konnte. Er hatte so viel kaputtgemacht. Ich war neunzehn und hatte überhaupt kein Selbstbewusstsein. Ich wollte nicht, dass er mir auch noch das Stück Land wegnahm, das mir gehörte.«

Am nächsten Morgen war er voller Reue gewesen, erzählte Mama. Hatte den Bauch gestreichelt, den er am Abend zuvor mit Faustschlägen traktiert hatte. Dem Baby, das sich nicht mehr bewegte, hatte er zugeflüstert, dass alles gut werden würde. Mama berichtete, wie sie in seine grauen Augen geblickt und Papas Reue gesehen habe. Wie sie beide vor Freude geweint hätten, als sie schließlich doch einen kleinen Fußtritt in ihrem Bauch gespürt habe. Wie sie Valdemar geglaubt habe, als er versprach, so etwas nie wieder zu tun. Wie sie sich geschworen habe, ihn zu verlassen, sobald er sein Versprechen brechen sollte.

»So viele Jahre später lässt sich nur schwer erklären, warum man trotzdem bleibt. Es klingt alles so verrückt, wenn ich es ausspreche. Aber damals …«

Sie schien zu überlegen, wie sie fortfahren sollte.

»Weißt du, wenn der erste Schlag kommt, ist man schon so am Boden, dass alles zu spät ist. Man glaubt, man habe es nicht anders verdient. Man hat verbal schon so viele Schläge eingesteckt, dass es einem fast natürlich vorkommt, wenn irgendwann die körperliche Gewalt folgt. Sie schlagen einen erst, wenn sie wissen, dass man rettungslos verloren ist.«

Sie legte die Hände wieder an ihre Wangen. Eine an jede Seite. Öffnete den Mund weit und strich behutsam über die gedehnte Haut. Betastete sie vorsichtig mit den Zeigefingern.

»Mein Gott, wie es da drinnen aussah. Ich habe noch Jahre später Blut an den Wänden des Klohäuschens gefunden, obwohl ich noch in derselben Nacht alles geschrubbt und geputzt hatte. Kleine Spritzer, von denen ich wusste, dass sie von dem Abend stammten. Und ich … wie ich aussah. Mein Gesicht war völlig zugeschwollen. Überall Blutergüsse. Ich habe behauptet, ich wäre die Treppe hinuntergefallen, die von der oberen Etage ins Erdgeschoss führte, wo Valdemar und ich schliefen.«

Mama verdrehte die Augen.

»Hast du so was Dummes schon mal gehört? Das pure Klischee, wie in einem schlechten Film. Aber das habe ich gesagt. Es war einfach das Erste, was mir einfiel.«

Ihre Augen füllten sich wieder mit Tränen.

»Und Papa … mein lieber Papa konnte es nicht verstehen.

Er bekam ein schlechtes Gewissen, als ich sagte, ich sei gefallen. Er hatte die Treppe selbst gebaut, so wie das ganze übrige Haus. Er fuhr los und kaufte Antirutsch-Klebebänder, und dann hat er den ganzen Tag lang geklebt. Jede einzelne Treppenstufe hat er mit Antirutsch-Streifen versehen. Es tat ihm so leid, dass ich mich in seinem Haus so schlimm verletzt hatte.«

Das Bild von Großvater, wie er jede Stufe seiner Treppe beklebte, war zu viel für uns beide. Wir saßen eine Weile schweigend da.

»Wenn bloß jemand was unternommen hätte«, sagte meine Mutter schließlich. »Meine Eltern waren ja damals schon über sechzig. Ich bin sicher, dass sie geschlafen haben. Aber ich wundere mich immer noch. Meine drei Brüder und Benke, die waren doch da. Alle vier. Haben die mich nicht gehört? So wie ich geschrien und gebrüllt habe in dem Klohäuschen? Es lag doch gar nicht so weit entfernt vom Wohnhaus. Und auch die Geräusche, wie er mich verprügelt hat, haben sie die wirklich nicht gehört? Ich habe diesen Gedanken tausend Mal gedacht. Immer wenn er mich geschlagen hat. Ob wirklich niemand etwas gehört hat? Die Leute haben doch gesehen, wie ich aussah. Sie müssen es begriffen haben. Warum hat mich niemand darauf angesprochen? Später, als ich mich von Valdemar getrennt hatte, da sind sie zu mir gekommen und haben gesagt, sie hätten schon lange geahnt, dass mit ihm etwas nicht stimmt. So ein Blödsinn.«

Sie sah mir direkt in die Augen.

»Ich hätte sie am liebsten angeschrien: ›Wenn du es gewusst hast, warum hast du dann nichts unternommen?‹ Wie gern hätte ich ihnen diese Frage gestellt. Wenn nur irgendjemand etwas unternommen hätte.«

Ich folgte Mama mit den Augen, als sie aufstand und ein Stück Papier von der Küchenrolle abriss.

Jemand wird etwas unternehmen, Mama, dachte ich.

Keiner hat dir geholfen. Keiner hat mir geholfen. Keiner hat meinem großen Bruder geholfen. Aber jetzt wird jemand etwas tun. Ich werde Lillebror und Minimus helfen. Sie sollen nicht durchmachen müssen, was wir durchgemacht haben. Wirst du stolz auf mich sein, Mama?

Mama schnäuzte sich und ging zurück zu ihrem Stuhl.

»Das spielt jetzt keine Rolle mehr. Und es ist nicht mal gesagt, dass ich ihn verlassen hätte, wenn wirklich jemand eingeschritten wäre. Er hätte mich umgebracht, wenn ich es getan hätte. Es sagt sich so leicht, dass ich doch einfach hätte gehen können, aber so funktioniert das nicht. Man ist so schrecklich verängstigt, und man hat so viel Entwürdigendes über sich selbst gehört, dass man felsenfest davon überzeugt ist, nichts wert zu sein.« Sie schluckte. »Er hat gesagt, es würde ihm nichts ausmachen, im Gefängnis zu sitzen, Hauptsache, ich wäre tot. Das wäre ihm die Strafe wert.«

Mama schwieg. Nickte fast unmerklich.

»Er hätte mich getötet, daran habe ich nie gezweifelt. Nicht eine Sekunde lang. Einmal, da … da hat er mich nicht geschlagen, sondern mir nur eine Ohrfeige gegeben.«

Ich wollte einwerfen, dass eine Ohrfeige auch ein Schlag sei, ließ es aber sein.

»Ich lag zusammengekrümmt auf dem Fußboden«, fuhr Mama fort, »mit dem Rücken zur Wand, und er stand über mir und redete. Er war ganz ruhig. Erzählte von der Wohnung, in der wir damals lebten, in Mariestad, das war am Anfang unserer Ehe. ›Weißt du, dass hier ein Mensch ermordet wurde?‹, sagte er. Und dann erzählte er, dass der Mann, der vor uns dort gewohnt habe, seine Frau mit einem Bügeleisen erschlagen hatte.«

Sie starrte auf die Tischplatte.

»Ich begriff sehr wohl, dass er mit der Geschichte eigentlich uns meinte. Das war seine Art, mir zu sagen, was passieren würde, falls ich ihn verließ. Später hat er es offen ausgesprochen. Immer wieder. Er hat gesagt, dass es das wert sei, im Gefängnis zu sitzen, wenn ich nur tot wäre. Dass ich eine Hure sei, die es nicht verdient habe zu leben. Das hat er oft gesagt. Aber das eine Mal habe ich mir gemerkt. Es war die Art, wie er es sagte. Wie er es zu genießen schien, über dieses Bügeleisen zu reden.«

Sie lachte bitter.

»Er ist wirklich gestört, dein Vater. Das muss ich schon sagen.«

Ich antwortete nicht. Ich sah meinen kleinen Bruder vor mir. Bei ihm hatte Papa auch gemeint, das sei die Strafe wert, als er ihn misshandelt hatte.

Ein Schauer lief mir über den Rücken. Ich sah einen Grabstein vor mir, konnte aber nicht erkennen, wessen Name darauf stand. Papas Name war es jedenfalls nicht. Er würde bald jemanden töten.

Ich wusste es.

Ich spürte es.

Ich würde es verhindern.

Ich erinnerte mich an die Heldenfanfare, die in meinem Kopf erklungen war, als ich Papa bei der Polizei anzeigte, nachdem er meine Stiefmutter misshandelt hatte. Ta-ta-taa. Jetzt hörte ich sie nicht. Damals als kleines Kind war ich keine Heldin gewesen. Ich hatte nur keine andere Wahl gehabt.

Mamas Stimme unterbrach meine Gedanken.

»Weißt du, manches geht nie wieder weg. Zwei Dinge sind mir nach all den Jahren mit deinem Vater geblieben, wie Ticks oder wie man das nennen soll. Ich schließe mich im Bad immer ein, und ich kann mir keine Boxkämpfe anschauen.«

Sie schwieg. Blickte mich wieder an.

»Er hat mich immer im Badezimmer verprügelt. Ich weiß

nicht, wieso. Er kam fast immer ins Bad, wenn ich dort war. Setzte sich auf den Badewannenrand, wenn ich auf der Toilette saß, oder auf die Toilette, wenn ich mir die Zähne putzte. Er musste immer alles und alle unter Kontrolle haben, nicht mal im Bad hatte ich meine Ruhe.«

Für einen kurzen Moment wirkte sie fast belustigt.

»Heute schließe ich mich sogar ein, wenn ich allein zu Hause bin. Die Tür muss verriegelt sein, damit ich mich entspannen kann. Sonst kann ich nicht pinkeln.«

Sie schluckte.

»Und wenn im Fernsehen Boxen kommt, schalte ich automatisch aus, weil ich dann immer Valdemar vor mir sehe, wie er gerade zuschlägt. Der Ausdruck in seinen Augen, die Kraft in seinen Händen. Ich spüre den Schlag im selben Moment, wenn ich das Geräusch im Fernsehen höre. Du weißt … wenn die Faust den Kopf trifft. Ich weiß genau, wie sich das anfühlt.«

Sie blickte aus dem Fenster.

»So viele Jahre sind vergangen, seit ich ihn verlassen habe, aber ein Teil von mir hat immer noch Angst, dass er herkommt und zu Ende bringt, was er begonnen hat. Er hat so oft gesagt, dass er mich umbringen wird. Ich wäre nicht überrascht, wenn er mir eines Nachts hier auflauern würde.«

Wir sahen uns lange schweigend an. Ich bin mir sicher, dass wir beide Bilder von einem zusammengeschlagenen Valdemar in uns trugen.

Da hörte ich das Geräusch wieder, das mich seit so vielen Jahren verfolgte.

»Darf ich dich noch etwas fragen? Wenn es dir nicht zu viel wird?«

Ein fast unmerkliches Nicken.

»Einmal, als er dich im Badezimmer in Götene geschlagen hat, kurz bevor du ausgezogen bist. Da hat es so komisch geklungen.« Ich versuchte, das Geräusch nachzumachen: »Klonk, klonk, klonk.«

Mama schnappte nach Luft. Schlug sich die Hand vor den Mund.

»Das hast du gehört?«

Ich senkte den Blick auf die Tischplatte. Nickte. Ich konnte ihr nicht in die Augen sehen.

»Vorhin hast du gesagt, du wunderst dich, dass keiner je etwas gehört hat«, flüsterte ich. »Ich habe es gehört. Aber ich habe mich nicht getraut, etwas zu unternehmen.«

Ich hörte, wie Mama schluckte, bevor sie antwortete.

»Er hat mich hochgehoben und mich in die Badewanne geworfen. Immer wieder. Hat mich gepackt. Hochgezogen. Und mich fallen lassen. Das war das Geräusch. Wenn der Körper in der Wanne aufschlug. Ich habe mich nicht dagegen gewehrt. Ich wusste, dass es sinnlos war. Also krümmte ich mich zusammen, so gut es ging, um meinen Körper zu schützen, wenn er mich fallen ließ.«

Ich wischte mir mit den Händen die Wangen ab. Die Tränen wollten nicht aufhören zu fließen.

»Verzeih mir«, flüsterte ich.

Mama stand auf. Sie kam um den Tisch herum und ging vor mir in die Hocke. Umarmte mich fest.

»Ach Liebes. Du warst ein Kind. Was hättest du tun sollen?«

Ihn töten, Mama.

Ich hätte ihn töten sollen.

Ich schluchzte. Weinte so heftig, dass ich kaum atmen konnte.

Mama hielt mich weiter umarmt, bis ich aufgehört hatte zu schluchzen. Als sie sich schließlich erhob, war ihr blauer Strickpullover nass von Tränen und Rotz. Sie winkte rasch ab, bevor ich etwas sagen konnte.

»Ich weiß, was du sagen willst. Ich kenne dich. Vergiss den dummen Pullover, okay? Denk nicht daran.« Sie setzte sich.

»Ich habe zwanzig Jahre lang ein schlechtes Gewissen gehabt, wegen dem, was du im Badezimmer durchmachen musstest«, sagte ich schließlich.

Mama lächelte wieder, ein trauriges Lächeln.

»Soll ich dir mal was über schlechtes Gewissen erzählen?«

Ihr Lächeln erstarb. Sie holte tief Luft.

»Es war ein paar Tage, bevor du getauft werden solltest. Er war wütend und hat mich beschimpft. Ich weiß nicht mehr, weswegen. Und da ist mir der Kragen geplatzt. Ich habe ihn angeschrien, er solle damit aufhören. Ich erinnerte ihn an den Abend, als ich mit deinem Bruder schwanger war und er mich verprügelt hatte und dass es reines Glück gewesen sei, dass er seinen eigenen Sohn nicht umgebracht oder schwer geschädigt hatte. Und dann habe ich ihn noch gefragt, wie man so gestört sein könne, seine eigene Frau zu schlagen.«

Sie stieß ein Lachen aus.

»Er ist natürlich völlig ausgerastet. Wie er da auf mich losgegangen ist …«

Sie schüttelte den Kopf, als wollte sie das Bild aus ihrem Gedächtnis vertreiben.

»Eine Weile habe ich die Schläge ausgehalten, aber schließlich merkte ich, dass ich nicht mehr konnte. Dass ich nicht viel länger durchhalten würde.« Ihre Stimme brach. »Ich bin in dein Zimmer gelaufen. Er war mir direkt auf den Fersen, und ich bin zu deinem Bettchen gerannt und habe dich herausgerissen. Ich habe dich an meine Brust gepresst und gehofft, dass er mich nicht schlagen würde, wenn ich dich im Arm hatte.«

Mama saß zuerst ganz still da und sah mich an. Plötzlich begannen ihre Schultern zu zucken, und Tränen rollten ihr über die Wangen.

»So viel zum Thema schlechtes Gewissen. Was meinst du, was ich mir für Vorwürfe gemacht habe, weil ich meine neugeborene Tochter als menschlichen Schutzschild benutzt hatte.«

Ich sah Mama schweigend an, bis ich es nicht länger aushielt. »Hat er es denn getan?«, fragte ich flüsternd. »Mama, hat er aufgehört?«

Mama nickte. Ihre Schultern zuckten immer noch. Noch nie hatte ich einen Menschen so verzweifelt weinen sehen. Sie nickte. Schluchzte. Rang nach Atem. Bebte. Schluchzte. Nickte. Weinte.

»Ich hatte richtig vermutet. Er sah mich an, sah dich an. Und dann drehte er sich um und ging aus dem Zimmer. Aber ich habe mir nie verziehen, dass ich ein so riskantes Spiel gespielt habe.«

Sie blickte mir direkt in die Augen.

»Ein Schlag von ihm hätte dich getötet.«

43

Montag, den 18. Januar 2010

Er roch nach Rasierwasser.

Es brauchte zurzeit nicht viel, um Anna Eiler zu ärgern, und diese Rasierwasserwolke ärgerte sie gerade wahnsinnig. Er hatte mit einer anderen Frau gevögelt. Er hatte seine Frau geschlagen, und er hatte sie vermutlich umgebracht. Und jetzt saß er hier vor ihr und stank nach Rasierwasser.

Sie starrte Klas Hjort finster an. Wem zum Teufel willst du imponieren?, dachte sie. Aber sie schwieg und wartete auf sein Geständnis und darauf, dass Patrik Morrelli endlich eintraf. Der Schnellzug aus Stockholm, wo er das Wochenende mit seiner Familie verbracht hatte, war natürlich ausgerechnet heute verspätet – und sie wollte, dass jemand, ganz egal wer, die Situation rettete.

Eins stand jedenfalls fest. Klas Hjort würde es nicht sein.

Der blondgelockte Mann in Chinos und gestreiftem Hemd saß ihr gegenüber am Tisch und wartete. Ein Schlachtfeld des Schweigens.

»Ich habe Elisabeth nicht geschlagen.«

»Wissen Sie, wie viele von den zwanzigtausend misshandelten Frauen pro Jahr tatsächlich Anzeige erstatten?«

»Ich habe es schon mehrmals gesagt. Ich habe Elisabeth nicht geschlagen. Warum glauben Sie mir nicht?«

»Zweitausend.«

Anna Eiler schüttelte demonstrativ den Kopf.

»Zweitausend von zwanzigtausend. Nur zehn Prozent. Ganz zu schweigen von der Dunkelziffer …«

»Sie hören mir ja gar nicht zu. Ich. Habe. Elisabeth. Nicht. Geschlagen.«

»Wussten Sie, dass die Behörde für Opferschutz letztes Jahr mit einer Untersuchung beauftragt wurde, bei der sechsundvierzig Prozent der befragten Frauen zwischen achtzehn und fünfundsechzig angaben, seit ihrem sechzehnten Lebensjahr mindestens ein Mal männlicher Gewalt ausgesetzt gewesen zu sein? Und wissen Sie, wie viele dieser Frauen Gewalt durch einen Mann erlitten haben, den sie kannten, mit dem sie in der Regel sogar zusammenlebten?«

Diesmal sagte er nichts mehr.

»Achtzig Prozent dieser Frauen wurde Gewalt von einem Mann angetan, den sie kannten. Von einem Mann, dem sie vertrauten.«

»Das ist erschreckend.«

In ihren Augen blitzte es.

»Hören Sie zu, im Leben eines jeden Menschen gibt es Momente, in denen eine Entscheidung alles verändern kann. Wenn etwas ans Tageslicht kommt, etwas Unerwartetes auftaucht. Das hier ist Ihr Moment.«

Er stöhnte laut. »Ich weiß nicht, was ich noch sagen soll. Ich habe Elisabeth nie geschlagen. Ich habe sie geliebt.«

In diesem Moment klingelte es, und Klas Hjort ging zur Tür. Wenig später kam er zusammen mit Patrik Morrelli zurück, der seiner Kollegin kurz zunickte, bevor er sich schweigend neben sie setzte.

»Wissen Sie, was die üblichste Ausrede ist, wenn eine Frau grün und blau geschlagen wurde?«, sagte Anna. »Dass sie auf der Treppe gestürzt ist. Ihre Frau hatte blaue Flecken. Und sie hat denjenigen, die sie danach gefragt haben, gesagt, sie sei die Treppe hinuntergefallen.«

»Und?«

Anna Eiler verzog den Mund zu einem verächtlichen Lächeln.

»Und? In Ihrem Haus gibt es keine Treppe. Können Sie uns erklären, wie sie sich die Prellungen zugezogen hat?«

Klas Hjort zögerte. Eine Millisekunde zu lange. Anna wollte gerade wieder zum Angriff übergehen, als Patrik Morrelli den Mund aufmachte.

»Sie müssen keine Angst haben. Wir wissen, dass Sie ihr nichts tun wollten.«

Anna starrte ihn verblüfft an. Was hatte er vor?

»Sie haben nur versucht, sie aufzuhalten, nicht wahr?«

Zwei Sekunden. Der Kerl befand sich seit zwei Sekunden im Raum, und schon riss er die Vernehmung an sich. Machte alles zunichte. Diese verdammten Stockholmer.

Anna wollte gerade etwas sagen, um die Kontrolle zurückzuerobern, als sie bemerkte, wie Klas Hjort plötzlich zu weinen begann, während er gleichzeitig hervorstieß:

»Sie h-h-hat ihn geschlagen.«

Patrik Morrelli nickte bedächtig.

»Und Sie wollten ihn einfach nur schützen. Das ist nur zu gut verständlich. Bitte erzählen Sie uns, was wirklich passiert ist.«

Sie warteten, bis Klas Hjort fertig geweint hatte. Dann richtete er den Blick auf Patrik Morrelli und begann zu erzählen.

44

Västgöta-Nytt, Seite 7, Mittwoch, den 20. Januar 2010

POLIZEI HAT KEINE SPUR

Von Ing-Marie Andersson

Die Polizei weiß nicht, wo sie Elisabeth Hjorts Mörder suchen soll. 70 Tage nach ihrem Verschwinden hat die Polizei immer noch keinen Verdächtigen. »Wir halten uns alle Wege offen«, sagt der Leiter der Mordermittlungen, Ulf Karlkvist, gegenüber der *Västgöta-Nytt*.

Die 34-jährige Elisabeth Hjort war zuletzt am Morgen des 2. November gesehen worden. Seitdem war die zweifache Mutter spurlos verschwunden, bis ihre Leiche Anfang Januar im Simsjön gefunden wurde.

Polizei tappt im Dunkeln

Dass die Frau ermordet wurde, konnte das Staatliche Kriminaltechnische Labor schnell feststellen, aber obwohl eine größere Anzahl von Personen vernommen und überprüft wurde, hat die Polizei 70 Tage nach dem Verschwinden der Frau noch immer keinen konkreten Verdacht.

»Es geht nicht voran, wir haben nichts gefunden, was die Ermittlungen weiterbringt. Wir halten uns alle Türen offen, aber gleichzeitig ist es, als stünden wir immer noch ganz am Anfang«, sagt Kommissar Ulf Karlkvist.

Viele Lügen

Västgöta-Nytt kann exklusiv berichten, dass mehrere Personen aus Elisabeth Hjorts Umfeld Alibis angegeben haben, die sich später als falsch herausstellten. Trotzdem steht keine dieser Personen unter Verdacht, die schreckliche Tat begangen zu haben.

»Diese Leute haben andere Gründe gehabt, die Unwahrheit zu sagen, soweit wir das einschätzen können. Mehr habe ich dazu nicht zu sagen«, so Ulf Karlkvist.

Geheime Ermittlungen

»Derzeit prüfen wir weitere Vorgehensweisen. Wir haben bereits bestimmte Maßnahmen beschlossen, auf die ich aber aus ermittlungstechnischen Gründen nicht weiter eingehen kann«, sagt Ulf Karlkvist. »Wir haben die Hoffnung keineswegs aufgegeben, den Täter zu finden.«

Die Polizei bittet die Bevölkerung nochmals, alle Beobachtungen zu melden.

45

Anna Eiler faltete die Zeitung zusammen und warf sie auf den Fußboden. Dann erhob sie sich vom Frühstückstisch, ging ins Bad und drehte den Hahn im Waschbecken auf. Sie ließ kaltes Wasser in ihre Hände laufen und erfrischte ihr Gesicht. Die Haut straffte sich durch die Kühle, und sie fühlte sich etwas besser.

Sie ging ins Wohnzimmer und ließ sich aufs Sofa fallen.

»Diese Leute haben andere Gründe gehabt, die Unwahrheit zu sagen, soweit wir das einschätzen können. Mehr habe ich dazu nicht zu sagen«, so Ulf Karlkvist.

Sie war sich so sicher gewesen, dass Klas Hjort seine Frau geschlagen hatte. Sie hatte zugelassen, dass ihre eigenen Dämonen sich in ihre Arbeit einmischten. Das war unprofessionell gewesen. Nach der Vernehmung, als Klas Hjort das strahlend weiße Gebäude verlassen hatte, war sie auf Patrik Morrelli zugegangen und hatte ihn gefragt: »Woher zum Teufel hast du das gewusst?«

Er zuckte mit den Schultern. »Ich habe mir im Zug die Obduktionsfotos angesehen, und dabei ist mir aufgefallen, dass die blauen Flecken auf der vorderen Körperseite wesentlich größer als die auf der Rückseite waren.«

Er war aufgestanden. »Stell dich hin.«

Sie hatte gehorcht, und er hatte seine Hände auf ihre Schultern gelegt. Dann hatte er die Daumen auf ihre Schlüsselbeine und die restlichen Finger von hinten gegen ihren Nacken gedrückt.

»Stell dir vor, ich greife dich an. Dann drücke ich dich so gegen die Wand, oder?«

Die Erinnerungen waren über sie hereingebrochen wie eine Sturmflut. Ihre Beine hatten nachgegeben. Sie hatte geschwankt und war auf die Knie gefallen.

»Großer Gott, was ist los?«

Patrik Morrelli hatte bestürzt geklungen. Anna hatte gemerkt, wie sich in ihrem Kopf alles drehte, aber sie war trotzdem wieder aufgestanden.

»Ich habe nur das Gleichgewicht verloren. Mach weiter.«

Er hatte ihr wieder diesen Blick zugeworfen, den sie inzwischen hasste. So als würde er sie durchschauen. Er hatte geschluckt und kurz gezögert, bevor er weitersprach.

»Die übliche Vorgehensweise, wenn es um Gewalt gegen eine vertraute Person geht, ist ein Angriff von vorn. Diese Männer schleichen sich nicht von hinten an eine Frau heran, sie haben kein Problem damit, direkt vor ihr zu stehen und sie zu schlagen oder gegen eine Wand zu drücken. Wenn Klas Hjort ein gewöhnlicher Schläger wäre, der seine Frau angreift, würden sich die größten Blutergüsse auf ihrem Rücken und den Schulterblättern befinden. Hervorgerufen durch die Finger und durch den Aufprall gegen eine Wand beispielsweise. Aber bei Elisabeth Hjort befanden sich die großen Blutergüsse auf der Vorderseite, an ihren Schlüsselbeinen. Für mich deutet das darauf hin, dass jemand sie eher von etwas weggerissen hat, als sie gegen etwas zu schleudern. Deshalb habe ich auf dem Weg hierher kurz bei der Kriminaltechnik nachgefragt und meine Vermutung bestätigt bekommen.«

Anna presste die Finger auf die Augenbrauen, so als wollte

sie die Schmerzen hinter der Stirn verjagen. Sie war sich so sicher gewesen, dass Klas Hjort der Schläger in der Familie war. Nicht sie.

Klas Hjort hatte geschildert, wie er am Freitag von der Arbeit nach Hause gekommen war und schon das Geschrei gehört hatte, als er zur Tür hereinkam. Unter Tränen hatte er beschrieben, wie er in Elias' Kinderzimmer gelaufen war und gesehen hatte, wie seine Frau über den Jungen gebeugt dastand und ihm eine Ohrfeige nach der anderen gab. Er schilderte, wie er auf sie zugerannt war und sie zurückgerissen hatte. Wie Elisabeth getobt hatte und wie er sie an sich gezogen hatte, fest, ganz fest, bis sie wieder bei Sinnen war.

Klas hatte erzählt, wie verstört Elias seit dem Verschwinden seiner Mutter war. Der Junge war überzeugt, dass seine Mutter böse auf ihn war und deshalb nicht mehr zurückkam.

Patrik Morrelli hatte sich die Indizien angesehen.

Anna Eiler hatte sich in ihrem Job von ihrem Privatleben beeinflussen lassen. Sie ärgerte sich rasend. Nicht über ihn, sondern über sich selbst. Eine Träne schlich sich aus ihrem Augenwinkel.

An manchen Tagen vermisste sie den Mann, der ihr Leben ruiniert hatte, so sehr, dass es im ganzen Körper wehtat.

Zwei Stunden später war das Gesicht des Mannes aus ihrem Bewusstsein verschwunden und hatte Platz gemacht für das eines verängstigten kleinen Jungen.

Als sie die Tonaufnahme der gestrigen Befragung von Elias Hjort endlich abgeschrieben hatte, atmete sie auf. Das war hart gewesen. Der Vierjährige hatte ihr gegenüber am Tisch gesessen, aufgeregt und ängstlich.

Klas Hjort hatte zuerst dagegen protestiert, dass Anna und Patrik seinen Sohn vernehmen wollten, aber dann doch eingewilligt, nachdem sie ihm versichert hatten, dass er bei seinem

Sohn bleiben könne und sie die Befragung sofort abbrechen würden, wenn es zu anstrengend wurde. Sie las den Text noch einmal durch, um Ulf Karlkvist keine Chance zu geben, irgendwelche Rechtschreibfehler zu finden.

Vernehmung von: Hjort, Elias Samuel, geb. am 10.6.2005
Vernehmungsleiter: Patrik Morrelli
Weitere Anwesende: Anna Eiler (Polizeiassistentin), Klas Hjort (Vater des Vernommenen)
Vernehmungszweck: Anhörung des Kindes zur Erlangung von Informationen bzgl. des Mordes/Totschlags an Elisabeth Hjort (Mutter) bzw. einer Misshandlung des Vernommenen durch die Mutter

Vernehmungsort: Polizeirevier in Skövde
Vernehmungsdatum: 19.1.2010
Vernehmungsbeginn: 13.06 Uhr
Vernehmungsende: 13.11 Uhr

Vernehmungsleiter Patrik Morrelli (PM): Jetzt drücke ich auf diese Taste, dann wird alles, was wir sagen, aufgenommen. Okay? Hallo, Elias.
Elias Hjort (EH): Hallo.
PM: Ich heiße Patrik. Wir haben uns schon mal getroffen. Weißt du noch?
EH: Mm.
PM: Neben mir sitzt Anna. Ich bin ja Polizist und sie auch.
EH: Aber sie ist eine Frau.
PM: (lacht) Genau, eine Polizistin.
EH: Warum bist du Polizistin?
Anna Eiler (AE): Na ja … um Verbrecher zu fangen.
EH: Warum?
AE: Wegen meinem Papa.

EH: Mein Papa will, dass ich Fußballer werde.

PM: Das wollen Papas meistens. Ich habe auch einen Sohn. Er ist ein bisschen älter als du. Sechs. Ich hoffe auch, dass er mal Fußballer wird.

EH: Mm.

PM: Wenn es nach deiner Mama gegangen wäre, was solltest du denn mal werden, Elias?

EH: Lieb.

PM: Ich glaube, das bist du schon. Du kommst mir wie ein sehr lieber Junge vor.

EH: Mama (unverständlich).

PM: Was hast du gesagt, Elias?

EH: Das hat Mama gesagt.

PM: Dass du ungezogen warst?

EH: Mm.

PM: Wann hat deine Mama das gesagt?

EH: Vorher.

PM: Bevor sie verschwunden ist?

EH: Mm.

PM: Ich möchte gern mit dir über das eine Mal reden, als deine Mama böse auf dich war. Das war ein paar Tage, bevor sie verschwunden ist. Kannst du dich noch erinnern?

EH: Nö.

PM: Du und dein Bruder, ihr wart beide zu Hause, und deine Mama war böse. Und dann ist dein Papa nach Hause gekommen. Weißt du noch?

EH: Nö.

PM: Das macht nichts. Dann frage ich mal so: War deine Mama irgendwann mal böse zu dir?

(Keine Antwort.)

PM: Elias, hat sie dich vielleicht fest am Arm gepackt, oder war sie auf eine andere Art böse zu dir?

EH: Mama ist nicht böse, ich bin böse.

PM: Wie meinst du das?

EH: Böse und ungezogen.

PM: Ich finde nicht, dass du ungezogen bist. Ich finde, du bist ein ganz Lieber.

EH: (fängt an zu weinen)

PM: Ich weiß, dass es schwer für dich ist, Elias. Ich finde, du machst das sehr gut.

EH: Ich will nach Hause.

PM: Das ist okay. Wir können vielleicht ein andermal mit dir reden. Du bist ein ganz tüchtiger Junge, Elias.

EH: (unverständlich)

PM: Die Vernehmung wird beendet.

»Der Kleine sagt ja gar nichts«, sagte Ulf Karlkvist, während er sich das Vernehmungsprotokoll durchlas und Anna Eiler in der Tür zu seinem Büro stand. »Wenn der Junge dir schon Fragen stellt und mit dir redet, aber keinen Pieps zu Morrelli sagt, wieso hast du nicht die Vernehmung geführt?«

»Patrik ist stellvertretender Ermittlungsleiter. Nicht ich.«

»Du machst aus der Sache also wieder mal einen verdammten feministischen Machtkampf? Wenn du nicht das Sagen hast, machst du deinen Job nicht?«

»So habe ich das nicht gemeint. Ich wollte damit nur sagen, dass ich dachte, meine Aufgabe sei es, mich im Hintergrund zu halten.«

»Da hast du falsch gedacht. Wie üblich.«

Anna Eiler zog die Tür hinter sich zu und schloss die Augen. Wieder einmal fragte sie sich, wie sie in diese Situation geraten war. Warum sie zugelassen hatte, dass es so weit kommen konnte. Es musste ein Ende haben.

Sie hörte, wie Ulf Karlkvist drinnen zum Hörer griff und auf die Tasten des Telefons einhämmerte. Sie ging eilig den

Korridor hinunter, denn sie ahnte, wen er gerade anrief. Ihr Chef hatte die schlechte Angewohnheit, an seinem Telefon den Lautsprecher anzustellen, und sie wusste: Ihr Herz würde stehen bleiben, wenn sie die Stimme am anderen Ende der Leitung hörte.

46

Julia überflog Ing-Maries Artikel während der Morgenkonferenz. Sie versuchte, all die Reizwörter zu ignorieren, die ihre Kollegin so hartnäckig in ihre Texte schmuggelte, und zu ergründen, was der Artikel jenseits der Floskeln eigentlich aussagte. Nicht viel. Siebzig Tage, und die Polizei wusste ebenso wenig wie sie und Ing-Marie, wer Elisabeth Hjort ermordet hatte.

»Karlkvist hat wirklich keine Ahnung«, sagte Julia laut.

Ing-Marie nickte. »Es war merkwürdig, als ich gestern bei ihm war. Ich finde ja sowieso, dass er schon seit Beginn der Ermittlungen so komisch ist, aber gestern war er besonders seltsam, irgendwie abwesend. Ich weiß natürlich, dass er die meisten Aufgaben an seine Leute delegiert hat, aber immerhin ist er der Ermittlungsleiter, und trotzdem wirkt er so unengagiert, fast als interessierte ihn das alles nicht.«

Håkan Jansson schnaubte. »So ist das nicht. Ganz im Gegenteil. Er steht nur unter unheimlichem Stress. Stellt euch mal vor, ihr müsstet den Mord an einer Ex aufklären, die euch den Laufpass gegeben hat. Das macht bestimmt keinen Spaß.«

Die beiden Frauen machten große Augen.

»Was sagst du da?«, fragte Julia.

»Elisabeth und ich waren in der Helenaschule in derselben Klasse. Damals war sie mit Karlkvist zusammen. War ein ganz schöner Skandal. Sie war siebzehn und er fast zehn Jahre älter. Aber sie war eine von diesen Bräuten, ihr wisst schon. Die billige Sorte, wenn man so will. Sie fand es geil, mit einem Bullen zusammen zu sein und im Streifenwagen herumzuknutschen. Sie waren ganz schön lange zusammen, auch noch nach der Schulzeit, bis sie ihn für Klas Hjort hat sitzen lassen. Es ging das Gerücht, dass Karlkvist sie he iraten wollte, sie ihn aber hingehalten hat, von wegen, sie wäre noch nicht so weit und so. Dann hat sie was mit Klas Hjort angefangen und ist sofort schwanger geworden. Klar, dass dieser Fall Karlkvist an die Nieren geht. Ihr könntet ruhig ein bisschen netter zu ihm sein.«

Für einen Moment herrschte verblüfftes Schweigen, dann schlug Ing-Marie mit der Faust auf den Tisch.

»Und damit rückst du jetzt erst heraus?« Ihre Stimme war schrill. »Was, wenn er es war? Wenn das der Grund ist, warum er seinen Job so schlecht macht? Vielleicht ist er der Mörder, zum Donnerwetter!«

Zum Donnerwetter, dachte Julia und konnte sich, bei allem Ernst, ein Lächeln nicht verkneifen. Zuerst »verdammt« und jetzt »zum Donnerwetter«. Ing-Marie Andersson bekam langsam Format.

Sven Lindgren hob die rechte Hand.

»Okay, jetzt beruhigen wir uns wieder. Håcke, natürlich hätten wir die ganzen Informationen über Elisabeth Hjort gern schon früher gehabt, aber nun ist es eben so. Ing-Marie und Julia, ihr setzt euch zusammen und überlegt mal, was wir mit der neuen Information anfangen können.«

Noch lange nachdem das Blubbern und Röcheln aufgehört hatte, standen sie an der Kaffeemaschine und tranken schweigend das schwarze Gebräu.

Julia hatte inzwischen ein ganz entspanntes Gefühl, wenn sie in der Nähe ihrer Kollegin war. Diese rothaarige Einzelgängerin war gar nicht so verkehrt.

»Mir ist noch was eingefallen«, sagte sie schließlich. »Als

Blaulicht und ich draußen am Simsjön waren, am Tag, als die Leiche gefunden wurde, da hat Karlkvist seine Hand auf Klas Hjorts Schulter gelegt, aber Klas hat sie weggestoßen. Ich dachte damals, er wäre einfach nur verzweifelt, aber meinst du, er hat vielleicht einen Verdacht gehabt?«

Ing-Marie blies zwei Mal in die Tasse, ehe sie vorsichtig einen Schluck trank.

»Fragt sich nur, wer davon weiß. Können wir uns irgendwie Karlkvists Dienstplan besorgen?«

Julia überlegte einen Moment, dann nickte sie, zog ihr Handy heraus und rief den Pförtner im Polizeirevier an.

»Hallo, Robert, hier ist Julia Almliden von *Västgöta-Nytt*. Ich bräuchte mal kurz deine Hilfe. Es ist nur eine Kleinigkeit, und ich will Ulf Karlkvist nicht mit so was behelligen. Hast du kurz Zeit?«

Am anderen Ende der Leitung hörte sie ein zustimmendes Gemurmel.

»Super. Die Sache ist nämlich die, meine Kollegin Ing-Marie Andersson hatte Karlkvist im November wegen irgendwas interviewt, und jetzt ist sie gerade auf Fortbildung, und der Bildredakteur sitzt mir im Nacken, weil ich ein Foto archivieren soll, das Ing-Marie damals gemacht hat. Aber ich finde den Artikel nicht, keine Ahnung, in welcher Ausgabe der war, und ich weiß auch nicht, ob die beiden sich am zweiten oder am dritten November getroffen haben. Ich weiß nur noch, dass sie den Termin im Polizeirevier irgendwann nachmittags hatte, aber ich bin mir nicht sicher, an welchem Tag. Hättest du die Möglichkeit, kurz mal in seinem Dienstplan nachzusehen, ob er an einem der Tage gearbeitet hat? Wenn wir Glück haben, können wir nach der Ausschlussmethode vorgehen.«

Sie wartete. Ing-Marie sah sie gespannt an und hielt den Becher fest umklammert, ohne zu trinken. Offenbar hatte sie Angst, auch nur eine Sekunde von dem Telefonat zu verpassen.

»Ach tatsächlich? Okay, dann weiß ich Bescheid. Vielen Dank.«

Julia legte auf und blickte Ing-Marie an.

»Robert sagt, dass Ulf Karlkvist am dritten November ganz normal gearbeitet hat. Am zweiten dagegen nur einen halben Tag. Da hat er schon mittags Feierabend gemacht.«

47

Montag, den 25. Januar 2010

Klas Hjort sah müde aus, als er die Tür öffnete.

»Was wollen Sie denn schon wieder?«

Das war nicht gerade die Reaktion, auf die Ing-Marie gehofft hatte.

»Bitte, wir wollen nur kurz mit Ihnen sprechen. Wir versuchen, denjenigen zu finden, der Ihre Frau getötet hat, und wir hatten gehofft, Sie würden uns dabei helfen, ein paar lose Fäden zu verknüpfen.«

Er ging ohne ein Wort zurück in die Küche, ließ die Tür aber offen. Sie nahmen es als Einladung.

Die Küche war genauso sauber und ordentlich wie beim letzten Mal, dachte Ing-Marie Andersson. Er schien ein kleiner Pedant zu sein, dieser Klas Hjort.

»Wir haben nur ein paar Fragen zu Ulf Karlkvist. Wie ist Ihre Beziehung zu ihm?«

Klas Hjort überlegte.

»Ach, ganz normal, würde ich sagen. Ich hatte ja mehr mit den anderen Polizisten zu tun, mit Anna Eiler und diesem Stockholmer von der Mordkommission, Patrik Morrelli heißt er, glaube ich. Die wenigen Male, die ich mit Karlkvist gesprochen habe, hatte er einen etwas barschen Ton, aber das fand ich nicht weiter bemerkenswert.«

»Wie war seine Beziehung zu Elisabeth? War er immer noch sauer, dass sie ihn für Sie verlassen hat?«

Klas Hjort hob die Augenbrauen und sah Ing-Marie an.

»Sauer? Davon wüsste ich nichts, aber wir haben ja auch

keinen näheren Umgang mit ihm gepflegt. Wenn wir uns in der Stadt mal über den Weg gelaufen sind, hat er zwar kaum gegrüßt, aber ich kann mir nicht vorstellen, warum er noch immer wegen eines Ereignisses verbittert sein sollte, das ewig zurückliegt. Das ging doch damals alles so schnell. Elisabeth und ich lernten uns kennen. Sie verließ ihn. Sie wurde schwanger, wir haben geheiratet und uns dieses Haus hier gekauft. Mein Gott, das liegt doch alles schon lange zurück.«

»Und nach Elisabeth hat er keine Freundin mehr gehabt?«

Es war mehr eine Feststellung als eine Frage. Klas Hjort schüttelte den Kopf.

»Nicht dass ich wüsste, jedenfalls. Wieso fragen Sie?«

Ing-Marie warf Julia einen schnellen Blick zu, ehe sie antwortete.

»Er war am Nachmittag des 2. November nicht im Dienst. Wir haben uns Gedanken darüber gemacht, wo er in den Stunden nach dem Mittagessen gewesen sein könnte. So gegen drei, vier Uhr …?«

Sie beobachtete ihn und wartete darauf, dass bei ihm der Groschen fiel. Sah das Erstaunen in seinem Gesicht, als ihm klar wurde, was sie anzudeuten versuchte. Unwillkürlich schüttelte er den Kopf.

»Sie glauben doch wohl nicht etwa, dass er etwas mit Elisabeths Verschwinden zu tun hat? Das kann ich mir nicht vorstellen.«

Ing-Marie Andersson sah ihm fest in die Augen.

»Jemand hat sie getötet. Wenn nicht er, wer dann?«

Eine ganze Weile sagte keiner von ihnen ein Wort. Julia lauschte dem leisen Plätschern des Geschirrspülers und dem Tröpfeln der Kaffeemaschine. Sie merkte, wie die Geräusche ihr auf die Blase drückten, und fragte, ob sie das Bad benutzen dürfe. Dankbar floh sie vor der gedrückten Stimmung in der Küche.

Es war ein merkwürdiges Gefühl, in einem Badezimmer zu sitzen, das sie dank der Fotos schon in- und auswendig kannte.

Sie empfand Mitleid mit der Familie, als sie sah, dass die vierte Zahnbürste noch immer am selben Platz stand wie auf Jannes Fotos. Eine andere Zeit, ein anderes Leben, aber niemand hatte es über sich gebracht, die Spuren der Frau zu entfernen, die es nicht mehr gab.

Julia drückte die Toilettenspülung, wusch sich die Hände und ging hinaus. Als sie die Tür hinter sich schloss, hörte sie ein »Wrooom« aus einem der angrenzenden Zimmer. Sie schaute hinein und sah Elias mit seinen Rennautos spielen. Aus seinem Mund kamen Zischlaute, während seine kleinen Hände einen gelben Ferrari steuerten.

»Hallo«, sagte sie.

Er blickte auf.

»Hallo.«

Sie hockte sich neben ihn und nahm eins seiner Autos hoch.

»Ich bin Julia. Du kannst aber ganz schön schnell fahren.«

Das Zischen wurde lauter. Der Rennwagen düste durchs Zimmer, und Julia kramte bei den anderen Fahrzeugen herum, die auf einem Haufen lagen.

»Was für tolle Züge du hast«, sagte sie und griff nach den Waggons.

Der Junge wand sich verlegen.

»Ich kann damit nicht fahren. Mama hat die Lok.«

Julia hielt überrascht inne.

»Mama hat sie?«, fragte sie leise.

Er nickte.

»Die Räder von der Lok sind kaputtgegangen, ist schon ganz lange her. Mama hat die Lok in ihre Handtasche getan, weil sie die heile machen wollte, aber dann ist Mama in den Himmel gefahren, und jetzt ist die Lok oben bei ihr.«

Julia wusste nicht, was sie darauf antworten sollte.

»Wenn ich in den Himmel fahren müsste, würde ich auch eine Lok nehmen«, sagte sie schließlich.

Elias sah sie an und schien darüber nachzudenken, was sie gesagt hatte.

»Ich würde mit dem Hubschrauber fliegen«, sagte er.

»Das klingt gut«, sagte Julia und lachte. Sie legte eine Hand auf den Kopf des Jungen. »Hör mal, Elias. Ich glaube, deine Mutter hat sich ganz doll gefreut, dass sie mit deiner Lok in den Himmel fahren durfte. Ich glaube, sie fährt da oben herum und denkt an dich und hat Sehnsucht nach dir, und sie findet, dass du der liebste und beste Junge auf der ganzen Welt bist.«

Er lächelte sie an, und sie ging zurück in die Küche.

Ing-Marie schien nur darauf gewartet zu haben, dass sie zurückkam, und stand auf.

»Nur eine Frage noch, bevor wir gehen«, sagte sie. »Haben Sie die Kinderzimmer aufgeräumt?«

Klas Hjort blickte sie verständnislos an.

»Wie, was meinen Sie damit?«

»An dem Tag, als Ihre Frau verschwand. Es war so … Entschuldigung, bitte verstehen Sie mich nicht falsch, aber im ganzen Haus war es so unordentlich, nur die Kinderzimmer waren sauber und aufgeräumt. Ich habe mich gefragt, ob Sie das waren.«

Er schüttelte den Kopf.

»Nein, ich nehme an, das war Elisabeth. Als eine Art letzten Gruß an die Kinder, bevor sie verschwand. Sie war, na ja, in der letzten Zeit nicht die beste Mutter gewesen, sie war schon eine ganze Weile gereizt und hart zu den Kindern, deshalb denke ich, sie hat das aus schlechtem Gewissen gemacht.«

Er blickte sich um.

»Ich vermisse sie jeden Tag. Die ganze Zeit. Als sie tagein, tagaus zu Hause war und immer so niedergeschlagen, da sah es hier schrecklich aus. Und wenn ich nur versucht habe, ein bisschen zu putzen, wurde sie wütend. Was das anging, war sie ziemlich altmodisch. Sie fand, das sei Frauenarbeit, obwohl ich von uns beiden der Pedantischere war. Das ist das Einzige, was …«

Er verstummte. Schien zu überlegen, ob er den Satz beenden sollte. Er tat es nicht.

»Ich versuche einfach, Ordnung zu halten, damit wir es schön haben hier zu Hause. Ich bin schon immer für Ordnung gewesen.«

Er drehte sich um und warf einen Blick zu den Kinderzimmern.

»Obwohl, das stimmt schon … Sie hat sich ja nicht das Leben genommen. Wer hat die Zimmer aufgeräumt?«

48

Mittwoch, den 27. Januar 2010

Ich tippte die sechzehn Ziffern von der Kreditkarte ein. Als ich aufgefordert wurde, die Bestellung zu bestätigen, ging ich die Liste noch einmal durch.

Natural Born Killers zum Sonderpreis von neununddreißig Kronen.

The Alphabet Killer, hundertneunundzwanzig Kronen.

Diary of a Serial Killer für neunundsechzig Kronen.

The FBI Files, neunundneunzig Kronen.

Die achte Staffel von *CSI: Las Vegas*, zweihundertneunundsechzig Kronen.

Die erste Staffel von *CSI: Miami*, hundertneunundneunzig Kronen.

Staffel eins, zwei und drei von *Dexter* für jeweils hundertneunundneunzig Kronen.

Staffel drei von *Criminal Minds* für zweihundertneunundzwanzig Kronen und Staffel vier für vierhundertneunundvierzig Kronen.

Bestellwert insgesamt: Zweitausendneunundsiebzig Kronen.

Das war es mir wert.

49

Donnerstag, den 28. Januar 2010

»Da sind Sie ja wieder.«

Julia trat ein und setzte sich in den rechten Sessel.

»Ich habe gelesen, dass neunundachtzig Prozent der Leute, die zum ersten Mal einen Therapeuten aufsuchen, mit den Worten beginnen: ›Ich weiß nicht, was ich sagen soll.‹ Stimmt das?«

Göran Hjonåker lachte.

»Eher neunundneunzig Prozent. Und wenn Sie eines schönen Tages aus freien Stücken in diesem Sessel sitzen, um eine Therapie zu machen, und das nicht sagen, dann weiß ich, warum.«

Sie lächelten sich an. Julia konnte nachvollziehen, warum Elisabeth Hjort hierhergegangen war, und stellte sich vor, wie es wäre, in dem Lehnstuhl mit dem roten Plüschbezug zu sitzen und sich einfach alles von der Seele zu reden.

»Also, Herr Hjonåker …«

Sie überlegte, wie sie anfangen sollte.

»Sie lächeln. Haben Sie etwas Lustiges zu erzählen?«

Julia schüttelte den Kopf.

»Nein, eigentlich nicht. Es geht noch mal um Elisabeth Hjort.«

Göran Hjonåker öffnete den Mund, aber Julia hob abwehrend die Hand.

»Bevor Sie wieder auf Ihre Schweigepflicht hinweisen, möchte ich gleich sagen, dass es nichts mit Elisabeths Therapie zu tun hat. Ich interessiere mich nur für die Fragen der

Polizei. Ich würde gern wissen, welche Fragen Ulf Karlkvist Ihnen gestellt hat. Ich kann mir nicht vorstellen, dass Sie dadurch Ihre Schweigepflicht verletzen würden.«

Er schwieg. Julia begann, nervös an ihren Nägeln zu knabbern, während sie wartete.

»Aber durch meine Antworten würde ich es tun«, sagte er schließlich, als sie schon so viel von ihrem Zeigefingernagel abgekaut hatte, dass die Nagelhaut blutete. Sie leckte ihren Finger ab, um den Schmerz zu lindern.

»Mag sein, aber die Antworten interessieren mich nicht. Oder doch, das tun sie natürlich, aber ich werde Sie nicht danach fragen. Ich möchte nur wissen, welche Fragen Karlkvist Ihnen gestellt hat.«

Göran Hjonåker nickte.

»Gut. Ich denke nicht, dass das ein Problem ist. Ich habe seitdem mit verschiedenen Polizisten gesprochen, aber da Sie speziell Ulf Karlkvist ansprechen … Ich nehme an, er hat die bei einer Ermittlung üblichen Fragen gestellt. Wie Elisabeth sich an dem Tag gefühlt hat. Worüber wir gesprochen haben. Ob ich den Eindruck hatte, dass sie sich von jemandem bedroht fühlt. Ob mir sonst irgendwas an ihr aufgefallen ist.«

Sie nickte.

»Sind Sie schon mal bei anderen Mordermittlungen von Ulf Karlkvist befragt worden? Und falls ja, hat sich diese Befragung von den anderen unterschieden?«

»Zum Glück werden in Skövde ja nicht so viele Morde begangen. Deshalb hatten wir bisher noch nie bei irgendwelchen Ermittlungen miteinander zu tun. Und ich hatte, wie ich bereits sagte, ebenso viel Kontakt zu den anderen Polizisten, die an dem Fall arbeiten, deswegen weiß ich nicht recht, was ich sagen soll. Ich hatte den Eindruck, Karlkvist war sehr engagiert.«

»Engagiert oder involviert?«

Das war ihr herausgerutscht, ehe sie darüber nachdenken konnte. Göran Hjonåker hob die Augenbrauen.

»Was meinen Sie damit?«

»Nichts. Vergessen Sie es.«

Julia stand auf, um zu gehen, als ihr Blick auf den Schreibtisch des Therapeuten fiel und sie plötzlich spürte, wie sich ihr Magen zusammenzog. Da stand dasselbe kleine Ding, das ihr schon bei ihrem letzten Besuch aufgefallen war.

Die Spielzeuglok, die zu einer Holzeisenbahn gehörte.

So eine, wie Elias sie gehabt hatte. Die jetzt bei seiner Mama im Himmel war.

Sie schluckte, überlegte, was sie tun sollte, konnte aber der Versuchung nicht widerstehen.

Sie ging zum Schreibtisch und griff nach der Lokomotive.

»Die hier ist für Ihre jüngeren Patienten, sagten Sie?«

Göran Hjonåker nickte. »Sie wären erstaunt, wenn Sie wüssten, was man mit einer ganz gewöhnlichen Holzlok alles herausbekommen kann.«

Wer der Mörder ist?, dachte Julia und drehte die Lok hin und her. Sie konnte kaum atmen. Ihr Zeigefinger zitterte, als sie ihn auf das erste Rad legte. Sie drehte es vorsichtig. Es saß, wie es sollte. Dann machte sie dasselbe mit den anderen drei Rädern. Alle rollten perfekt. Keins musste repariert werden.

»Ich habe auch noch den hier, falls es Sie interessiert.«

Der Therapeut hielt einen braunen Teddybären hoch.

»Der Teddy wird zum Freund, zu jemandem, dem man sich anvertrauen kann. Die Lok eignet sich gut zum Spielen, um ein Gespräch anzufangen und Aggressionen freizulegen. Ich habe eine ganze Kiste voller Spielsachen im Schrank, aber die Lok setze ich am meisten ein.« Er schüttelte den Kopf und lächelte traurig.

»Das ist das Schwerste an diesem Beruf: Kinder, die leiden. Was für Geschichten ich höre … Manche Leute dürften eigentlich gar keine Eltern sein.«

Julia nickte.

50

Viele Jahre zuvor

Sie weiß nie ganz genau, was für eine Laune er haben wird. Wenn sie an »seinen« Wochenenden freitagnachmittags zu ihm kommt, liegt meistens ein Zettel auf dem Küchentisch.

Gerichtet an »Meine lieben Kinder«, »Rotzgören« oder »Schweinebande«. Je nach Tagesform. Ist der Zettel allzu gemein, wirft sie ihn in den Abfalleimer. Wenn sie ihn ganz tief runterdrückt, ist es fast so, als würde er nicht existieren.

Der Zettel ist ein Hinweis darauf, wie das Wochenende aussehen wird. Aber ganz sicher kann sie sich eigentlich nie sein.

Einmal klingt der Zettel richtig nett. Er hat sich nach ihnen gesehnt. »Meine geliebten Kinder«, steht da. Nicht Satansbraten. Geliebte Kinder. Und neben dem Zettel steht eine Tüte Chips. Ihre Lieblingssorte. Mit Dill.

Sie entspannt sich. Es wird ein gutes Wochenende werden. Als sie hört, wie der Wagen in die Garageneinfahrt biegt, läuft sie nach draußen, um ihn zu begrüßen.

Sie ist sein geliebtes Kind.

Seine Linja.

Sein Blick bringt sie jäh zum Stehen. Die grauen Augen sind fast schwarz vor Wut, und er befiehlt ihr und ihrem großen Bruder, ins Auto zu steigen.

Sie fahren aus Götene hinaus, und Valdemar beginnt, darüber zu reden, dass er nicht mehr kann. Wie leid er es ist, dass seine Kinder, sein eigen Fleisch und Blut, ihn immer und immer wieder enttäuschen.

»Jetzt ist Schluss. Ich habe mir Tabletten besorgt. Sie liegen im

Medizinschrank in der Waschküche. Ein paar davon, und dann ist es vorbei. Endlich.«

Er klingt erleichtert. Es ist so schön, jetzt, wo der Entschluss endlich gefasst ist, sagt er. So schön, das irdische Leben endlich hinter sich lassen zu können.

Valdemar befiehlt ihnen, schon mal ihre Abschiedsreden vorzubereiten, und fährt nach Mariestad. Als er vor dem Haus parkt, in dem seine Schwester lebt, fragt er, was sie zu ihr sagen wollen, wenn sie die Wohnung betreten. Sie werden ihre Tante nämlich nie mehr wiedersehen. Weil sie sich gegen ihn entschieden haben. Weil sie ihn nicht mehr zum Vater haben wollen. Weil sie lieber bei Bodil-Hure und Bengt Schwuchtel leben wollen. Weil sie ihn hassen. Weil sie wollen, dass er stirbt.

Jetzt werden sie ihren Willen bekommen. Endlich.

»Darüber freut ihr euch doch bestimmt, oder?«, sagt er und schaut in den Rückspiegel.

Ihr Bruder tut so, als würde er schlafen. Sie horcht auf sein künstliches Schnarchen und wünscht sich, sie hätte die Idee zuerst gehabt. Sie versucht, Papa zu überzeugen, dass er sich irrt.

Natürlich möchte sie ihre Tante gern wiedersehen.

Sie mag ihre Tante.

Die Tante ist total lieb.

Sie bleiben lange im Auto sitzen. Ihr Vater redet und redet. Sie versucht, ihm zu folgen, versucht zu verstehen, was er sagt, aber es gelingt ihr nicht. Er will nicht mehr leben. Er will nur noch, dass die ständigen Enttäuschungen endlich aufhören, die ihm die Rotzgören bereiten, sagt er.

Sie schämt sich, ihn so sehr enttäuscht zu haben, dass er nur noch sterben will, und sie konzentriert sich verzweifelt auf das Haus am Haggårdsvägen in Mariestad, um nicht weinen zu müssen. Sie stellt sich vor, wie sie auf das fünfstöckige gelbe Backsteinhaus zugeht, wie sie den Fahrstuhlknopf drückt, wie sie mit dem grünen Fahrstuhl in den dritten Stock fährt und bei ihrer Tante und ihrem Onkel klin-

gelt. Sie stellt sich vor, wie sehr die beiden sich über ihren Besuch freuen. Wie ihre Tante die schönen blauen Tassen aufdeckt, aus denen sie immer ihren leckeren hellroten Erdbeersaft trinken dürfen. Sie möchte jetzt dort oben bei Tante und Onkel sein. Nicht hier bei Papa in seinem roten Pick-up sitzen und sich wieder mal anhören müssen, dass ihre Mama eine Hure ist.

Gerade geht er wieder auf Bengt los.

Sie fragt sich, woher er so viel über Bengt weiß. Manchmal beobachtet sie ihren Stiefvater heimlich und sucht nach Anzeichen für das Schwule und Eklige, von dem Papa so oft redet. Aber sie kann es nicht entdecken. Sie findet Bengt nett, und sie schämt sich, weil sie ihn nicht so durchschaut, wie Papa es tut. Aber sie ist ja nur eine dumme Rotzgöre, die besser sterben sollte.

Sie sitzen fast eine Stunde im Auto vor dem Haus ihrer Tante. Auf dem Rücksitz gibt ihr Bruder weiterhin konsequent Schnarchgeräusche von sich. Alle drei wissen, dass das Schnarchen vorgetäuscht ist, aber ihr Vater kümmert sich nicht darum.

Er hat ihre Aufmerksamkeit.

Ihre Angst.

Das genügt für den Moment.

»Na ja«, sagt er schließlich. Er dreht den Zündschlüssel um und startet den Motor. Als sie aus der Parkbucht am Haggårdsvägen rollen, kann sie endlich ausatmen.

Sie werden nicht zur Tante gehen und sich verabschieden.

Sie werden nach Hause fahren.

Kaum halten sie vor ihrem Haus in der Götgatan, springt sie aus dem Auto, läuft in die Waschküche und öffnet den Medizinschrank. Sie wird die Tabletten ins Klo schütten. Papa darf sich nicht umbringen, nur weil sie ihn enttäuscht hat. Sie hatte nie die Absicht, ihn zu enttäuschen. Was immer sie auch getan hat, enttäuschen wollte sie ihn nicht.

Aber im Schrank liegen keine Selbstmordtabletten. Nur ganz normale Kopfschmerztabletten. Sie fragt sich, wo er sie versteckt haben mag.

Seit dem Tag verlässt sie sich nicht mehr auf den Zettel, der auf dem Küchentisch liegt, ganz egal, was darauf steht. Stattdessen geht sie um Viertel vor sechs ins Bett und tut so, als würde sie schlafen – jeden zweiten Freitag –, nachdem sie sich in der Waschküche davon überzeugt hat, dass keine Selbstmordtabletten im Schrank liegen. Auf die Weise sind die Papa-Wochenenden einen Tag kürzer.

Ein Tag weniger Angst.

Ein Tag weniger Bauchweh.

Ein Tag weniger, den sie auf der Hut sein muss.

51

Samstag, den 6. Februar 2010

Das Schießsportzentrum Lövsjötorp liegt zehn Kilometer außerhalb von Skövde. Nach zwei Kilometern begann ich, mich zu entspannen, und je weiter ich mich von der Innenstadt entfernte, desto mehr genoss ich es. Der Lärm nahm ab und wurde durch das Flüstern der Natur ersetzt. Während ich langsam dahinfuhr, beobachtete ich, wie der Wind mit dem Schnee spielte. Wie die Flocken, die still dagelegen hatten, plötzlich hochwirbelten und vor den Autoreifen tanzten. Die Fichten trugen dicke Schneedecken. Der Wald beruhigte mich.

Als ich von der Landstraße abbog und den letzten Kilometer auf dem schlecht gestreuten Weg Richtung Lövsjötorp fuhr, hatte ich mit jeder Minute, die verging, mehr Schmetterlinge im Bauch. Ich spürte, dass sie dort hinter der Hügelkuppe lag. Die Lösung. Die Antwort auf die Frage, wie ich vorgehen sollte. Ich musste meine Karten nur richtig ausspielen.

Der Vorsitzende des Schützenvereins, Conny Jejder, erwartete mich schon, als ich auf den Parkplatz bog. Der Dreiundvierzigjährige trug einen orangefarbenen Helly-Hansen-Pullover und genau so eine blaue Trainingshose, wie Papa sie hatte. Er lehnte an der Wand des Holzhauses, das früher einmal sonnengelb gewesen sein musste. Mittlerweile war die Farbe verblichen und abgeblättert.

Die grüne Schirmmütze hatte Conny Jejder sich tief ins Gesicht gezogen, aber ich meinte, ein Lächeln darunter zu erkennen, als er mir die Hand gab.

»Tag, ich bin Conny Jejder. Immer schön, ein neues Gesicht zu sehen.«

»Danke. Ich weiß es wirklich zu schätzen, dass Sie sich so kurzfristig für mich Zeit genommen haben.«

Conny Jejder musterte mich. Sein Gesicht wirkte freundlich. Neugierig. »Tja, als Hausmeister und Vorsitzender bin ich sowieso jeden Tag hier. Sie wollen also eine Schützinnengruppe gründen, stimmt das?«

Ich nickte. Ein bisschen zu eifrig.

»Na ja, immer mehr Frauen interessieren sich für die Jagd. Und da die Jagd eine männerdominierte Welt ist und es traditionell ja die Männer sind, die Waffen tragen, haben wir die Idee gehabt, eine Schützengruppe nur für Frauen zu gründen. Wir sind zu acht und miteinander befreundet. Und wir haben beschlossen, dass ich hierherfahre und mir das mal ansehe.«

Ich konzentrierte mich auf ein Grasbüschel, das aus dem Schnee ragte, und traute mich nicht, Conny Jejder anzusehen, während ich auf seine Antwort wartete.

»Aha. Prima. Frauen hätten wir gerne mehr. Ein paar Jahre lang haben wir im Juni einen Damentag organisiert, aber das Interesse war eher mau.«

Während er mit mir einen Rundgang durch die Anlage machte, fiel die Anspannung von mir ab. Conny Jejders Stimme war warm vor Stolz über den Verein, in dem er seit Kindesbeinen Mitglied war und den er jetzt leitete.

»Mein Vater hat damals gewollt, dass ich schießen lerne. Er lebt nicht mehr, aber im Grunde ist er jeden Tag bei mir, wenn ich hier draußen bin. Ich habe seine Waffensammlung geerbt. Ist ein gutes Gefühl.«

Conny Jejder blickte zum Himmel und lächelte.

»Er hat diesen Ort hier geliebt.«

Ich nickte. Ich würde auch bald einen Vater haben, der im Himmel war.

Sofort korrigierte ich mich selbst. In der Hölle, natürlich. Wenn es gerecht zuging, würde Papa in der Hölle landen.

»Das ist wirklich ein riesiges Gelände, das Sie hier draußen haben.«

»Ja, das Militär übt hier auch. Das hilft, wenn man Land dazukaufen will. Aber es stimmt schon, das Schießsportzentrum Lövsjötorp ist eine große Anlage. Es wurde schon 1914 gebaut. Wir haben fast alles an Bahnen, was Sie sich vorstellen können. Für jagdliches Schießen, für Tontaubenschießen, für Pistolenschießen, für militärische Schießübungen.«

»Wir interessieren uns fürs Erste vor allem fürs Pistolenschießen«, sagte ich und hoffte, dass es natürlich klang.

Conny Jejder blickte auf mich hinunter und suchte den Blickkontakt. Er war über einen Kopf größer als ich. Ich wagte nicht, den Blick abzuwenden, aber ich war ein bisschen nervös, was er darin lesen würde, wenn er mir zu lange in die Augen schaute.

»Gut, dann fangen wir am besten damit an. Kommen Sie mit«, sagte er und öffnete die quietschende Tür zur Schießübungsanlage 1B.

Als ich über die Schwelle trat, war ich überzeugt, durch das Himmelstor zu schreiten. Ich hörte Engelsposaunen und meinte Ähnlichkeiten zwischen Conny Jejder und Petrus zu erkennen. Davon hatte ich geträumt. Das war das Paradies.

Mein Blick blieb an den Schießscheiben hängen. Ein Schützenstand neben dem anderen, jeder mit einer Luke, die sich öffnen ließ, sowie einer Zielscheibe und einem Kugelfang dahinter, der die Munition stoppte, nachdem sie die Scheibe durchschlagen hatte.

»Die Plätze in der Halle sind nummeriert. Wir haben dreißig Pistolenbahnen von je fünfundzwanzig Metern Länge. Sie haben also dreißig Möglichkeiten, das Ziel zu treffen«, sagte er und klopfte mir auf den Rücken.

Dreißig Möglichkeiten, Papa zu treffen, dachte ich und lächelte Conny Jejder an.

»Na ja, im Idealfall braucht man nur eine. Wenn man auf etwas Bestimmtes zielt, meine ich.«

»Haha, ganz richtig, ja. Okay, wollen Sie es mal versuchen? Unsere Anfängerkurse werden im Januar, Mai und September angeboten, falls Sie und Ihre Damen Gefallen am Schießen finden.«

Während Conny Jejder den Waffenschrank aufschloss und mir eine Pistole holte, blickte ich mich um. Ich zählte die Bahnen und stellte mich auf Stand Nummer neunzehn. Mein Geburtstag. Der Tag, den Papa immer ignorierte.

Ich schloss die Augen und holte so tief Luft, wie ich konnte. Die Halle roch nach Heu, fand ich, bildete mir jedoch ein, auch alten Pulverdampf wahrzunehmen, und verliebte mich sofort in den Geruch.

»Das hier ist eine Magnum. Wenn das ein richtiger Kurs wäre, müssten Sie und die anderen jetzt Ihre zugeteilten Plätze einnehmen und die Ausrüstung überprüfen. Ich überspringe das jetzt, aber Sie sollten dafür sorgen, dass Sie eine Uhr haben, um die Schießzeit zu kontrollieren, sowie Ihre Waffe und Ihre Munition. Okay. Der Ablauf ist folgender: Halten. Andrücken. Zielen. Schießen. Und das möglichst nicht auf mich. Setzen Sie jetzt bitte den Gehörschutz auf, denn gleich wird es laut.«

Er grinste kurz, wurde aber gleich wieder ernst und sah mich an. Ich nahm die schwere Waffe in die Hand. Die Pistole war kalt. Ich spürte, wie mir ein Schauer über den Rücken lief und die Härchen auf meinen Armen sich aufrichteten.

Ich konnte die Augen nicht von der Magnum abwenden, die jetzt in meiner Hand ruhte. Sie war das Schönste, was ich je gesehen hatte.

Ich stellte mich hin, die Beine einen halben Meter auseinander. Schwankte leicht vor und zurück, um einen guten Schwerpunkt zu finden. Folgte Conny Jejders Anweisungen, die Knie ein wenig zu beugen, um den Beinen mehr Stabilität zu geben. Hielt die Pistole am gestreckten Arm und verengte die Augen, um das Ziel anzuvisieren.

»Wenn Sie Hemmungen haben, den Abzug durchzudrücken, stellen Sie sich etwas Gruseliges vor. Sie wissen schon, ein Monster, einen Drachen oder so was.«

Ich versuchte zu zielen, aber die Zielscheibe verschwamm vor meinen Augen. Stattdessen sah ich Valdemar vor mir. Er stand auf der Treppe des Hauses in Götene. Schrie Mama an, die nur zwei Schritte von ihm entfernt war. Frühling lag in der Luft, und ich war ein kleines Mädchen.

Mama war im Begriff, das Haus in der Götgatan zu verlassen.

Sie war im Begriff, ihn zu verlassen.

Und mich.

Und meinen Bruder.

Ich sah Papas Mund vor mir. Sah, wie er sich räusperte und wie sich der Mund formte, genau in dem Moment, als der Speichel zwischen seinen Lippen hervorschoss und auf Mamas Wange landete.

Ich erinnere mich bis heute, wie die Spucke ausgesehen hat. Dass sie fast weiß war und dass auf Mamas Wange plötzlich kleine Bläschen zu sehen waren. Ich weiß noch, wie Mama sich umdrehte, wie sie Valdemar ein letztes Mal ansah, ehe sie den Blick auf mich und meinen großen Bruder richtete, während sie sich mit dem Ärmel über die Wange fuhr und Papas Spucke abwischte. Danach war sie zu ihrem braunen Saab 99 gerannt und weggefahren.

Ich zielte auf Papas Mund und wollte gerade abdrücken, als sich das Bild veränderte. Sein Mund verschwand. Ich sah ihn nicht mehr. Stattdessen war es sein Rücken, den ich im Visier hatte. Ich versuchte, mitten zwischen die Schulterblätter zu zielen, aber seine rechte Faust, die sich in gleichmäßigem Rhythmus hob und senkte, lenkte mich ab. Ich änderte das Ziel und versuchte, die Faust mit der Pistole zu verfolgen, aber jedes Mal, wenn er den Arm senkte und die Faust in Mamas Bauch rammte, hatte ich Angst, stattdessen Mama zu treffen. Ich bewegte die Pistole erneut. Versuchte, mich zu konzentrieren. Auf den Rücken. Auf die Spucke. Auf den Mund. Auf die Faust.

Ich drückte ab.

52

»Vielleicht brauchen Sie einfach ein bisschen Übung. Es ist nicht leicht, auf fünfundzwanzig Meter ins Ziel zu treffen, mit einer Waffe, die nahezu ein Kilo wiegt.«

Conny Jejder versuchte, mich zu trösten, aber ich wusste, dass es zwecklos war.

Wir hatten fast drei Stunden zusammenverbracht. Er hatte sich bemüht, mir beim Zielen mit der Pistole zu helfen. Wir waren nach draußen gegangen und hatten Tontaubenschießen probiert, und ich durfte sogar das Gewehr seines Vaters benutzen. Aber die Sache ließ sich nun mal nicht schönreden. Ich schoss schlecht. Erbärmlich schlecht. Ich war ein hoffnungsloser Fall. Genau wie Papa immer gesagt hatte.

Im Film hatte das so leicht ausgesehen.

Der Profikiller hatte einfach sein Gewehr zusammengebaut, sein Zielobjekt ins Visier genommen und abgedrückt. Ich hatte mir jedes Mal vorgestellt, auf Valdemar zu zielen. Trotzdem traf ich daneben.

»Manchen Leuten liegt das einfach nicht«, sagte Conny Jejder. »Für manche ist die Waffe so eng mit dem Töten verbunden, dass sie es nicht fertigbringen. Kein Grund, sich zu schämen.«

Er scharrte mit seinen braunen Stiefeln im Schnee und erweckte die gefrorenen Kieselsteine auf dem Schotterweg zum Leben. Abwechselnd blickte er mich an und den Boden. Die Steine spritzten hoch. Sein Blick wurde nervös. Er räusperte sich.

»Und? Was werden Sie Ihren Freundinnen über das Schießen erzählen?«

Ich sah ihn an und versuchte zu lächeln.

»Wissen Sie, es hat mir richtig Spaß gemacht. Aber weil ich so versagt habe, tun wir vielleicht am besten so, als wäre ich nie hier gewesen, ja? Ich möchte auf gar keinen Fall, dass der Eindruck entsteht, als sei Schießen an sich etwas Schlechtes. Nicht dass noch weniger Frauen zu Ihnen kommen. Ich werde sagen, ich hätte Sie nicht erreicht, und eine meiner Freundinnen herschicken. Es gibt wohl kaum eine Zweite, die so eine Niete im Schießen ist wie ich.«

Er wirkte erleichtert, bedankte sich und streckte die Hand aus.

Ich nahm sie.

»Unser Treffen hat nie stattgefunden«, sagte er und zwinkerte mir zu.

Ich nickte, stieg ins Auto und fuhr los. Heulte neun Kilometer lang ununterbrochen. Papa umzubringen würde mühsamer werden, als ich gedacht hatte.

53

Mittwoch, den 10. Februar 2010

»Komm schnell, Ing-Marie, komm, guck mal!«

Julia hörte sich an wie ein Kind an Heiligabend.

Ing-Marie stand auf, reckte sich und ging die sieben Schritte zum Schreibtisch von Redakteur Kenneth Svirén, wo Julia stand und kleine Luftsprünge machte.

»Immer mit der Ruhe«, sagte Ing-Marie und lächelte die Kollegin an.

Dann blickte sie über Kenneths Schulter auf das Plakat, an dem er gerade arbeitete. Drei Porträtfotos prangten nebeneinander auf dem Bildschirm. Das erste zeigte die inzwischen so vertraute Elisabeth Hjort. Das zweite einen dunkelhaarigen Mann mit großen braunen Augen und vollen Lippen unter einem gepflegten Schnurrbart. Das dritte eine junge blonde Frau mit gesträhnten Haaren und dick geschminkten traurigen Augen. Und quer über den drei Fotos die Schlagzeile: »Sie können diese Morde aufklären!«

Zufrieden nickte sie Julia zu, die ihre Hand auf Kenneth Sviréns Rücken legte.

»Super, Kenneth. Das sieht wirklich toll aus.«

»Das Kompliment kann ich nur zurückgeben. War eine total gute Idee.« Kenneth blickte zu Ing-Marie auf. »Das gilt für dich natürlich genauso.«

Sie zuckte verlegen mit den Schultern, wusste aber, dass er recht hatte. Sie und Julia hatten in der letzten Woche wirklich Schwerstarbeit geleistet.

Zuerst hatte es ihr gar nicht gepasst, als Julia die Idee gehabt hatte, den Fall Hjort mit anderen ungelösten Morden aus der Region zu koppeln.

»Die Polizeireporterin bin immer noch ich!«, war ihr spontan herausgerutscht, als Julia bei der Morgenkonferenz am letzten Freitag den Vorschlag in die Runde geworfen hatte.

Julia hatte sie angesehen. Zuerst erstaunt. Dann mit einem schiefen Lächeln.

»Ja und? Es hat doch keiner was anderes behauptet.«

Ing-Marie war rot angelaufen, als ihr aufging, dass sie das nur gesagt hatte, weil sie selbst gern auf diese Idee gekommen wäre. Wieso um alles in der Welt war ihr das nicht eingefallen? Das war ihr Mordfall. Ihre Ermittlung. In Skövde arbeitete eine der drei Mordanalyse- und Ermittlungsgruppen der schwedischen Polizei. Angesichts der Tatsache, dass der Mord an Elisabeth Hjort immer noch ungelöst war, war es sicher keine schlechte Idee, die Verbrechen miteinander in Zusammenhang zu bringen.

Sven Lindgren war ins Schwärmen geraten.

»Also, dann nutzt ihr in der kommenden Woche jede freie Minute, um an der Sache zu arbeiten, sobald die tagesaktuellen Artikel stehen. Ich will das bis zum nächsten Wochenende haben. Wir bringen das Donnerstag, Freitag und Samstag ganz groß raus.«

Direkt nach der Redaktionskonferenz hatten sie sich zusammengesetzt, um den Vorschlag durchzusprechen. Ing-Marie hatte gleich die Führung übernommen.

»Okay, und wie genau hattest du dir das gedacht?«

Julia hob beschwichtigend die Hände.

»Du solltest mich inzwischen kennen. Ich habe überhaupt nichts gedacht. Als wir vorhin darüber geredet haben, wie inkompetent die Polizei ist, musste ich plötzlich an die Folge von *Cold Case* gestern Abend im Fernsehen denken, und schon habe ich losgeplappert.«

Sie blickte Ing-Marie besänftigend an.

»Du bist von uns beiden diejenige, die denkt – wann begreifst du das endlich?«

Ing-Marie kniff die Lippen zusammen, war im Grunde aber zufrieden, dass die Ordnung wiederhergestellt war.

»Na gut, was ungelöste Morde betrifft, erinnere ich mich noch ganz genau, wie es war, als Helena Andersson 1992 verschwand. Die Leute haben über nichts anderes mehr geredet.«

Julia lachte. »Da war ich noch ein kleines Mädchen, aber ich erinnere mich auch noch daran. Wir saßen zu Hause bei Oma und Opa, und die Erwachsenen sprachen nur in Andeutungen darüber, was ihr wohl passiert war, damit wir es nicht verstehen sollten.« Sie verdrehte die Augen. »Dabei hatten wir längst kapiert, worum es ging.«

»Wie auch immer. Wir brauchen jedenfalls ein Interview mit der Leiterin der Mordanalysegruppe.«

Julia schluckte und öffnete den Mund, um etwas zu sagen. Ing-Marie warf ihr einen raschen Blick zu.

»Du entscheidest selbst, ob du das machen willst. Aber es könnte eine Möglichkeit für euch beide sein, euch wieder zu vertragen.«

Julias Mund wurde zu einem Strich.

»Du hast keine Ahnung, wovon du redest. An mir liegt es jedenfalls nicht.«

Aber jetzt standen sie hier, knapp eine Woche später, und schauten dem Redakteur über die Schulter. Ing-Marie war zufrieden. Sehr, sehr zufrieden.

Die Artikelserie, die in der morgigen *Västgöta-Nytt* beginnen würde, berichtete darüber, dass es in Schweden derzeit dreihundertsechsundfünfzig ungeklärte Mordfälle gab. Nicht einmal die Polizei hatte alle ungelösten Morde zentral erfasst, aber Ing-Marie und Julia hatten jede einzelne Polizeidirektion des Landes angerufen und konnten nun die vollständige Liste veröffentlichen, Provinz für Provinz.

Siebenundsiebzig dieser ungelösten Morde waren in Västra Götaland begangen worden, zwei davon in der Gegend von Skövde. Einer dieser Morde lag zwanzig Jahre zurück, der andere fast auf den Tag genau zehn Jahre.

Der erste Artikel der Serie stammte von Ing-Marie und konzentrierte sich auf den Fall Elisabeth Hjort und die wenigen Spuren, die es bisher gab. Ing-Marie war überzeugt, dass sie und Julia den Mord längst aufgeklärt hätten, wenn die Polizei ihnen Zugang zu allen Unterlagen erteilt hätte. Das ärgerte sie. Sie wollte diesen Fall so gern lösen.

Der zweite Artikel würde dem fünfzigjährigen Familienvater Nabhan Beydoun gewidmet sein, der vor zehn Jahren verschwunden war. Er war im Mai 2000 als vermisst gemeldet worden, aber erst sechs Jahre später hatte man seine sterblichen Überreste in einem Entwässerungsgraben in Mölltorp gefunden. Obwohl die Polizei auf der Suche nach Spuren unter anderem acht Tonnen Schlamm durchgesiebt hatte, war es ihr nicht gelungen, einen Tatverdächtigen zu verhaften.

In dem dreiseitigen Artikel beschrieb Julia die Umstände von Beydouns Verschwinden und berichtete auch von dem zweiundzwanzigjährigen Mann aus Karlsborg, der als sein Nebenbuhler galt. Man hatte ihn wegen Mordes angeklagt – als Beydouns Leiche noch nicht aufgetaucht war –, das Amtsgericht hatte ihn jedoch freigesprochen. Der Mörder von Nabhan Beydoun war noch immer auf freiem Fuß.

Julia hatte Jörgen Hermansen besucht, den damaligen Ermittlungsleiter. Er war inzwischen pensioniert, besaß aber ein gutes Gedächtnis, und sie hatten sich angeregt unterhalten.

»Eine ewig lange Ermittlung und jede Menge Vernehmungen. Trotzdem war es purer Zufall, dass wir ihn am Ende doch gefunden haben. Arbeiter vom Amt für Straßenwesen haben ihn entdeckt, als sie einen Entwässerungsgraben am Vättern reinigen wollten. Das Rohr war verstopft, und bei näherer Betrachtung zeigte sich, dass es die Überreste eines Menschen waren, die das Wasser aufstauten.«

Am Samstag sollte die Artikelserie enden. Dann mit Fokus auf Kristina Larm, genannt Kicki. Den Artikel hatten Julia und Ing-Marie gemeinsam verfasst. Das Opfer war am 11. Juli 1989 erschlagen in einem Graben am Gunnhagavägen außerhalb von Tidan gefunden worden. Auch hier gab es einen Verdächtigen, der nie verurteilt wurde.

Der Aufmacher am Samstag war die sogenannte Cold-Case-Gruppe. Sie bestand aus drei Polizisten, die 2005 dazu abgestellt worden waren, die über zehn Jahre alten Morde in Västra Götaland neu aufzurollen. Der offizielle Name der Abteilung, die inzwischen aufgrund von Einsparmaßnahmen von drei Vollzeitstellen auf eine Halbtagsmitarbeiterin geschrumpft war, lautete »Mordanalyse- und Ermittlungsgruppe«, aber zu Julias Erleichterung akzeptierte ihre Interviewpartnerin die englische Bezeichnung, die weitaus griffiger klang. Neben Fotos und Text zum tragischen Schicksal der einunddreißigjährigen Kicki Larm listeten sie und Ing-Marie auch die Fälle auf, an denen die Cold-Case-Abteilung derzeit arbeitete. Außerdem berichteten sie von den insgesamt drei Mordfällen, die andere Cold-Case-Gruppen in Schweden hatten aufklären können. Polizei und Leser schätzten es, wenn der Verbrecher am Ende seine Strafe bekam.

»Mord ist das schwerste Verbrechen, das unser Gesetz kennt. Ein ungemein traumatisches Erlebnis für die Angehörigen. Alle wollen eine Antwort auf die Frage nach dem Warum. Dass auch alte Fälle aufgeklärt werden müssen, hat mit dem Gerechtigkeitsgefühl zu tun. Mit einem unaufgeklärten Diebstahl kann man leben, aber nicht mit einem unaufgeklärten Mord«, hatte Anna Eiler zu ihr gesagt.

Es hatte keine tränenreiche Wiedervereinigung gegeben. Anna hatte sie nicht einmal empfangen wollen, und Julia hatte ihr per E-Mail damit drohen müssen, zu ihrem Chef zu gehen und sich über die Kooperationsbereitschaft gewisser Polizeikräfte zu beschweren, ehe sie einen Termin bei ihr bekam.

Sie wusste alles über die Frau, die ihr in dem zart eierschalenfarbenen Vernehmungszimmer des Polizeireviers gegenübersaß. Alles und nichts. Julia fixierte die dunkelbraunen Augen, die so forschend in sie hineinblickten, und begriff, dass Anna eine fähige Vernehmungsleiterin sein musste. Sie hatte sie nie als Vernehmungsleiterin gesehen, sondern immer nur als ihre beste Freundin.

54

Mit Yoga hatte es angefangen.

Als Anna in Stockholm wohnte und an der Polizeihochschule studierte, hatte sie mal einen Kurs belegt. Vielleicht in der Hoffnung, endlich inneren Frieden zu finden.

Den hatte sie nicht gefunden. Dafür aber Julia.

Eigentlich war es merkwürdig, dass sich ihre Wege nicht schon früher gekreuzt hatten, dachte sie und beobachtete die Frau, die ihr gegenüber am Tisch saß und etwas notierte. Sie waren gleichaltrig und stammten vom selben Fleckchen Erde. Sie waren auf verschiedene Gymnasien gegangen – mit sozialwissenschaftlichem beziehungsweise naturwissenschaftlichem Schwerpunkt. Sie hatten nur einen Kilometer voneinander entfernt gelebt und waren sich nie begegnet. Jetzt wohnten beide in Stockholm, um zwei Jahre lang für ihren Traumjob zu pauken.

Jedes Mal, wenn Anna an die Zeit mit Julia in Stockholm zurückdachte, wurde ihr warm ums Herz. Es war wie Verliebtheit gewesen. Sie waren beste Freundinnen geworden. Hatten sich einander anvertraut. Hatten beieinander übernachtet, wie kleine Kinder es taten. Flüsternd hatten sie einander ihre Geheimnisse verraten, Dinge, von denen sie nie gedacht hätten, dass sie sie jemals irgendeinem Menschen sagen würden. Julia war der einzige Mensch auf der Welt, der den wahren Grund wusste, warum Anna Polizistin geworden war.

Sie hatte Julia Almliden geliebt. Sie liebte sie immer noch. Ihre Freundschaft zählte zum Intensivsten, was sie je erlebt hatte, und in der Blütezeit ihrer Beziehung, als sie Arm in Arm durch die Straßen der Hauptstadt gegangen waren, hatte sie geglaubt, zusammen wären sie unbesiegbar, wie im Märchen. Sie hatte sich geirrt.

Anna merkte, dass die Frau auf der anderen Seite des Tisches sie ansah. Mit einem Blick, der ihre Wanderung durch die Allee der Erinnerungen schnell beendete. Anna zwang sich, in das Vernehmungszimmer zurückzukehren. Sie hatte einen Job zu erledigen. Julia Almliden betrauern und hassen konnte sie danach auch noch.

»Vernehmungen sind der beste Weg, sich bei einer Verbrechensermittlung Beweise zu beschaffen. Der Schlüssel dazu ist die Fähigkeit zuzuhören, ein freundliches Auftreten, gute Vorbereitung, dass man sich Zeit nimmt und weiß, was man mit dem Gespräch erreichen will.«

Julia nickte. »Und eure Cold-Case-Gruppe – wie ist die, verglichen mit denen in Fernsehserien?«

»Hier geht es um Mordermittlungen, die dreimal so umfangreich sind wie in einem fiktiven Kriminalfall. Und reale Morde sind wesentlich schwieriger zu lösen. Wir als Cold-Case-Ermittler gehen nicht nur stapelweise alte Ermittlungsakten durch, sondern wir suchen auch die ehemaligen Tatorte auf. Gehen durch die Straßen, studieren die Details im Gelände. Versuchen, uns in den Täter hineinzuversetzen.«

»Also genau wie die Kriminalisten im Fernsehen«, sagte Julia.

»Schon. Nur dass keiner meiner Kollegen aussieht wie Gunvald Larsson.«

»Du vergisst Karlkvist«, bemerkte Julia und grinste.

Anna lachte. Doch sobald es ihr bewusst wurde, hörte sie schlagartig auf.

Julia und sie würden niemals mehr zusammen lachen.

Anna würde überhaupt nie mehr lachen.

Dafür hatte Julia gesorgt.

55

Samstag, den 13. Februar 2010

Alle drei Zeitungen lagen aufgeschlagen nebeneinander auf dem Tisch. Solide Arbeit. Ich war sehr zufrieden. Hatte eine ganze Menge gelernt. Das neue Wissen hatte ich sorgfältig im Muffinsbuch festgehalten.

Das absolut Wichtigste war, die Leiche gut zu verstecken.

Ich überflog noch einmal den zweiten Artikel. Der damalige Ermittlungsleiter Jörgen Hermansen berichtete, dass der Mörder oder die Mörderin – wer immer es gewesen sein mochte – des vierfachen Vaters Nabhan Beydoun einen Fehler begangen hatte, indem er oder sie die Leiche in einen Entwässerungsgraben geworfen hatte.

»Lehm enthält kaum Säure«, hatte er erklärt. »Deshalb verläuft der Abbauprozess wesentlich langsamer als sonst, und das war der Grund, warum der Körper noch ziemlich gut erhalten war, obwohl er sechs Jahre dort gelegen hatte.«

Ich musste für Papas Leiche definitiv einen besseren Platz finden.

Ein großer Teil der Samstagsausgabe befasste sich mit dem Thema DNA.

»Wir haben heute unglaubliche Möglichkeiten. Uns genügt schon ein einzelnes Haar, um einen Täter zu überführen. Diese Möglichkeit gab es vor zwanzig, fünfundzwanzig Jahren noch nicht«, berichtete die Polizistin Anna Eiler in dem Zeitungsartikel.

Ich hatte überlegt, mir die Haare abzurasieren, wenn der Zeitpunkt gekommen war, um das Risiko von DNA-Spuren zu minimieren. Aber in den Artikeln hatte ich auch für dieses Problem eine Lösung gefunden. Bei einem Großteil der Cold-Case-Fälle handelte es sich um »freiwilliges Verschwinden«. Wenn die Polizei annahm, dass es sich nicht um ein Verbrechen handelte, waren die kriminaltechnischen Untersuchungen – und die Überprüfung der Angehörigen – bei weitem nicht so umfassend. Das galt auch für das Verschwinden von Elisabeth Hjort im vergangenen November.

»Die Öffentlichkeit will Ergebnisse sehen und meint damit Urteile. Ein Ergebnis kann auch heißen, dass man die Ermittlung noch einmal durchgeht, feststellt, dass man alles getan hat, was man tun konnte, und den Fall zu den Akten legt. So ist das mit vielen Fällen von freiwilligem Verschwinden. Man geht die Beweislage durch, bis man zufrieden ist, und widmet sich dann dem nächsten Fall«, hatte die Polizistin in dem Artikel gesagt.

Ergo: Wenn es nicht wie ein Mord aussah, würde ich mir weder über DNA noch über ein Alibi den Kopf zerbrechen müssen.

Punkt Nummer sechsundsiebzig im Muffinsbuch – bisher der wichtigste von allen – lautete daher:

76. Papa muss aussehen, als hätte er sich das Leben genommen.

Ich las weiter, was die Polizistin im Gespräch mit der Zeitung gesagt hatte: »Ein Großteil unserer Arbeit besteht aus der Befragung von Zeugen. Am Anfang, wenn ein Mord gerade erst passiert ist, verhalten sich die Leute oft sehr loyal. Viele der Vernommenen stehen dem oder der Tatverdächtigen nahe und wollen ihn oder sie vielleicht schützen. Aber wenn Sie denselben Menschen zehn Jahre später befragen, kann die Situation schon eine ganz andere sein. Das Gewissen hat ihnen die ganze Zeit zugesetzt. Vielleicht ist die Freundschaft erkaltet. Eine Frau, die damals ihren Mann schützen wollte, hat sich vielleicht inzwischen von ihm scheiden lassen. Es gibt eine Menge Gründe, noch einmal mit Leuten zu reden, die die Ermittlungen zu einem früheren Zeitpunkt nicht weitergebracht haben.«

Zum Gott weiß wievielten Mal war ich erleichtert, dass ich meinem Freund nichts von meinen Plänen gesagt hatte.

Die Verjährungszeit für Mord betrug in Schweden fünfundzwanzig Jahre. Bald würde die Verjährung, dank der Inkompetenz der Ermittler im Palme-Mord, ganz wegfallen. Ich war überzeugt, dass mein Freund es nie so lange mit mir aushalten würde. Ob fünfundzwanzig Jahre oder ein Leben lang, das spielte keine Rolle.

Mit mir hielt es auf Dauer niemand aus.

Das hatte Papa gesagt.

Muffinsbucheintrag vom 13. Februar:

Fakten zum Thema Selbstmord:
873 000 Menschen nehmen sich weltweit jedes Jahr das Leben. In Schweden sind es gut 1500.

Jeder Selbstmord kostet die Gesellschaft über 18,6 Millionen Kronen durch Produktivitätsverlust und andere volkswirtschaftliche Kosten.

Mehr Männer als Frauen begehen Selbstmord, und die Mehrheit derer, die sich das Leben nehmen, ist über fünfundvierzig Jahre alt.

Vergiftung ist in Schweden die üblichste Methode des Selbstmords. Weitere übliche Methoden sind, sich zu erhängen, erschießen oder ertränken. Mehr als ein Drittel aller Männer begeht Selbstmord durch Erhängen. Bei Frauen überwiegt Suizid durch Tabletten, fast die Hälfte wählt diese Methode. Zehn Prozent aller Selbstmörder erschießen sich, darunter nur wenige Frauen.

56

Viele Jahre zuvor

Der Wacholderbusch, der im Garten des Hauses in der Götgatan 7 wächst, hat gerade ausgeschlagen.

Sie betastet die hellgrünen weichen Nadeln und hört ihrem Papa zu. Er ist wütend, aber weil sie draußen im Garten sind, spricht er mit leiser Stimme, damit die Nachbarn es nicht hören.

»Keiner wird es jemals mit dir aushalten.«

Er lacht. Es ist kein fröhliches Lachen. Es ist dieses andere. Dieses Lachen, das einem vermittelt, dass man dumm ist. Dass man nicht begreift, was Papa begriffen hat. Dieses Lachen, das bedeutet, dass er etwas weiß, was man selbst eigentlich auch wissen sollte, dass man aber leider zu dumm ist, um es zu begreifen.

»Hörst du? Du hast ein so abartiges Wesen. Keiner wird bei dir bleiben. Keiner. Mit dir hält es auf Dauer keiner aus.«

Sie haben mit Barbiepuppen gespielt. Ihre Spielkameradin hatte keine Lust mehr und ist nach Hause gegangen. Sie ist traurig und hat ihrem Papa erzählt, dass das Madchen nicht mehr mit ihr spielen wollte. Jetzt bereut sie, dass sie ihm davon erzählt hat. Sie hätte lieber sagen sollen, dass ihre Freundin nach Hause musste. Warum bringt sie es nicht fertig, ihn anzulügen?

Valdemar dreht sich um und geht ins Haus. Den Rücken durchgedrückt. Die Fäuste geballt. Es war heute ein kurzer Ausbruch.

Aber die wenigen Worte, die er gesagt hat, bleiben. Sie graben ein Loch in ihre Seele und nisten sich ein.

Niemand wird es auf Dauer mit ihr aushalten. Sie hat ein abartiges Wesen. Das hat er gesagt.

Sie drückt immer fester auf die Wacholdernadeln und spürt, wie sie in ihre Haut stechen. Dabei denkt sie an die Worte, die von diesem Tag an nie mehr aus ihrem Kopf verschwinden werden. Sie braucht nur wenige Sekunden, um zu erkennen, dass Papa wie immer recht hat.

Keiner wird sie jemals gernhaben.

Keiner wird es lange mit ihr aushalten.

Etwas stimmt nicht mit ihr. Mit ihrem Wesen.

Sie ekelt sich vor sich selbst. Während sie an sich herabblickt, bemerkt sie einen Fleck auf ihrem T-Shirt. Sie kann verstehen, dass das Mädchen, das weggegangen ist, nicht ihre Freundin sein will. Sie empfindet Abscheu vor dem widerlichen Menschen, der sie ist.

Sie ist wirklich das Letzte.

Sie blickt sich im Garten um. Niemand da, mit dem sie spielen könnte. Sie traut sich nicht, ins Haus zu gehen. Hat Angst vor dem, was sie erwartet.

Sie schaut zum blauen Himmel hinauf und versucht zu erraten, wie spät es ist. Wann es dunkel wird und sie ins Bett gehen kann. Sie seufzt, als ihr klar wird, dass es noch mehrere Stunden dauert, bis Schlafenszeit ist.

Sie öffnet die Garagentür, geht hinein und setzt sich auf einen der alten Winterreifen vom Wohnwagen. Hier hat sie ihre Ruhe, jedenfalls so lange, wie sie aushalten kann. Sie musste schon aufs Klo, als Papa anfing zu schimpfen. Jetzt muss sie wirklich ganz dringend.

Sie kreuzt die Beine und kneift ein. Versucht, nicht an ihre Blase zu denken. Sie denkt an das, was Papa gesagt hat, und hat Angst, dass sie noch mehr Ekliges über sich erfährt, wenn sie reingeht. Deshalb wartet sie lieber. Sie bleibt in der Garage sitzen, bis es draußen genauso dunkel ist wie drinnen.

Als sie sich schließlich ins Bad schleicht, tut ihr die Blase so weh, dass sie beim Pinkeln die ganze Zeit weinen muss. Aber wenigstens schläft Papa schon. Also war es das wert.

57

SONNTAG, DEN 14. FEBRUAR 2010

Julia fingerte nervös an der Schachtel herum, während sie darauf wartete, dass die Tür aufging.

Was mache ich eigentlich hier?, dachte sie und wollte gerade wieder umkehren, als ihr schließlich geöffnet wurde.

»Sie schon wieder. Wo haben Sie den anderen Plagegeist gelassen?«

Der Tonfall war weder positiv noch negativ. Nur konstatierend. Sie schon wieder. Plagegeist.

Julia versuchte zu lächeln.

»Ich möchte nicht stören. Und ich bin auch nicht beruflich hier. Ich wollte nur fragen, ob ich wohl mit Elias sprechen könnte?«

Sie hielt die Schachtel hoch. Als er sah, was darin war, wurden seine Gesichtszüge weicher. Klas Hjort machte die Tür weit auf und trat zur Seite.

»Er ist in seinem Zimmer.«

Die Tür stand offen. Julia sah einen kleinen Rücken und einen Kopf voller wilder brauner Locken. Sie holte tief Luft und klopfte an den Türrahmen. Der Junge blickte auf.

»Hallo, Elias.«

»Hallo, Julia.«

Sie setzte sich.

»Du erinnerst dich an mich?«, sagte sie.

Er nickte.

Unsicher, wie sie fortfahren sollte, drehte sie die Schachtel in den Händen hin und her.

»Ich erinnere mich auch an dich. Und ich habe ein bisschen nachgedacht, seit ich das letzte Mal hier war. Deine Eisenbahnwaggons haben mir so gut gefallen, und ich fand es schade, dass du nicht mehr damit fahren kannst, weil die Lok jetzt woanders ist. Deswegen habe ich dir das hier mitgebracht.«

Sie merkte, wie ihre Hand zitterte, als sie ihm die Schachtel hinhielt. Das Gesicht des Jungen leuchtete auf.

»Die mit Batterie! So eine hatte ich vorher nicht. Ich hatte die andere.«

Er riss die Packung auf und ließ die rot-gelbe Lokomotive mit den blinkenden Lampen durchs Zimmer fahren. Julia schaute ihm ein paar Minuten lang zu, bis dem Jungen einfiel, dass er ja Besuch hatte. Er lächelte sie an.

»Du kannst mit dem Polizeiauto fahren. Frauen können auch Polizisten sein«, sagte er.

»Das stimmt«, sagte Julia und blickte sich um. Sie entdeckte einen Streifenwagen, der halb unter dem Bett versteckt war, und bückte sich, um ihn hervorzuholen. Kurz zuckte sie zusammen, als sie etwas Dunkles ganz hinten an der Wand bemerkte. Sie zögerte kurz, streckte dann aber den Arm aus und zog den Gegenstand zu sich heran. Es war ein Buddha aus schwarzem Holz, etwa zwanzig Zentimeter hoch. Nach der Staubschicht zu urteilen, die ihn bedeckte, hatte er schon eine ganze Weile da gestanden. Julia strich mit dem Finger über die schön geschnitzten Konturen.

»Was für einen schönen Buddha du unter dem Bett hast«, sagte sie.

Elias blickte auf.

»Den musst du da wieder hinstellen«, sagte er leise.

Er legte den Zeigefinger auf den Mund und machte ein listiges Gesicht.

»Das ist ein ganz besonderer Mann. Der Geheimnismann von mir und meinem Papa.«

»Ein Geheimnismann? Was macht denn der?«

Er sah sie an. »Das ist doch ein Geheimnis.«

Sie lächelte und schob die Buddhastatue schnell zurück unters Bett.

»Natürlich. Entschuldige, Elias. Siehst du, jetzt ist er weg.«

Julia legte den Finger auf die Lippen, genau wie der Junge es getan hatte.

»Ich verrate nichts. Versprochen.«

Er schien zufrieden mit der Antwort. Sie spielten zusammen eine Viertelstunde mit der neuen Lok und dem Polizeiauto, dann stand sie auf.

»Ich muss jetzt los, Elias«, sagte sie. »Danke, dass ich Polizistin sein durfte.«

Er blickte auf.

»Anna ist auch Polizistin. Wegen ihrem Papa.«

Julia sah ihn erstaunt an und ging wieder in die Knie.

»Das stimmt. Woher weißt du das?«

»Weil sie das gesagt hat.«

»Wann denn?«

»Als wir geredet haben.«

»War sie hier?«

Der Junge schüttelte den Kopf.

»Ich war bei der Polizei.«

»Wow. Du warst auf dem Polizeirevier? War das toll?«

»Nein. Ich wollte lieber nach Hause. Und dann durfte ich gehen.«

Ein Räuspern ließ sie zusammenzucken. Sie blickte auf und sah Klas Hjort in der Tür stehen.

»You better not question my son«, sagte er.

Julia seufzte. Ihre Eltern hatten sich auch immer auf Englisch unterhalten, wenn sie nicht wollten, dass die Kinder etwas mitbekamen. Als würden Kinder nicht am Tonfall erkennen, ganz gleich in welcher Sprache, wenn etwas nicht stimmte. Sie sah, wie Elias beim barschen Ton seines Vaters zusammenzuckte. Sie lächelte Elias an, dann Klas Hjort.

»Es hat solchen Spaß gemacht, ein bisschen zu spielen«, sagte sie und stand auf.

»Tschüss, Julia.«

»Tschüss, Elias.«

Klas Hjort blieb auf dem ganzen Weg zur Tür dicht hinter ihr. Als sie weit genug von Elias' Zimmer entfernt waren, drehte sie sich um.

»Ich wollte ihm wirklich nur die Lok geben.«

»Das hoffe ich. In Ihrem Interesse.«

Kaum saß sie im Auto, zog sie ihr Handy heraus, um Ing-Marie anzurufen und ihr zu erzählen, dass die Polizei offenbar Elias Hjort vernommen hatte. Warum hatte Anna ausgerechnet mit Elias sprechen wollen? Sie hoffte, dass Ing-Marie eine Antwort darauf wusste. Aber das Handy ihrer Kollegin war ausgeschaltet. Wieder mal.

Julia fluchte und ließ den Motor an. Sie vergaß, Ing-Marie eine SMS zu schicken.

58

Montag, den 15. Februar 2010

Die Türen sollten um elf geöffnet werden. Schon fünfzig Minuten früher saß ich im Auto und war unterwegs. Vielleicht ein bisschen übereifrig, aber ich konnte nicht anders. Ich hatte in der Zeitung die Ankündigung einer neuen Ausstellung im Västergötland-Museum in Skara gesehen. Mir war sofort klar gewesen, dass ich dorthin musste. Auf der Stelle. Ich war aufgesprungen, hatte den Kollegen etwas von einem vergessenen Arzttermin zugerufen und meinen Arbeitsplatz blitzartig verlassen.

Kaum war ich auf die Landstraße gebogen, spürte ich wieder mal den Kloß im Magen. Als wüsste der Körper ganz instinktiv, dass ich mich gerade Götene näherte. Und Papa.

Ich schaltete das Radio ein, und die Musik schob meine Gedanken beiseite. Es war eine anstrengende Nacht gewesen, weit weg von molligen wolligen Schäfchen, die über Zäune sprangen oder was auch immer ausgeglichene Menschen nachts so träumten.

Nach fünfundzwanzig Minuten hielt ich gegenüber vom Västergötland-Museum am Stadtrand von Skara. Im Radio lief gerade Lars Winnerbäcks und Miss Lis Lied *Solltest du mich jetzt verlassen*, und ich wollte es in Ruhe zu Ende hören.

Ich ließ den Zündschlüssel stecken und lehnte mich zurück. Ich schloss die Augen und wiegte den Kopf zum weichen Rhythmus der Musik.

Ich würde meine Lippen sanft auf einen anderen Mund drücken, solltest du mich jetzt verlassen, sang Lars Winnerbäck.

Eine Träne lief mir über die Wange. Mein Freund hatte bei mir übernachtet, und ich hatte mich seinen Küssen entzogen. Er war verletzt gewesen und hatte gefragt, was los sei. Er sagte, ich sei in den letzten Monaten so verändert gewesen, und wenn etwas nicht in Ordnung sei, wolle er es wissen.

»Du bist nicht mehr fröhlich«, hatte er mit trauriger Stimme gesagt. »Als wir uns kennenlernten, hast du von innen heraus gestrahlt. Ich hatte noch nie jemanden getroffen, der so unbeschwert war. Mit dir war es wie im Film, du weißt schon, diese zusammengeschnittenen Sequenzen, wenn Musik spielt und alles in Zeitlupe passiert. Zwei Menschen, die sich im Wasser küssen, Hand in Hand über grüne Wiesen laufen und beim Picknick unter einem Baum in der Abendsonne die Gläser heben, um miteinander anzustoßen. Bei uns war das so. Du warst so. Wenn ich mit dir zusammen war, wollte ich nie einschlafen, weil ich Angst hatte, auch nur eine Minute zu verpassen. Ich war nie müde, wenn wir zusammen waren.«

Meine Augen waren voller Tränen, während er mich ansah.

»Jetzt bin ich fast immer müde«, sagte er.

Ich hatte beteuert, dass ich ihn liebe. Aber als wir schließlich einschliefen, lagen wir nicht aneinandergekuschelt da wie sonst, sondern Rücken an Rücken. Ich schlief die ganze Nacht schlecht. Hatte solche Angst, ihn zu verlieren. Solche Angst, dass er erkennen würde, wer ich wirklich war. Solche Angst, dass er mich nicht mehr mögen könnte.

Als die Musik verklungen war, schaltete ich das Radio aus, blieb aber noch ein paar Minuten sitzen und ließ den Kummer langsam verebben.

Ich betrachtete das Västergötland-Museum, das aus einem imposanten roten Backsteingebäude bestand. Es bildete eine Einheit mit dem Freilichtmuseum Fornbyn. Der Schnee lag wie eine dicke Decke auf den schönen Moosdächern der historischen Holzhäuser. Die vereisten Fenster verhinderten den

Einblick in die winzigen Hütten, die früher einmal Familien mit bis zu sechs Personen beherbergt hatten und manchmal auch noch das Vieh.

Fornbyn war schön, besonders im Frühjahr, wenn weiße Buschwindröschen die Wiesen bedeckten und der Geruch aus den Kräutergärten sich mit dem Duft von frisch gebackenem Brot aus der kleinen Bäckerei mischte.

Ich fragte mich, ob ich Fornbyn jemals wieder im Frühling besuchen würde oder ob ich die nächsten Jahre im Gefängnis verbringen würde.

Ich schaute auf die Uhr am Armaturenbrett. 10.52 Uhr. Jetzt müssten sie mich eigentlich reinlassen. Das Thema der aktuellen Ausstellung war der naheliegende Grund für meinen Besuch, aber darüber hinaus freute ich mich einfach nur darauf, endlich mal etwas Neues sehen zu können. Das Västergötland-Museum hatte ein bisschen zu lange von der Arn-Hysterie gezehrt.

Ich schloss die Autotür und fragte mich, ob Jan Guillou eigentlich bewusst war, was er mit seinen historischen Romanen über den Kreuzritter Arn Magnusson angerichtet hatte. Seit die Bücher erschienen waren, hatte ich wohl zweihundert Mal auf immer dieselben Fragen von deutschen Touristen und Besuchern aus Stockholm antworten müssen, wenn ich in den Sommermonaten draußen unterwegs war: »Entschuldigung, wissen Sie, wo Arn begraben liegt?«

Großer Gott, dachte ich dann immer und erklärte lächelnd, dass Arn eine Romanfigur war. In Wirklichkeit hatte es ihn nie gegeben.

Die Touristen waren meistens enttäuscht. Und reagierten oft pampig, weil sie sich dumm vorkamen. Was sie ja auch waren.

Ich war die Erste am Eingang des Museums. Als ich eine Frau hinter der Tür stehen und lächeln sah, verfluchte ich meinen Übereifer. Ich hätte noch eine halbe Stunde warten sollen, dann wäre ich nicht so aufgefallen. Jetzt würde diese Frau sich garantiert an mich erinnern.

»Unser erster Gast. Wie schön, herzlich willkommen! Ich bin Sakineh Mazra, die Museumsleiterin.«

Wir gaben uns die Hand. Ich nannte nur meinen Vornamen und sagte, ich hätte um zwölf einen Termin in der Stadt und nur durch Zufall die Ankündigung in der Zeitung gesehen. Ich fand, meine Ausrede klang ziemlich fadenscheinig, aber Sakineh Mazra schien sich einfach nur über ihren ersten Besucher zu freuen. Sie war erstaunlich attraktiv für eine Museumsleiterin. Klein, vielleicht eins fünfzig, schlank und mit einer wunderbaren kastanienbraunen Haarmähne, die offen über die schmalen Schultern fiel. Dunkle Augen, von denen ich annahm, dass sie pechschwarz werden konnten, wenn Sakineh Mazra wütend war, und ein hübsches Gesicht.

»Ich warte eigentlich auf einen Bus mit Schülern, aber da Sie unsere erste Besucherin sind, kann ich Sie solange persönlich durch die Ausstellung führen, wenn Sie möchten.«

»Wie nett. Vielen Dank.«

Mist.

»Sie sind hier aus der Gegend? Dann waren Sie schon im Schloss Läckö, nehme ich an?«

Ich nickte. »Sehr oft sogar.«

»Auf die Idee zu dieser Ausstellung hat uns eigentlich Magnus Gabriel De la Gardie gebracht. Als er Mitte des 17. Jahrhunderts Schlossherr auf Läckö wurde, ließ er im Keller eine Folterkammer einrichten. Wussten Sie das?«

»Meinen Sie das Gefängnis?«

Sakineh Mazra schüttelte den Kopf.

»Nein, nein. Der Kerker ist das, was die meisten Besucher beim Rundgang zu Gesicht bekommen. Die Folterkammer gehört nicht dazu. Sie werden nachher Fotos davon sehen. Ein kleiner schmaler Raum ohne Fenster, in dem De la Gardie

Menschen, von denen er Informationen haben wollte, Daumenschrauben anlegen ließ.«

Sie gestikulierte mit den Händen und hielt ihre Daumen hoch.

»Daumenschrauben bestehen aus zwei etwa zwanzig Zentimeter langen Metallplatten, zwischen denen man die Daumen oder Zehen des Opfers einklemmt. Einige davon werden Sie später auch im Rahmen dieser Ausstellung sehen. Sie wurden in Schweden ab 1462 eingesetzt und waren ein effizientes Mittel, um … na ja … die Wahrheit buchstäblich herauszupressen«, sagte sie und lachte.

Ich lächelte, und Sakineh Mazra erzählte weiter.

»Wir haben festgestellt, dass die Menschen ein großes Interesse am Mittelalter im Allgemeinen und an den Grausamkeiten jener Zeit im Besonderen haben. Vor einer Weile haben wir unter den Museumsbesuchern eine Umfrage durchgeführt, und es hat sich gezeigt, dass vielen Leuten aus den Filmen um Arn Magnusson vor allem die Hinrichtungsszene an der Kirche von Varnhem in Erinnerung geblieben ist. Ich war kurz zuvor bei einem Vortrag über die Folterkammer auf Läckö gewesen, hatte das noch im Hinterkopf und dachte mir, das müsste man doch kombinieren können. Eine Orgie der Barbarei, sozusagen. Ich habe Kontakt zu Kollegen im Ausland aufgenommen und wurde auf eine Ausstellung hingewiesen, die während der letzten vier Jahre im Museo Nacional in Mexiko City zu sehen war. Nach längeren Verhandlungen erhielten wir die Genehmigung, die Ausstellungsstücke drei Monate lang zu zeigen, bevor sie an ihre jeweiligen Eigentümer zurückgehen. Damit können wir als erstes Musem in Schweden, ja sogar in ganz Nordeuropa, eine Ausstellung über die Foltermethoden in verschiedenen Ländern zeigen, mit Schwerpunkt auf dem Mittelalter. Schloss Läckö hat uns sogar die Daumenschrauben zur Verfügung gestellt.«

Sakineh Mazra reichte mir eine Broschüre. Ich nahm sie

und starrte auf die gezeichnete Darstellung eines Mannes, der auf einer Streckbank lag. Ich las den Text über der Zeichnung:

»Folter in der Welt – Folter in Västergötland
Eine Reise durch die Geschichte des Quälens«

Ich hob den Kopf und blickte in Sakineh Mazras lächelndes Gesicht.

»Wir sind so unglaublich froh, dass es uns gelungen ist, diese Ausstellung an Land zu ziehen. Kommen Sie, beginnen wir unseren Rundgang.«

Wir gingen in den großen Ausstellungssaal. Ich blieb vor einer Tafel stehen, auf der folgender Text stand:

Folter ist jede Handlung, durch die einer Person vorsätzlich große körperliche oder seelische Schmerzen oder Leiden zugefügt werden, zum Beispiel um von ihr oder einem Dritten eine Aussage oder ein Geständnis zu erlangen, um sie für eine tatsächlich oder mutmaßlich von ihr oder einem Dritten begangene Tat zu bestrafen oder um sie oder einen Dritten einzuschüchtern oder zu nötigen.

»Das ist ein Auszug aus der UN-Antifolterkonvention. Ist doch ein passender Auftakt zur Ausstellung, oder?«, sagte Sakineh Mazra.

Ich war sprachlos. Ich starrte den Text an und las ihn langsam noch einmal. Wort für Wort.

Für eine begangene Tat zu bestrafen …

Auge um Auge.

Papa hatte mich jahrzehntelang gefoltert. Ich würde sein Leiden in wesentlich kürzerer Zeit beenden, aber leiden sollte er – so viel stand fest –, und Sakineh Mazra hatte vielleicht die Lösung, wie das am besten zu bewerkstelligen war.

Rechts von der Tafel befand sich eine Puppe. Sie sollte eine halb eingegrabene erwachsene Frau darstellen. Nur die Oberarme und der Oberkörper von der Brust aufwärts befanden sich über der Erde. Die Puppe trug ein schwarzes Gewand, das sie verhüllte – bis auf einen länglichen Schlitz an der Augenpartie. Aufgeschminktes Blut lief von einer echt wirkenden Wunde neben dem linken Auge die Wange hinab.

»Diese Puppe gehörte nicht zur Ausstellung in Mexiko, die habe ich selbst hinzugefügt«, fuhr Sakineh Mazra fort. »Ich bin im Iran geboren. Als ich ein kleines Kind war, ist meine Großmutter mit mir nach Schweden geflohen. Meine Mutter und mein Bruder sind nicht mitgekommen. Mein Vater hatte meine Mutter wegen Ehebruchs angezeigt. Sie hat zwar bestritten, ihm untreu gewesen zu sein, aber nach neunundneunzig Peitschenhieben hat sie es zugegeben. Stellen Sie sich das mal vor: neunundneunzig Peitschenhiebe, während Männer und Frauen um einen herumstehen und schreien. Nicht vor Empörung, sondern weil diejenigen, die die Peitschenhiebe austeilen, nicht fest genug zuschlagen.«

»Da würde jeder alles Mögliche gestehen.«

Sakineh Mazra sah mich mit ernstem Blick an und nickte.

»Genau. Nachdem sie gestanden hatte, wurde sie zum Tode verurteilt. Sie wurde genauso eingegraben wie die Puppe dort. Drei Männer hatten die Aufgabe, sie hinzurichten. Sie haben einen ganzen Tag damit verbracht, passende Steine zu suchen. Es muss die richtige Sorte Steine sein, wissen Sie. Solche, die Verletzungen und Schmerzen verursachen, aber nicht töten. Jedenfalls nicht sofort. Es soll lange dauern.«

Sie schloss die Augen.

»Das war am 14. März 1982.«

»Mein Beileid.« Ich schwieg eine Weile und fragte dann, was eigentlich mit dem Mann passiert war, mit dem Sakineh Mazras Mutter angeblich Ehebruch begangen hatte.

»Ach, der hat seine Strafe bekommen«, erwiderte die Museumsleiterin. »Vierzig Peitschenhiebe hielt man für ausreichend. Er war ja ein Mann.«

»Und was ist aus Ihrem Vater geworden? Und Ihrem Bruder?«

Die Museumsleiterin zuckte mit den Schultern.

»Das weiß ich nicht. Großmutter konnte nur mich auf die Flucht mitnehmen. Sanjar, meinen Bruder, musste sie zurücklassen, denn ohne Zustimmung des Vaters hätte sie das Land niemals mit einem Jungen verlassen können. Für mich ist mein sogenannter Vater gestorben. Jedenfalls hoffe ich, dass er tot ist. Ebenso sehr hoffe ich, dass es Sanjar gut geht, auch wenn ich es bezweifle.«

»Ich kann verstehen, dass Sie diese Puppe in die Ausstellung integrieren wollten.«

Sakineh Mazra nickte kaum merklich und ging mit schnellen Schritten auf zwei Halbzylinder zu.

»Das hier ist der sogenannte spanische Stiefel«, sagte sie und schien erleichtert, das Thema wechseln zu können. »Er wird auch Beinschraube genannt.«

Ich betrachtete die beiden halbkreisförmigen Eisenmanschetten, die auf der Innenseite mit stumpfen Zacken versehen waren. Eine Illustration zeigte einen Mann mit zerquetschtem Bein, aus dem eine Flüssigkeit rann.

»Mit den beiden Halbzylindern wurde das Bein gequetscht, bis der Knochen brach und das Knochenmark herauslief.«

Ich hörte nur noch mit halbem Ohr zu und dachte stattdessen an Sakineh Mazras Vater, der den Tod seiner Frau verursacht hatte. Und ich dachte an Papa. Wie oft er davon gesprochen hatte, Mama umzubringen. Ich versuchte, mir Papa mit Beinschraube vorzustellen, sah aber schnell ein, dass die Konstruktion mein technisches Verständnis sprengte. Ich war gerade noch in der Lage, Ikea-Möbel zusammenzubauen, aber an schwierigere Sachen traute ich mich nicht ran. Papa würde sein Knochenmark behalten. Auch wenn er sein Leben verlieren sollte.

Ich folgte Sakineh Mazra zu einem Ding, das auf den ersten Blick wie ein gewöhnliches Fass aussah.

»Jetzt sind wir im Italien des Spätmittelalters. Dort war man damals ganz vernarrt in Nageltonnen. Rom wurde bekanntlich auf sieben Hügeln erbaut, und Ende des fünfzehnten, Anfang des sechzehnten Jahrhunderts war es eine beliebte Methode, die sieben Hügel für das hier zu benutzen.«

Sie öffnete den Deckel und zeigte mir die spitzen Nägel, die die gesamte Innenfläche bedeckten.

»Zuerst wurde das Opfer in die Tonne gesteckt. Dann schlug man die Nägel ein, und anschließend ließ man die Tonne den Hügel hinunterrollen. Am Fuß des Hügels ist der Körper dann völlig zerstochen. Das heißt, wenn der Abhang lang und steil genug ist.«

Ich würde es nie schaffen, Papa in so was hineinzukriegen. Viel zu umständlich. Und auch wenn der Billingebacken sich durchaus mit Roms Hügeln messen konnte – vierhundert Meter lang und hundert Meter hoch –, hatte ich keine Ahnung, wie ich ihn auf die Hügelkuppe hätte bugsieren sollen, ohne entdeckt zu werden.

»Jetzt kommen wir nach Schweden. Neben den Daumenschrauben hatte man auch hier eine Vorliebe für den Spießrutenlauf. Der letzte Spießrutenlauf in Schweden fand am 26. November 1812 statt, dann wurde diese Art Strafe vom schwedischen König abgeschafft.«

»Was genau ist denn so ein Spießrutenlauf?«

»Diese Form der Bestrafung ist insofern faszinierend, als vom Schuldigen eine aktive Handlung verlangt wurde. Er, denn meistens war es ein Mann, musste nackt oder spärlich bekleidet durch eine enge Gasse laufen, in der zu beiden Seiten Leute standen, die mit Stöcken und Zweigen auf ihn einschlugen. Heute würde wohl kaum ein Gefangener freiwillig durch eine Gasse voller Menschen laufen, denen er Schaden zugefügt hat, und sich von ihnen verprügeln lassen, oder was meinen Sie?«

Ich schloss die Augen und sah Mama vor mir, mit einem Zweig in der Hand. Ich selbst stand mit einem dicken Stock neben ihr. Lillebror hatte einen Knüppel, mein großer Bruder und Bengt ebenso. Stiefmutter Nummer eins. Stiefmutter Nummer zwei. Minimus. Ich sah alle, die Papa verprügelt, verhöhnt, beleidigt hatte. Alle bewaffnet. Rachedurstig. Auge um Auge, Zahn um Zahn.

Das Lachen, das durch den Raum schallte, holte mich zurück in die Realität. Zurück ins Västergötland-Museum.

»Sie lachen. Das hat Ihnen also gefallen?«

Ich blickte Sakineh Mazra an, und mein Lachen erstarb. Ich konnte mich nicht entscheiden, was an der Vorstellung in meinem Kopf absurder war: dass all diese lieben Menschen um mich herum, denen Papa wehgetan hatte, sich zu einer Massenmisshandlung zusammenfanden – oder dass Papa gehorsam durch ein Spalier seiner Opfer lief und seine Strafe annahm wie ein Mann.

Vermutlich Letzteres.

Sakineh Mazra stand bereits an einer Pritsche, auf der eine Puppe festgeschnallt war. Über ihr hing eine Kanne, aus der im Abstand von einigen Sekunden Wasser auf die Stirn der Puppe tropfte.

»Das hier ist eine chinesische Erfindung. Sie ist ebenso einfach wie genial. Viele Folterinstrumente waren nicht dazu gedacht, das Opfer zu töten, sondern – wie der Name schon sagt – es zu quälen. Sie mussten weder groß noch kompliziert sein, wie man an diesem Beispiel sieht. Wenn man festgeschnallt ist und einem ständig Wasser auf immer dieselbe

Stelle des Körpers tropft, macht das Gehirn irgendwann nicht mehr mit. Man wird verrückt.«

Mein Interesse war geweckt. Ertränken hatte ich zwar ausgeschlossen, aber Papa war wasserscheu. Vielleicht war diese Foltermethode deshalb besonders gut für ihn geeignet.

»Und hier kommen wir zu einem weltweiten Phänomen: den Elektroschocks.«

Ich folgte ihr zum nächsten Exponat, einer stehenden Puppe, die sich über eine zweite, auf einer Pritsche festgebundene Gestalt beugte.

»Wie Sie sehen, sind die Elektroden an den empfindlichsten Körperstellen befestigt: Brust, Bauch, Beine und Genitalien.«

Ich assoziierte Elektroschocks immer mit psychiatrischen Kliniken. Irgendwie passend, da ich überzeugt war, dass Papa schon lange dorthin gehört hätte.

»Elektroschocks werden bis heute in der ganzen Welt angewendet. Einer der Gründe, warum sie so verbreitet sind, ist der, dass sie im Unterschied zu anderen Methoden keine körperlichen Spuren hinterlassen. Hier lassen wir die Leute spüren, wie es ist, einen Stromschlag zu bekommen. Man hebt diese Klappe an, steckt den Zeigefinger hinein, und …«

Sakineh Mazra zuckte zusammen und rieb sich den Finger.

»Die Spannung hier ist dieselbe wie in einem Elektrozaun. Sie richtet keinen Schaden an, verursacht aber ein unangenehmes Gefühl. So bekommen diejenigen, die es ausprobieren, eine ungefähre Vorstellung von der Wirkungsweise.«

Ich betrachtete die Puppen, und mir gefiel, was ich sah. Als ich den Zeigefinger auf die Kontaktplatte legte und spürte, wie der Stromstoß durch meinen Finger in den Körper hineinging, genoss ich das Unbehagen, das darauf folgte.

Es würde kompliziert und umständlich sein, so etwas zu bauen, aber Papa Elektroschocks zu versetzen war ganz eindeutig eine Methode, die mir zusagte.

Wir kamen an Keuschheitsgürteln, einer Streckbank und zwei Schandpfählen vorbei. Sakineh Mazra fuhr mit ihren Erklärungen fort. Ich stellte Fragen. Nickte. Lobte sie für die Arbeit, die sie in die Ausstellung investiert hatte.

»Vielen Dank! Ich hoffe, die Ausstellung wird viele neue Besucher anlocken. Im Sommer zeigen wir eine kürzere Fotoausstellung, bevor wir in einem halben Jahr unser nächstes größeres Projekt starten, ›Skara im Mittelalter‹. Wir werden die ältesten Möbel Schwedens zeigen und das berühmte liturgische Gewand von Bischof Brynolf Algotsson, die sogenannte Kasel. Außerdem hat die Stifts- und Landesbibliothek endlich eingewilligt, uns das älteste Buch Schwedens zur Verfügung zu stellen, das Skaramistralet. Ich würde mich freuen, wenn Sie uns dann wieder besuchen kämen.«

Ich überschlug die Monate im Kopf. In sechs Monaten war August.

Falls ich dann nicht im Gefängnis saß, konnte es durchaus sein, dass ich mich für eine alte Kasel interessierte.

Falls ich dann nicht im Gefängnis saß, konnte es durchaus sein, dass mich alles Mögliche interessierte.

»Dann bis in sechs Monaten«, sagte ich und bedankte mich ein letztes Mal für die Führung, während ein Reisebus auf den Parkplatz rollte. Ich bahnte mir den Weg durch ein Gewimmel von Schülern und hoffte, dass das, was ich gesagt hatte, auch so eintreffen würde.

Muffinsbucheintrag vom 15. Februar, 22.34 Uhr

Elektroschockmöglichkeiten prüfen:

1. Wie viel Volt sind nötig?

2. Wie baut man so was?

Tropfendes Wasser:

1. *Testen: Einen Plastikbeutel mit Wasser füllen und mit einer Nadel ein kleines Loch hineinstechen. Zeit messen, wie lange es dauert, bis der Beutel leer ist, und dafür sorgen, dass das Loch nicht größer wird und alles Wasser auf einmal herausläuft.*
2. *Gibt es etwas Ähnliches wie eine Sanduhr zu kaufen, nur mit Wasser?*

59

Mittwoch, den 17. Februar 2010

Ing-Marie schnitt sich ein Stück von ihrer Pizza Capricciosa ab, schob es in den Mund und kaute nachdenklich.

»Was ist mit Klas Hjort? Hast du ihn von deiner Liste der potenziellen Mörder gestrichen?«

Julia sah ihn vor sich, wie er angedeutet hatte, dass er die Unfähigkeit seiner Frau, Ordnung zu halten, nicht gerade vermisse, sich aber schon im nächsten Moment dafür geschämt hatte. Und sie erinnerte sich an seine Verzweiflung darüber, dass er bei seiner Geliebten gewesen war, als seine Frau starb.

»Ich denke schon, dass er unschuldig ist. Aber wer weiß? Ich hätte auch nicht vermutet, dass er mit der Nachbarin schläft.«

Julia schob den Teller beiseite.

»Wir brauchen etwas Neues. Eine Spur. Im Fernsehen ist das viel leichter. Wo steckt Gil Grissom eigentlich, wenn man ihn braucht?«

Ing-Marie lächelte und holte ihren Notizblock heraus.

»In Las Vegas. Oder irgendwo im Urwald, je nach Episode. Sollen wir mal festhalten, was wir bisher haben?«

Julia nickte. »Erstens: Wir glauben, dass ein Mann in den Mord verwickelt ist, weil die Klobrille hochgeklappt war. Es sei denn, Elisabeth Hjort hat plötzlich gemeint, die Toilette putzen zu müssen, obwohl es im restlichen Haus aussah wie nach einem Hurrikan. Zweitens: Wir wissen, dass jemand die Kinderzimmer aufgeräumt hat, was darauf hindeutet, dass er oder sie ein Pedant ist. Drittens: Elisabeth wurde mit einem stumpfen Gegenstand getötet. Viertens: Wir wissen, dass es einen Brief mit unbekanntem Inhalt gibt, den sie im Haus hinterlassen hat. Weißt du inzwischen mehr darüber?«

Ing-Marie schüttelte den Kopf.

»Nein. Als ich das letzte Mal mit meiner Quelle gesprochen habe, wurde mir gesagt, das könne noch eine Weile dauern.«

»Wie bist du eigentlich an eine so gute Quelle bei der Kriminaltechnik gekommen? Die ist ja Gold wert.«

Errötete Ing-Marie gerade?

»Ein andermal vielleicht. Lass uns weitermachen«, erwiderte sie ausweichend.

»Okay, dann kommen jetzt die Verdächtigen. Erstens: Klas Hjort. Statistisch gesehen ist der Täter ein Angehöriger. Und er hat sie betrogen. Zweitens: Klara Hunnevie. Sie hat Elisabeth Hjort ganz offensichtlich gehasst und war scharf auf deren Mann. Die beiden sagen, dass sie miteinander im Bett waren, als Elisabeth ermordet wurde, was bedeutet, dass sie entweder unschuldig sind oder möglicherweise den Mord gemeinsam begangen haben. Oder nur einer ist der Täter, und der andere gibt dem Mörder ein Alibi.«

Julia trank einen Schluck von ihrem Mineralwasser.

»Und dann ist da noch der dritte Verdächtige. Ulf Karlkvist. Vielleicht hat er von dem Ehebruch gewusst, ist mit seinem Wissen zu Elisabeth gegangen, weil er dachte, er kriegt sie zurück, und hat sich einen Korb geholt. Er hat ein aufbrausendes Temperament. Vielleicht ist er so wütend geworden, dass er sie umgebracht hat?«

Ing-Marie beugte sich vor und griff nach einem Zahnstocher. Sie säuberte gemächlich ihre Zähne und schien tief in Gedanken versunken zu sein. Schließlich erschien wieder ein breites Lächeln auf ihrem Gesicht, von der Sorte, wie man es in letzter Zeit oft bei ihr hatte sehen können.

»Ich muss sagen, mir gefällt das. Endlich ein rätselhafter Mord in Skövde, und wir mittendrin.«

Julia grinste sie an. »Falls ich irgendwann mal Elisabeths Geist begegnen sollte, werde ich ihm sagen, dass du dich über diesen Mord gefreut hast.«

Ing-Marie verdrehte die Augen. »Du weißt, wie ich das meine. Aber jetzt lassen wir die klassischen drei Verdächtigen mal außer Acht und denken an die anderen in Elisabeths Umfeld. Ich sage einen Namen, und du sagst, was dir als Erstes dazu einfällt, egal, ob es um das Motiv oder ein Alibi geht.«

Julia richtete sich auf und wartete.

»Mats Hunnevie.«

Julia schüttelte den Kopf.

»Ganz spontan: nein. Zu nett. Er hatte keinen Grund, wütend auf Elisabeth zu sein.«

»Göran Hjonåker?«

In Julias Kopf tauchte die Spielzeuglok des Therapeuten auf, und sie errötete bei dem Gedanken, dass sie dem freundlichen Mann misstraut hatte. Sie schüttelte wieder den Kopf.

»Auch zu nett. Die Polizei hat sein Alibi überprüft. Er war den ganzen Nachmittag bis um fünf mit irgend so einem Psychopathen beschäftigt.«

Ing-Marie warf ihr einen strengen Blick zu.

»Ach, man ist also ein Psychopath, wenn man zu einem Psychotherapeuten geht?«

Julia winkte ab.

»Du weißt, was ich meine. Weiter.«

»Ein heimlicher Geliebter?«

Julia grinste schief.

»Ein Geliebter? Was soll denn eine ausgebrannte, depressive Hausfrau, die sich nicht mal selbst im Griff hat, mit einem Geliebten?«

»Okay. Was ist mit Anna-Maj Hansson?«

Julia lachte laut.

»Das wär doch mal was. Eine achtzigjährige Oma, die sich als Mörderin herausstellt. Ist nicht dein Ernst, oder?«

»Die Kinder?«

Julia verdrehte die Augen.

»Superidee, Ing-Marie. Wirklich. Wenn es nicht die senile Oma war, dann vielleicht die Kinder, die kaum aus den Windeln raus sind. Im Moment machst du deinem Titel alle Ehre, Frau Polizeireporterin.«

Ing-Marie Andersson hob resigniert die Hände und seufzte vernehmlich.

»Ich finde schon, dass wir gute Arbeit leisten. Aber ich habe das dumme Gefühl, dass wir irgendwas übersehen haben.«

»Wohl eher jemanden«, murmelte Julia.

60

Freitag, den 19. Februar 2010

Mein Geburtstag.

Mein Freund hatte mich mit Schokoladenkuchen und Cola geweckt. Zwei meiner Lieblingsnahrungsmittel. Am Bett serviert von meinem Liebling. Ich lächelte, als ich daran dachte, legte aber schnell eine Hand auf meinen Bauch und fühlte nach, wo der Schokoladenkuchen diesmal seine unvermeidlichen Spuren hinterlassen hatte. Ich hasste es, dass ich so leicht an Gewicht zulegte. Noch eine Mitgift von Papa. Vielen Dank auch, Valdemar.

Ich stand vor dem schwarz gerahmten Spiegel in der Diele und schminkte mich für die Arbeit. Kritisch musterte ich mein Gesicht. Der Einsatz von Puder, einer Wimpernzange und Mascara würde kaum etwas besser machen. Unter der Schminke war trotzdem noch das alte Gesicht.

Mein Freund schlich sich von hinten an mich heran und legte seine Arme um mich. Er legte seine Nase an meinen Hals und atmete tief ein.

»Wie schön du bist«, sagte er zum Spiegelbild.

Ich verdrehte die Augen.

»Aber schau dich doch an«, beharrte er. Sein linker Arm umfasste weiter meine Taille, während er mit der rechten Hand auf meinen Körper zeigte. Dann strich er mir über die Wange.

»Deine Haut hier ist so weich wie bei einem Baby.«

Er nahm die Hand von meiner Wange und zeigte auf meine Augen.

»Die schönsten der Welt.«

Er legte den Finger unter meine Nasenspitze und schob sie hoch, bis sie aussah wie ein Schweinerüssel. Dann machte er ein grunzendes Geräusch und lachte.

»Ich liebe deine Nase.«

Er legte seine Hände um meine Brüste.

»Von denen hier ganz zu schweigen. Sie sind wunderschön. Du bist wunderschön. Was magst du eigentlich nicht an dir? Ich verstehe das nicht.«

In meinem Kopf drehte sich alles. Tränen stiegen mir in die Augen. Ich schaute mein Spiegelbild an. Versuchte zu sehen, was er sah.

Meine Augen.

Aber ich hatte doch Papas Augen.

Papas Wangen.

Und dann diese schreckliche Kartoffelnase, die ich so hasste. Ich fand mich so hässlich. Niemand würde es je mit mir aushalten. Niemand würde mich auf Dauer mögen, denn ich hatte so ein abartiges Wesen. Eine Rotzgöre war ich. Ein Drecksbalg. Ein Satansbraten.

»Mir fällt nichts ein, was ich an mir mögen könnte«, flüsterte ich meinem Spiegelbild zu.

Die Tränen begannen zu fließen. Ich wand mich aus seiner Umarmung und schloss mich im Bad ein, bis die Heulattacke vorbei war. Als ich wieder herauskam, saß er auf einem Küchenstuhl und wartete auf mich.

»Irgendwann solltest du mal darüber nachdenken, woran das liegt. Und was du dagegen tun willst.«

Ich sagte ihm nicht, dass ich bereits wusste, woran das lag und was dagegen zu tun war.

61

Sie hörte ein klickendes Geräusch und wusste intuitiv, dass es von einem Pressefotografen oben auf der Empore stammte.

Anna Eiler stand ganz hinten in der Kirche und fragte sich, ob sie hinaufgehen und ihn eigenhändig rauswerfen sollte, aber sie hatte Julias Auto auf dem Parkplatz gesehen und wollte weder ihr noch einem ihrer Kollegen begegnen. Nicht heute.

Sie schloss die Augen und lehnte sich an die Wand aus rauem kaltem Sandstein. Sollte doch Patrik hinaufgehen und sie zum Schweigen bringen. Er war schließlich stellvertretender Ermittlungsleiter in diesem elenden Mordfall, nicht sie.

Die Kirche von Våmb bot nur fünfzig Personen Platz, dennoch war sie kaum halb voll, und das Klicken der Kamera hallte durch die Stille. Als der dunkle Klang der Glocken die Kamera zum Schweigen brachte, war Anna erleichtert. Sie hoffte, dass der Fotograf so viel Anstand besaß, sich während des Trauergottesdienstes ruhig zu verhalten.

Was für ein Scheißtag.

Sie betrachtete den weißen Sarg vor dem Altar, der mit roten Rosen geschmückt war. Sechs Wochen lang hatten Elisabeth Hjorts sterbliche Überreste dem Staat gehört. Nun waren alle Proben entnommen, auch wenn die Analysen noch nicht abgeschlossen waren, und es war Zeit für den Ehemann und die beiden Söhne, die Ehefrau und Mutter zu begraben.

Sie sah die kleinen Wuschelköpfe ganz vorn in der Kirchenbank, links und rechts von ihrem Vater. Die Jungen hatten schwarze Jeans, weiße Hemden und kleine schwarze Schlipse an. An der Hand ihres Vaters, der einen schwarzen Anzug trug, waren sie den Mittelgang entlanggegangen. In der freien Hand hatten sie jeweils eine einzelne rote Rose getragen.

Elias, der auf Annas Seite gegangen war, hatte ihr für einen Moment in die Augen gesehen, ehe er den Blick wieder auf den gemusterten Steinfußboden gesenkt hatte. Vorn am Altar waren Klas Hjort und seine Söhne stehen geblieben. Er hatte sich hinuntergebeugt, um auf Augenhöhe mit den Kindern zu sein, auf den Sarg gedeutet, etwas zu seinen Söhnen gesagt und sie umarmt. Dann war er mit ihnen an der Hand zur vordersten Kirchenbank gegangen.

Anna fragte sich, was sie und Patrik eigentlich hier sollten.

Es war ein Befehl von Karlkvist gewesen.

In amerikanischen Krimis wurden Beerdigungen immer von schwerbewaffneten Cops mit Headsets im Ohr beobachtet, die sich über kleine Mikrofone unterhielten und die Trauergäste abcheckten. Sie bezweifelte, dass es in ihrer Abteilung überhaupt Headsets gab. Außerdem hatte sie ihre Dienstwaffe im Büro gelassen, und sie war sich ziemlich sicher, dass Patrik dasselbe getan hatte.

Anna blickte sich in der Kirche um. Vielleicht war Elisabeths Mörder hier. Vielleicht auch nicht.

Der Organist begann zu spielen, und Sekunden später stimmten Gemeinde und Pfarrer gemeinsam den Choral *Härlig är jorden* an. Anna lauschte dem Text mit gefalteten Händen. Sie fragte sich, wie oft es wohl vorkam, dass man singend ins Paradies einzog, wie der Choral behauptete. Ihrer Erfahrung nach war die Begegnung mit der Ewigkeit nur selten besonders angenehm. Sie konnte sich nicht erinnern, in ihrem Beruf auch nur einen einzigen Toten gesehen zu haben, der so aussah, als wäre er friedlich gestorben.

Der Gesang verstummte. Sie blickte zum Pfarrer und

lauschte den Worten, die an die Kinder gerichtet waren. Es war offensichtlich, dass er im Grunde ein guter Pfarrer war, der meinte, was er sagte, aber trotzdem den Schauspieler, der in ihm steckte, nicht ganz verleugnen konnte. Die Stimme ein wenig zu laut. Die Aussprache ein wenig zu deutlich. Ein paar Kunstpausen zu viel. Es war einfach etwas zu offensichtlich, dass ihm die Vorstellung gefiel, eine schöne Ansprache an zwei mutterlose kleine Jungen zu halten. Anna wünschte, dieser Tag wäre möglichst bald vorbei.

Auf dem Rückweg zum Polizeirevier überlegte sie, warum Ulf Karlkvist während des Trauergottesdienstes wohl allein in seinem Auto auf dem Parkplatz der Kirche gesessen hatte und ob sie das den Kollegen gegenüber erwähnen sollte.

62

Als wir am Abend zu Bett gingen, kuschelte er sich an mich. Ich musste mich beherrschen, um nicht von ihm abzurücken. Er fragte, ob ich Probleme mit dem Älterwerden hätte. Ich nickte.

»Die Zeit rennt einem davon«, sagte ich und legte theatralisch die Hand an die Stirn.

Das war nur ein Teil der Wahrheit.

Ich war gestresst, weil die Uhr tickte. Aber nicht meine eigene. An meinen Kollegen war mein Geburtstag unbemerkt vorbeigegangen, was mich nicht im Geringsten störte, eher im Gegenteil. Aber ich hatte beschlossen, dass Papa seinen nächsten Geburtstag nicht mehr erleben sollte. Es war ein runder Geburtstag, genau wie bei mir. Die zurückliegenden Jahre der Tyrannei reichten vollkommen. Aber es waren nur noch drei Wochen bis dahin. Er hatte am zehnten März Geburtstag. Ich würde es nicht rechtzeitig schaffen.

»Bist du traurig, weil dein Vater nicht angerufen hat, um dir zu gratulieren?«

Ich starrte ihn an. Hatte ich schon wieder laut gedacht? Dann ging mir auf, dass es eine durchaus berechtigte Frage war.

»Ich habe mich daran gewöhnt. Beim ersten Mal war es am schlimmsten.«

Ich erzählte ihm, wie ich vor vielen Jahren mit Freunden in meiner Wohnung gefeiert hatte. Wie ich die ganze Zeit auf die Uhr geschielt hatte, während wir beim Abendessen saßen, und mich gefragt hatte, wann Papa wohl endlich anrief. Wie ich um Punkt zehn Uhr der Versuchung nicht mehr hatte widerstehen können, meinen kleinen Bruder auf seinem Handy anzurufen.

»Alles Gute zum Geburtstag!«, hatte ich mit der fröhlichsten Stimme gesagt, zu der ich fähig war.

»Äh, gleichfalls. Aber du hast heute Morgen schon angerufen und gratuliert.«

»Ich weiß, aber ich wollte nur mal hören, ob du einen schönen Geburtstag gehabt hast.«

Während Lillebror antwortete, hörte ich Papa im Hintergrund lachen.

»Wie ich höre, seid ihr noch am Feiern. Dann will ich nicht weiter stören.«

Papas Stimme hallte für den Rest des Abends in meinem Kopf. Sein Lachen war das Letzte, was ich hörte, ehe ich einschlief.

Ich versuchte mich zu erinnern, was ich damals falsch gemacht hatte. Ob wir über Geld gestritten hatten. Oder über irgendeinen Freund von mir. Oder ob ich etwas anderes Unverzeihliches getan hatte. Denn es konnte natürlich auf gar keinen Fall sein Fehler gewesen sein, was immer es auch war.

Ich schüttelte die Erinnerung ab und wandte mich dem Mann zu, den ich liebte.

»Damals war ich traurig. Beim zweiten Mal war es schon etwas leichter. Und jetzt? Jetzt spielt es keine Rolle mehr.«

Er zog mich an sich. Sein großer, warmer Körper umfing mich.

»Das darf er nicht mit dir machen«, flüsterte er.

Ich war ganz seiner Meinung.

Im selben Moment klingelte das Telefon. Ich warf einen Blick aufs Display. »Papa Festnetz«. Ich hielt das Handy hoch und zeigte es meinem Freund.

»Geh ran«, sagte er.

Ich drückte die grüne Taste und flüsterte ein Hallo.

»Herzlichen Glückwunsch!«

Lillebrors Stimme. Ich wusste nicht, ob ich lachen oder weinen sollte.

»Dir auch herzlichen Glückwunsch. Noch mal.«

»Was machst du gerade?«

»Ich bin schon im Bett, aber es ist schön, deine Stimme vor dem Einschlafen noch mal zu hören. Was ist passiert, seit wir zuletzt gesprochen haben? Hattest du eine schöne Geburtstagsfeier?«

Ich hatte ihn morgens angerufen und ihm ein Ständchen gebracht. Dass er jetzt anrief, konnte nur bedeuten, dass etwas passiert war.

»Ja, Papa und ich und Minimus sind essen gegangen.«

Mein Magen zog sich so blitzartig zusammen, als wäre er von Papas Faust getroffen worden. Schöne Grüße von Valdemar.

Obwohl ich schon wusste, was er antworten würde, fragte ich nach: »Nur ihr drei? War Stiefmama nicht dabei?«

»Nee.«

Ich schloss die Augen. Wartete auf die Fortsetzung. Hörte die Angst in seiner Stimme.

»Sie tut mir so leid. Sie ist die Treppe runtergefallen. Liegt schon seit Tagen im Bett. Wir dürfen nicht zu ihr, weil sie solche Schmerzen hat.«

Erinnerungsfetzen huschten vor meinem inneren Auge vorbei wie Filmausschnitte. Mein großer Bruder, der seinen Kakao löffelte, die Augen starr vor Angst. Großvater mit dem Antirutsch-Klebeband in der Hand. Lillebror im Krankenhaus. Mamas Stimme: »Wenn nur irgendjemand etwas unternommen hätte.«

Papas Brutalität war eindeutig eskaliert. Ich beeilte mich, das Thema zu wechseln.

»Die Ärmste, hoffentlich geht es ihr bald besser. Und sonst? Gibt es noch irgendwas Neues?«

»Ja. Wir ziehen um.«

Sofort klang seine Stimme munterer.

»Papa hat es hingekriegt, dass Minimus bei Helsingborgs IF spielen darf.«

»Oh nein.«

»Was? Was hast du gesagt?«

Ich legte die Hand auf die Muschel, damit er nicht hörte, wie ich keuchte. Ich schloss die Augen und versuchte, durch die Nase zu atmen, um nicht noch mehr Laute von mir zu geben. Dann wartete ich, bis die Atmung wieder normal wurde. In Ohnmacht zu fallen, während ich Lillebror am Telefon hatte, war das Letzte, was ich wollte.

»Ich habe gesagt: toll«, brachte ich schließlich heraus. »Die Verbindung ist nicht so gut. Liegt sicher am schlechten Empfang bei mir zu Hause. Freust du dich?«

»Ja, und Minimus erst. Wenn er Fußballprofi werden soll, müssen wir nach Helsingborg ziehen, hat Papa gesagt.«

Nein, müsst ihr nicht, dachte ich, aber mir war klar, dass ich damit bei ihm auf taube Ohren stoßen würde.

Lillebror erzählte weiter. Stiefmutter Nummer zwei und Papa hatten schon alles in die Wege geleitet, sagte er. Minimus sollte für Helsingborgs IF Probe spielen, und Papa hatte sich schon um eine Schule für sie beide gekümmert.

»Wir ziehen noch vor dem Sommer um. Papa hat ein ganz tolles Haus gekauft. Es hat sechs Zimmer.«

Wir plauderten noch ein bisschen. Irgendwann sagte ich, dass ich ihn lieb hatte, und legte auf.

Ich sank auf dem Fußboden zusammen. Versuchte, nicht in Panik zu geraten. Wenn ich Papa jetzt abhauen ließ, würde ich keine Kontrolle mehr über meine beiden jüngeren Brüder haben, wenn der Wahnsinn ihn wieder überfiel. Wenn Papa wieder eine Karaffe zertrümmerte, diesmal vielleicht auf dem Kopf meines jüngsten Bruders, würde ich es nie erfahren. Wenn Stiefmutter Nummer zwei das nächste Mal, wenn sie »die Treppe runtergefallen« war, ihre Blutergüsse im Krankenhaus in Helsingborg verarzten ließ, würde es keine Hinweise auf frühere Misshandlungen mehr geben.

In Helsingborg wäre Papa ein neu zugezogener Musterbürger. Ein erfolgreicher Geschäftsmann mit vielen Millionen Kronen auf dem Konto. Unschuldig – vor dem Auge des Gesetzes zumindest.

Ich hasste alles und alle, die dazu beigetragen hatten, dass Valdemar in keinem Strafregister dieser Welt auftauchte.

Darunter mich selbst.

Ich verfluchte die Feigheit von uns allen.

Und ich verfluchte ihn.

Lillebror hatte mir, ohne es zu wissen, zum Geburtstag eine Deadline geschenkt.

Sie würden »noch vor dem Sommer« umziehen, hatte er gesagt.

Also musste Papa vor den Sommerferien sterben.

Ich ging zurück ins Bett, wo mein Freund lag und wartete, und wusste, dass ich mich beeilen musste. Kein weiterer Tag durfte vergeudet werden.

63

Samstag, den 20. Februar 2010

Ich warf meinem Freund einen wütenden Blick zu.

Dieser Idiot.

Vielleicht merkte er, dass ich ihn ansah. Jedenfalls hörte er auf, aus dem Flugzeugfenster zu schauen, und lächelte mich an.

»Haben wir nicht genau das gebraucht?«

Weiß Gott nicht, dachte ich, antwortete jedoch mit einem leichten Nicken und einem angestrengten Lächeln.

Er hatte mich morgens um vier geweckt und gesagt, ich hätte ja das beste Geburtstagsgeschenk noch gar nicht erhalten. Es bestand aus zwei Tagen New York, die in wenigen Stunden beginnen sollten. Wir würden Montag früh zurück sein, und ich würde nur eine Stunde zu spät zur Arbeit kommen.

Ich hatte gefragt, ob wir den New-York-Trip nicht auf einen anderen Termin verschieben könnten und ob wir wirklich jetzt sofort verreisen müssten.

Mein Freund war tief gekränkt gewesen. Er hatte auf die Flugtickets gestarrt, mit denen er gerade gewedelt hatte, und irgendwas von »nicht umbuchbar« gesagt. Dass er mich natürlich zu nichts zwingen wolle, aber der Meinung sei, dass ich das jetzt brauche.

Dass wir beide das brauchten.

Dass ich in der letzten Zeit so traurig und abwesend gewirkt habe und er gern etwas Romantisches zusammen mit mir unternehmen wolle.

Das versetzte mir einen Stich von schlechtem Gewissen, und deshalb hatte ich mir in den letzten Stunden alle Mühe gegeben, ihn davon zu überzeugen, dass ich es für eine Superidee hielt, vierzig Stunden zu zweit in Manhattan zu verbringen.

Ich schaute in mein Handgepäck. Das Muffinsbuch lag obenauf. Ich hatte hin und her überlegt, aber gespürt, dass ich es mitnehmen musste. Es war das Risiko wert. Mein Freund schnüffelte nicht in meinen Sachen herum, und der amerikanische Zoll konnte mit schwedischen Notizen hoffentlich nichts anfangen. Wenn man bedachte, wie wenig Zeit mir blieb, war jede Minute kostbar. Ich konnte nicht zwei Tage in New York ohne Muffinsbuch vergeuden.

Wieder sah ich meinen Freund an.

Shit.

Shit.

Shit.

64

Ing-Marie lag in einem Hotelbett und lauschte dem Geplätscher aus der Dusche. Vielleicht sollte sie hingehen und sich auch unter das heiße Wasser stellen. Dem nackten Körper dort drinnen Gesellschaft leisten. Aber sie konnte sich nicht aufraffen.

Sie überlegte, ob sie ihr Handy einschalten sollte. Aber sie konnte sich nicht aufraffen.

Sie dachte an den Abend und fragte sich, wie es wohl wäre, in einer fremden Stadt zu sein, in der niemand wusste, wer sie war und was sie war. Sie sollte sich langsam fertig machen. Aber sie konnte sich nicht aufraffen.

Sie schloss die Augen und zog sich die Bettdecke über den Kopf. Lag unter den fluffigen Daunen, roch den Duft des hoteleigenen Waschmittels und sog ihn tief durch die Nase ein. Dieses Doppelleben zehrte an ihr. Sie war vollkommen fertig. Sie wünschte sich, dass es bald vorbei wäre. Schon bald würde es vorbei sein.

65

Julia schaltete den Fernseher ein und streckte sich im Sessel aus. Sie zappte durch die Kanäle, bis Horatio Canes ernstes Gesicht auf dem Bildschirm erschien. Beim Anblick des rothaarigen *CSI*-Darstellers musste sie unwillkürlich an Ing-Marie denken, und sie fragte sich, was die Kollegin an diesem freien Samstag wohl machte.

Die Musik wurde immer dramatischer, und Julia beobachtete, wie zwei schwarze Jeeps mit voller Wucht frontal zusammenstießen. Dann herrschte Stille. In der nächsten Szene wurde gezeigt, wie ein vorbeilaufender Jogger die Polizei anrief.

Es war eine Wiederholung. Julia hatte diese Folge schon gesehen und erinnerte sich sogar, wie sie ausging. Der Jogger war in Wirklichkeit der Fahrer des einen Jeeps gewesen, und wie sich am Ende herausstellte, hatte er den Unfall verschuldet.

Sie zappte weiter, verspürte aber eine unerklärliche Unruhe. Irgendwas störte sie.

Sie schaltete den Fernseher aus und schloss die Augen. Ing-Marie. *CSI.* Horatio. Jogger. Jogger.

Plötzlich fiel es ihr ein.

Sie griff nach dem Telefon und wählte Ing-Maries Nummer.

Doch deren Handy war ausgeschaltet. Merkwürdig. Julia hinterließ eine wirre Nachricht auf der Mailbox, die für Ing-Marie hoffentlich verständlicher war als für sie selbst, und legte auf.

66

Langstielige rote Rosen in der Hotelsuite. Sie waren perfekt. Alles war perfekt. Alles außer ihm. Und außer ihr.

Anna Eiler befreite sich aus seinen Armen und schlüpfte aus dem Bett. Während sie ins Bad ging, spürte sie, wie es warm an den Schenkeln hinablief. Sie hatte ihn nicht gebeten, ein Kondom zu benutzen. Er würde es sowieso nicht tun.

Sie setzte sich auf die Toilette, und obwohl sie sehr wohl wusste, wie das mit den Blümchen und den Bienchen funktionierte, hoffte sie dennoch, dass der Urin alles, was er in ihr zurückgelassen hatte, wegspülen würde.

Sie hielt Klopapier unter den Wasserhahn und versuchte sich zu säubern. Sie fragte sich, wie oft er noch mit ihr schlafen würde, bevor sie dieses Zimmer, diese Stadt verließ.

Sie spülte und trat ans Waschbecken, um sich die Hände zu waschen, vermied es aber, in den Spiegel zu schauen. Sie wollte vor niemandem weinen, nicht einmal vor ihrem eigenen Spiegelbild.

67

Die Worte trafen mitten ins Herz.

Ich merkte, wie sie aus dem wohlgeformten Mund der Sängerin flogen, durch das Publikum im Theater des Marriott Marquis, in meine Ohren und weiter durch den Kopf ins Gehirn und von dort aus in die Blutbahn, bis sie schließlich ins Herz trafen.

Somethin' got you down, got you chained and bound?
Well break it.
If you've built a wall and know it needs to fall?
Then shake it.
Somethin' that you know, is dammin' up the flow.
Tear the damn dam down. Let me explain it.
If you don't take the reigns, it's going to stay the same.
Nothing's gonna change if you don't change it.

Change it.

Zeit für eine Veränderung. Nichts würde sich ändern, wenn ich es nicht tat. Wenn ich nicht dafür sorgte, dass es sich änderte.

Es ging darum, die Mauern einzureißen.

Das Haus neu zu möblieren.

Den Dreck rauszukehren.

Ich drückte die Hand meines Freundes. Er hatte darauf bestanden, dass wir uns *9 to 5: The Musical* ansahen. Ich hatte protestiert. Zwar liebte ich Dolly Parton, aber das tat Papa auch. Eine meiner besten Kindheitserinnerungen – oder besser gesagt, die zweite positive Erinnerung neben dem rosa Minirosenbusch, den ich bekommen hatte, als ich mit Fieber im Bett lag – war der Tag, als er mich auf meine erste Achterbahnfahrt mitnahm. Wir waren im Vergnügungspark Liseberg, und ich war acht Jahre alt und schrecklich aufgeregt. Als die Achterbahn langsam die erste Steigung hinaufkletterte, hatte Papa sich zu mir herübergebeugt.

»Sing, Linja. Sing ein Lied, das du magst. Dann macht es mehr Spaß.«

Mir fiel *Jolene* ein, das im Autoradio gelaufen war, als wir unterwegs nach Göteborg gewesen waren. Und ich sang aus Leibeskräften. Der ganze Wagen musste sich während der Berg- und Talfahrt eine schwedisch klingende Version von *Jolene* anhören. Seit dem Tag liebte ich Achterbahnfahren. Und *Jolene* war für mich immer noch eines der schönsten Lieder. Deshalb machte mich die Aussicht, den ganzen Abend in einem Musical zu verbringen, für das Dolly Parton Text und Musik geschrieben hatte, gelinde gesagt skeptisch. Ich wollte keine schönen Erinnerungen an Papa mehr. Ich hatte ihm das Unverzeihliche schon zu oft verziehen.

Ich musste der ganzen Sache ein Ende machen.

Mir zuliebe.

Mama zuliebe.

Meinen Geschwistern zuliebe.

Bevor einer von ihnen starb.

Aber mein Freund hatte darauf bestanden, dass wir hingingen.

»Ich weiß, dass du es mögen wirst. Ich habe mich im Vorfeld darüber informiert. Es soll extra was für Frauen sein. Frauenpower und so. Wieso sträubst du dich? Es ist doch dein Geburtstagsgeschenk!«

Ich hatte eingelenkt. Und jetzt, vier Stunden später, mit

seiner Hand in meiner, während das Musical sich seinem Höhepunkt näherte, war ich ihm aus tiefstem Herzen dankbar.

Die Songs waren großartig. Die Frauen in dem Musical hatten ihre Männer satt, die ihnen das Gefühl gaben, minderwertige Menschen zu sein. Sie holten sich ihr Leben zurück. Sie jagten die Idioten zum Teufel.

Jeder einzelne Song hatte mich angesprochen. Ein Satz wie: »Ich habe Kerle wie dich satt, du bringst mich dazu, mich weniger wert zu fühlen, als ich bin …«, bewegte mich ebenso wie die Zeilen: »Wenn das hier erledigt ist, hast du keine Gewalt mehr über mich.«

Wie wahr. Die Rollen waren vertauscht. Ich war nicht mehr in seiner Gewalt. Ich war überzeugt, dass diese Lieder eigens für mich geschrieben waren. Dass Dolly Parton meinen Schmerz gespürt hatte und genau deshalb ein Musical nur für mich allein geschrieben hatte. Narzisstisch? Na klar.

In der Pause lief ich ins Foyer und kaufte mir den Soundtrack. Ich beschloss, mir die CD anzuhören, sobald wir wieder im Hotelzimmer waren.

»Ich hab dir doch gesagt, dass das Musical dir gefallen wird«, sagte er zufrieden.

»Es *gefällt* mir nicht. Ich *liebe* es. Und dich auch.«

68

Ich presste mich an ihn, kaum dass wir im Hotelzimmer waren.

»Ich bin geil«, murmelte ich und küsste ihn.

Als ich seine Reaktion spürte, stellte ich fest, dass mich Scham erfüllte – nicht Geilheit. Wie hungrig er nach mir war. Wie freudig überrascht, dass ich die Initiative ergriff, Gefühle zeigte, Begehren.

Ich küsste ihn federleicht unter dem Ohrläppchen und flüsterte ihm dabei ins Ohr, was ich alles mit ihm tun würde.

Er starrte mich völlig fasziniert an und sah richtig glücklich aus. Ich schämte mich so sehr, dass ich ihm nicht in die Augen sehen konnte. Ich beugte mich vor und küsste stattdessen seinen Hals. Hätten sich unsere Blicke getroffen, wäre ich in Tränen ausgebrochen und hätte nie mehr aufhören können.

Fünfzehn Minuten später saß ich nackt unter der Dusche und heulte. Mein Freund schlief schon tief. Er war mit einem Lächeln auf den Lippen eingeschlafen.

Ich schrubbte so fest, wie ich konnte, aber es half nichts. Das Scheißgefühl klebte fest auf meiner Haut. Ich schämte mich, weil ich meinen Körper benutzt hatte, um etwas zu erreichen. Nicht, um zu genießen. Ich wusste, dass er schlafen würde wie ein Stein, nachdem wir Sex gehabt hatten. Das war Sinn der Sache gewesen.

Ich drehte den Heißwasserhahn der Dusche bis zum Anschlag auf. Das Wasser war kochend heiß. Ich merkte, wie es auf dem Rücken brannte, und sah vor mir, wie die Haut immer röter wurde. Ich kauerte mich in Embryostellung zusammen und hockte da, bis ich die Hitze nicht mehr aushalten konnte. Anschließend trocknete ich den verbrannten Rücken vorsichtig ab, wickelte mich in den flauschigen Bademantel des Hotels und schlich zurück zum Bett.

Er merkte nicht einmal, dass ich mich aufs Bett setzte und seinen nackten Körper betrachtete, der sich in sanftem Rhythmus hob und senkte. Schnarchgeräusche und Ständer. Wie immer.

»Tut mir leid«, flüsterte ich.

Ich dachte daran, wie traurig er wäre, wenn er die Wahrheit wüsste. Er war ein guter Mensch. Er würde nie gegen meinen Willen mit mir schlafen wollen. Ich fühlte mich schlecht, aber er würde sich vermutlich noch schlechter fühlen, wenn er es erführe.

Doch er würde es nie erfahren. Und ich brauchte meine Ruhe, tröstete ich mich selbst. Und die einzige Weise, die zu bekommen, war, mit ihm zu vögeln, damit er hinterher einschlief.

Merkwürdig, dachte ich und betrachtete den entspannten Körper neben mir. In den Nächten, in denen wir keinen Sex hatten, war sein Schlaf so leicht. Dann wachte er sofort auf, wenn ich zur Toilette ging. Wenn wir miteinander geschlafen hatten, hätte eine Bombe neben seinem Bett explodieren können, und er hätte trotzdem weitergeschlafen.

Ich schob die neue CD in den Laptop, zog die Ohrhörer von meinem iPod aus der Handtasche und stöpselte sie ein. Ich klickte Lied Nummer fünfzehn an – *Change it* – und spielte es noch einmal. Nach drei Wiederholungen konnte ich den Text auswendig.

There's a great new world out there, for those who dare to claim it.
A better day is on the way and only you can change it …
Get your life in order, clean house and rearrange it.
Raise your voice and make a choice.
Committed now to tear the damn dam down
And change it.

Ich sang mit und pfiff darauf, dass die Tränen, die mir übers Gesicht liefen, den Bademantel längst durchnässt hatten. Ich würde mein Haus säubern. Ich würde die Mauern einreißen. Ich würde mir mein Leben zurückholen.

Mein Blick wanderte wieder zu dem Mann neben mir, meinem nackten, geliebten Freund.

Ich würde mir auch meinen Körper zurückholen. Wenn Papa tot war, würde ich nie, nie wieder gegen meinen Willen Sex haben.

Wenn ich mein Leben zurückbekommen hatte, würde auch meine Libido zurückkehren.

Ich schaute die Lieder auf meinem Laptop durch und hörte mir alte Songs an. Danach öffnete ich das Muffinsbuch und schrieb kurze Auszüge aus den Liedern auf, die mein Herz am härtesten trafen.

Als ich die neue Liste sah, wurde mir klar, dass die Reise nach New York definitiv nicht vergeblich gewesen war. Ich würde eine CD mit der passenden Musik brennen, sobald ich wieder zu Hause war. Und dann würde ich mir überlegen, was ich zu Papa sagen wollte, während ich ihm die verschiedenen Songs vorspielte. Ich würde ihn festhalten. Würde ihn zwingen, sich die besten Passagen anzuhören.

Muffinsbucheintrag vom 20. Februar:

Folgende Lieder spielen, während ich ihn umbringe:

1. *Not Ready to Make Nice – Dixie Chicks*
   Forgive – sounds good. Forget? I'm not sure I could.
   They say time heals everything. But I'm still waiting.

2. *Zwischen einem Vater und einem Sohn – Peter Jöback*
   Du gabst mir deine Augen und deine Sturheit.
   Und deine Art zu gehen. Deine Aufmerksamkeit gabst du mir nie.
   Du hast über mich gesprochen, wenn ich nicht dabei war.
   Und sie sagen, du warst so stolz auf das, was aus mir geworden ist.
   Ich hätte dich gern gekannt. Hätte gern gewusst, was dich bewegt.
   Aber nun gehe ich in das öde Land zwischen einem Vater und einem Sohn.

3. *Daughters – John Mayer*
   So, fathers, be good to your daughters.
   Daughters will love like you do.
   Girls become lovers who turn into mothers.
   So, mothers, be good to your daughters, too.

4. *Change it – 9 to 5 Ensemble*
   Stand up, grab a hold, give everything you've got.
   When the road is dark and cold, walk on, fearing not.
   Get your life in order, clean house and rearrange it.
   Raise your voice and make a choice.
   Committed now to tear the damn dam down
   And change it.

5. Look Ma, No Hands – Elton John

Look Ma, no hands. Look Ma ain't life grand?
I'm a super power. I'm a handy man.
Didn't I turn out, didn't I turn out to be,
Everything you wanted Ma,
Ain't you proud of me?

6. Can't Hold Us Down – Christina Aguilera

This is for my girls all around the world
Who've come across a man who don't respect your worth.
Thinking all women should be seen not heard
So what do we do girls? Shout louder!

7. Hallelujah – Jeff Buckley

Well maybe there's a God above. But all I've ever learned
from love, was how to shoot somebody who outdrew you.
And it's not a cry that you hear at night. It's not somebody
who's seen the light …
It's a cold and it's a broken hallelujah.

69

Montag, den 22. Februar 2010

»Was war denn eigentlich los? Warst du besoffen, als du angerufen hast?«

Julia lachte. »Nein, eher müde. Aber egal, du hast ja trotzdem verstanden, was ich gemeint habe. Und bei dir? Warum hatte die Polizeireporterin ihr Handy ausgeschaltet?«

Ing-Marie öffnete den Mund, als wollte sie etwas sagen, aber es drang kein Laut über ihre Lippen.

Julia war begeistert. »Verstehe! Ich hoffe, ich habe nicht allzu sehr gestört«, sagte sie und klimperte vielsagend mit den Augenlidern.

Ing-Marie warf ihr einen strengen Blick zu.

»Ich fahre. Lenk mich nicht ab.«

Sie saßen im kleinen Nissan Micra, der dem Verlagshaus gehörte. Ing-Marie fuhr genau in der Mitte der Fahrbahn und hielt sich exakt an die Geschwindigkeitsbegrenzung.

Julia betrachtete den korrekten Zehn-vor-zwei-Lenkradgriff ihrer Kollegin, lächelte und lehnte sich dankbar auf dem Beifahrersitz zurück. Sie beschloss, ein Nickerchen zu machen.

Erst als Ing-Marie am Haupteingang des Zentralkrankenhauses parkte, wachte sie wieder auf.

»Okay, raus mit der Sprache«, sagte sie. »Du hast den ganzen Vormittag schon so geheimnisvoll getan. Warum sind wir am Krankenhaus?«

Ing-Marie wandte sich zu Julia um und lächelte.

»Deine Idee, den Jogger ausfindig zu machen, der Elisabeth Hjort gefunden hat, war genial. Es war eine Joggerin namens

Dragana Jovanovic. Sie arbeitet auf Station 55 hier im Zentralkrankenhaus.«

Sie sah ihre Kollegin an und wartete auf eine Reaktion. Es kam keine.

»Auf Station 55 liegen die Nierenpatienten. Auch Elisabeth Hjort hat dort gearbeitet. Die Frau, die Elisabeths Leiche gefunden hat, war also eine Kollegin von ihr.«

Julia war sofort hellwach.

Sie gingen durch die Drehtür und bogen nach links in einen Gang. Julia betrachtete die tristen mintgrünen Wände und fragte sich, wer eigentlich die deprimierende Innengestaltung von Krankenhäusern zu verantworten hatte. Sie nahmen den Aufzug in den fünften Stock.

»Hoffentlich hat sie heute Dienst«, sagte Ing-Marie.

Sie betraten die Station und wurden von einer Frau in den Fünfzigern mit weißer Hose und weißem Kittel empfangen.

»Zu wem möchten Sie?«

Die Frau hatte kurzes blondes Haar – eine spießige Frisur, die man mit sehr viel Wohlwollen als praktisch bezeichnen konnte. Das Einzige, was an ihr auffiel, war ein kleiner, rosa glitzernder Elefantensticker, der auf ihrem Namensschild klebte, direkt über den Worten »Stationsschw. Marianne«.

»Wenn man im Krankenhaus ist, gehört es dazu, dass man rosa Elefanten sieht, nehme ich an?«, fragte Julia und zeigte auf den Sticker.

»Genau. Auch diejenigen, die nicht das Glück haben, mit Morphium zugedröhnt zu sein, sollten rosa Elefanten sehen dürfen«, antwortete Marianne und lachte herzlich.

Julia lachte ebenfalls, fragte sich jedoch, auf welcher Droge die Krankenschwester gerade war. Sie wäre verrückt geworden, wenn sie jeden Tag mit dieser fröhlichen Frau hätte zusammenarbeiten müssen. Sie streckte die Hand aus.

»Julia Almliden. Und das ist Ing-Marie Andersson. Vielleicht können Sie uns helfen. Wir suchen Dragana Jovanovic.«

»Dragana? Die habe ich zuletzt in Zimmer zwölf gesehen. Geht es um etwas Bestimmtes?«

»Nein, wir waren gerade in der Nähe und wollten nur mal guten Tag sagen. Vielen Dank.«

Sie gingen den Korridor entlang, bis sie vor Zimmer zwölf standen. Drinnen hörten sie eine Frau sprechen.

»Und von jetzt an keine Dummheiten mehr. Haben wir uns verstanden?«

Eine Männerstimme murmelte etwas. Sie hörten ein Lachen, das näher kam.

»Dobro. Ajde ciao.«

Die Tür ging auf. Dragana Jovanovic kam heraus.

»Möchten Sie zu Herrn Walfridsson?«

Julia sah sie an und versuchte sich zu erinnern, wo sie die Frau schon mal gesehen hatte. Dieses blasse Gesicht. Das schwarze Haar. Die Augen. Sie hatte diese Augen schon mal gesehen. Aber da waren sie voller Tränen gewesen.

»Nein. Zu Ihnen. Sie sind Patientin bei Göran Hjonåker, richtig? Wir sind von *Västgöta-Nytt* und schreiben über Elisabeth Hjort. Wir würden gern mit Ihnen reden«, sagte Julia.

Dragana Jovanovic dirigierte sie rasch in Zimmer dreizehn und schloss leise die Tür.

»Der Patient aus diesem Zimmer wurde heute Morgen entlassen. Hier sind wir ungestört«, sagte Dragana und setzte sich auf das Krankenbett.

Sie zeigte auf zwei Stühle, die an der Stirnwand des Zimmers standen. Julia und Ing-Marie setzten sich.

»Was wollen Sie von mir?«

»Wir versuchen, Elisabeths Mörder zu finden«, sagte Ing-Marie. »Und wir wissen, dass Sie sie gefunden haben. Wir würden gern etwas von Ihnen über diesen Tag erfahren.«

Dragana Jovanovic sank in sich zusammen.

»Der war furchtbar. Immer wenn ich Nachmittagsschicht habe, gehe ich morgens laufen. Man kriegt solche Rückenschmerzen bei diesem Job, und ich habe gemerkt, wenn ich mich ausgiebig bewege, verkraftet mein Rücken das besser. An jenem Morgen war ich schon früh rausgegangen. Es war kalt. Als ich stehen blieb, um zu verschnaufen, sah ich sie. Die Füße. Sie ragten in die Luft.«

Sie schlang die Arme um den Oberkörper. Verzog das Gesicht bei der Erinnerung an den grausigen Anblick.

»Es war kaum zu erkennen, dass es Füße waren. So aufgedunsen waren sie. Blau. Kaputt. Grotesk. Ich betete zu Gott, dass es nicht Elisabeth sein möge, obwohl mir mein Bauchgefühl sagte, dass sie es war.«

»Laufen Sie immer am Simsjön?«

Dragana Jovanovic schüttelte den Kopf.

»Nein. Erst seit sie verschwunden war. Manchmal habe ich mich dabei ertappt, wie ich beim Spazierengehen plötzlich vor ihrem Haus stand. Also habe ich aus dem Wunsch, ihr nahe zu sein, und meinem Bedürfnis nach Bewegung etwas Produktives gemacht.«

Sie schwieg eine Weile und fügte dann hinzu: »Klingt sicher verrückt, dass man um das Haus von jemandem herumschleicht, oder?«

»Waren Sie gut befreundet?«, fragte Ing-Marie.

Dragana Jovanovic schluckte. Ihre Augen wurden feucht, und sie nickte.

»Najbolje prijateljice«, flüsterte sie. »Beste Freundinnen.«

»Wie standen Sie zu Elisabeths Mann?« Ing-Marie räusperte sich. »Wir haben nämlich öfter mit ihm gesprochen, und ehrlich gesagt hat er Ihren Namen nie erwähnt.«

Dragana Jovanovic verzog den Mund. »Klas? Das wundert mich nicht. Der ist kein Mann. Hat eine Frau wie Elisabeth und treibt es mit einer anderen. Das macht kein richtiger Mann.«

»Sie wussten also von seinem Fremdgehen?«, fragte Julia erstaunt. »Hat Elisabeth mit Ihnen darüber gesprochen?«

Dragana Jovanovic nickte.

»Natürlich. Elisabeth war völlig fertig. Ich hatte ihr schon lange zugeredet, dass sie sich krankschreiben lassen sollte, aber sie wollte nicht. Sie hat weitergeschuftet, obwohl ihr Körper geradezu nach Schonung schrie. Sie hat alles gemacht. Sie hat Vollzeit gearbeitet und war außerdem noch Vollzeitmama, Vollzeitputzfrau und Vollzeithausfrau. Sie hat mir so leidgetan. Elisabeth hat gemeint, dass alles ihre Schuld sei. Sie sei daran schuld, dass Klas sie betrog, dass die Kinder nicht ausreichend versorgt seien, dass sie nicht genug Geld hätten. Und irgendwann war das Maß voll, sie konnte einfach nicht mehr. Sie hat oft davon gesprochen, dass sie keinen Willen und keine Kraft mehr hätte, sich hübsch zu machen. Dass die Kinder ihre ganze Zeit beanspruchten. Dass sie gern mehr aus sich machen wollte, sich eine neue Frisur zulegen und so, aber dass zwischen ihr und dem Schminktisch so etwas wie eine Mauer gestanden habe. So hat sie es beschrieben. Dass da eine Mauer sei zwischen ihr und allem, was sie hätte attraktiver machen können.«

Julia erinnerte sich an Anna-Maj Hanssons Worte, dass Elisabeth Hjort immer so leidend gewirkt habe, wenn sie draußen bei den Kindern gesessen habe.

»Sie sagen, die Kinder hätten all ihre Zeit beansprucht. Glauben Sie, dass sie ihnen das vorgeworfen hat?«

Dragana nickte bekümmert.

»Ganz bestimmt. Sie hatte sie so satt. Am Ende hatte ich wirklich Angst um Erik und Elias. Elisabeth meinte, die Kinder seien daran schuld, dass sie für ihren Mann nicht mehr attraktiv sei.«

Ing-Marie mischte sich ein.

»Was glauben Sie, was am zweiten November vergangenen Jahres mit Elisabeth passiert ist?«

Die dunkelhaarige Frau fixierte sie mit dem Blick.

»Ich glaube gar nichts. Ich weiß, dass ihr Mann sie umgebracht hat. Er wollte sie loswerden, damit er ungestört mit seiner Geliebten weitermachen konnte.«

»Aber Klas und Klara sind nicht mehr zusammen. Sie haben ihre Affäre beendet.«

Dragana Jovanovic schnaubte verächtlich.

»Beendet? Das haben sie Ihnen vielleicht erzählt. Aber wenn zwischen ihnen Schluss ist, wieso habe ich sie dann zusammen im Wald gesehen, als ich gestern am Simsjön laufen war?«

70

Viele Jahre zuvor

Papa hat gute Laune. Schon den ganzen Tag. Als sie im Auto unterwegs sind, wagen sie und ihr Bruder, ihn um Süßigkeiten zu bitten.

»Papa, kaufst du uns was zum Naschen?«, bettelt sie.

»Bitte, bitte, Papa?«, fällt ihr Bruder ein.

Papa lacht und hält vor Margaretas Laden in Götene. Ihr Bruder und sie fahren nie allein ins Stadtzentrum, sondern immer nur zum Kiosk, wenn sie sich was zum Naschen kaufen. Deshalb schauen sie sich mit großen Augen in dem neuen Süßwarenladen um.

Sie entdeckt, dass die Bonbonbar in diesem Laden vorn an der Kasse ist. Mindestens zwanzig verschiedene Sorten in kleinen Kästen unter einer breiten Plastikklappe. An jedem Kasten steht der Stückpreis für die einzelnen Süßigkeiten. Sie betrachtet die Naschsachen, und ihr läuft das Wasser im Mund zusammen. Die salzigen Lakritzheringe kosten fünfundzwanzig Öre. Die weißen Kaubonbons in dem blaugelben Papier, auf denen »Refresher« steht, kosten fünfzig Öre. Die leckeren Lakritztaler mit ganz viel Salz drauf, die so schön auf der Zunge bitzeln, kosten eine Krone. Sie überlegt, für wie viel Kronen sie wohl einkaufen darf, und stellt im Kopf eine Prioritätenliste zusammen, je nachdem, wie spendierfreudig Papa sein wird. Mindestens zwei salzige Taler, vier Refresher und vier Lakritzheringe. Das macht fünf Kronen, so viel sollte sie wohl bekommen. Dann sieht sie die rosafarbenen Zebras mit Himbeergeschmack und die Bonbons, die Drachenfeuer heißen, wie sie weiß, das sind harte braune salzige Bonbons mit einer zähen grünen Flüssigkeit drin. Fünfundzwanzig Öre, genau wie die Zebras. Vielleicht bekommt sie ja sogar sieben Kronen. Dann könnte sie zusätzlich vier Zebras und vier Drachenfeuer nehmen. Hoffentlich.

»Und was darf es bei Ihnen sein?«

Die Verkäuferin an der Kasse ist jung und blond. Sie hat einen großen Busen und lächelt Papa an. Er lächelt zurück.

»Die beiden möchten was Süßes«, sagt Papa zu der Frau.

Er holt sein Portemonnaie hervor und blättert zwischen den Geldscheinen. Sie sieht, dass er seine Fünfhunderter herauszieht, wie er es manchmal macht, wenn er zeigen will, dass er Geld hat. Er wirft der Frau einen Blick zu, wartet darauf, dass sie die Scheine bemerkt. Das tut sie sehr schnell. Ihr Lächeln wird noch breiter.

»Geben Sie uns zwei Tüten für jeweils einen Zehner«, sagt er zu der Frau mit den großen Brüsten.

Zehn Kronen! Sie freut sich riesig. So viele Süßigkeiten. Sie macht den Mund auf und will gerade sagen, welche sie zuerst haben möchte, als die Frau zwei Tüten nimmt und anfängt, Süßigkeiten hineinzutun, ohne den Blick von Papa abzuwenden.

»Na, ihr habt ja einen lieben Papa«, sagt sie lächelnd, während sie die Tüten füllt. Sie greift zu den ekligen grünen Geleekugeln. Die kosten eine Krone pro Stück, und sie und ihr Bruder hassen sie. Die Frau füllt mehrere davon in beide Tüten.

»Aber …«, setzt sie an.

Weiter kommt sie nicht, denn Papa versetzt ihr einen Seitenhieb.

»Still.«

Sie schluckt und überlegt, ob sie es noch mal versuchen soll. Die Frau scheint nicht mal zu merken, was sie da einpackt. Sie ist damit beschäftigt, sich mit Papa zu unterhalten.

»Aber …«, versucht sie es wieder.

Ein Klaps auf den Arm bringt sie zum Schweigen.

»Wartet im Auto, Kinder«, sagt Papa.

Sie und ihr Bruder gehen nach draußen, setzen sich ins Auto und warten. Keiner von ihnen sagt ein Wort. Als Papa zurückkommt, gibt er jedem von ihnen eine Tüte. Dann fahren sie nach Hause.

»Was sagt ihr nun, Kinder? Seid ihr zufrieden mit den Süßigkeiten, die euer Papa euch spendiert hat?«

Sie schaut in ihre Tüte: Geleekugeln, saure Drops, Schokolade und Schaumzeug. Und süße Lakritzen. Kein einziges Salzlakritz. Sie will lügen, ist kurz davor, es zu tun, als sie seinen grauen Augen im Rückspiegel begegnet. Die grauen Augen kann man nicht anlügen.

»Ich hab nicht das gekriegt, was ich wollte«, sagt sie deshalb.

Danach sind sie und ihr Bruder für den Rest des Abends Rotzgören und Satansbraten und widerliches Gesocks.

»Das hat man nun davon, wenn man nett zu euch ist«, sagt Papa, als er die Süßigkeiten in den Abfalleimer wirft.

»Zu Rotzgören darf man eben nicht nett sein.«

71

DIENSTAG, DEN 23. FEBRUAR 2010

Als ich den Wecker drüben im Schlafzimmer klingeln hörte, fluchte ich laut.

»Vergiss es!«, rief ich dem Krachmacher zu.

Der Krachmacher antwortete nicht, sondern lärmte weiter.

Ich ging nicht rüber, um ihn abzustellen. Es war mir egal, ob die Nachbarn davon aufwachten. Normalerweise bewegte ich mich auf Zehenspitzen durch die Wohnung und war sowieso viel zu rücksichtsvoll. Aber jetzt Dexter Morgan verlassen? Das kam überhaupt nicht in Frage.

Ich rief meinen Chef an und gab mir alle Mühe, möglichst überzeugend etwas von grippalem Infekt zu krächzen. Anschließend kochte ich Kaffee, machte mir ein Brot und setzte mich wieder vor den Fernseher.

Vier Stunden war es her, dass die Alpträume oder, na ja, die Erinnerungen mich geweckt hatten. Vier Stunden, die mein Leben und auch das von Papa verändert hatten, ohne dass er etwas davon wusste. Nachdem ich alle Versuche, wieder einzuschlafen, aufgegeben hatte, war ich aufgestanden, hatte mich aufs Sofa gesetzt und mir den Karton mit den DVDs vorgenommen.

Gespannt hatte ich ihn geöffnet und die Filme durchgesehen. Schließlich wählte ich *The Alphabet Killer* aus und las mir den Text auf der Rückseite durch:

Im dunklen Wald am Rand von Churchville wird ein zehnjähriges Mädchen vergewaltigt und ermordet aufgefunden. Ihr Vor- und ihr Nachname haben denselben Anfangsbuchstaben wie die Stadt. Gibt es einen Zusammenhang?

Ich warf einen schnellen Blick zur Uhr. 03.06. Ich schaltete den Fernseher an, stellte gleich den Ton leiser, legte die DVD in den Player und öffnete das Muffinsbuch, um mir gegebenenfalls Notizen zu machen.

Zwanzig Minuten später, als die verrückte Protagonistin drei Gespenster gesehen hatte und in der Psychiatrie gelandet war, wünschte ich aus tiefstem Herzen, ich könnte die Zeit zurückdrehen. Ich hatte das Gefühl, dass der Regisseur mir kostbare Minuten meines Lebens gestohlen hatte, die ich nie wieder zurückbekommen würde.

Ich überlegte, ob ich aufgeben und lieber versuchen sollte, ein paar Stunden zu schlafen, doch dann sah ich wieder zum Karton hinüber und beschloss, ihm noch eine Chance zu geben.

»Rom wurde auch nicht an einem Tag erbaut«, murmelte ich, stand auf und holte mir einen Kaffee.

Nachdem die Tasse ausgetrunken war, fühlte ich mich schon munterer. Ich hatte den Film über den Alphabetmörder in den Müll geworfen und widmete mich nun wieder den Filmen im Karton. Was als Erstes meine Aufmerksamkeit erregte, war ein attraktiver Kerl mit kurzem rotbraunen Haar und Gummihandschuhen. Es handelte sich um eine Staffel von *Dexter*. Auf der Rückseite las ich, dass Dexter Morgan tagsüber Experte für Blutspuren bei der Polizei in Miami war und nachts ein Serienmörder. Neuer Uhrencheck. 03.48.

Ich wickelte mich in die graue Wolldecke und streckte mich auf dem Sofa aus.

Zehn Minuten später saß ich senkrecht da. Hellwach. Mit dem Laptop auf dem Schoß und dem Muffinsbuch in der Hand, in dem ich hektisch Notizen machte.

Dexter Morgan war zwar ein kaltblütiger Mörder, aber er brachte nur böse Menschen um. Menschen, die es verdienten. Menschen wie Papa.

Ich googelte gerade auf den Fanseiten nach, welche Art von

Morphin Dexter Morgan benutzte, wenn er seine Opfer betäubte, als das Telefon klingelte. Auf dem Display der Name meines Freundes.

»Ich habe deine SMS gelesen. Bist du krank, Liebling?«

Es dauerte eine Weile, ihn davon zu überzeugen, dass es die schlechteste Idee der Welt sei, jetzt bei mir vorbeizukommen und mich zu bemuttern, bevor seine Schicht bei Volvo anfing. Er war traurig. Wieder mal. Er erzählte, dass er bald geschäftlich zur Produktionsstätte des Unternehmens nach Indien müsse. Wieder mal.

Ich musste mich beherrschen, um nicht laut zu jubeln.

Wir legten auf, und ich kehrte ins Internet zurück. Schon bald fand ich den Namen des Betäubungsmittels: Etorphin, auch bekannt als M99. Darüber würde ich mich später informieren.

Ich lehnte mich zurück und drückte auf Play, um weiterzugucken. Nach zwölf Folgen à zweiundfünfzig Minuten war die erste Staffel zu Ende. Ich blätterte im Muffinsbuch und stellte fest, dass ich fast neun Seiten vollgeschrieben hatte. Ich las meine Notizen durch und kringelte die zehn wichtigsten Punkte ein.

1. *Man muss das Opfer an einem Ort überraschen, wo sich eine Leiche gut beseitigen lässt.*
2. *Die beste Art, jemanden schnell ruhigzustellen, ist eine Betäubung mit Etorphin.*
3. *Ein großer Autokofferraum ist nötig, um eine Leiche verstauen zu können.*
4. *Wenn man den Ort, an dem der Mord begangen werden soll, vollständig mit Plastikfolie auskleidet, minimiert man das Risiko, DNA-Spuren zu hinterlassen.*
5. *Für die Tat sollte man einen Platz wählen, wo man ganz sicher sein kann, dass man mehrere Stunden lang allein ist – und dass niemand die Schreie des Opfers hört.*

6. *Die Leiche muss zerstückelt werden. Dafür braucht man eine Säge. Damit die Leiche besser hantierbar ist, muss sie in mindestens sechs Stücke zerteilt werden: Kopf, Rumpf, Arme und Beine. Eventuell muss auch der Rumpf noch in zwei Stücke zerlegt werden.*
7. *Wenn die Leiche in Plastikfolie eingewickelt wird, minimiert man das Risiko, Opfer-DNA am Zerlegungsort zu hinterlassen.*
8. *Es dauert lange, eine Leiche zu zerstückeln und einzupacken, wenn man es zum ersten Mal macht.*
9. *Jedes Stück muss in mindestens eine Plastiktüte verpackt werden. Oder besser noch in zwei, damit die Tüte nicht leckt oder reißt.*
10. *Die Leichenteile müssen irgendwo deponiert werden, wo sie nie gefunden werden können.*

Zerstückeln.

Ich schluckte.

Wie eklig. Barbarisch. Aber offenbar notwendig. Nur wie um Himmels willen sollte ich es schaffen, meinen eigenen Vater zu zerstückeln?

Eine neue Suche im Internet ergab, dass seit 1907 genau fünfzig Zerstückelungsmorde an schwedischen Personen begangen worden waren. Sechsundvierzig davon in Schweden. Einer in Monaco. Einer in den USA. Zwei in Spanien.

Ich holte mir noch eine Tasse Kaffee, bevor ich es mir auf dem Sofa bequem machte, um alles über diese Morde zu lesen. Einer der Zerstückelungsmorde, der an der schwedischen Witwe Emma Levin, die 1907 in Monte Carlo von dem Ehepaar Marie und Vere St. Leger Goold ausgeraubt und umgebracht worden war, hatte offenbar als Vorlage für einen Roman gedient, *The Chink in the Armour* von Marie Belloc Lowndes aus dem Jahr 1937. Ich notierte mir den Titel im

Muffinsbuch, vielleicht konnte ich mir den Roman ja in der Stadtbibliothek besorgen.

Der bekannteste Zerstückelungsmord aller Zeiten in Schweden, der an Catrine da Costa, war erst vor sieben Monaten verjährt. Die Leichenteile der siebenundzwanzigjährigen Frau waren am 18. Juli 1984 unter der Stockholmer Stadtautobahn Essingeleden gefunden worden. Die Täter waren bis heute nicht gefasst, und die Angehörigen der jungen Frau hatten nie eine Antwort auf all ihre Fragen erhalten. Sie hatten nicht einmal alle Körperteile bestatten können. Der Kopf, die inneren Organe und die eine Brust der jungen Frau blieben verschwunden. So sollte es für meine Familie auch sein, dachte ich. Es darf kein Grab geben, das man besuchen kann.

Ich griff nach der DVD-Hülle und strich mit dem Finger über Dexter Morgans Gesicht. Dexter versenkte seine zerstückelten Leichen im Meer. Da die Krimiserie in Florida spielte, trieben die sorgfältig in Plastik verpackten Körperteile mit dem Golfstrom in den Ozean hinaus. Ich dachte an den Simsjön und an Elisabeth Hjorts Leiche, die schließlich an der Oberfläche aufgetaucht war.

Alles kommt irgendwann an die Oberfläche.

Ich schloss die Augen und atmete tief durch. Jetzt waren eigentlich nur noch ein paar Punkte übrig.

Ich musste mir Etorphin besorgen und lernen, wie man es anwendete. Ob die Narkose tatsächlich so schnell einsetzte wie in der Serie?

Ich musste einen Ort finden, wo ich Papa töten konnte, und einen weiteren, um die Leiche zu entsorgen.

Ich stand auf und sah mich in der Wohnung um. Lag die Lösung für wenigstens eines der Probleme womöglich direkt vor meinen Augen?

Die Zweizimmerwohnung hatte eine Fläche von gut fünfzig Quadratmetern. Mein Schlafzimmer maß zwei Meter mal vier

Meter. Das eins achtzig breite Bett nahm den größten Teil des Raums ein. Ein zwei Meter breiter weißer Ikea-Schrank mit Schiebetüren füllte die Stirnwand aus. Allein bei dem Gedanken daran, was für eine Arbeit es gewesen war, ihn zusammenzubauen, wurde ich müde. Außer einem Ganzkörperspiegel mit schwarzem Rahmen und einem kleinen Regal hatte ich nichts an der Wand befestigt. Das Regal befand sich rechts neben dem Bett und fungierte als Nachttisch. Ich hatte dort meinen Wecker und eine Schachtel Kleenex deponiert. Und vier Taschenbücher. Chick-Lit von Kajsa Ingemarsson, einen Krimi von Anne Holt, einen Thriller von Giles Blunt und Paulo Coelhos *Veronika beschließt zu sterben.* Mein Lieblingsbuch. Die anderen Taschenbücher tauschte ich aus, sobald ich sie gelesen hatte, aber Veronika durfte auf dem Regal liegen bleiben. Nicht weil ich das Buch immer wieder gelesen hätte – ich hatte viel zu viel Angst, enttäuscht zu werden –, sondern weil es mich so berührt hatte, als ich es zum ersten und einzigen Mal las. Ich hatte Veronikas Verzweiflung nachempfinden können, als sie erst viel zu spät erkannte, was das Leben einem geben konnte, nämlich als sie die Tabletten bereits geschluckt hatte.

Ich hatte beschlossen, das Leben nicht so an mir vorübergehen zu lassen. Jemand anders hatte zu lange die Kontrolle über mich gehabt. Veronika hatte beschlossen zu sterben. Ich hatte endlich beschlossen, mein Leben zu beginnen.

Ich überlegte nur einen Augenblick, dann entschied ich, dass Valdemar in meinem Schlafzimmer nicht willkommen war. Schlafzimmer waren zum Schlafen und zum Vögeln da. Er hatte in meinem Leben beides ohnehin schon zur Genüge zerstört. Wenn ich Papa dort drinnen ermordete, konnte ich alle Hoffnung aufgeben, meinen Schlaf und meine Lust auf Sex zurückzubekommen.

Ich verließ das Schlafzimmer und ging in mein Wohnzimmer mit integrierter Küchenzeile. Die beiden Bereiche des

Raums waren durch eine Kochinsel miteinander verbunden. Ich strich mit der Hand darüber und überlegte einen Moment, ob ich Papa auf die Kochinsel legen sollte. Wie auf einen Opferaltar. Als mir klar wurde, dass ich ihn nirgends festbinden konnte und dass es außerdem unmöglich war, etwas so Schweres so hoch hinaufzuheben, ließ ich den Gedanken fallen und sah mich weiter um.

Mein Wohnzimmer war groß. Das geräumige weiße Sofa, ein quadratischer schwarzer Esstisch und vier passende schwarze Holzstühle mit weißen Sitzen nahmen zwar eine Menge Platz ein. Aber trotzdem gab es noch genügend freie Fläche zwischen Küchen- und Wohnbereich. Ich sah Papa mitten im Zimmer liegen, während ich um ihn herumging und ihm die Meinung sagte. Ich würde ihm richtig Angst machen. Ihn bis aufs Blut quälen. Die Bilder schwirrten wieder durch meinen Kopf. Jetzt war Valdemar das Opfer.

Vom Dachboden holte ich eine blaue Campingliege aus Metall, die ich für knapp fünfhundert Kronen bei Ikea gekauft hatte. Ich klappte sie auseinander und nahm die dünne, weißblau gestreifte Matratze ab. Dann legte ich mich auf die nackten Stahldrähte und schloss die Augen. Spürte, wie es am Rücken, am Hintern und an den Schenkeln drückte.

Bequem war das nicht.

Sehr gut.

Im Liegen blickte ich mich weiter im Raum um. Empfand eine enorme Befriedigung.

Das hier war der Ort.

Hier würde ich reichlich Platz für meine Arbeit haben.

Hier würde Papa sterben.

Dexter Morgan hatte immer Fotos von den Menschen aufgehängt, die der Verbrecher, der gleich seine gerechte Strafe bekommen würde, auf dem Gewissen hatte. Ich versuchte mir vorzustellen, wie ich Papa verschiedene Fotos hinhielt.

Ihm eine letzte Chance gab, seine Opfer wirklich zu sehen. Es kam mir ziemlich albern vor. Ein bisschen zu sehr Hollywood. Über den Teil musste ich mir noch mal Gedanken machen.

Ich schaute die Wände an und beschloss, Papas Leiche nicht im Wohnzimmer zu zerstückeln. Das Risiko von Blutspritzern war einfach zu groß.

Ich erhob mich mühsam von der unbequemen Campingliege und ging ins deckenhoch geflieste Bad. Es war klein und eng. Ich legte mich auf den Fußboden. Mit meiner Körperlänge, die zwanzig Zentimeter unter der von Papa lag, hatte ich kaum Platz, mich lang auszustrecken. Aber ich wollte ihn ja auch zersägen. Es würde eine ziemliche Sauerei geben, doch es wäre möglich.

Ich dankte den höheren Mächten, dass mein Freund mich nie um einen eigenen Schlüssel zu meiner Wohnung gebeten hatte. Ich besaß zwar einen zu seiner Wohnung. Den hatte er mir gleich nach unserer ersten Nacht vor über zwei Jahren gegeben. Aber meinen hatte er nie bekommen. Niemand sollte meine Wohnung betreten können, wenn ich es nicht wollte.

Vielleicht fiel es mir einfach schwer, Menschen in mein Leben zu lassen.

Doch das würde sich bald ändern.

Ich war kein Opfer mehr.

Jetzt war Papa das Opfer.

72

Mittwoch, den 24. Februar 2010

Sie hätte am liebsten gejubelt vor Euphorie. Radschlagend die Redaktion durchquert. Vielleicht eine Pirouette gedreht. Aber solche Ausbrüche waren nicht ihre Art, zumindest sahen das die Kollegen so. Deshalb legte Ing-Marie stattdessen langsam den Hörer auf und ballte die Hände zu einer winzigen Siegergeste. Im selben Moment kam Julia in die Redaktion. Und obwohl die Geste so minimal war, entging sie Julia nicht. Ihre Blicke trafen sich. Ing-Marie strahlte.

»Weißt du schon das Neueste? Elisabeth Hjort hat den Brief tatsächlich selbst geschrieben!«

Als sie Julias erstaunten Blick sah, nickte sie begeistert.

»Ist dir klar, was das heißt? Jemand hat sie gezwungen, einen Abschiedsbrief zu schreiben, bevor sie ermordet wurde. Total krank!«

Sven Lindgren stand plötzlich hinter ihnen.

»War das deine Quelle?«

Ing-Marie nickte eifrig. »Das Labor ist noch nicht ganz fertig mit der Analyse. Aber ich habe gerade erfahren, dass ein Graphologe den Brief begutachtet hat. Offenbar besteht überhaupt kein Zweifel daran, dass es Elisabeths Handschrift ist. Klas Hjort hatte recht mit seiner Behauptung. Aber es kommt noch besser.«

Sie machte eine Kunstpause und richtete den Blick auf Sven Lindgren.

»Ich weiß, was in dem Brief stand.«

Ing-Marie hielt ihnen den Zettel hin. Sven und Julia lasen ihn schweigend.

»Klingt irgendwie komisch, oder?«, fragte Ing-Marie. Julia nickte zustimmend. Sie ging zu ihrem Schreibtisch und öffnete die Schublade. Holte den obersten Block heraus und blätterte darin.

»Ich habe im Interview mit Anna auch über Abschiedsbriefe gesprochen. Wir sind über die Cold-Case-Fälle auf das Thema gekommen. Sie sagte, dass es sich wahrscheinlich in vielen Fällen um Selbstmord gehandelt hat, dass man es aber nicht beweisen könne. Moment …«

Julia blätterte weiter und las laut aus ihrem Interview vor: »Nur zehn bis fünfzehn Prozent aller Personen, die Suizid begehen, hinterlassen einen Abschiedsbrief. Und wenn, dann sind diese Briefe in der Regel kein Trostpflaster, so viel kann ich sagen. Meist enthalten sie nur unzusammenhängendes Zeug. Man denkt nicht besonders klar in so einer Situation.«

Julia blätterte um.

»Abschiedsbriefe von Selbstmördern gibt es im Grunde nur im Fernsehen. Aber das wollen die Leute nicht wahrhaben. Der Verbrecher soll seine Strafe bekommen, und Selbstmörder sollen erklärende Briefe hinterlassen, in denen sie detailliert darlegen, was sie gedacht haben, bevor sie gesprungen sind, sich erhängt oder sich das Gehirn weggepustet haben.«

Ing-Marie sah ihre Kollegin an, während diese vorlas, und fragte sich mal wieder, was eigentlich zwischen Julia und Anna vorgefallen sein mochte.

»Du könntest Anna nicht vielleicht noch mal anrufen …?«

Julia verdrehte die Augen. Ing-Marie zuckte die Achseln.

»Schon gut, war ja nur eine Frage. Ulf Karlkvist wird nichts sagen. Und ich habe das dumme Gefühl, dass Klas Hjort uns auch ziemlich satthat.«

Sven Lindgren lachte.

»Komisch. Wo ihr zwei doch so charmant seid. Aber vielleicht gibt es jemand anders, der uns weiterhelfen könnte? Der wenigstens weiß, was Elisabeth Hjort sich dabei gedacht hat, als sie das da schrieb.«

Als Julia und Ing-Marie zehn Minuten später im Auto saßen, sagte Ing-Marie: »Hast du dasselbe gedacht wie ich?«

Julia lachte.

»Dass wir für Sven Lindgren plötzlich ›wir zwei‹ sind? Tja, Ing-Marie. Wenn der Teufel alt wird …«

»… wird er Chefredakteur bei *Västgöta-Nytt*«, ergänzte Ing-Marie lächelnd.

73

»Hätten Sie einen Moment Zeit für uns?«

Göran Hjonåker sah erst auf die Uhr und dann zu den beiden Frauen im Wartezimmer.

»Falls Sie einen Patienten erwarten sollten, hat er oder sie sich offenbar verspätet. Wir sind die Einzigen hier«, sagte Julia und deutete auf die leeren Stühle.

Der Psychologe nickte und nahm ihnen gegenüber Platz. Julia räusperte sich.

»Also, wir haben erfahren, dass Elisabeth Hjort den Abschiedsbrief selbst geschrieben hat. Was natürlich sehr merkwürdig ist. Wenn Sie nichts dagegen haben, würde ich Ihnen den Brief gern vorlesen. Wir hatten gehofft, dass Sie uns vielleicht etwas dazu sagen können. Da Sie Elisabeth ja gekannt haben. Etwas, womit wir weiterarbeiten können.«

»Womit *wir* weiterarbeiten können? Wie meinen Sie das jetzt? Wer ist *wir*?«

Julia errötete und blickte zu Ing-Marie.

»Die Polizei«, antwortete die Kollegin. »Etwas, womit die Polizei weiterarbeiten kann.«

Er blickte sie mit einem Schmunzeln auf den Lippen an.

»Ah, verstehe. Und seit wann, meine Damen, sind Sie bei der Polizei?«

Julia wand sich. »Sie wissen sehr wohl, dass wir nicht bei der Polizei sind. Aber Ing-Marie und ich möchten auch, dass Elisabeths Mörder gefasst wird. Wir finden, die Polizei ist ein bisschen … na ja … langsam.«

Sie sah Ing-Marie an, die eifrig nickte.

Göran Hjonåker blickte von einer zur anderen und wieder zurück, dann zuckte er mit den Schultern.

»Na gut. Dann lassen Sie mal hören. Aber es ist nicht gesagt, dass ich Ihnen weiterhelfen kann.«

Ing-Marie zog ihren Block heraus und las vor:

Ich will den Kindern nicht mehr zuhören.
Quengeln. Elend. Gejammere.
Ich will nicht hässlich sein.
Kein chaotisches Zuhause haben.
Nicht mit meinem Mann streiten.
Ich will nicht mehr.

Als sie zu Ende gelesen hatte, saß Göran Hjonåker stocksteif da und starrte sie an.

»Lesen Sie noch mal«, bat er.

Während Ing-Marie ihm den Gefallen tat, beobachtete Julia ihn. Er hatte die Augen geschlossen und nickte bei jedem Satz.

»War das der Zettel, der in ihrem Haus lag? Den die Polizei als ihren Abschiedsbrief bezeichnet?«

Ing-Marie nickte.

»Wir fanden beide, dass die Formulierungen ein bisschen merkwürdig sind. Jedenfalls nicht so, wie man sich einen Abschiedsbrief vorstellt.«

Göran Hjonåker sah sie beide lange an, bis er schließlich antwortete: »Das liegt daran, dass es keiner ist. Ich glaube, Sie sind gerade echte Polizistinnen geworden.«

74

Hoffentlich erfährt Julia das nicht, dachte Anna, als sie den Lautsprecher des Telefons ausschaltete und das Gespräch mit der Frau vom Kriminaltechnischen Labor beendete, die sie über die Analyseergebnisse im Fall Elisabeth Hjort informiert hatte. Patrik Morrelli saß ihr gegenüber und machte sich Notizen.

»Schade, dass ich den Anfang nicht mitbekommen habe. Was hat sie über das Papier gesagt, auf dem der Brief geschrieben wurde?«

»Die Papierart selbst ist nicht weiter ungewöhnlich, ihnen ist nur ein kleines graphisches Dreiecksmuster am unteren Rand des Blatts aufgefallen. Aber das hatten wir ja auch schon bemerkt.« Anna lächelte. »Siehst du dir manchmal Krimiserien im Fernsehen an?«

Patrik Morrelli hob die eine Augenbraue. »Machst du Witze? Die regen mich nur auf. Wenn das hier ein Krimi wäre, hätte irgendein Computerfreak schon vor Wochen herausgefunden, dass dieses spezielle Blatt Papier von einer speziellen Baumart stammt, die nur in Herrljunga wächst, und dass das Papier auf einer bestimmten Maschine mit einem bestimmten Druck an einem bestimmten Datum gepresst wurde. Außerdem hätte der Computerfreak natürlich herausgefunden, dass das Papier in einem bestimmten Geschäft gekauft und mit einer Kreditkarte bezahlt wurde, die wiederum zum Mörder führt …«

Er schüttelte den Kopf.

»Nein, da halte ich mich lieber an Bob den Baumeister. Wenn ich mir Krimiserien ansehen müsste, hätte ich Angst zu verblöden.«

»Und die Angst hast du bei Bob dem Baumeister nicht?«

»Nein.«

Sie blickten beide wieder auf ihre Notizen.

»Die Frau vom Labor hat noch eine Sache erwähnt, die für uns interessant ist«, sagte Anna. »Die Schrift weist keinerlei Merkmale von Stress auf.«

Sie kaute an ihrer Unterlippe, während sie den Stift zwischen den Fingern rollte.

»Man könnte also sagen, dass sie nicht unter Stress stand, als sie den Abschiedsbrief geschrieben hat. Keine ruckartigen Muster in der Handschrift oder anderes, was auf innere Unruhe hindeuten würde. Sie ist also offenbar nicht gezwungen worden, die Nachricht zu schreiben.«

»Fragt sich, ob es überhaupt ein Abschiedsbrief ist. Was meinst du, fahren wir bei Klas Hjort vorbei und knöpfen ihn uns noch mal vor?«

»Hab nichts dagegen.«

Gerade als sie auf den Korridor traten, kam Ulf Karlkvist auf sie zugestürmt.

»Hjonåker«, sagte er. »Sofort.«

75

»Was machen die denn hier?«

Ulf Karlkvist warf Ing-Marie und Julia einen finsteren Blick zu, während er auf die Antwort des Psychologen wartete.

»Sie haben mir den Brief vorgelesen«, erklärte Göran Hjonåker.

»Wie sind Sie an den gekommen?«

Sein Gesicht war rot vor Wut.

Ing-Marie schluckte. »Sollten Sie sich nicht lieber dafür interessieren, was Herr Hjonåker zu sagen hat, als Auskunft über etwas zu fordern, was unter den Quellenschutz fällt, wie Sie wissen dürften?«

»Sie behindern eine Mordermittlung. Dafür bringe ich Sie hinter Gitter«, bellte Karlkvist.

»Wollen Sie sich nicht setzen?«, wandte sich Göran Hjonåker an den wütenden Kommissar und seine beiden Mitarbeiter, die mit verschränkten Armen hinter Karlkvist in dem kleinen Wartezimmer standen.

Erst als alle Platz genommen hatten, begann Göran Hjonåker zu sprechen.

»Ich werde Ihnen nur sehr wenige Informationen geben, da alles, was meine Patienten mir anvertrauen, für mich heilig ist. Wie Sie alle wissen, ging es Elisabeth nicht gut. Aber sie war absolut nicht suizidgefährdet. Bei einer unserer letzten Sitzungen, der vorletzten, wenn ich mich recht entsinne, haben wir darüber gesprochen, wie erschöpft sie war. Wie viele Dinge sie als anstrengend empfand.«

Er wandte sich an den Kommissar.

»Ich weiß, dass es Ihnen merkwürdig vorkommen muss, aber könnten Sie bitte den Zettel holen, den ich Sie gebeten hatte mitzubringen?«

Ulf Karlkvist warf Ing-Marie und Julia einen langen, bösen Blick zu, bevor er eine Plastikhülle mit einem Zettel darin aus seiner Tasche zog und ihn auf einen der Tische im Wartezimmer legte. Julia und Ing-Marie beugten sich vor und studierten das Stück Papier, das als Elisabeth Hjorts Abschiedsgruß an die Welt galt. Sie betrachteten die geschwungene Handschrift und bemerkten ein aufgedrucktes Dreiecksmuster am unteren Rand des Blatts.

Göran Hjonåker ging in sein Sprechzimmer und kam wenige Sekunden später wieder zurück. Er hatte einen Notizblock mitgebracht, den er neben die Fotokopie von Elisabeth Hjorts Brief legte. Julia, Ing-Marie, Anna, Patrik und Ulf Karlkvist hielten alle gleichzeitig die Luft an. Es war dasselbe Papier. Dasselbe Dreiecksmuster.

»Ich habe Elisabeth gebeten, das zu schreiben.«

»Sie Mistkerl!«

Ulf Karlkvist sprang von seinem Stuhl auf und schien auf Göran Hjonåker losgehen zu wollen. Der Therapeut hob die Arme, um sich gegen einen eventuellen Angriff zu schützen.

»Ich bitte Sie. Wollen Sie sich nicht wieder setzen und einmal tief durchatmen? Was ich damit sagen will, ist, dass es sich bei diesem Blatt keineswegs um einen Abschiedsbrief handelt. Sie hat das während einer Therapiesitzung geschrieben, mehrere Wochen vor ihrem Verschwinden.«

Ulf Karlkvist zögerte. Er hatte die Fäuste geballt und schwankte einen Moment, ehe er sich wieder setzte.

»Wir haben uns unterhalten und uns darauf geeinigt, dass sie aufschreiben soll, was sie am meisten bedrückt und was sie ändern will«, fuhr Göran Hjonåker fort. »Zuerst war es nur als therapeutischer Prozess gedacht. Aber dann haben wir über das gesprochen, was auf dem Blatt stand, was sie satthatte und was sie störte. Und dann sind wir gemeinsam zu der Entscheidung gekommen, dass sie den Zettel mit nach Hause nehmen und versuchen sollte, die Probleme anzugehen. Eins nach dem anderen. Und wieder die Kontrolle über ihr eigenes Leben bekommen sollte.«

Er sah Anna an.

»Diese Liste sollte ihr dabei helfen. Elisabeth Hjort sollte eine Sache pro Tag anpacken. Ein Zimmer aufräumen. Mit den Kindern spielen. Sich etwas Hübsches anziehen. Für einen Abend einen Babysitter organisieren und mit ihrem Mann essen gehen. Kleine Schritte, um zu versuchen, das als unerträglich Empfundene erträglich zu machen.«

Sein Blick wanderte von einem zum anderen.

»Als sie mit dem Zettel in der Hand von hier wegging, hielt ich das für einen Durchbruch in der Therapie. Aber der Mörder muss den Zettel in ihrem Haus gefunden und ihn extra hingelegt haben, damit er wie ein Abschiedsbrief aussah. Die Kinderzimmer waren aufgeräumt. Sie hatte ein schönes Kleid an. Jemand hat den Zettel gelesen und ihn benutzt, um den Eindruck zu erwecken, als hätte sie sich das Leben genommen.«

Ulf Karlkvist lehnte sich zurück, schloss die Augen und legte den Kopf an die Wand. Langsam, ganz langsam begann er, mit dem Kopf gegen die Wand zu schlagen. Zuerst sanft, als würde er nachdenken, aber dann immer härter.

Julia blickte zu Anna, die versteinert auf ihren Chef starrte, während er seinen Hinterkopf gegen die Wand schlug.

»Scheiße!«, brüllte Karlkvist schließlich.

Keiner der anderen wagte zu atmen. So verharrten sie einige Minuten. Niemand sagte etwas. Schließlich begann Ulf Karlkvist, sich den Hinterkopf zu massieren.

»Aua.«

Die anderen fünf lachten. Ein höfliches, aber ängstliches Lachen, das falsch klang und schnell wieder erstarb. Julia ergriff die Gelegenheit und wandte sich direkt an Kommissar Karlkvist.

»Was haben Sie eigentlich an dem Tag gemacht, als Elisabeth Hjort verschwand?«

Sie rechnete mit einer patzigen Antwort, aber Karlkvist saß mit geschlossenen Augen da und massierte weiter seinen Hinterkopf.

»Da habe ich meine Mutter beerdigt«, sagte er schließlich und blickte Julia direkt an. Seine Stimme war heiser, als er hinzufügte: »Verstehen Sie? Vormittags habe ich gearbeitet, mittags bin ich zur Beerdigung meiner Mutter gefahren, und abends, als ich dachte, das Schlimmste ist jetzt vorbei, kriege ich einen Anruf, dass Elisabeth verschwunden ist.«

Er verstummte.

Ing-Marie räusperte sich.

»Da ist noch etwas, das Sie wissen sollten. Wir haben mit der Joggerin gesprochen, die die Leiche gefunden hat. Dragana Jovanovic. Sie sagt, sie hat neulich Klara Hunnevie und Klas Hjort zusammen draußen am Simsjön gesehen.«

Ulf Karlkvist schnappte sich den Abschiedsbrief, der keiner war, stopfte ihn in die Jackentasche und war zur Tür hinaus, ehe jemand nur ein Wort sagen konnte.

Anna sah Julia an.

»Wieso habt ihr ihn gefragt, was er an dem Tag gemacht hat, als Elisabeth verschwand?«

Julia stöhnte.

»Weil er früher mal mit Elisabeth zusammen war. Bevor sie ihn für Klas Hjort hat sitzen lassen. Willst du etwa sagen, ihr habt das nicht gewusst? Was macht ihr Polizisten eigentlich den ganzen Tag? Ich dachte, du wärst gut in deinem Job.«

76

An seinen angespannten Kiefermuskeln sah sie, wie wütend er war.

Mach nicht den Mund auf, dachte sie. Bitte, Patrik, mach nicht den Mund auf.

Doch er machte den Mund auf.

»Anna, das geht so nicht weiter. In Stockholm habe ich nur Gutes über dich gehört, aber die Art, wie diese Ermittlung hier geführt wird … Ich weiß nicht, was ich dazu sagen soll. Ich muss der Reporterin recht geben, das ist unter aller Kritik. Heute Abend setzen wir beide uns zusammen und gehen die ganze Sache mal richtig durch. Es sind schon genug Fehler gemacht worden.«

Er nahm den Blick von der Straße und sah ihr ins Gesicht.

»Verstehst du, was ich meine? Weder du noch dein Chef scheint fähig zu sein, eine Ermittlung durchzuführen. Ich bin kurz davor, einen Vorgesetzten einzuschalten, was wirklich das absolut Letzte ist, was ich tun möchte.«

Anna schloss die Augen und nickte im selben Moment, als Patrik Morrelli in den Livbojstigen einbog. Als sie die Augen wieder aufschlug, sah sie, wie Klas Hjort von ihrem Chef gegen die gelbe Hauswand gedrückt wurde. Sie öffnete die Tür und sprang aus dem Auto.

77

»Du hast versprochen, dass es vorbei ist!«

Die Reifen quietschten, als Ing-Marie auf die Bremse trat. Sie und Julia stiegen eilig aus dem Auto. Anna und Patrik zerrten gerade ihren Chef von Klas Hjort weg.

Kommissar Karlkvist war hochrot im Gesicht. Er zitterte am ganzen Leib. Sein Atem ging stoßweise. Falls er die beiden Journalistinnen, die auf der anderen Seite der Hecke standen, überhaupt bemerkte, war es ihm egal.

»Es … ist … vorbei«, presste Klas Hjort hervor.

Er lag zusammengesunken auf der Erde und legte die Hände an den Hals, als wollte er die Stelle massieren, wo Karlkvists Pranken ihn eben noch umklammert hatten.

»Ich habe sie geliebt! Ich habe deine Frau seit über zehn Jahren geliebt, und was machst du? Du hattest sie – und treibst es mit der Nachbarin!« Ulf Karlkvist tobte. »Du hast beim Andenken an Elisabeth geschworen, dass du die andere nicht mehr triffst. Du hast mir versprochen, Elisabeth wenigstens im Tod zu respektieren!«

»Das habe ich, Ulf. Ich habe sie nicht …«

»Was habt ihr dann im Wald gemacht, Klas? Ich habe Zeugen! Hörst du das, du Idiot? Ich habe Zeugen!« Karlkvist hob drohend die Faust.

»Aufhören!«, rief Klara Hunnevie, die in diesem Moment in den Garten gelaufen kam. Sie stürzte sich auf den Kommissar und begann auf ihn einzuschlagen. Schließlich gelang es Anna, ihre Hände zu packen und sie festzuhalten. Klara Hunnevie trat und wand sich, um sich aus dem Polizeigriff zu befreien, gab es dann aber auf. Sie atmete heftig.

»Das stimmt … wir haben uns neulich getroffen. Aber das ging von mir aus. Und es war nicht so, wie Sie uns das unterstellen. Überhaupt nicht.« Sie holte tief Luft und fuhr fort: »Ich bin schwanger.«

Julia und Ing-Marie konnten kaum glauben, was für ein Schauspiel direkt vor ihren Augen ablief.

»Ich bin vierundvierzig. Mats und ich versuchen seit zwanzig Jahren, ein Kind zu bekommen – ohne Erfolg. Vier misslungene künstliche Befruchtungen. Und jetzt bin ich schwanger. Ich bin im fünften Monat, man kann es schon sehen … Deshalb wollte ich es Klas sagen, bevor er von selbst draufkommt.«

Sie sah ihren verflossenen Liebhaber mit traurigem Blick an.

»Weil ich glaube, dass er der Vater ist.«

Klara Hunnevie wurde sich plötzlich der Leute bewusst, die um sie herumstanden. Sie wandte sich an Julia und Ing-Marie. Ihre Augen glühten.

»Seid ihr jetzt zufrieden? Habt ihr jetzt euren Scoop? Haut ab, ihr Aasgeier!«

Sie bückte sich, nahm eine Handvoll Schnee und warf ihn auf die beiden Reporterinnen. Dann sank sie auf dem Boden zusammen und brach in Tränen aus.

Ing-Marie und Julia brauchten nur einen kurzen Blick zu wechseln, um einen Entschluss zu fassen. Als die schwangere Frau wenige Minuten später aufhörte zu weinen, waren die beiden Reporterinnen längst weg. Zurück blieben drei Polizisten. Zwei von ihnen hatten eine Menge Fragen. Und einer ging langsam zu seinem Auto zurück und fuhr davon.

78

Von ihrem Platz auf dem Sofa hörte Anna in der Ferne eine Kirchenglocke elf Mal schlagen. Es war das einzige Geräusch weit und breit.

Sie sah zu dem Platz, auf dem Patrik bis vor wenigen Minuten gesessen hatte, dann stand sie auf und ging zum Fenster. An der Straßenlaterne zwei Häuser weiter stand ein Mann. Sie erstarrte. Als der Mann sich umdrehte, fiel das Licht auf sein Gesicht. Es war ein anderes, als sie erwartet hatte.

Sie atmete auf. Ging zum Kühlschrank und nahm die Weinflasche heraus. Sie hatten jeder zwei Gläser Wein getrunken, aber ein kleiner Rest war noch übrig. Sie goss ihn in eines der benutzten Gläser – ob Patriks oder ihres, sie wusste es nicht – und trank einen Schluck. Fragte sich, wie sich all das morgen anfühlen würde. Wie er sie ansehen würde.

Er hatte Anna die Wahl des Restaurants überlassen.

»Du bist von hier. Zeig mir, was es hier Schönes gibt.«

Sie hatte sich für das Wallermans entschieden.

Ein Tisch für zwei, ganz hinten im Lokal, am Fenster. Sie hatte telefonisch reserviert und um den am wenigsten einsehbaren Platz gebeten. Als hätte sie geahnt, was passieren würde.

Sie hatten beide Hummersuppe als Vorspeise gewählt, auf ihren Vorschlag hin. Sie hatten stumm dagesessen, als die Suppe serviert wurde, hatten den Blick auf die Teller gerichtet, auf das Besteck, auf die Kerzen, die still vor sich hin brannten. Sie hatten es vermieden, einander anzusehen.

Patrik hatte einen Löffel Suppe zum Mund geführt, vorsichtig geschlürft und dann gelächelt.

»Lecker. Warum das Wallermans?«

»Mein Lieblingsrestaurant. Als ich das erste Mal in Skövde war, haben meine Eltern mich hierher mitgenommen. Ich war zehn, und es war total aufregend, in die Großstadt zu fahren.«

Er hüstelte. Sie lächelte.

»Na ja, das habe ich damals gedacht. Werde du mal auf dem Land groß, dann denkst du genauso. Dann ist Skövde eine Großstadt.«

»Apropos deine Eltern … Warum hast du zu Elias gesagt, dass du wegen deinem Vater Polizistin geworden bist?«

Anna nahm einen Löffel Suppe. Sie wusste, dass dies der Moment war. Wenn sie jetzt anfing zu erzählen, würde sie alles berichten. Alles.

Sie wollte nicht. Beschloss, schweigend ihre Suppe zu essen. Nicht auf seine Frage einzugehen. Eine Minute lang hielt sie durch. Dann legte sie den Löffel hin.

»Ich war elf Jahre alt. Wir waren im Urlaub in Thailand gewesen. Die Reise unseres Lebens, meine Eltern hatten jahrelang darauf gespart. Das war nicht wie heute, wo man einfach für achttausend Kronen zwei Wochen Charterreise bucht. Ich hatte schulfrei bekommen, und wir waren drei Wochen lang herumgereist. Wir waren mit dem Boot zu den Phi-Phi-Inseln gefahren und hatten bei Koh Haa Yai geschnorchelt. Ein Paradies. Ich war noch klein und habe mir keine Gedanken über die Leute gemacht, die wir trafen. Ich habe es einfach genossen. Aber irgendwas muss dort passiert sein. Wir fuhren wieder nach Hause, und einen Monat später war Papa weg. Er hatte eine zusätzliche Hypothek auf unser Haus aufgenommen, um Bad und Küche zu renovieren, wie er der Bank gegenüber gesagt hatte, und dann ist er einfach abgehauen. Die Polizei fand heraus, dass er ein One-Way-Ticket nach Bangkok gekauft hatte, aber dort verlor sich seine Spur. Er ließ Mama und mich mit einem überschuldeten Haus zurück, und ich habe nie wieder etwas von ihm gehört.«

Sie rührte mit dem Löffel in der Suppe, aß aber nichts. Ihr war der Appetit vergangen.

»Ich war am Boden zerstört. Mein einziger Trost waren amerikanische Krimiserien. *21 Jump Street*, *Jake und McCabe* … Ich saß wie gebannt vor dem Fernseher und war davon überzeugt, dass meine Helden jedes Mysterium der Welt aufklären könnten. Und das einzige Mysterium, das ich aufklären wollte, war das Rätsel um meinen verlorenen Vater. Also wurde ich Polizistin, um ihn zu finden. Denn die Polizei löst jeden Fall.«

»Und hast du es geschafft? Hast du ihn gefunden?«

Sie senkte den Blick und schüttelte den Kopf.

»Nein. Das ist auch der Grund, warum ich in der Cold-Case-Gruppe arbeite. In Stockholm habe ich eher zufällig einen alten Fall übernommen, und als ich mich mit der Frau unterhielt, deren Sohn Jahre zuvor verschwunden war, erkannte ich bei ihr dieselben offenen Wunden, wie ich sie auch habe. Da wusste ich, dass das die richtige Arbeit für mich war: Ich wollte anderen Menschen, die viel zu lange gelitten hatten, die Möglichkeit geben, einen Schlussstrich zu ziehen – etwas, was ich selbst nicht hatte tun können.«

»Deshalb also hast du deinen Posten in Stockholm aufgegeben? Um hier alte Fälle zu lösen?«

»Ja. Als die Stelle ausgeschrieben wurde, hieß es, ich sollte ›Projektleiterin für Västra Götalands Mordanalyse- und Ermittlungsgruppe‹ werden. Eine Vollzeitstelle mit zwei mir unterstellten Beamten. Ich konnte einfach nicht nein sagen, das war ein Traumjob. Aber sieben Monate nachdem ich meinen Dienst hier angetreten hatte, wurde der Gürtel enger geschnallt. Von drei Vollzeitstellen wurden wir auf weniger als eine Halbtagsstelle zusammengestrichen. Mir bleiben anderthalb Tage pro Woche, um mich mit alten Fällen zu beschäftigen. In der übrigen Zeit unterstehe ich Kriminalkommissar Ulf Karlkvist.«

Patrik nickte düster.

»Was uns zur Kernfrage bringt: Warum kann Karlkvist dich nicht leiden?«

Sie sah Patrik an. Blickte in seine warmen Augen.

Warum er?, dachte sie. Warum habe ich ihn ausgesucht, warum gerade jetzt? Hatte ich vielleicht gar keine Wahl? Hat er mich ausgewählt?

Anna hatte keinem Mann mehr vertraut, seit sie elf Jahre alt war. Und jetzt, hier, war es beinahe unmöglich, nicht mit Patrik Morrelli zu reden. Sie war in Vernehmungstechniken geschult und merkte, wie er mit einfachen, aber subtilen Mitteln – ermunterndes Nicken, Lächeln, sanfte Stimme – ihr Vertrauen zu ihm aufbaute. Aber es war nichts Aufgesetztes daran, wie er es tat. Er wollte es wissen. Und sie wollte davon erzählen. Ohne dass sie sagen konnte, wieso. Es war irrational. Aber der Moment war gekommen, jetzt hieß es, Augen zu und durch.

Sie holte tief Luft.

»Zwei Worte. David Broqvist.«

Er sah sie an und wartete auf eine Fortsetzung.

»Müsste ich wissen, wer das ist?«, fragte er schließlich.

Sie schüttelte den Kopf.

»Nein. Nur weil er der Mittelpunkt meines Universums ist, heißt das nicht, dass das auch für alle anderen gilt. Er war beim Drogendezernat hier in Skövde. Der beste Freund von Karlkvist. Ich habe mich sofort in ihn verliebt.«

Sie schwieg einen Moment.

»Wir waren fünf Monate zusammen, als er mich zum ersten Mal schlug. Ich war so überrascht. Erschrocken, natürlich, aber vor allem überrascht. Und beschämt, ehrlich gesagt.«

Sie lächelte.

»Präsens. Ich liebe ihn. Immer noch.«

»Was ist dann passiert?«

»Julia Almliden, Reporterin bei *Västgöta-Nytt*, und ich waren seit vielen Jahren beste Freundinnen. Sie hat mir einfach keine Ruhe gelassen. Eines Tages, ich weiß immer noch nicht richtig, wie es dazu kam, ist sie bei mir zu Hause erschienen, als ich nicht damit rechnete und besonders verletzlich war. Sie hat mich unter Druck gesetzt. Ich habe angefangen zu weinen und ihr erzählt, was passiert war, und ehe ich mich wieder gefangen hatte, hat sie plötzlich ihr Handy gezückt und mich fotografiert. Drei Schnappschüsse. Klick, klick, klick.«

Anna lächelte traurig.

»Ich wollte ihr das Handy wegnehmen, aber sie hat sich in meinem Bad eingeschlossen und David angerufen. Ich stand vor der Tür, hämmerte dagegen und schrie und hörte von draußen das Gespräch, das mein Leben verändern sollte. Sie hat gesagt, dass sie alles, was ich ihr erzählt hätte, mit dem Handy aufgenommen und auch Fotos von meinem misshandelten Körper gemacht habe. Und sie hat ihm gedroht, dass sie alles an die Öffentlichkeit bringen werde – außer wenn er sich umgehend versetzen ließe und nie wieder in meine Nähe käme. Die Fotos und die Tonaufnahme habe sie bereits an zwei andere Personen geschickt, hat sie behauptet.«

»Warum ist sie nicht einfach zur Polizei gegangen?«

»Weil sie mich kennt. Sie wusste, dass mir davor graute, mich als ein weiteres Opfer männlicher Gewalt bloßstellen zu müssen. Sie wusste genauso gut wie ich, wie die Vernehmung ablaufen würde. Was sie mich fragen würden. Und dass die Mehrheit meiner Kollegen auf dem Revier mir nicht glauben würde. Wenn ich denn überhaupt aussagen würde. Am meisten fürchtete sie nämlich, dass ich die Aussage verweigern würde.«

Patrik Morrelli hatte längst aufgehört zu essen.

»Wenn ich fragen darf … Wie ging es weiter?«

Sie zuckte mit den Schultern.

»David ist nach Karlsborg gezogen. Ich weiß nicht, welchen Grund er auf dem Revier angegeben hat, aber Ulf Karlkvist sieht mir seitdem nicht mehr in die Augen. David und ich haben noch sporadisch Kontakt. Er ist wahnsinnig wütend auf mich, weil ich seine Karriere zerstört habe, und deshalb zerstört er manchmal etwas, was mit mir zu tun hat – einen Autoreifen, meinen Briefkasten … so was in der Art.«

Eine Weile herrschte Schweigen. Dann fuhr sie leise fort: »Und manchmal ruft er an und weint und weckt etwas in mir, was ich mehr hasse als alles andere: mein Verlangen nach ihm. Dann fahre ich hin. Und für ein paar Stunden lang, wenn ich in seinen Armen liege, bilde ich mir ein, dass alles gut ist. Bis ich einsehe, dass er nur ein weiterer Mann ist, der Frauen hasst. Und dann verachte ich mich und ihn und flüchte. So geht das die ganze Zeit. Ein bisschen wie in dem Lied von Håkan Hellström, *Ich hasse, dass ich dich liebe.* So fühlt sich das an. Und seit damals habe ich mit Julia kein persönliches Wort mehr gewechselt.«

Sie schüttelte den Kopf.

»Ich weiß, dass es falsch ist, ihr die Schuld dafür zu geben, aber das ist die einzige Möglichkeit für mich, damit umzugehen. Auf sie kann ich wütend sein, das ist einfacher, als meine Wut gegen David zu richten. Ich kann dir nicht sagen, wie erniedrigend es ist, scharf auf jemanden zu sein, der dir wehtut.«

Patrik hatte seinen Teller mit dem nicht angerührten Hauptgericht betrachtet und die Kellnerin herangewinkt.

»Wollen wir gehen?«, hatte er gefragt.

Sie fixierte das Weinglas, das auf dem Couchtisch stand. Sah vor sich, wie sie auf dem Sofa gesessen und leise miteinander geredet hatten. Wie sie sich entspannt hatte.

Er hatte sie angesehen und gewusst, dass er sie hätte haben können, wenn er gewollt hätte. Aber er wollte nicht. Er war aufgestanden und gegangen.

Anna Eiler schloss die Augen. Zum ersten Mal seit zwei Jahren war es nicht das Gesicht von David, das sofort in ihrem Kopf auftauchte.

Sondern das von Julia.

79

Donnerstag, den 25. Februar 2010

Der Boulognerskogen ist ein vierzehn Hektar großer Park in Skövde und nach dem Bois de Boulogne in der französischen Hauptstadt benannt. 1865 wird er zum ersten Mal erwähnt, zu einer Zeit, als Skövde wegen seines großzügigen Grüngürtels – bestehend aus Kyrkparken, Järnvägsparken und Prästgården – im Volksmund auch »Klein-Paris« genannt wurde.

Französisches Flair besaß der Park ebenso wenig wie die Stadt, aber er war von der Redaktion in der Mörkegatan aus schnell zu erreichen und schön zum Spazierengehen. Noch immer waren Julia und Ing-Marie erschüttert vom gestrigen Zusammenstoß zwischen Ulf Karlkvist, Klas Hjort und Klara Hunnevie und beschlossen daher, einen kleinen Spaziergang zu machen, um den Kopf frei zu bekommen.

Sie probierten, sich aus der Redaktion zu stehlen, ohne dass ihre Kollegin es merkte. Vergeblich.

»Geht ihr in den Park? Da komme ich mit. Stephan hat mir heute Morgen in meinen Rettungsring gekniffen. Das war richtig fies von ihm«, hatte Lottie Strömberg gesagt und sich ihre blaue Winterjacke angezogen.

Ing-Marie fragte sich, was ein halbstündiger Spaziergang wohl an den Speckröllchen ihrer Kollegin ändern sollte, sagte aber nichts. Auch Julia verkniff sich eine spitze Bemerkung.

Die drei verließen die Redaktion und nahmen schweigend Kurs auf den Boulognerskogen. Dort angekommen, gingen sie an dem verlassenen Kinderspielplatz vorbei Richtung Teich.

Gerade als sie an den Enten vorbeimarschierten, stellte es sich als Segen heraus, dass sie Lottie Strömberg dabeihatten.

»Wir haben es mit einem richtig ausgekochten Mörder zu tun«, sagte Ing-Marie.

»Er oder sie hat nicht nur Elisabeth Hjort umgebracht. Der Mörder hat auch die Kinderzimmer aufgeräumt, diesen Pseudoabschiedsbrief organisiert und wahrscheinlich auch der Toten das Kleid angezogen. Nach allem, was Klas Hjort über das rote Kleid gesagt hat, kann ich mir nicht vorstellen, dass sie es an einem ganz normalen Montag im Haus getragen hat.«

»Ein Mörder mit viel Zeit«, erwiderte Julia.

»Ein Mörder mit viel Zeit, aber einem grauenhaften Geschmack«, warf Lottie Strömberg ein.

Ing-Marie und Julia sahen sie erstaunt an.

»Was meinst du damit?«, fragte Ing-Marie.

Lottie Strömberg blickte von einer zur anderen, als wäre sie erstaunt, dass die Kolleginnen sie tatsächlich etwas gefragt hatten.

»Na ja … Das hat mich gleich gestört, als du dieses Foto von der Uhr verteilt hast, die die Ermordete getragen hat. Ich meine, eine quietschrosa Armbanduhr zu einem knallroten Kleid? Also echt. Wenn der Mörder nicht unter Zeitdruck stand, muss er farbenblind gewesen sein, dass er so was kombiniert. Rot und Rosa.«

Farbenblind.

Julia hatte das Gefühl, zu Eis zu gefrieren.

80

In den letzten Tagen hatte so viel Wut in der Luft gelegen. Wie eine dicke Wolke. Überall. Das Auto, in dem sie saß, war keine Ausnahme.

»Ist das wirklich dein Ernst, dass du ihn nicht nach seinem Alibi gefragt hast?«

Julia seufzte.

»Ich bin eine Idiotin, ich weiß. Aber er hat nur ganz nebenbei erwähnt, dass er farbenblind ist. Und dann hat er erzählt, wie dankbar er Elisabeth war und wie gut er das fand, was sie gesagt hatte, deshalb bin ich einfach davon ausgegangen, dass er unschuldig ist. Dumm von mir.«

»Dumm ist noch geschmeichelt«, erwiderte Ing-Marie verärgert.

Die restliche Fahrt nach Mariestad verlief unter Schweigen. Julia wischte vorsichtig eine einzelne Träne weg und hoffte, dass Ing-Marie ihrer Gewohnheit treu blieb und auf die Straße blickte.

Zehn Minuten später saßen sie in der Empfangshalle von Electrolux.

Dreißig Minuten später saßen sie wieder im Auto.

»Aber gut, dass wir gefragt haben«, sagte Julia.

Mats Hunnevie war nicht so entgegenkommend gewesen wie bei ihrem ersten Besuch. Er hatte sich geweigert, die Lobby zu verlassen.

»Ich habe weder Zeit noch Lust, mit Ihnen zu reden.«

»Als ich neulich hier war, habe ich vergessen, Sie etwas zu fragen. Würden Sie mir verraten, was Sie an dem Tag gemacht haben, als Elisabeth verschwand?«, hatte Julia vorsichtig gefragt.

Mats Hunnevie hatte kurz angebunden erwidert, er habe am zweiten November zwischen zehn und sechzehn Uhr mit einem Kollegen zusammen einen Reparaturauftrag in Töreboda ausgeführt.

»Die Polizei hat mein Alibi schon vor mehreren Wochen überprüft. Ich hatte weder Zeit noch Lust oder Gelegenheit, Elisabeth zu ermorden.«

»Wir wollten nicht …«, begann Julia, verstummte aber, als sie sah, wie Mats Hunnevies Armmuskeln sich immer mehr anspannten.

»Ich rate Ihnen, meine Frau und mich endlich in Ruhe zu lassen. Klara erwartet ein Kind. Mein Kind.«

Sie sollten sich in Acht nehmen, hatte er ihnen nachgerufen, als Julia und Ing-Marie kehrtmachten und Richtung Ausgang gingen. Sie sollten sich bloß in Acht nehmen.

81

Die Tür war zu. Anna lauschte, ob drinnen womöglich gerade eine Besprechung stattfand oder telefoniert wurde, aber alles, was sie hörte, war das unregelmäßige Klappern der Computertastatur. Sie holte tief Luft, öffnete die Tür und schloss sie hinter sich.

»Kannst du nicht anklopfen?«

»Nein, Ulf, schreib es einfach mit auf meine Sündenliste. Aber ich habe auch eine Liste. Über jede deiner Entgleisungen. Jeden herabsetzenden Kommentar von dir. Und vor allem über jeden Fehler, den du als Polizeichef begehst.«

Sie holte rasch Luft und fuhr fort, ehe er sie unterbrechen konnte: »Ich weiß nicht, welchen Grund David Broqvist dir für seine Versetzung genannt hat, aber ich bin mir ziemlich sicher, dass es nicht die Wahrheit war. Mit dem, was passiert ist, hast du nichts zu tun, aber eins sage ich dir: Du hast mich zum letzten Mal vor meinen Kollegen heruntergeputzt. Ein Polizeichef, der gegenüber der Reichsmordkommission nicht angibt, dass er mit einem Mordopfer eine intime Beziehung gehabt hat? Wenn das rauskommt, sitzt du richtig in der Scheiße.«

Er öffnete den Mund, um etwas zu sagen, aber Anna stoppte ihn mit einer Handbewegung.

»Dieses Gespräch hier hat nie stattgefunden. Aber glaub mir, du ziehst vor meinen Kollegen nicht mehr über mich her. Jeder von uns beiden könnte dem anderen vorwerfen, wie schlecht er seinen Job macht, und du hast mehr zu verlieren als ich.«

Sie ging raus, schloss die Tür hinter sich und sank vor seinem Zimmer auf den Fußboden. Mach jetzt nicht die Tür auf, dachte sie und sah in Gedanken vor sich, wie Ulf Karlkvist aus dem Büro stürmte und sie angriff. Verbal oder physisch. Oder beides. Aber die Tür blieb zu.

Sie blieb einen Moment auf dem Boden sitzen und atmete tief durch. Hoffentlich kam Patrik bald zum Dienst.

82

SAMSTAG, DEN 27. FEBRUAR 2010

Ich hatte so lange im Auto gesessen, dass die Scheiben beschlagen waren. Aber es machte nichts, dass ich nicht aus dem Fenster sehen konnte. Alles da draußen war so fest in meinem Gedächtnis verankert, dass ich es im Schlaf hätte zeichnen können.

Ich saß vor Papas Haus in der Götgatan 7 in Götene. Lange hatte ich geglaubt, ich würde hier nie wieder einen Fuß hinsetzen.

Er war nicht zu Hause. Lillebror hatte am Telefon erzählt, dass unser Vater mit seiner dritten Familie in den Winterurlaub fahren werde. Lillebror war so glücklich gewesen, dass er mitdurfte.

Ich hätte ihn am liebsten angeschrien, er solle sich von Papa fernhalten, aber ich wusste, dass es zwecklos gewesen wäre.

Ich war in seinem Alter genauso gewesen.

Ich war noch bis vor kurzem genauso gewesen.

Merkwürdig, wie sich das geändert hatte.

Jahrzehntelang hatte ich es hingenommen. Hatte geschwiegen. Hatte nichts getan, um das zu stoppen, was in diesem Haus vor sich ging. Um ihn zu stoppen.

Jetzt schämte ich mich. All die Drohungen und Schläge in der Götgatan 7, die unbemerkt geblieben waren, machten mich wahnsinnig. Wenn Papa ins Gefängnis gekommen wäre, hätten wenigstens meine Brüder eine bessere Kindheit gehabt als ich. Vielleicht hätte es den einen oder anderen Bruder nicht gegeben, was natürlich schade gewesen wäre, aber manchmal fragte ich mich, ob ich hätte geboren werden wollen, wenn ich gewusst hätte, wie meine Kindheit sein würde.

Ich stieg aus dem Auto.

Papa hatte schon vor langer Zeit das Türschloss ausgewechselt. Als er wieder mal wütend auf Lillebror gewesen war. Mein kleiner Bruder hatte mich verzweifelt angerufen. Ein ausgesperrter, obdachloser Teenager.

Unser Vater hatte ihm klargemacht, dass er ihn nicht in seinem Haus haben wollte, indem er das Türschloss auswechseln ließ.

Ich hatte Lillebror gefragt, ob er zu mir kommen wolle, aber er hatte sich entschieden, bei der Auffangfamilie zu wohnen, die das Sozialamt in Götene ihm zugewiesen hatte. Dort war er mehrere Wochen geblieben, bis Papa sich beruhigt hatte.

Ich hatte nie den Schlüssel zu dem neuen Schloss erhalten.

Ich war in der Götgatan 7 eine unerwünschte Person.

Ich überquerte die Straße und ging auf das gelbe Klinkerhaus zu. Statt die Treppe zur Eingangstür zu nehmen, ging ich durch den Garten zur Rückseite des Hauses. Dort angekommen, atmete ich auf. Papa hatte dichte Buchsbaumhecken angepflanzt, die das Grundstück nach allen Seiten abschirmten. Ein Schutz gegen neugierige Nachbarn. Jetzt war ich unsichtbar.

Ich fegte den Schnee von einer der Schaukeln im Garten, setzte mich und betrachtete das Haus, während ich über meine nächsten Schritte nachdachte.

Den Haupteingang konnte ich vergessen. Die beiden Nachbarhäuser und die drei Häuser auf der gegenüberliegenden Straßenseite bargen ein zu großes Risiko, dass mich jemand sehen könnte. Weitere Möglichkeiten waren die Terrasse auf der linken Seite, eines der Fenster direkt vor mir, die Kelleraußentreppe oder die Garage im Untergeschoss. Ich ging in Gedanken alle Varianten durch. Alle Ausgänge waren verschlossen.

Ich erinnerte mich, wie pedantisch Papa darauf achtete, dass die Haustür abgeschlossen war, während er es bei seinen Autotüren nicht so genau nahm. Die ließ er oft unverschlossen.

Und in seinen Autos lag eine Fernbedienung für das Garagentor.

Ich überlegte, ob er wirklich so dumm sein konnte, und dachte daran, wie oft ich als Kind gefragt hatte, warum er seine Autos nie abschloss. Immer hatte er mit einem Kommentar von der Sorte »Valdemar zu bestehlen, wagt keiner« geantwortet. Jetzt hoffte ich, dass er seiner Gewohnheit treu geblieben war.

Ich ging eilig zu dem Volvo, der an der Auffahrt stand, und hätte beinahe vor Freude gejubelt, als sich die Tür öffnen ließ und ich ins Auto schlüpfte. Meine Hand zitterte, während ich unter den Fahrersitz fasste. Da lag sie. Am selben Platz wie immer. Das schwarze Ding im Format fünf mal sieben Zentimeter mit dem orangen Knopf in der Mitte. Der Garagentoröffner. Ich stieg aus dem Auto und ging auf die Garage zu.

Als ich auf den Knopf drückte und das Tor sich langsam öffnete, betete ich stumm, dass Lillebror nicht plötzlich einen Anfall von Telepathie gehabt und mein Vorhaben erahnt und mir eine Falle gestellt hatte. Ich ging in die Garage, drückte wieder auf den Knopf, woraufhin sich das Garagentor langsam hinter mir senkte.

Im Haus war es totenstill. Falls jemand da war, konnte es nur Stiefmutter Nummer zwei sein. Die stille Maus. Aber wenn sie zu Hause war, würde höchstwahrscheinlich auch mindestens eins der Kinder da sein. Papa hielt es nicht lange aus, allein auf seine Sprösslinge aufzupassen. Ich beschloss, Lillebrors Information, dass die Familie im Urlaub war, zu vertrauen, ging ein paar Schritte hinein und zog meine Stiefel aus.

Ich ging an der Tischtennisplatte im Keller vorbei. Bilder tauchten in meinem Kopf auf, wie meine Brüder und Papa in einem früheren Leben miteinander Pingpong gespielt hatten. Ich nahm einen der Schläger, die auf der Platte lagen. Damals hatte ich so gut wie nie mitgespielt, ich war zu schlecht gewesen, und Papa war immer wütend geworden, wenn ich den Ball nicht getroffen hatte. Deshalb hatte ich meistens nur daneben gesessen und zugeschaut.

Er hasste es fast ebenso sehr, wenn andere schlecht waren, wie er es hasste, selbst zu verlieren. Das war ein schwieriger Balanceakt. Man sollte gut sein, aber nicht zu gut. Auf gar keinen Fall besser als er. Je älter – und besser – meine Brüder wurden, desto seltener spielten sie mit ihm. Die Grenze zwischen einem spannenden Pingpongmatch und einem tobenden Papa, der seine Wut über eine Niederlage an uns ausließ, war hauchdünn.

»Ohne dich wird es uns besser gehen«, sagte ich und legte den Pingpongschläger aus der Hand.

Die Treppe knarrte, als ich ins Erdgeschoss hinaufging. Auf der obersten Stufe hielt ich inne. Lauschte.

Nichts.

Ich stand in der Diele und überlegte, was ich tun sollte. Ins Wohnzimmer zu gehen war riskant, die großen Fenster lagen zur Straße hin. Jemand könnte mich sehen, und es sollte doch niemand zu Hause sein.

Stattdessen ging ich in die Küche, die im hinteren Teil des Hauses lag. Neben der Mikrowelle fand ich, wonach ich gesucht hatte: die Schale mit den Schlüsseln. Ich kramte darin herum und überlegte, welcher wohl zur Tür direkt neben dem großen Garagentor passte. Gleichzeitig versuchte ich mir zu merken, wie die Schlüssel gelegen hatten, obwohl ich nicht glaubte, dass Papa auf solche Details achtete. Schließlich fand ich einen Schlüssel, der aussah, als könnte er zu dieser

Garagentür passen. Ich ging wieder in den Keller hinunter, entriegelte die Tür von innen und öffnete sie einen Spalt, gerade so weit, dass ich den Arm hindurchstecken konnte. Ich tastete mit den Fingerspitzen nach dem Schloss. Meine Hand zitterte vor Nervosität, während ich versuchte, den Schlüssel hineinzustecken und auf das bekannte Klicken zu lauschen, wenn das Schloss aufging.

Als das Geräusch schließlich kam, war ich völlig durchgeschwitzt. Ich zog den Arm zurück und schloss die Tür. Schaute auf die Uhr. Halb eins. Ich zog meine Stiefel an, öffnete die Garagentür und schlüpfte hinaus.

Erst im Auto wagte ich, wieder Luft zu holen. Ich atmete mehrmals tief durch, bevor ich den Motor anließ. Dann fuhr ich zum Haushaltswarenladen Järnia im Zentrum von Götene und bat den Verkäufer, zwei Kopien des Schlüssels zu machen. Ich wollte nicht am falschen Ende sparen. Wenn ich nur einen Nachschlüssel machen ließ, würde Murphys Gesetz dafür sorgen, dass er nicht passte oder ich ihn verbummelte.

Mir war klar, dass es riskant war, die Nachschlüssel hier in Götene machen zu lassen, aber ich konnte beim besten Willen nicht nachvollziehen, wie die Gangster in den amerikanischen Krimis es schafften, Schlüsselkopien von einem Abdruck in Ton herzustellen, wenn sie irgendwo einbrechen wollten. Ich hatte im Internet nach anderen Möglichkeiten gesucht, aber vergeblich. Hier in Schweden gab man einen Schlüssel am Tresen ab und bekam einen zweiten Schlüssel zurück. So war das eben.

Ich zitterte, als ich dem Typen an der Kasse meinen Schlüssel reichte. Sein Gesicht war voller roter Pickel, und er würdigte mich kaum eines Blickes. Ich schaute zu Boden und wartete und hörte die Maschine arbeiten. Jeden Moment rechnete ich damit, den langen Arm des Gesetzes in meinem Nacken zu spüren und eine Stimme zu hören, die sagte: »Ich denke, Sie begleiten uns jetzt mal aufs Revier.« Aber da kam nichts. Was mich aus meinen Gedanken riss, war vielmehr das scheppernde Geräusch, als der picklige Typ die Schlüssel auf den Tresen legte.

»Das macht dann fünfundachtzig Kronen pro Stück, zusammen hundertsiebzig.«

Ich bezahlte bar und kehrte zum Auto zurück. Befingerte nervös einen der glänzenden Schlüssel, bevor ich wieder Richtung Götgatan fuhr. Als ich Hausnummer sieben erreicht hatte, traute ich mich nicht, vor dem Haus zu parken. Den Nachbarn würde mein schwarzer Volvo vielleicht auffallen, wenn ich zu oft hier hielt.

Ich blickte mich um und entschied mich für den Firmenparkplatz von Arla knapp zweihundert Meter weiter, auf dem etwa sechzig Autos standen. Ich schickte ein stummes Dankeschön an all jene Fabrikarbeiter, die gerade an diesem Morgen nicht mit dem Fahrrad, zu Fuß oder mit dem Bus gekommen waren. Ein Auto mehr oder weniger würde nicht auffallen.

Ich überquerte die Straße und ging zurück zu Nummer sieben. Dort war immer noch alles ruhig. Ich nahm den Weg durch den Garten. Mit angehaltenem Atem steckte ich den neuen Schlüssel ins Schloss. Er passte perfekt.

Ich ging hinauf in die Küche und legte das Original zurück.

Nachdem die Schlüssel wieder so lagen, wie ich sie vorgefunden hatte, schaute ich zur Uhr. Es war schon nach eins. Ich wusste, dass ich lieber gehen sollte, aber irgendetwas hielt mich zurück. Es war das erste Mal, dass ich mich in diesem Haus aufhielt, ohne ängstlich auf den Moment zu warten, in dem alles schiefgehen würde. Auf den Moment, wenn Papa explodierte. Und das wollte ich auskosten.

Auf allen vieren kroch ich ins Wohnzimmer. Dort setzte ich mich auf den Fußboden. Es waren beinahe bodentiefe Fenster, aber solange ich mich unterhalb von einem Meter bewegte, würde man mich von draußen nicht sehen.

Ich schaute mich um.

Der Raum war ziemlich hässlich eingerichtet. Papas Angewohnheit, Möbel von zahlungsunfähigen Mietern einzusacken und mitzunehmen, hatte zu einem seltsamen Mischmasch geführt, was die Einrichtung betraf. Papa hatte immer gern damit geprahlt, wie viel alles wert war. Ich betrachtete die beiden Essecken, die an jeweils einem Ende des L-förmigen Zimmers standen, und erkannte, dass es völlig egal war, wie teuer sie waren. Eine Sitzgruppe, die aus einem Tisch und vier Stühlen in dunklem Kirschbaum bestand, deren Sitzpolster und Rückenlehnen mit blauem Samt bezogen waren, passte nie und nimmer zu einem Tisch und sechs Stühlen in Eiche rustikal mit karierten Sitzbezügen. Preis hin oder her.

Aber Geld war wichtig für Papa. Er pflegte zu sagen: »Wer am meisten hat, wenn er stirbt, hat gewonnen.«

Für mich war Geld immer schmutzig gewesen, solange ich zurückdenken konnte, etwas Unangenehmes. Für jede Krone, die er mir gab, musste ich teuer bezahlen, da ich gezwungen war, mir seine Reden über seine Großzügigkeit anzuhören.

Ich hasste sein Geld. Sobald ich dazu in der Lage war, hatte ich meine Ausgaben selbst bezahlt. Je weniger ich mit seinem Geld zu tun hatte, desto geringer war das Risiko, dass er mich wieder mit diesem hasserfüllten Blick ansah und mich eine »gierige, geldgeile Hündin« nannte.

Ich verstand nicht genau, wieso.

Ich wurde so traurig, wenn er das tat.

Wenn er wütend war, drohte er mir immer damit, mich zu enterben.

Ich hatte mich schon vor vielen Jahren über die schwedischen Erbregelungen informiert und wusste, dass es gar nicht möglich war. Ich war seine Direkterbin. Zusammen mit meinen Brüdern würde ich die Hälfte seines Besitzes erben. Daran konnte er nichts ändern. Aber da er eine Vorliebe dafür hatte, sich ständig neue junge Ehefrauen zuzulegen und in regelmäßigen Abständen seine Kinderschar zu vergrößern, wurde auch die Geldsumme immer geringer. Er hatte vier Kinder in ebenso vielen Jahrzehnten gezeugt. Vier, die sich das Erbe teilen sollten. Ich liebte meine Geschwister, aber konnte Papa nicht irgendwann mal damit aufhören, kaum volljährige junge Frauen zu schwängern und immer mehr Kinder zu zeugen, die er sowieso nicht leiden konnte?

Das Geld war in meiner Kindheit immer knapp gewesen. Mama war Hausfrau, und Papa hatte zuerst als Kirchendiener in Mariestad gearbeitet, danach als Teppichleger in Helsingborg und beim Dämmstoffhersteller Rockwool in Hällekis, bis er beschloss, dass die Familie nach Götene ziehen sollte, wo er eine Anstellung als Hausmeister für die städtischen Wohnungen fand. Damals, als Papa Abflussrohre säuberte, Lampen auswechselte, Rasenflächen mähte und Post sortierte, erkannte er, dass er Talent dazu hatte, sich um Immobilien zu kümmern. Als Mama ihn verließ, nahm sie nichts mit. Sie wollte keinen Streit, sondern war einfach nur froh, dass sie überlebt hatte. Also stand Papa plötzlich mit einem abbezahlten Haus da, dessen Wert so sehr gestiegen war, dass er es mit einem neuen Kredit belasten konnte. Mit diesem Geld kaufte er ein kleines Mietshaus.

Dann noch eins. Und noch eins.

Inzwischen gehörten Papa über hundertzwanzig Wohnungen, und er war Multimillionär. Schon vor Jahren hatte er aufgehört, die praktischen Arbeiten selbst zu erledigen, und vergnügte sich damit, Immobilien zum Schnäppchenpreis zu jagen. Ich hatte mich über den Wert seines Eigentums informiert. Papa war für achtzig Millionen Kronen gut. Aber nur, weil man für viele Millionen gut ist, heißt das noch lange nicht, dass man gut ist, dachte ich.

In Anbetracht unserer frostigen Beziehung würde er sicher die Hälfte, die er laut Gesetz nicht an seine Kinder zu vererben brauchte, anderweitig vermachen. Vierzig Millionen würden also wegfallen. Demnach würden wir vier Geschwister uns den Rest teilen. An dem Tag, an dem Papa starb, würden deshalb zehn Millionen mir gehören.

Ich rechnete rasch im Kopf nach. Zehn Millionen geteilt durch die Anzahl Tage, die er mein Vater gewesen war. Machte etwa neunhundert Kronen pro Tag.

Neunhundert Kronen für jeden Tag, an dem er mein Selbstwertgefühl zerbrochen hatte. Für jeden Tag, an dem er gesagt hatte, dass ich hässlich und dumm wäre. Dass mein Stiefvater eine Schwuchtel sei, meine Mutter eine Hure und ich selbst eine verdammte Rotzgöre, die besser nicht geboren worden wäre und die nur auf Geld aus war.

Neunhundert Kronen.

Nein, mein Vater hatte sich geirrt.

Ich war nicht auf sein Geld aus. Nicht die Bohne. Ich hätte mit Freuden jeden Tag neunhundert Kronen bezahlt, nur um ihn los zu sein. Mir sein Gerede nicht anhören zu müssen.

Ich dachte an Dexter Morgan. Und daran, dass Papa, genau wie die Opfer in der Krimiserie, bald von der Erdoberfläche verschwunden sein würde.

Es würde zehn Jahre dauern, bis sie ihn für tot erklärten. Bis dahin würde Stiefmutter Nummer zwei es geschafft haben, einen erheblichen Teil von Papas Vermögen zu verjubeln. Viel würde nicht übrig bleiben.

Ich beschloss, dass ich an dem Tag, an dem mir mein Erbteil ausgezahlt würde, ganz gleich, wie groß oder klein es war, in die nächste Konditorei gehen und mir eine Erdbeersahnetorte kaufen würde. Dann würde ich zu der Stelle fahren, an der ich seine Leiche hatte verschwinden lassen, und die Torte aufessen.

»Hörst du, Papa? Ich werde auf deinem Grab tanzen und Torte essen. Dafür werde ich dein Geld ausgeben«, sagte ich in den leeren Raum hinein.

Ich kroch aus dem Wohnzimmer, und als ich wohlbehalten wieder in der Diele war, abseits der großen Fenster, stand ich auf. Ich nahm die Treppe ins Obergeschoss, wo Papas Schlafzimmer lag.

Das Bett aus Kiefernholz war dasselbe, das er gehabt hatte, als er mit Mama und mit Stiefmutter Nummer eins verheiratet gewesen war.

Mein Blick blieb am Bücherregal hängen. Wo Bücher hätten stehen sollen, war das Regal mit alten Spielsachen meiner Geschwister vollgestopft. Das überraschte mich nicht. Papa war kein Mensch, der las. Nur einmal in all den Jahren hatte ich Papa in ein Buch vertieft gesehen, und zwar, als Bert Karlsson, Gründer der rechtspopulistischen Partei Ny Demokrati, den Band *Skandal* veröffentlichte, in dem er über seine Jahre im Parlament berichtete. Papa hatte wohlwollend über Ny Demokrati gesprochen. Er fand es gut, dass sie der Regierung »Feuer unterm Hintern« machen wollte.

Für einen kurzen Moment ging mir durch den Kopf, dass Papa vielleicht an einer Lese- und Rechtschreibschwäche litt, aber ich verwarf den Gedanken schnell wieder. Ich hatte in all den Jahren viele Beispiele für seine schriftstellerischen Fähigkeiten gesehen. Zettel, die mich an den Freitagen zu Tode erschreckten. Hasserfüllte kleine anonyme Karten an roten Rosen, die manchmal an Mamas Haustür befestigt waren. Graffiti bestehend aus den vier Buchstaben »HURE«, die in einer Winternacht vor vielen Jahren groß auf die Fassade von Mamas Haus am Ringvägen gesprüht worden waren.

Schreiben konnte Papa schon immer.

Ich schüttelte die Gedanken ab, ging hinunter in den Keller und nahm denselben Weg zurück, den ich gekommen war.

Ich hatte jetzt einen Schlüssel. Mein Besuch im Garten der Erinnerungen war definitiv zu Ende. Es standen noch wichtige Sachen auf meiner To-do-Liste, und die Zeit lief mir davon.

83

Um zehn vor zwei parkte ich vor dem Eingang des Baumarkts Beijer in der Kaplansgatan in Skövde. Ich betrachtete den gelben Würfel, das Logo der Firma, und hatte das Gefühl, als könnte er plötzlich vom Dach kippen und mir auf den Kopf fallen. Ich schüttelte mich, atmete tief durch und ging hinein. Der Verkäufer schien meine Unsicherheit zu spüren.

»Hallo, ich bin Björn, wie kann ich Ihnen helfen?«

Der Mann mit dem grauen Haar, dem üppigen weißen Bart und der diskreten Brille erinnerte entfernt an den Weihnachtsmann. Aber statt eines roten Mantels trug er ein kariertes Hemd mit dem gelben Würfel an der Brust.

Ich versuchte ein Lächeln. »Ich brauche eine Säge.«

Er nickte und begann, neben mir herzugehen.

»Gang sechs. Was für eine soll es denn sein?«

Ich sah ihn an und überlegte krampfhaft, was ich antworten sollte. Er wartete einige Sekunden, dann präzisierte er seine Frage.

»Sie müssten es mir schon ein bisschen genauer verraten. Was möchten Sie denn zersägen? Brauchen Sie eine Allroundsäge, eine Kettensäge, eine Säbelsäge, eine Bügelsäge, eine Stichsäge oder eine Handsäge?«

Ich schluckte.

»Ich … ich will alles Mögliche damit sägen. Ich habe an eine Säge gedacht, die man im Haus aufbewahren kann, die nicht zu viel Platz beansprucht und sowohl hartes als auch weiches Material schafft.«

Er machte ein fragendes Gesicht.

»Hartes und weiches?«

Ich nickte. Besser, ich hielt den Mund.

»Also, wenn Sie nur kleinere Sachen im Haus sägen wollen, würde ich Ihnen eine normale Handsäge empfehlen. Die hier zum Beispiel kostet dreihundertdreiundvierzig Kronen. Damit können Sie problemlos Bretter, Sperrholz und Spanplatten sägen.«

Ich betrachtete die kleine Säge in der Hand von Verkäufer Björn und merkte, wie sich die Haare auf meinen Armen sträubten. Mit diesem Ding würde es ewig dauern, Papas Leiche zu zerlegen.

»Ich habe eher an eine mit Motor gedacht. Was können Sie da empfehlen? Eine, die alle Materialien schafft, die Sie eben aufgezählt haben.«

»Die hier.«

Er klopfte auf einen Karton.

»Eine Säbelsäge von Toolmate. Vierhundertneunundneunzig Kronen. Ein echtes Schnäppchen. Mit Sägeblatt für Holz und Metall. Die Toolmate hat eine Hubzahl von zweitausendfünfhundert in der Minute, wenn sie gut drauf ist, und es gibt sogar einen verstellbaren Fuß für erhöhte Arbeitssicherheit, damit man nicht abrutscht und womöglich einen Körperteil absägt.«

Genau das wollte ich eigentlich, dachte ich und musterte skeptisch das dünne Sägeblatt. Ob das mit Papas kräftigem Körper zurechtkommen würde?

Ich zuckte mit den Schultern. Fünfhundert Kronen. Einen Versuch war es wert.

Ich dankte Björn für seine Hilfe, marschierte mit der Toolmate zur Kasse und bezahlte bar. Dann ging ich mit wackligen Knien zurück zum Auto und wollte die Motorsäge gerade in den Kofferraum legen, als ich schnelle Schritte auf dem Asphalt hörte.

»Moment mal!«

Ich erstarrte, drehte mich um und sah Björn auf mich zutraben.

»Sie haben das hier vergessen«, sagte er und hielt mir ein Blatt Papier hin. »Das ist Ihr Garantiebeleg. Wenn was sein sollte, haben Sie zwei Jahre Garantie.«

Ich bedankte mich nochmals und drückte die Kofferraumklappe zu. Setzte mich ans Steuer und schloss die Tür. Ich konnte meinen nächsten Besuch im Baumarkt Beijer direkt vor mir sehen.

»Hören Sie mal, Björn, die Sache ist die, ich habe versucht, meinen Vater zu zerstückeln, aber Ihre Schrottsäge ist dabei kaputtgegangen. In den Sägezähnen haben sich ein paar Fleischfasern festgesetzt, und sie ist auch ziemlich blutig, aber könnte ich sie vielleicht umtauschen? Mein halber Vater liegt noch im Bad, und ich muss den Mistkerl zersägen, bevor er zu steif ist.«

Sehr unwahrscheinlich, dass ich die Garantie in Anspruch nehmen werde, dachte ich und zerriss das Papier in kleine Fetzen.

84

Sonntag, den 28. Februar 2010

Ich saß auf dem Badezimmerfußboden und heulte.

Ein Lebewesen zu zerstückeln war das Ekligste, was ich in meinem Leben je getan hatte.

Ich war zu Peterssons Schlachterei in Lugnås gefahren und hatte ein fünfzehn Kilo schweres Spanferkel gekauft. Tot. Gott sei Dank. Ich hätte es nicht übers Herz gebracht, es zu töten.

Der Schlachter hatte nur mit halbem Ohr zugehört, als ich ihm von dem Wikingerfest mit Met und Spanferkel erzählte, das meine Freunde und ich veranstalten wollten.

»Haben Sie denn jemanden, der es grillen kann? Ein ganzes Schwein am Spieß so zu braten, dass es zart wird, erfordert eine Menge Zeit und Liebe.«

Ich hatte mit einer solchen Leidenschaft von dem selbst gebauten Drehspießgrill eines Freundes geschwärmt, der Hobbykoch sei, dass ich mittlerweile beinahe selbst an die Existenz des Grills und des Kochfreundes glaubte.

Der Schlachter war in den Kühlraum gegangen, um das Tier zu holen, und ich war anschließend um fast vierzehnhundert Kronen ärmer mit einem toten, in Plastik verpackten Schwein im Kofferraum nach Hause gefahren.

Ich bildete mir ein, dass das Spanferkel mich anklagend anstarrte, obwohl die Augenhöhlen leer waren. Das Gefühl der Schuld hing wie eine dunkle Wolke über mir, während ich auf der Plastikfolie saß, die ich als Schutz über die Fliesen gebreitet hatte. Ich starrte das Blut und den Schweinkram um mich herum an und dankte meinem Lehrmeister Dexter Morgan, dass er mir eingeschärft hatte, den Zerlegeraum sorgfältig mit Folie auszukleiden.

Einen weiteren warmen Gedanken schickte ich an den Laden, wo es Abdeckfolien im Sonderangebot gegeben hatte. Vierzig Kronen für fünfzig Quadratmeter Plastikfolie. Ich hatte das Geschäft mit zehn Packungen verlassen. Ein echtes Schnäppchen. Ich würde mindestens noch ein Mal üben können. Allerdings ärgerte ich mich über meine eigene Stümperhaftigkeit. Die Sache mit der Plastikfolie hatte ich gut gemeistert, aber irgendwie hatte ich angenommen, das Sägen würde wie von allein gehen.

Als Erstes hatte ich versucht, das rechte Vorderbein des Schweins abzusägen. Es war schwer gewesen. Ich war immer wieder an der glitschigen Schwarte abgerutscht, als ich versuchte, das Schwein festzuhalten und gleichzeitig zu sägen.

»Entschuldige, Piggy«, flüsterte ich und betrachtete die Sauerei, die ich angerichtet hatte. Dieses Schwein wog fünfzehn Kilo. Papa wog mindestens achtzig, wahrscheinlich eher hundert.

»Reiß dich zusammen!«, rief ich.

Ich stand auf, zog die Handschuhe aus und wusch mir das Gesicht mit kaltem Wasser. Nach einem Blick auf das arme Schwein, das aufgeschlitzt auf meinem Badezimmerfußboden lag, schloss ich die Tür hinter mir und sank auf dem Wohnzimmerfußboden zusammen.

Ich atmete ein paar Mal tief durch. Ich wusste, je länger ich damit wartete, ins Bad zurückzukehren, desto schwerer würde es werden.

Ich holte einen schwarzen wasserfesten Filzschreiber aus meiner Handtasche. Nachdem ich das Schwein auf den Bauch gedreht hatte, malte ich wie ein Schönheitschirurg, der sich auf eine OP vorbereitet, Linien auf den Schweinekörper, um zu markieren, wo ich sägen musste.

Zuerst malte ich kleine Schnittlinien auf den Schweinenacken. Dann ging ich zum Rumpf über und stellte fest, dass er in drei Stücke zerteilt werden musste, nicht nur in zwei Hälften, wie ich ursprünglich gedacht hatte. Das Rückgrat für sich. Danach die linke und die rechte Hälfte. Die vier Beine des Schweins waren so kurz, dass ich sie in einem Stück abtrennen konnte. Papas viel längere Beine würde ich in der Mitte durchsägen müssen. Die Arme konnte man am Ellbogen zusammenklappen und einpacken, solange die Totenstarre noch nicht eingetreten war. Ich musste mich unbedingt noch informieren, zu welchem Zeitpunkt der sogenannte Rigor mortis einsetzte. In den Fernsehkrimis waren die Angaben dazu sehr unterschiedlich. *CSI* sprach von nur einer Stunde. Dexter Morgan blieben immer mehrere Stunden Zeit.

Ich erhob mich und betrachtete die gestrichelten Linien auf der Schwarte. Plötzlich wurde ich ganz ruhig. Ich zog die Gummihandschuhe wieder an, packte die Säge mit festem Griff und machte mich an die Arbeit.

Das Zerlegen dauerte vierzig Minuten. Und die Säge hielt durch.

Als ich fertig war, nahm ich die Stücke in Augenschein. Beim nächsten Mal würde ich zwei Zehn-Liter-Eimer bereitstellen müssen. Erstaunlich, wie viel Flüssigkeit aus so einem toten und schon gekühlten Schwein lief. Das war nichts gegen die Menge, die aus Papas Körper fließen würde. Fünf bis sechs Liter, mindestens. Vor allem Blut. Es war wichtig, rasch eine seiner Hauptschlagadern zu öffnen, um den Körper ausbluten zu lassen.

Ich betrachtete die Badewanne und überlegte, ob ich das dort machen sollte, verwarf die Idee aber schnell wieder. Keinerlei Spuren zu hinterlassen bedeutete definitiv nicht, fünf Liter Blut in den Abfluss laufen zu lassen. Und ich konnte den

Hundertkilobrocken sowieso nicht in die Badewanne wuchten. Es würde schon umständlich genug sein, den Körper aus dem Wohnzimmer ins Bad zu schleifen. Dieses Problem hatte ich noch nicht gelöst, und ich brauchte nicht noch mehr Probleme. Ein Eimer für die Halsschlagader und ein Eimer für die Oberschenkelarterie, das sollte reichen.

Ich nickte vor mich hin, zufrieden über mein neues Wissen. Anschließend ging ich in die Küche und holte Plastiktüten und Panzerband. Das Erste, was ich in Plastik einwickelte, war der Kopf des kleinen Schweins. Ich ertrug das Gefühl nicht mehr, dass die leeren Augenhöhlen mich anstarrten.

Eine Stunde später standen neun sorgfältig zugeklebte Müllsäcke in der Diele. Das Badezimmer war tipptopp geputzt. Ich schaute auf die Uhr und fragte mich, wo ich den zerlegten Schweinekadaver entsorgen sollte. Wieder einmal wünschte ich, dass ich das alles ein bisschen genauer durchdacht hätte, bevor ich mit der Arbeit begann.

Ich füllte zwei Ikea-Tragetaschen mit den Schweinebeuteln. Hängte mir eine über jede Schulter, verließ die Wohnung, schloss die Tür ab und fuhr mit dem Aufzug in die Tiefgarage, wo ich sie in den Kofferraum meines Autos stellte. Dann stieg ich ein und fuhr los, ohne zu wissen, wohin. Mein Kopf war völlig leer. Als ein Auto hinter mir hupte, bog ich nach links in die Badhusgatan und nahm Kurs auf Skara.

Bei der Kirche von Våmb kam mir ein Streifenwagen entgegen. Panik überfiel mich. Für einen kurzen Moment war ich davon überzeugt, dass die Polizisten wenden, mich anhalten, das zerlegte Schwein finden und meine Mordpläne aufdecken würden.

Aber der Streifenwagen fuhr unbeirrt weiter. Ich war beruhigt und behielt meine Richtung ebenfalls bei.

An der Abfahrt nach Hagmanstorpet verließ ich die Landstraße und bog auf den Schotterweg ein, der in den Wald führte. Ich kam an drei Bauernhöfen vorbei, zwei auf der rechten Seite und einem auf der linken, aber ich fuhr ziellos immer weiter. Nach sieben Kilometern war der Feldweg zu Ende, und ich stand vor einem Sumpf.

Mir fiel das Zeitungsinterview ein, in dem der Polizist Jörgen Hermansen gesagt hatte, dass Lehm den Verwesungsprozess verzögerte, aber ich hatte nicht mehr die Kraft, darüber nachzudenken.

Stattdessen holte ich die Plastikbeutel aus dem Kofferraum und versenkte einen nach dem anderen langsam im braunen Wasser, bis das ganze Schwein weg war.

Ich betrachtete meine lehmigen Hände, Hosenbeine und Schuhe und stellte fest, dass ich mich das nächste Mal besser vorbereiten musste.

Muffinsbucheintrag vom 28. Februar:

1. *Zwei 10-Liter-Eimer kaufen.*
2. *Ballast besorgen, um sicherzustellen, dass die Beutel nicht auftauchen:*
   Steine?
   Sand?
3. *Großpackung schwarzer Müllsäcke kaufen.*
4. *Zwei Paar Gummihandschuhe und einen Plastikumhang/eine Öljacke kaufen und beim Zerlegen anziehen.*
5. *Gute Gummistiefel kaufen, mindestens zwei Nummern zu groß, sodass die Spur nicht zu mir führt.*
6. *Einlegesohlen kaufen, damit die Gummistiefel passen.*

Wichtig!
Zur Erinnerung, aus der Nationalenzyklopädie:
Totenstarre (lat. rigor mortis): Verlust der Plastizität der Muskeln, der dafür sorgt, dass das Gewebe steifer wird –

tritt schrittweise während der ersten 10 bis 12 Stunden nach dem Tod ein und ist nach 14 Stunden voll ausgebildet. Die Starre entsteht dadurch, dass die Muskelzellen im Körper keine Sauerstoffzufuhr mehr erhalten und die Muskeln deshalb in der Position verharren, die sie bei Eintritt des Sauerstoffmangels innehatten. Die Totenstarre verschwindet, wenn der Abbau der inneren Zellstruktur der Muskeln einsetzt.

85

Montag, den 1. März 2010

Windpocken. Sie versuchte sich zu erinnern, wie das gewesen war damals. War ihr Vater zu Hause geblieben und hatte sie gepflegt? Anna bezweifelte es. Merkwürdig, wie das Gedächtnis funktionierte. Dass es ihrem Vater im Nachhinein eine so überhöhte Heldenrolle zuwies bis zu dem Tag, als er sie im Stich gelassen hatte. Wahrscheinlich war es ihre Mutter gewesen, die sich um sie gekümmert hatte, als sie mit Windpocken im Bett bleiben musste. Ihre Mutter hatte sich ja ohnehin um fast alles gekümmert, was mit ihrer Erziehung zusammenhing.

Patrik Morrelli war am Tag nach ihrem gemeinsamen Abend nicht auf dem Revier erschienen. Karlkvist hatte – nur eine Stunde nachdem sie ihn zur Schnecke gemacht hatte – mit knappen Worten verkündet, dass Patrik dringend nach Stockholm habe zurückkehren müssen, um seinen an Windpocken erkrankten Sohn zu pflegen. Heute sollte er wieder zum Dienst kommen, hieß es. Sie versuchte, sich nicht verrückt zu machen.

Sie hatte das ganze Wochenende an Patrik gedacht.

Und an David.

Und an Julia.

Anna fragte sich, ob sie zu hart zu Julia gewesen war. Dabei wusste sie im Grunde schon, dass sie zu hart zu ihr gewesen war.

Wie bat man eine Person um Verzeihung, die den Freund, der einen misshandelte, so unter Druck gesetzt hatte, dass er gehorchte und einen verließ?

Sie wusste es nicht. Sie wusste nur, dass sie nie wieder mit David in ein Hotel gehen würde.

In diesem Moment hörte sie Patriks Stimme im Gang. Unwillkürlich hob sie die Arme und kontrollierte ihren Achselgeruch. Als sie sich dabei ertappte, senkte sie die Arme schnell wieder. Von einem Kerl zum nächsten, dachte sie. Wie erbärmlich.

86

Viele Jahre zuvor

Die Angst vor der Abiturfeier am neunten Juni beginnt fünf Tage vorher.

Sie sitzen beim Sonntagsfrühstück, als Papas Laune plötzlich umschlägt. Das geht ebenso schnell, wie der Kaffee in der Tasse abkühlt, und diesmal ist sie völlig unvorbereitet. Sie hat ihr Brot gegessen und dabei erzählt, dass das Abiturientenschild, das ihre Mutter für sie gemalt hat, jetzt fertig ist und dass sie schon einen guten Platz ausgesucht hat, wo ihre Eltern stehen sollen, um sie in Empfang zu nehmen, wenn sie am Tag der Abschlussfeier zusammen mit allen anderen Abiturienten aus der Schule gestürmt kommt. Es ist eine Ecke mit einem Baum, wo meistens nicht so viele Leute stehen.

Papa murmelt etwas vor sich hin. Dann kommt die Stille. Sie erkennt sie sofort. Erstarrt. Überlegt fieberhaft, was ihn verärgert haben könnte. Sie kaut langsam an dem Bissen Brot, der in ihrem Mund wächst, während sie wartet.

Er setzt die Kaffeetasse ab und beißt sich wie üblich auf die Unterlippe.

»Dir ist doch hoffentlich klar, dass aus meiner Familie keiner zu deiner Abiturfeier kommt, oder?«, sagt er.

Sie starrt ihn verwundert an.

»Du sitzt hier und quasselst in einer Tour. Kaust mir ein Ohr ab. Über deine Mutter, die Bodil-Hure, die dir ein Schild gemalt hat. Glaubst du wirklich … ich meine … Bist du schon so dermaßen verblödet, dass du dir einbildest, ich würde neben … der da stehen?«

Er schüttelt den Kopf.

»Über eins musst du dir vollkommen klar sein. Ich rufe meine Schwester an, und dann ist die Sache im Handumdrehen abgeblasen. Kapiert? Kein einziges Mitglied meiner Familie wird da erscheinen. Und du kannst da mit deinem beschissenen Schild herumstehen. Zusammen mit der Bodil-Hure und Bengt Schwuchtel.«

Sie sagt nichts. Ärgert sich nur über sich selbst. Über ihre Dummheit. Wie konnte sie nur glauben, Papa würde zusammen mit Mama vor der Schule stehen und sie in Empfang nehmen?

Am selben Abend fährt sie zu ihrer Mutter und erzählt ihr, dass Papa auf gar keinen Fall bei der Abiturfeier neben ihr stehen will. Ihre Mutter zuckt mit den Schultern.

»Dann soll er es eben bleiben lassen«, sagt sie.

Sie nickt zu den Worten ihrer Mutter. Dann soll Papa es eben bleiben lassen.

Sie schließt die Tür hinter sich und lässt den Tränen freien Lauf. Dumme Mama, die sie nicht verstehen will. Aber am dümmsten ist sie selbst. Weil sie gehofft hatte, ihre Abiturfeier könnte anders werden. Anders als all die anderen Schulabschlussfeiern, bei denen Papa sich entweder geweigert hat zu erscheinen oder doch gekommen ist und Mama unterm Tisch gegen die Schienbeine getreten hat.

Anders als die Konfirmation, bei der sie Mama nach wochenlangem Verhandeln so weit hatte, dass sie nur zur Andacht am Samstagabend kam und Papa den Sonntagsgottesdienst überließ, bei dem die eigentliche Einsegnung stattfand.

Anders als die Weihnachtsfeste, als Papa sie jedes zweite Jahr dafür bestrafte, dass sie dem Schema folgte, das die Eltern gemeinsam beschlossen hatten, und Heiligabend bei ihrer Mutter verbrachte und erst am Morgen des ersten Feiertags bei ihrem Vater auftauchte.

»Was gibt's denn jetzt noch zu feiern? Weihnachten ist vorbei«, hatte er dann immer gesagt und war ins Bett gegangen. Bisweilen verbrachte er den ganzen Tag im Bett und weigerte sich aufzustehen. Sie und ihr großer Bruder hatten stundenlang gewartet und darauf gehofft, dass er doch noch aufstehen würde. Schließlich hat-

ten sie aufgegeben und sich im Wohnzimmer an den Tisch gesetzt, um ihre Briefumschläge zu öffnen. In schwarzer Tinte standen ihre Namen darauf, und sie enthielten jeweils fünfhundert Kronen, wenn er sauer war. Wenn er dagegen gute Laune hatte, das heißt, wenn sie schon am Heiligabend zu ihm kamen, ließ er auch mal tausend oder fünfzehnhundert springen.

Sie sitzt in ihrem Zimmer auf dem Fußboden und verflucht sich selbst, weil sie geglaubt hat, die Abiturfeier könnte anders werden. Sie hätte es besser wissen müssen.

Ihre Klassenkameraden scheinen in den folgenden Tagen viel Spaß zu haben. Dienstagnacht ist Maskenfest und Mittwoch Sektfrühstück im Park. Sie kann sich nicht entspannen. Jeden Tag spricht sie mit ihrem Bruder, und sie denken gemeinsam über eine Lösung nach.

Erst am Donnerstag, weniger als vierundzwanzig Stunden vor der Schulentlassung, einigen sich die streitenden Parteien. Ihr Bruder findet eine Lösung. Ach, geliebter großer Bruder.

Sie werden alle in der Ecke stehen, die sie ausgesucht hat. Aber einige Meter – mindestens fünf, verspricht sie Papa – voneinander entfernt. Ihr Bruder wird mit dem Abiturientenschild in der Mitte stehen. Wenn sie zusammen mit den anderen Abiturienten aus der Schule gestürmt kommt, darf Papa als Erster zu ihr gehen und ihr seine Geschenke umhängen. Mama muss ein Stück entfernt von ihm stehen und darf sie erst beglückwünschen, wenn er fertig ist. Bengt wird der Letzte in der Reihe der Gratulanten sein.

Als die Uhr am Entlassungstag zwölf schlägt, ist sie so nervös, dass ihre Beine sie kaum tragen. Sie hofft, dass Mama und Bengt es nicht vergessen. Dass sie nicht auf sie zugerannt kommen.

Sie nimmt an, dass ihre Klassenkameraden, die um sie herumstehen, voller Freude nach draußen stürmen. Laut johlen sie das traditionelle Lied, in dem es um die leuchtende Zukunft geht. Sie selbst schafft es kaum, durch die Tore des Gymnasiums zu laufen. Da ist wieder dieser Kloß in ihrem Magen. Sie nutzt die Gelegenheit, laut zu schreien, um ein wenig von ihrer Angst vor den nächsten Stunden loszuwerden. Sie versucht, ihre Unruhe zu dämpfen, die wie ein Krebsgeschwür in ihr wächst, indem sie daran denkt, dass sie alles ganz genau geplant hat und Papa zufrieden sein wird.

Zuerst wird sie bei ihm zu Hause feiern mit seinen Verwandten. Mamas Familie muss warten. Wie immer. Aber so ist es am praktischsten, verteidigt sie sich gegenüber ihrem schlechten Gewissen. Schließlich soll Mama sie für den Ball am Abend frisieren.

Der Festumzug dauert länger als geplant. Viel länger. Als sie anschließend direkt nach Götene zu ihrer Familienfeier fahren will, protestieren die vier Klassenkameraden, die mit ihr in Papas blaumetallicfarbenem Buick von 1964 sitzen. Es war doch verabredet, dass sie alle von ihr nach Hause kutschiert werden. Schließlich gibt sie sich geschlagen. Sie will ihnen den Tag nicht verderben.

Eine Fahrt nach Axvall.

Zwei müssen noch nach Skara.

Und schließlich setzt sie den letzten in Götene ab, bevor sie in die Götgatan 7 fährt.

Sie kommt viel später, als sie versprochen hat, und bleibt so lange, wie sie kann. Doch nach einer guten Stunde muss sie aufbrechen und zu Mama fahren, damit ihr noch Zeit bleibt, sich zu schminken und die Haare für den Ball hochzustecken. Mehrmals erklärt sie Papa ihr Dilemma, und als er zwei Stunden später bei dem Umzug auftaucht, der vom Botanischen Garten zum Stadshotellet in Skara führt, wo der Ball stattfinden soll, atmet sie erleichtert auf. Dieses Mal ist er nicht wütend geworden. Sie merkt, wie der Kloß in ihrem Magen langsam kleiner wird, und als der Ball nachts um drei vorbei ist, spürt sie ihn fast gar nicht mehr.

Er weckt sie vier Stunden später. Zuerst kann sie fast nichts von dem verstehen, was er am Telefon sagt. Seine Stimme überschlägt sich, es ist fast nur Geschrei. Irgendwann wird er ein klein wenig ruhiger, und sie begreift, was er da durch den Hörer schreit.

»Man kann sich auf keinen von euch Schweinebande verlassen!«

Dann kommt es.

Er sagt, wie sehr sie seine Familie gedemütigt habe, weil sie so viel länger bei ihrer Mutter gewesen sei als bei ihm. Wie mitleidig ihn seine Verwandten angesehen hätten, weil er eine so unmögliche Tochter habe. Die eine Tante sei bitter enttäuscht gewesen, sagt er, die andere einfach traurig. Ihr Onkel habe kaum sprechen können, so aufgebracht sei er gewesen. Alle hätten sie mit ihrem Cousin verglichen, der zwei Tage vorher Abiturfeier gehabt habe, und seien zu dem Ergebnis gekommen, dass es mit ihm viel schöner gewesen sei. Er habe sich nämlich um seine Verwandtschaft gekümmert, sagt Papa und malt lang und breit aus, wie er selbst dagesessen und sich geschämt habe, weil seine Tochter nicht auf ihrer schönen Abifeier gewesen sei, sondern stattdessen bei dieser Bodil-Hure. Wie alle, die gestern bei ihm zu Besuch gewesen seien, darüber geredet hätten: über sie und die Bodil-Hure und Bengt Schwuchtel. Und zwar nicht nur seine Verwandten, stellt sich heraus, je länger das Gespräch dauert, sondern alle. Auch sein Freund aus Österäng. Und die Frau des Freundes. Alle hätten sie darüber geredet, und er habe auf seinem eigenen Sofa sitzen und miterleben müssen, wie alle mit dem Finger auf ihn zeigten, weil seine Tochter es vorzog, bei der Bodil-Hure und Bengt Schwuchtel zu feiern statt bei ihm.

»Aber das war ohnehin das letzte Mal, dass du meine Verwandtschaft gesehen hast«, sagt Papa. »Anscheinend hasst du meine Familie. Und mich. Fahr doch zur Hölle, du widerliche kleine Rotzgöre. Bist ja ohnehin nur auf mein Geld aus.«

Sie hasst sich selbst dafür, dass sie so gern eine schöne Aufsteckfrisur für den Ball hatte haben wollen.

Wenn sie keine Aufsteckfrisur gewollt hätte, dann hätte sie noch eine Stunde länger bei Papa bleiben können.

Sie hört ihrem Vater am Telefon zu und denkt, dass sie alles darum geben würde, wenn sie die Uhr um vierundzwanzig Stunden zurückdrehen könnte. Dann hätte sie ihn nicht so enttäuscht. Dann hätte sie auf die schöne Ballfrisur verzichtet.

87

Mittwoch, den 3. März 2010

Blumen in den Beeten. Kleine weiße Schneeglöckchen, die unter der Schneedecke hervorlugten. Woher waren die denn gekommen?

Dasselbe hatte ich schon vor ein paar Minuten gedacht, als ich neben meinem Freund saß, der zum Krankenhaus fuhr. Ich hatte das sprießende Grün gesehen und erkannt, dass es Frühling geworden war, ohne dass ich es gemerkt hatte.

Wo war ich in den letzten Monaten gewesen?

Dabei wusste ich die Antwort bereits.

Seit dem 1. Januar um 15.51 Uhr war nur sehr wenig in meinem Leben interessant gewesen. Ich hatte wohl mal einen Blick aus dem Fenster geworfen, um zu entscheiden, ob ich Winterschuhe oder Gummistiefel, Mütze, Schal und Handschuhe brauchte oder nur Mütze und Handschuhe, aber ansonsten war das Wetter wirklich Nebensache gewesen. Wie alles andere.

Aber jetzt, da ich mich umschaute, gefiel mir das Grün. Wie zarte Blätter durch den Schnee brachen, der immer noch einen Großteil des Bodens bedeckte.

Ich setzte mich auf eine Bank vor dem Krankenhaus, um auf meinen Freund zu warten, der sich dort drinnen gerade eine Spritze in den Hintern verpassen ließ. Ich überlegte, wohin er diesmal wollte. Hatte er gesagt, zum Werk in Bangalore? Oder war es China? Ich sollte es wissen. Doch es interessierte mich nicht die Bohne.

Ich hatte die langen Reisen, die seine Arbeit als Maschinenschlosser bei Volvo mit sich brachte, immer geschätzt, aber jetzt war ich besonders dankbar dafür. Zwei Wochen würde er diesmal weg sein. Mindestens.

Ich blickte auf und sah, wie sich ein älteres Ehepaar langsam dem Eingang näherte. Der Mann schob die Frau in einem Rollstuhl. Sie sah klein und gebrechlich aus. Das magere Gesicht war von einem Schal verhüllt, und sie hatte eine dicke Pelzmütze auf. Die Frau bewegte sich nicht, starrte nur vor sich hin, den Mund weit geöffnet. Gleich würde das Paar am Eingang angekommen sein. Plötzlich stieß der Mann auf ein Hindernis in Form einer Bordsteinkante. Der Rollstuhl blieb mit einem Ruck stehen, und ein Arm der Frau rutschte heraus. Ich wartete darauf, dass die Frau den Arm zurückziehen würde, aber sie ließ ihn einfach hängen. Kraftlos.

Sie könnte genauso gut tot sein, dachte ich und sah zu, wie der Mann langsam um den Rollstuhl herumging, den Arm der Frau anhob und ihn zurücklegte, bevor er erneut versuchte, die Bordsteinkante zu überwinden – diesmal erfolgreich. Als das Paar im Eingang verschwand, wurde mir plötzlich bewusst, was ich eben gedacht hatte.

Die Frau hätte im Prinzip tot sein können, und niemandem wäre es aufgefallen. Natürlich! So könnte ich Papa aus dem Haus in der Götgatan zum Auto und vom Auto in meine Wohnung transportieren. Ein alter Mann im Rollstuhl, dick vermummt. Keiner, der uns sah, würde irgendeinen Verdacht schöpfen.

Ungeduldig wartete ich, bis mein Freund schließlich herauskam. Ich lächelte ihn an und fragte, ob alles gut gegangen sei und ob es wehgetan habe. Ich hörte nicht zu, als er antwortete, mein Gehirn war anderweitig beschäftigt, aber ich nickte leicht, um mein Interesse zu zeigen, und hoffte, dass ich es an den richtigen Stellen tat.

Wo um alles in der Welt klaute man einen Rollstuhl?

88

Donnerstag, den 4. März 2010

Während ich die vierzig Kilometer nach Götene fuhr, lief im CD-Player die Todes-Playlist. Ich ließ mir Zeit, hielt an jeder Radarfalle und notierte im Muffinsbuch, wo sie sich befand und welches Tempolimit dort galt. Ich war diesen Weg unzählige Male gefahren, aber wenn ich eins vermeiden wollte, dann war es, mit einem betäubten Papa im Auto geblitzt zu werden.

Kamera 1: Trabrennbahn Axevalla. 70 km/h.
Kamera 2: Abfahrt Eggeby. 50 km/h.
Kamera 3: Autoschrottplatz vor Lundsbrunn. 70 km/h.

Als ich schließlich beim Helenagården in Götene ankam, lächelte ich.

Da standen sie, vor dem Haupteingang. Genau wie ich es in Erinnerung gehabt hatte. Zwei Rollstühle, damit Besucher ihre Lieben auf einen Spaziergang mitnehmen konnten.

Großmutter hatte ihre letzten Jahre in der Demenzstation des Helenagården verbracht. Ich war oft dort gewesen und hatte mir einen der Rollstühle ausgeliehen, wenn Großmutter und ich kleine Ausflüge in die nähere Umgebung unternahmen. Das Pflegepersonal ließ die Rollstühle einfach dort draußen stehen, denn wer sollte schon auf den Gedanken kommen, einen Rollstuhl aus einem Pflegeheim zu stehlen?

Ich blickte mich um. Niemand da. Ich griff mir einen Rollstuhl und schob ihn rasch zum Parkplatz. Dort öffnete ich den Kofferraum, klappte den Rollstuhl zusammen, verstaute ihn und schloss die Kofferraumklapppe wieder zu. Ich drehte mich um. Immer noch niemand zu sehen.

Neunzig Minuten später stand ich leise vor mich hin summend am Herd und schaute auf die Uhr. Jetzt musste er bald kommen.

Ich spürte, wie es in meinem Bauch kribbelte. Der Rollstuhl lag zusammengefaltet unter dem Bett, und außerdem hatte ich mir die Zeit genommen, nach dem Betäubungsmittel zu googeln, das Dexter Morgan benutzte.

Etorphin war 1963 entwickelt worden, und seine schmerzstillende Wirkung war anscheinend tausend bis dreitausend Mal stärker als die von normalem Morphin. Es wurde vor allem dazu verwendet, Elefanten oder andere große Säugetiere von mehreren Tonnen Gewicht bewegungsunfähig zu machen. Fünf Milligramm reichten aus, um ein Nashorn in den Tiefschlaf zu versetzen.

Ich presste zwei große Knoblauchzehen in die Kochsahne und rieb Parmesan. Im Krimi hatte es so einfach ausgesehen, dachte ich.

Dexter schlich sich von hinten an jemanden heran, stach ihm die Nadel in den Hals und injizierte die Flüssigkeit. Das war's. Das Opfer wurde innerhalb von zwei Sekunden bewusstlos. In Wirklichkeit war die Sache offenbar etwas komplizierter. Aber war das nicht immer so, wenn es drauf ankam?

Ich ließ den Speck in der Pfanne brutzeln, schaltete die Dunstabzugshaube eine Stufe höher und fügte noch mehr Sahne, Mais, Soja und Käse hinzu, bevor ich wieder auf die Uhr schaute. Zeit, die Nudeln aufzusetzen. Ich mahlte eine großzügige Portion grobes Meersalz aus der Salzmühle ins kochende Wasser, während ich mich an Mamas mahnende Stimme erinnerte, dass es »salzig wie Meerwasser« sein müsse. Dann gab ich drei Handvoll Spaghetti in den Topf, während ich noch einmal den Text aus dem Pharmazeutischen Handbuch durchging, den ich säuberlich ins Muffinsbuch übertragen hatte.

Demnach wurde Etorphin ausschließlich von Tierärzten eingesetzt. Es unterlag »strengen gesetzlichen Regelungen«, und man musste extrem vorsichtig mit der Dosierung sein. Ein Tropfen Etorphin von der Stärke, wie Tierärzte sie benutzten, konnte einen Menschen innerhalb weniger Minuten töten, wenn die Haut mit der Droge in Kontakt kam.

Ich merkte, dass die Nudeln überzukochen drohten, und schaltete rasch die Platte zurück. Anschließend deckte ich den Tisch, faltete Servietten und zündete Kerzen an. Ich hatte eine Menge Webseiten angesurft, aber die Tierkliniken, die es in Skövde gab, behandelten nur »Hunde, Katzen und andere Kleintiere«. Über Umwege war ich schließlich auf der Homepage einer Tierklinik in Skara gelandet, die sich auf die Behandlung von Pferden spezialisiert hatte.

Als es an der Tür klingelte, öffnete ich mit einem Lächeln. Mein Freund kam herein und schnupperte.

»Ah! Meine Lieblingspasta. Was gibt's zu feiern?«

Bald würde sich mein Freund auf der anderen Seite des Erdballs befinden.

Bald würde ich Drogen stehlen.

Bald würde Papa tot sein.

Und unter dem Bett lag der Rollstuhl.

»Dass es dich gibt«, antwortete ich und gab ihm einen Kuss. »Wir feiern, dass es dich gibt.«

89

Montag, den 8. März 2010

»Na, herzlichen Glückwunsch. Dann können wir ja alles, was wir bisher haben, in die Tonne treten«, sagte jemand hinter Julias Rücken. Sie zuckte zusammen und drehte sich zu ihrer Kollegin um.

Ing-Marie Andersson bot einen jämmerlichen Anblick. Innerhalb von Sekunden hatte sie sich in einen Schatten ihres neuen Selbst verwandelt.

»Um Gottes willen, was ist denn passiert?«

Ing-Marie sank auf Julias Schreibtisch zusammen. Der Billigtisch wackelte bedenklich. Ein Glück, dass die Kollegin so mager war, dachte Julia.

»Meine Quelle hat angerufen«, fuhr Ing-Marie fort. »Das Labor hat jetzt das endgültige Obduktionsergebnis.«

Sie blätterte in ihrem Block und las vor:

»Elisabeth Hjorts Leiche trägt Merkmale von körperlicher Gewalteinwirkung. Todesursache war eine Kopfverletzung, verursacht durch einen Schlag mit einem unbekannten stumpfen Gegenstand. Der Schlag war so kräftig, dass aus den kleinsten Blutgefäßen, den Kapillaren, Blutplasma ins Gewebe ausgetreten ist und ein Hirnödem verursacht hat, also einen Druckanstieg im Gehirn. Dieser Druckanstieg war todesursächlich.«

»Dass sie einen Schlag auf den Kopf bekommen hat, wussten wir doch schon. Das ist doch keine schlechte Nachricht? Hat das Labor etwas über die Mordwaffe herausgefunden?«

»Nein. Oder doch. Meine Quelle hat gesagt, dass die Kopfwunde ein Muster aufweist, das mit nichts anderem zu vergleichen sei und an den Abdruck von geschnitzten Blumen erinnere. Sie haben kleine Splitter von schwarzem Holz in ihrer Kopfhaut gefunden, die sich im Wasser zum Glück nicht abgelöst hatten, wahrscheinlich, weil die Leiche sofort gefroren ist.«

Ing-Marie legte eine Kunstpause ein.

»Und jetzt die schlechte Nachricht. Die Obduktion hat ergeben, dass der Rigor mortis in Elisabeth Hjorts Körper voll ausgeprägt war.«

»Aha, und was bedeutet das? Mit meinen Lateinkenntnissen ist es wirklich nicht weit her.«

»Rigor mortis bedeutet Totenstarre. Das heißt, dass sie schon zehn bis vierzehn Stunden tot war, als sie im See versenkt wurde. Sie hat ja auch nur kurze Zeit im Wasser gelegen, denn der See ist bekanntlich in der Nacht zwischen dem 2. und 3. November zugefroren.«

Sie sahen sich an.

Julia versuchte zu verstehen, was sie gerade gehört hatte.

»Und was ist mit der Armbanduhr? Die ist doch um 16.02 Uhr stehen geblieben?«

Ing-Marie schloss die Augen und massierte sich die Schläfen.

»Der Mörder war wohl schlauer, als wir dachten, und hat die Zeit selbst eingestellt. Meine Quelle sagt, es sei unmöglich, dass Elisabeth Hjort um 16.02 Uhr im Wasser gelandet ist. Dann würde die Leiche anders aussehen.«

»Und es gibt keine Fingerabdrücke auf der Uhr?«

Als Ing-Marie den Kopf schüttelte, sank auch Julia in sich zusammen.

»Bisher haben wir nach einer Person gesucht, die am fraglichen Tag mehrere Stunden freihatte. Die neuen Informationen bedeuten, dass im Prinzip jeder der Täter sein kann«, sagte sie resigniert.

»Jeder, der eine stumpfe Waffe zur Verfügung hatte«, sagte Ing-Marie und fügte hinzu: »Es ist davon auszugehen, dass sie versenkt wurde, als es dunkel war. Der Täter muss also jemand sein, der tagsüber Zeit hatte, sie zu töten, und sie dann irgendwo verstecken konnte, bis er sie nachts in den See warf.«

»Dann können wir wenigstens ein für alle Mal festhalten, dass Klas Hjort unschuldig ist. Er hat die Polizei gegen siebzehn Uhr angerufen. Das hätte er wohl kaum getan, wenn er der Täter wäre, da er sie dann ja noch nicht im Simsjön entsorgt hätte. Damit hätte er riskiert, dass die Polizei sie findet. Das wäre unglaublich dumm von ihm gewesen«, sagte Julia.

»Oder unglaublich clever. Er stellt auf Elisabeths Uhr eine Zeit ein, zu der er bei seiner Geliebten war, obwohl alle gedacht haben, er wäre in der Arbeit«, entgegnete Ing-Marie und ergänzte: »Ist doch ein doppeltes Alibi. Wenn eins platzt, hat man noch ein zweites in der Hinterhand.«

Julia biss sich auf die Lippe.

»Oder vielleicht hat Klara Hunnevie sie umgebracht, kurz bevor Klas zu ihr gekommen ist. Sie tötet seine Frau, geht nach Hause und schläft mit ihm, geht dann wieder rüber und beseitigt in aller Ruhe die Leiche, während er in seiner Arbeit ausstempelt und seine Kinder aus der Kita holt. Meinst du wirklich, die ist so schräg drauf?«

»Was meinst du? Wie war dein Eindruck von ihr?«

»Ich weiß es wirklich nicht, Ing-Marie. Sie wirkt ein bisschen schräg. Aber es gibt schon noch einen Unterschied zwischen schräg und komplett geistesgestört.« Julia fluchte laut. »Wir werden diesen Fall niemals lösen«, sagte sie düster.

»Was meinst du, sollen wir ein letztes Mal bei Karlkvist vorbeifahren, bevor wir diesen Mordfall abhaken und uns um was anderes kümmern?«, fragte Ing-Marie leise.

Julia sprang von ihrem Stuhl auf.

Ing-Marie übernahm die Führung. Julia folgte ihr und beobachtete, wie ihre Kollegin durch den imposanten Eingang des Polizeigebäudes schritt. Sie schien sich schnell von den schlechten Neuigkeiten erholt zu haben, denn sie ging mit entschiedenen Schritten und durchgestrecktem Rücken. Der Mordfall Elisabeth Hjort hatte etwas mit der Polizeireporterin von *Västgöta-Nytt* gemacht. Sie wirkte tougher. Zufriedener. Julia fragte sich, wie viel davon auf den Mord selbst zurückzuführen war und wie viel auf etwas anderes. Vielleicht auf ihre geheimnisvolle Quelle?

Zu ihrer eigenen Verwunderung stellte Julia fest, dass sie hoffte, Ing-Marie würde sich ihr eines Tages anvertrauen und von ihrem mysteriösen Horatio Cane berichten. Sie hätte sich tatsächlich gern mit ihr angefreundet. Ach du Scheiße. Oder du liebe Güte, wie Ing-Marie es wohl ausgedrückt hätte.

Die Polizeireporterin ging zum Pförtner, beugte sich vor und schnupperte an der Orchidee, die dort stand. Lächelnd stellte sie sich und Julia vor und nannte ihr Anliegen. Der Pförtner zeigte aufs Besuchersofa und griff zum Telefonhörer.

Ein paar Minuten saßen sie schweigend und wartend auf dem Sofa. Plötzlich verriet ein klickendes Geräusch, dass jemand die abgesperrte Tür hinter dem Empfangstresen geöffnet hatte. Ulf Karlkvist steckte den Kopf durch die Türöffnung.

»Was ist? Kommen Sie?«

Sie folgten ihm durch den Korridor in die Tiefen des Polizeigebäudes. Julia bemerkte eine Beule an seinem rasierten Hinterkopf. Eine dicke blaurote Erinnerung an seinen Zusammenstoß mit einer Wand neulich.

»Ich will ja nicht aufdringlich sein, aber wie geht es eigentlich Ihrem Kopf?«

Ulf Karlkvist warf ihr einen finsteren Blick zu.

»Tut verdammt weh, danke der Nachfrage.«

Ing-Marie und Julia wechselten einen Blick. Sie konnten sich das Lachen kaum verkneifen.

Im ersten Stock bogen sie in einen Gang ein, der zu den kleinen Einzelbüros führte.

»Reporter im Anmarsch«, rief Karlkvist, woraufhin drei der offenen Bürotüren demonstrativ zugeknallt wurden.

Er drehte sich um und grinste.

»Wie Sie sehen, sind Sie herzlich willkommen.«

Der dunkle Schreibtisch mitten in Karlkvists Zimmer nahm den größten Teil der neun Quadratmeter großen Fläche ein. Der Kommissar ließ sich auf einem Bürostuhl nieder, der neu und bequem aussah. Die Sitze der beiden schmalen Besucherstühle waren mit derselben Art Stoff bezogen, wie er bei Gardinen in Schulen und Krankenhäusern Verwendung fand – blau mit kleinen gelben Tulpen.

Julia nahm auf einem der unbequemen Stühle Platz und fragte sich im Stillen, ob die Kommune wohl all ihre Stoffe bei demselben Lieferanten einkaufte, um Mengenrabatt zu kassieren, und wie es möglich war, Abermillionen für ein Polizeigebäude auszugeben und bei der Einrichtung dermaßen zu knausern.

Hinter den beiden Besucherstühlen standen drei Billy-Regale, übervoll mit kryptisch beschrifteten Aktenordnern. Hinter Karlkvists Stuhl befanden sich drei weitere Regale, die ebenfalls mit lauter Ordnern bestückt waren. Julia vermutete, dass er die schwierigsten Fälle in Griffweite haben wollte, und fragte sich, auf welcher Seite Elisabeths Aktenordner stehen mochte. Links vielleicht? Dem Herzen am nächsten?

»Eigentlich wollten wir uns nur erkundigen, wie weit Sie und Ihre Leute inzwischen gekommen sind. Wir sind bei unseren Ermittlungen stecken geblieben.«

Ulf Karlkvist streckte die Beine aus, lehnte sich zurück und musterte Ing-Marie, von der die Frage gekommen war.

»Was Sie nicht sagen! Sie haben den Mörder tatsächlich noch nicht gefunden?«

Julia ärgerte sich über seinen süffisanten Ton.

»Sie und Ihre Untergebenen ja offenbar auch nicht, Herr Karlkvist«, sagte sie. »Wir sind nicht hier, um zu streiten. Und wir wissen, dass dieser Fall aus persönlichen Gründen wichtig für Sie ist, aber für unsere Leser ist es ebenso wichtig, dass sie das Gefühl haben, Skövde ist eine sichere Stadt, in der keine Mörder frei herumlaufen.«

Ulf Karlkvist antwortete nicht. Ing-Marie übernahm.

»Hat das Kriminaltechnische Labor neue Erkenntnisse?«

Karlkvist stierte sie an.

»Das wissen Sie doch sicher besser als ich. Das Labor ist anscheinend undicht wie ein Sieb. Sitzt Ihre Quelle nicht dort?«

Julia sah, wie ihre Kollegin errötete, und warf eilig ein:

»Bitte, Herr Karlkvist, natürlich können Sie uns nicht alles erzählen, woran Sie gerade arbeiten, dafür haben wir volles Verständnis. Aber gibt es nicht wenigstens etwas, was Sie uns sagen können? Irgendwelche neuen Spuren? Neue Zeugen? Sollen wir einen Artikel darüber schreiben, dass Sie die Bevölkerung um Hilfe bitten? Sollen wir berichten, dass die Polizei inzwischen davon ausgeht, dass die Leiche zu einem anderen Zeitpunkt im See versenkt wurde als bisher angenommen und dass Sie deshalb Leute suchen, denen später am Abend etwas aufgefallen ist? Mit irgendwas werden wir Ihnen doch unter die Arme greifen können?«

Ulf Karlkvist sah Julia an. Dann Ing-Marie. Dann wieder Julia.

»Sie wollen wirklich etwas schreiben?«

Sie nickten einhellig.

»Dann schreiben Sie über zwei neugierige Reporterinnen, die verdammt noch mal aufhören sollen, sich in die polizeilichen Ermittlungen einzumischen. Die aufhören sollen, auf eigene Faust sensible Informationen zu sammeln und sie an Dritte weiterzugeben. Wenn Sie dafür sorgen, dass das in der Zeitung erscheint, bin ich zufrieden.«

Ing-Marie und Julia standen auf und verließen wortlos das Polizeirevier. Erst als sie draußen auf dem Bürgersteig standen, brach es aus Ing-Marie heraus.

»Ich will den Fall wirklich lösen. Die Sache ist wichtig für mich. Da … da hängt so vieles dran.«

Julia legte ihr die Hand auf die Schulter. Sie hatte keine vernünftige Antwort darauf.

»Ich gebe einen Kaffee aus«, sagte sie schließlich.

Wenig später saßen sie im Rathauscafé und tranken schweigend ihren Kaffee. Julia aß eins der göttlichen Vanilleteilchen. Ing-Marie wollte keins, und als Julia mit dem Mund voller Vanillecreme ihre wesentlich schlankere Kollegin betrachtete, bereute sie, dass sie der Versuchung nachgegeben hatte. Sie brauchte wirklich nicht noch mehr Fett auf den Rippen. Julia stand auf, ging zum Abfalleimer und warf den Kuchen weg.

»Warum kaufst du dir ein Teilchen, wenn du es doch nicht aufisst?«, fragte Ing-Marie.

»Es war alt. Trocken.«

»Für mich sah es quasi ofenfrisch aus.«

»Dann geh doch und hol es dir aus dem Abfall.«

Ing-Marie sagte nichts, und Julia schämte sich plötzlich für ihren Ausbruch. Sie setzte ihre Tasse ab und schaute aus dem Fenster.

»Wenn man bedenkt, wie wenig dazu nötig ist. Ein Schlag auf den Kopf, und du bist tot.«

Ing-Marie nickte.

»Ich weiß, dass ich mich anhöre wie ein altes Weib, aber das ist wohl das Problem mit der ganzen Gewalt im Fernsehen heutzutage. Die Leute denken, so ein Schlag kann doch nicht so schlimm sein, sie sehen ja, wie die Leute im Film nach fünf oder zehn Faustschlägen wieder aufstehen. In Wirklichkeit reicht schon ein Schlag, wenn er unglücklich trifft. Christer Pettersson ist an einer Kopfverletzung gestorben. Er ist gestürzt und hat sich den Kopf aufgeschlagen, bekam eine Hirnblutung und starb. Oder nimm doch diese Schauspielerin, Natasha Richardson. Sie ist mit ihrem Kind Ski gefahren, rückwärts hingefallen und hat sich so schwer am Kopf verletzt, dass sie ins Koma fiel. Einen Tag später war sie tot.«

Ing-Marie schüttelte den Kopf.

»Das kann ganz schnell gehen.«

»Und dann hast du wieder Dickschädel wie Karlkvist, die sich nur eine bunte Beule holen«, erwiderte Julia. »Apropos Karlkvist. Was ist eigentlich mit ihm los? Er scheint nichts mehr auf die Reihe zu kriegen.«

Ing-Marie nickte. »Wenn ich einen gemeineren Wortschatz hätte und nicht so gut erzogen wäre …«

»Du meinst, wenn du ich wärst?«

Ing-Marie streckte ihrer Kollegin die Zunge raus.

»Wenn ich du wäre, Julia, hätte ich vielleicht gesagt, er bräuchte mal wieder ordentlichen Sex. Aber weil ich ich bin, würde ich sagen, er sollte dringend mal wieder seinen Zengarten harken. Inneren Frieden finden. Ruhe. Ins Nirwana abtauchen.«

Julia musste lachen, als in ihrem Kopf das Bild eines meditierenden Kommissars auftauchte. Bis Buddhistenmönch Karlkvist von einem anderen Bild verdrängt wurde, dem eines anderen korpulenten Mannes, der ebenfalls auf der Suche nach Frieden war.

»Hast du vorhin nicht gesagt, dass die Mordwaffe ein geschnitztes Muster hatte und aus schwarzem Holz war?«

Julia war von ihrem Stuhl aufgesprungen und zog sich die schwarze Jacke an, noch ehe Ing-Marie nicken konnte.

»Karlkvist muss nicht inneren Frieden finden, Ing-Marie, sondern Buddha. Und ich weiß, wo der ist.«

Zwei Stunden später saßen Julia und Ing-Marie wieder auf demselben Platz desselben Wartesofas im Polizeirevier.

»Ich fasse es nicht, dass du nichts gesagt hast! Das ist schon das zweite Mal, dass du so was machst.«

Ing-Marie war wütend, seit Julia ihr von dem Buddha erzählt hatte, den sie unter dem Bett im Livbojstigen 2 entdeckt hatte.

»Ich habe wirklich nicht mehr daran gedacht. Elias hat sich so über seine Lok gefreut, wir haben gespielt, und ich habe alles um mich herum vergessen. Tut mir leid, Ing-Marie.«

Die Eingangshalle füllte sich mit noch mehr negativer Energie, als die Stahltür aufsprang und Anna Eiler auf sie zukam.

»Er hat keine Zeit für euch. Und ehrlich gesagt müsst ihr ganz schön dumm sein, wenn ihr jetzt schon wieder hier sitzt und es noch mal versuchen wollt. Sogar ich habe euer Gespräch vorhin gehört, und ich sitze drei Türen weiter«, rief sie ihnen entgegen.

Julia lehnte sich zurück und schloss die Augen. Sie hatte wirklich keinen Bock auf eine weitere Meckerziege – gleich welchen Geschlechts –, die sie herunterputzen wollte.

»Klas Hjort hat unter dem Bett seines Sohnes einen stumpfen Gegenstand versteckt, eine massive Buddhastatue aus schwarzem Holz. Seinem Sohn hat er eingeschärft, niemandem etwas davon zu sagen. Wissen eure Kriminaltechniker davon? Haben sie sich das Ding angesehen? Und wenn ja – haben sie Blutspuren darauf gefunden?«

Es war ein beinahe beschämend gutes Gefühl zu sehen, wie Anna die Kinnlade runterfiel.

Geschieht dir ganz recht, dachte Julia.

90

Dienstag, den 9. März 2010

Ein Gefühl sagte ihr, dass sie lieber Abstand halten sollte. Während Ing-Marie und Janne vor der Eingangstür des gelben Fünfzigerjahre-Bungalows Wurzeln schlugen, stand Julia allein drei Häuser weiter und musterte die Parade von Autos der Polizei und der Kriminaltechnik, die am Straßenrand parkten. Überall liefen Männer in dunkelblauen Overalls herum, im Haus ebenso wie draußen. Sie hatten dünne durchsichtige Latexhandschuhe an und trugen kleine Koffer. Gingen hierhin, gingen dorthin, blieben stehen und nahmen alles unter die Lupe. Es sah unwirklich aus.

Sie sah, wie die Haustür aufging und ein brauner Lockenkopf herausstürmte.

»Du hattest es mir versprochen!«

Das Kind kam auf sie zugerannt, barfuß im blauen Pyjama mit roten Flugzeugen drauf, und boxte sie in den Bauch.

»Du hattest versprochen, dass du nichts von dem Geheimnis sagst! Du bist doof. Richtig doof!«

Sie ließ ihn gewähren und wartete, bis er sich ausgetobt hatte. Sie war nur ein bisschen besorgt, dass er sich eine dicke Erkältung holen würde, wenn er sich nicht bald beruhigte. So ruhig sie konnte, redete sie auf ihn ein.

»Ich habe das Geheimnis ganz lange für mich behalten, Elias. Aber die Polizei glaubt, der dicke Holzmann unter deinem Bett könnte vielleicht etwas damit zu tun haben, dass deine Mama mit der Lok in den Himmel gefahren ist.«

Julia meinte zu erkennen, wie der kleine Junge leicht nickte, ehe er zu weinen begann. Sie ging in die Hocke, um auf Augenhöhe mit ihm zu sein, und wartete darauf, dass er etwas sagte.

»Der Geheimnismann war da wegen dem Monster«, schluchzte er. »Wegen dem Monster, das böse zu Mama war.«

Sie versuchte, ihn in den Arm zu nehmen, aber er riss sich los und lief denselben Weg zurück, den er gekommen war. Vorbei an Ing-Marie, Janne und der großen Version des Polizeiautos, mit dem er so gern in seinem Zimmer spielte. Als der Junge die Haustür erreichte, ging sie auf, und Anna Eiler kam heraus. Elias Hjort rannte an ihr vorbei ins Haus.

Julia beschloss, an ihrem Platz zu bleiben und Ing-Marie die Unterhaltung zu überlassen. Erst als Anna und Patrik in ihr Auto gestiegen und weggefahren waren, traute sie sich, zu ihrer Kollegin zu gehen.

»Elias hat gesagt, der Buddha unter seinem Bett habe mit einem Monster zu tun, das böse zu seiner Mutter gewesen war.«

Ing-Marie nickte. »Nach dem Verschwinden seiner Mutter hat der Junge offenbar angefangen, wieder ins Bett zu machen. Klas Hjort hat den Buddha, eine von Elisabeths Lieblingsstatuen, unter das Bett des Jungen gestellt und Elias erzählt, das sei ein Zauberer, der alle Monster auffressen würde, die böse zu seiner Mama gewesen waren und auch dafür gesorgt hatten, dass seine Mutter böse zu ihm war. Der Zauberer würde auf ihn aufpassen, damit er in Ruhe schlafen könne. Er hat ein großes Geheimnis daraus gemacht, nur zwischen Elias und ihm, damit der Kleine sich nicht dafür schämen musste, dass er eingenässt hatte.«

91

MITTWOCH, DEN 10. MÄRZ 2010

Die feuerroten Ziffern des Weckers schlugen in vier Nullen um, und der Dienstag wurde zum Mittwoch.

Mittwoch, der zehnte März.

Papas sechzigster Geburtstag.

Der Tag, den er eigentlich nie hätte erleben dürfen.

Ich schloss die Augen und sah Papa vor mir, während in meinem Kopf *Hoch soll er leben* erklang.

Ich fragte mich, wie es ihm wohl ging. Welche Geschenke er bekommen würde, wenn er aufwachte. Ich hatte auch eins für ihn. Ein Lacoste-Polohemd, gekauft bei Macy's in New York. Es war teuer gewesen, fast neunhundert Kronen. Solange ich zurückdenken konnte, hatte Papa Lacoste getragen. Immer weiße Polohemden mit dem kleinen grünen Krokodil auf der linken Brust. Immer Kopien aus Thailand.

Meins war echt. Ein moosgrünes Lacoste-Polohemd mit einer etwas größeren Variante des Krokodils auf der Brust. Es lag zu Hause in der Schublade. Mein Freund hatte mich besorgt angesehen, als ich es während unseres Shopping-Ausflugs gekauft hatte, aber nichts dazu gesagt. Das einzige Kleidungsstück, bei dem er nicht neben mir gestanden und das Daumen-hoch-Zeichen gemacht hatte. Ich fragte mich, warum ich es eigentlich gekauft hatte, fand aber keine vernünftige Antwort darauf.

Ich fragte mich, ob Papa eine Geburtstagstorte bekommen würde.

Ob er traurig sein würde, dass ich nicht anrief.

Ich hatte immer an seinem Geburtstag angerufen. Auch dann, wenn er meinen ignoriert hatte. Ich dachte wieder an meinen zwanzigsten Geburtstag zurück und wie traurig ich gewesen war, dass er nicht anrief. Und daran, dass ich drei Wochen später dann doch mit dem Telefon in der Hand dasaß und genau dieses *Hoch soll er leben* sang, das jetzt als Endlosschleife in meinem Kopf spielte.

Er hatte gelacht. Sich gefreut. Jedes Mal. Jedes Jahr. Dann war er offensichtlich nicht wegen irgendwas sauer auf mich. Der zehnte März war anscheinend eine gute Gelegenheit für ihn, seiner ansonsten so verkorksten Tochter gegenüber Großmut zu zeigen.

Ich dachte daran, wie ich mein Studium für ein Jahr unterbrochen und als Englischlehrerin in Mexiko gejobbt hatte. Kurz vor meiner Abreise war er wütend geworden. Vermutlich hatte ich ihm zu Weihnachten das Falsche geschenkt. Oder mich nicht ausreichend für mein Geschenk von ihm bedankt. Jedenfalls musste es irgendwas mit Geld zu tun gehabt haben. Ich sei eine geldgeile dreckige Hündin, hatte er gesagt. Eine geldgeile dreckige Hündin, die an ihrem Geburtstag weit weg in einem Klassenzimmer in Mexiko City saß und keine Glückwünsche bekam. Aber eine geldgeile dreckige Hündin, die ihren Vater trotzdem anrief, als er neunzehn Tage später Geburtstag hatte.

Ich überlegte, wer von uns der Dümmere gewesen war.

Er, der nicht angerufen hatte?

Oder ich, die es trotzdem tat?

Heute würde ich ihn jedenfalls nicht anrufen.

Ich hörte ein Pling von meinem Handy und schlüpfte aus dem Bett, um meinen Freund nicht zu wecken. Ich nahm das Telefon aus der Handtasche und las die kurze Nachricht von meinem großen Bruder.

»Ruf an, wenn du aufgewacht bist.«

Ich setzte mich in der Diele auf den Fußboden und wählte seine Nummer. Er meldete sich mit flüsternder Stimme, noch bevor das zweite Klingelsignal rausging, und brach sofort in Tränen aus, als ich »Hallo« sagte.

»Mir geht's beschissen«, sagte er. »Er feiert einen runden Geburtstag, und ich werde ihn nicht anrufen. Er ist unser Vater, verdammt noch mal.«

Ich sah meinen großen Bruder vor mir. Wie er in seinem Wohnzimmer auf dem schwarzen Ledersofa saß. Fast zwei Meter groß und in diesem Moment genauso klein wie ich.

Ich redete ihm gut zu, während er weinte.

»Das ist okay«, flüsterte ich. »Du darfst ruhig traurig sein. Das ist okay.«

Ich hörte, wie sein Weinen abnahm.

»Hey. Er hat nicht angerufen, als du im November Geburtstag hattest. Er hat nicht angerufen, als ich vor drei Wochen Geburtstag hatte. Er hat keinen von uns angerufen.«

Ein tiefer Seufzer kam aus dem Hörer.

»Das weiß ich ja alles. Aber trotzdem. Du weißt, wie das ist. Man will ihn anrufen. Jede Faser deines Körpers sagt dir, dass du anrufen solltest.«

Ich hörte den Worten meines Bruders zu. Dachte nach. Wollte ich meinen Vater anrufen?

Szenen aus meinem Leben huschten vor meinem geistigen Auge vorbei wie erstarrte Momentaufnahmen. Wollte ich Papa anrufen und ihm damit erlauben, wieder das Kommando zu übernehmen?

Wollte ich den Faden wieder aufnehmen?

Wollte ich noch einmal in seinem Klammergriff stecken?

Wollte ich auch am nächsten Heiligabend, am nächsten Geburtstag, bei der nächsten Familienfeier mit einem Kloß im Magen dasitzen?

Wollte ich weiterhin ständig auf der Hut sein, bis zum Äußersten angespannt, und ängstlich versuchen zu erkunden, in welcher Stimmung er gerade war?

Jedes Mal zusammenzucken, wenn er den Mund aufmachte?

Nach Anzeichen suchen, ob sich der Wahnsinn mal wieder näherte, und versuchen, ihn aufzuhalten?

Sich fragen, ob seine Schultern hochgezogen waren?

Und vor allem: Wollte ich einfach nur dasitzen und zusehen, wie alles auf eine Katastrophe zusteuerte? Eine passive Beobachterin sein, wenn er schließlich jemanden umbrachte?

»Nein«, sagte ich zu meinem Bruder und zu mir selbst.

Die Momentaufnahmen verschwanden.

»Nein. Ich will ihn nicht anrufen. Ich will tatsächlich nichts mehr mit ihm zu tun haben. Nie wieder.«

Ich lauschte auf meinen Bruder. Hörte, wie seine Schluchzer abebbten. Wie er seltener schniefte. Ich wartete, bis ich sicher war, dass er aufgehört hatte zu weinen.

»Ich habe eine Frage. Und denk darüber nach, bitte.«

Ich schwieg einen Moment. Wollte sicher sein, dass er mir zuhörte.

»Was glaubst du, wem es schlechter geht, wenn er den anderen am Geburtstag nicht anruft? Glaubst du, es war schwerer für Papa, den Geburtstag seines eigenen Sohnes am 1. November zu ignorieren … oder glaubst du, es ist schwerer für dich, ihn heute links liegen zu lassen?«

Er antwortete nicht. Aber ich wusste, dass er die Antwort kannte. Ich wartete einige Sekunden, bis es bei ihm angekommen war.

»So sollte es nicht sein«, sagte ich leise. »Es sollte umgekehrt sein.«

Ich sah auf die Uhr.

»Du musst nur noch dreiundzwanzig Stunden durchhalten. Dann ist Mitternacht, und dann ist der 11. März. Ein normaler Tag, der nicht das Geringste bedeutet. Halte durch.«

Wir legten auf.

Ich erhob mich und stand plötzlich meinem Freund gegenüber, der in die Diele gekommen war, ohne dass ich es gemerkt hatte. Lieber Himmel, konnte dieser Mann nicht endlich auf seine Dienstreise gehen? Ich wich erschrocken zurück, aber er lächelte nur traurig und streckte die Arme nach mir aus.

»Dreiundzwanzig Stunden auch für dich«, flüsterte er und zog mich an seine Brust. »Ich werde dir helfen, Liebling. Dreiundzwanzig Stunden.«

92

Zehn Stunden später ging es mir etwas besser.

Ich bog auf den Parkplatz der Tierklinik in Skara und holte mein Handy heraus, um eine kurze SMS an meinen Bruder zu schicken: »Noch dreizehn Stunden. Du schaffst das.«

Nachdem ich auf »Senden« gedrückt hatte, steckte ich das Handy ein, klappte die Sonnenblende herunter und schaute in den Spiegel. Ich hatte mich ausnahmsweise ordentlich geschminkt. Die schwarzen Ringe unter den Augen vom nächtlichen Gespräch waren kaum noch zu sehen. Ich holte mein Lipgloss heraus und zog meine Lippen nach. Dann besprühte ich mich kurz mit einem Body Splash, das mein Freund mir bei Victoria's Secret in New York gekauft hatte. Strawberries and Champagner.

Der Chefveterinär, bei dem ich einen Termin gemacht hatte, hieß Nicolai Jensen und war um die fünfzig. Nicht gerade meine bevorzugte Zielgruppe, aber ich brauchte jede Hilfe, die ich kriegen konnte.

»Was sagten Sie, worüber wollten Sie sprechen?«

»Über Medikamente für Pferde.«

Ich betrachtete den mageren dunkelhaarigen Mann, der vor mir saß. Nicolai Jensen trug einen weißen Kittel, hatte eine schmale Lesebrille auf der Nase und einen dunklen gepflegten Vollbart. Ich hatte mich als Journalistin vorgestellt und erzählt, dass ich einen Artikel über Mauscheleien im Trabrennsport schreiben wollte. Er hatte mich nicht nach meinem

Presseausweis gefragt, und ich bezweifelte, dass er überhaupt wusste, wie ich hieß. Perfekt.

Ich hatte einiges über ihn gelesen. Nicolai Jensen war Europaspezialist für Pferdechirurgie, was – wie ich gelernt hatte – die höchste klinische Kompetenz war, die ein auf Pferdechirurgie spezialisierter Tiermediziner erreichen konnte. Wenn es in Schweden jemanden gab, der Zugang zu Etorphin hatte, dann war es dieser Mann, der in einem offenbar sehr teuren Bürostuhl vor mir saß. Schwarzes Leder mit Steppnähten, die sich wie Wellen über das Polster zogen. Der Stuhl kostete wahrscheinlich mehr als meine gesamte Wohnungseinrichtung.

»Wie Ihnen bekannt sein wird, sind in der letzten Zeit ein paar sehr unschöne Berichte über die Pferdesportbranche erschienen.«

Er nickte.

»Und wenn es jemanden gibt, der weiß, wie es den Pferden in unserer Gegend geht, dann sind Sie das.«

»Ach, nicht nur in dieser Gegend, würde ich sagen. Zu uns kommen Pferde aus dem ganzen Land. Unsere chirurgische Abteilung führt alle Arten von Operationen durch.«

Er begann, an den Fingern abzuzählen.

»Wir machen Laserchirurgie, minimalinvasive Eingriffe nach der Schlüssellochmethode, Frakturbehandlungen und Bauchöffnungen. Jede Woche.«

Ich machte mir Notizen, während ich interessiert nickte.

»Ich war natürlich auf Ihrer Website, da gibt es wirklich interessante Fallbeschreibungen. Vielen Leuten wäre es sicher unangenehm, sich die Bilder anzusehen, aber ich muss sagen, als ich die Fotos betrachtet habe, auf denen Sie operieren, war ich richtig beruhigt. Ich bin sicher, dass die Pferde bei Ihnen in guten Händen sind. Bei der Recherche habe ich mich natürlich auch über Ihre Karriere informiert. Man merkt wirklich, dass Sie Ihren Beruf nicht nur lieben, sondern auch sehr gut darin sind.«

Er drehte sich ein wenig auf seinem Stuhl. Ich lächelte ihn an. Unglaublich, wie gut das immer wieder funktionierte. Als wären alle relativ erfolgreichen Männer um die fünfzig Klone desselben Vorfahren: des Herrn Ego. Sobald ein Mann Gelegenheit bekam, über seine eigene Vortrefflichkeit zu sprechen, vergaß er Zeit und Raum.

»Natürlich gibt es einem eine unglaubliche Befriedigung, wenn man den Tieren helfen kann«, erwiderte er.

Das klang bei weitem nicht so bescheiden, wie er vermutlich beabsichtigt hatte, aber ich nickte wieder eifrig.

»In den letzten Monaten gingen doch so schlimme Geschichten durch die Boulevardpresse, dass Trainer angeblich ihre Pferde mit seltsamen Mittelchen vollstopfen oder sie quälen, um auf der Trabrennbahn möglichst gute Resultate zu erzielen. Ein so erfahrener Veterinär wie Sie würde so was doch bei einer Untersuchung merken, oder?«

»Selbstverständlich. Vorausgesetzt, dass von solchen Trainern überhaupt tierärztliche Hilfe in Anspruch genommen wird. Ich meine, wenn ein Trainer ein Pferd quält, wird er sicher keinen Tierarzt hinzuziehen, wenn es nicht gerade um Leben und Tod geht, nicht wahr?«

»Das stimmt. Haben Sie denn bei den Pferden, mit denen Sie in Kontakt kommen, auch Fälle von Tierquälerei feststellen können?«

»Nein, nie.«

»Welche Medikamente werden denn von Pferdebesitzern als Dopingmittel eingesetzt?«

»Das kommt ganz darauf an, um was für ein Pferd es sich handelt. Der Zentralverband des schwedischen Trabrennsports hat eine lange Verbotsliste aufgestellt. Ein verrücktes Pferd, um es mal salopp auszudrücken, kann man zum Beispiel mit Acepromazin behandeln, um die Psyche zu stabilisieren. Einem Pferd, das Schmerzen hat, gibt man ein schmerzstillendes Mittel, meist Phenylbutazon. Lasix hingegen wirkt leistungssteigernd. Eigentlich ist es ein Medikament für Menschen mit Lungenödem. Aber es hilft Pferden mit Atemproblemen, da es harntreibend wirkt und die Sauerstoffaufnahme steigt, wenn deren Lungen austrocknen. Alle drei Präparate bewirken, dass das Pferd schneller läuft, als es eigentlich kann.«

»Wie kommt man an solche Medikamente?«

»Es gibt immer einen Weg, sich Mittel zu beschaffen, zu denen man normalerweise keinen Zugang hat. Und viele Präparate, die im Pferdesport als Dopingmittel eingestuft werden, sind solche, die wir Menschen andauernd zu uns nehmen. Ibuprofen und Koffein zum Beispiel, um nur zwei zu nennen.«

»Ich glaube, ich habe dann alles, was ich brauche. Sie haben mir wirklich sehr gute Informationen gegeben.«

Ich legte den Kopf schräg und lächelte ihn an.

»Eigentlich müsste ich zurück in die Redaktion, aber ich finde es so interessant hier. Besteht vielleicht die Möglichkeit, dass Sie mich ein bisschen herumführen?«

Sein Gesicht leuchtete auf, und er erhob sich.

»Aber natürlich.«

Das Gebäude erinnerte an eine gehobene Klinik für Menschen. Wir wanderten durch die Gänge und warfen hier und da einen kurzen Blick in verschiedene Räume. An einem Röntgengerät, dem größten, das ich je gesehen hatte, blieben wir stehen.

»Das trägt zwei Tonnen. Nun wiegen Pferde nicht so viel, das schwerste, das wir hatten, brachte sechshundert Kilo auf die Waage, aber wir könnten einen kleineren Elefanten darin unterbringen, falls nötig«, sagte er.

Wir setzten unseren Rundgang fort. Es gab mehrere Laufbänder, auf denen die Tiere gehen konnten, damit man ihre

Bewegungsabläufe beobachten konnte. In einem anderen Raum demonstrierte Nicolai Jensen, wie man dem Tier Ketten anlegte, damit es still stand.

Wir kamen an einer Tür vorbei, an der ein weißes Schild mit einem roten Kreuz angebracht war, und ich blieb stehen.

»Ach übrigens, Sie sagten vorhin etwas von Elefanten. Haben Sie jemals einen hier gehabt?«

»Leider nein. Das wäre noch mal was. Es kommt ja in regelmäßigen Abständen ein Zirkus nach Skara. Ich stelle mir dann immer vor, dass vielleicht mal einer der Elefanten geröntgt werden muss, aber bisher ist das noch nie vorgekommen.«

»Wie betäubt man ein so großes Tier?«

»Dafür gibt es eine spezielle Art von Morphin. Wir verwenden Etorphin. Davon haben Sie sicher noch nie gehört.«

Ich schüttelte den Kopf.

»Nein, aber vielleicht können Sie es mir erklären.«

»Etorphin ist ein überaus starkes Morphin. Es darf nur bei sehr schweren Tieren und nur unter Einhaltung strenger Vorschriften angewendet werden. Bei der Verabreichung ist volle Schutzkleidung zu tragen. Wenn ein Tropfen davon auf Ihrer Haut landet, ohne vorher extrem verdünnt worden zu sein, sterben Sie innerhalb weniger Minuten.«

»Dürfen Sie denn ein so starkes Präparat hier vorrätig haben?«

Nicolai Jensen zeigte auf die Tür, vor der wir standen.

»Natürlich nur unter Verschluss.«

Ich zog meinen Block hervor und machte mir vor seinen Augen Notizen. Biss mir auf die Lippe, nickte und schrieb, schrieb, schrieb, als gäbe es kein morgen. Als gäbe es nichts Interessanteres auf der Welt als das, was er zu sagen hatte.

Was ja in diesem Moment gewissermaßen auch zutraf.

»Herr Dr. Jensen, ich weiß, dass es nicht unbedingt zum Thema gehört, aber ich halte das für eine ganz wichtige

Sache. Reguläre Krankenhäuser könnten sich sicher ein Beispiel an Ihren strikten Regeln nehmen, denn dort verschwinden ja andauernd Medikamente. Würden Sie mir Ihre Sicherheitsvorkehrungen erläutern? Ich werde natürlich keine Details in meinem Artikel veröffentlichen, es ist nur, damit ich das alles richtig verstehe. Hätten Sie noch ein bisschen Zeit?«

Nicolai Jensen warf einen schnellen Blick auf seine Armbanduhr.

»Kein Problem«, sagte er und schloss die Tür zum Medikamentenraum auf.

Wir kamen in ein fensterloses Zimmer, das vom Boden bis zur Decke voller Schränke war. In der Mitte stand ein Computer. Ich stieß unwillkürlich einen kleinen Pfiff aus.

»Wow.«

Nicolai Jensen lächelte und ging zum Computer.

»Ein bisschen wie im Film, nicht wahr? Aber wir müssen diesen Sicherheitsaufwand betreiben. Wir sind die Tierklinik in Schweden, die die größten Mengen der absolut gefährlichsten Drogen und Medikamente vorrätig hält.«

Er drückte auf einen Knopf an der Seite des Computers, und der Bildschirm leuchtete auf. Nicolai Jensen tippte eine Zahlenkombination ein und drückte die Entertaste. Im selben Moment hörte ich ein Klicken. Ich sah zu den Schränken an den Wänden und stellte fest, dass die Metallplättchen, die die Schlüssellöcher abgedeckt hatten, nun senkrecht hochstanden.

»So, dann wollen wir mal sehen, was wir Ihnen zeigen können«, sagte Nicolai Jensen und wandte sich den Schränken zu.

Ich schluckte und bemühte mich, nicht zu eifrig zu klingen.

»Vielleicht das Etorphin? Das wäre doch interessant, nach all dem Spannenden, was Sie darüber erzählt haben.«

Der Chefarzt ging auf den vorletzten Schrank an der rechten Wand zu. Ich beeilte mich, ihm zu folgen, und stand hinter ihm, als er die Tür öffnete.

Ganz plötzlich hatte ich sie vor mir. Reihenweise Röhrchen mit dem Präparat, das Papa betäuben sollte. Klein und schmal. Zwei Regalfächer voller Röhrchen, griffbereit in einem weißen Gestell. In den übrigen sechs Fächern schien noch mehr von dem Mittel zu lagern, allerdings in Schachteln verpackt. Ich wandte mich an Nicolai Jensen.

»Unglaublich aufregend. Wie wenden Sie das an?«

»Alles reine Mathematik. Die Menge des Etorphins soll 0,001 Prozent vom Gewicht des Tieres betragen.«

»Also bei einem Tier von hundert Kilogramm Gewicht wären das dann ...?«

Er lachte.

»Bei so kleinen Tieren setzen wir so gut wie nie Etorphin ein. Da gibt es andere, geeignetere Mittel. Aber nehmen wir an, Sie haben ein Pferd von ungefähr fünfhundert Kilo. Dann brauchen Sie fünfzig Gramm, umgerechnet in Flüssigkeitsmenge, das heißt geteilt durch fünf. Also zehn Milliliter.«

Fünfhundert Kilo. Papa wog hundert. Zwei Milliliter. Konnte das sein?

»Wo haben Sie die Kanülen?«

Als er sich zu einem der anderen Schränke umwandte, erkannte ich, dass dies meine einzige Chance war. Blitzschnell nahm ich ein Röhrchen, steckte es hinter den Hosenbund und betete zu Gott, dass es nicht zerbrechen würde. Dann drehte ich den Kopf und sah zum Chefarzt hinüber. Er stand mit dem Kopf halb im Schrank und kramte. Ich streckte die Hand nach einer der Schachteln im obersten Regal aus, öffnete sie und nahm das Röhrchen heraus. Gerade wollte ich es an den Platz stecken, wo mein Röhrchen gewesen war, als ich seine Schritte hörte. Ich drehte mich um und hielt ihm das Röhrchen stattdessen unter die Nase.

»Ich denke, ich mache ein Foto von Ihnen und dem hier.«

Nicolai Jensens Gesicht verfinsterte sich schlagartig.

»Sie dürfen hier nichts anfassen! Wie ich bereits sagte, ist Etorphin tödlich, wenn man nicht weiß, wie man damit umzugehen hat.«

Rasch nahm er mir das Röhrchen aus der Hand.

»Wenn Sie das hätten fallen lassen, könnten wir beide jetzt tot sein.«

»Tut mir leid, bitte entschuldigen Sie«, sagte ich mit schüchternem Augenaufschlag.

Ich hob die Kamera und lächelte ihn an.

»Möchten Sie nicht doch vielleicht Promitierarzt werden?«

Nicolai Jensen warf sich in die Brust. Ich knipste ein paar Fotos von dem Mann und dem Röhrchen und lobte ihn mehrmals für seine fotogene Erscheinung, ehe ich den nächsten Schritt wagte.

»Es wäre toll, wenn ich eine Nahaufnahme machen könnte, wie Sie das Mittel in die Spritze aufziehen.«

»Das kann ich natürlich nicht tun, aber ich kann Wasser nehmen, damit das Prinzip klar wird.«

Ich nickte dankbar, und während der Chefarzt erklärte, hielt ich Bild für Bild fest, wie man die Nadel auf die Kanüle steckte, die Anzahl Milliliter abmaß und die Spritze aufzog, bereit zur Injektion.

Ich dankte ihm für seine Geduld.

Während er Röhrchen und Kanülen zusammenpackte, bemerkte ich die Kamera, die in der einen Ecke des Raums unter der Decke montiert war.

»Oh, Sie haben sogar Überwachungskameras«, sagte ich.

Nicolai Jensen nickte.

»Die Aufnahmen werden auf einem Server gespeichert und nach zweiundsiebzig Stunden gelöscht. Wir brauchen sie nur im Falle eines Einbruchs. Wie gesagt, wir haben hier den größten Vorrat an harten Drogen in ganz Schweden.«

Wir verließen den Raum. Ich bedankte mich für die Führung und verließ die Tierklinik.

Erst auf halbem Weg zum Parkplatz wagte ich es, mit zitternden Fingern das Röhrchen hervorzuziehen. Ich schaute auf die Uhr.

Noch zwölf Stunden übrig von Papas Geburtstag.

Einundsiebzigeinhalb Stunden, bis die Videoaufnahme, wie ich ein lebensgefährliches Medikament stahl, sicher gelöscht werden würde.

Als ich im Auto saß, ließ ich meinen Gedanken freien Lauf. Er würde mit Pferdemedizin eingeschläfert werden. Das war doch perfekt, wenn man es recht bedachte.

93

Viele Jahre zuvor

Das Erste, worum sie Papa nach der Scheidung der Eltern bittet, ist ein Hund. Papa hatte vor vielen Jahren einen Schäferhund – bevor er Mama kennenlernte, die allergisch gegen Hunde ist. Sie denkt, dass ein neuer Hund sie und Papa gleichermaßen glücklich machen würde. Sie hätte dann etwas, womit sie spielen kann, wenn sie dort ist. Er hätte etwas, das ihm Gesellschaft leistet, wenn sie bei Mama ist.

»Du kriegst keinen Hund. Ich habe größere Pläne«, antwortet Papa.

Eines Tages nimmt er sie mit zum Pferdehof in Bölaholm und stellt ihr Brunte vor.

Sie hat nie ein Pferd gewollt.

Jetzt hat sie ein Norwegisches Fjordpferd. Ein Meter fünfzig Stockmaß. Sie hat Todesangst vor dem riesigen Tier. Aber Papa bleibt stur. Das ist ihr Pferd. Sie habe so darum gebettelt, sagt er. Löcher in den Bauch habe sie ihm gebettelt.

Sie fragt sich, wann sie das getan haben soll, widerspricht aber nicht, sondern folgt einem älteren Mädchen in den Stall und lässt sich zeigen, wie man ein Pferd sattelt. Sie klettert mit Hilfe eines Hockers auf den Pferderücken und lernt reiten.

Von diesem Tag an fährt sie jede Woche zum Pferdehof, ist aber jedes Mal vor Angst wie gelähmt, wenn sie auf das Pferd klettert. Brunte merkt das. Und als eins der Pferdemädchen auf dem Hof aus Versehen das Gatter offen lässt, wittert Brunte seine Chance. Er geht durch und rennt auf den Feldweg. Sie packt die Zügel und versucht, sich im Sattel zu halten, aber als ungeübte Reiterin, die sie ist, schafft sie es nur wenige Minuten, bevor sie herunterfällt. Ihr Fuß bleibt im Steigbügel hängen. Fünfzig Meter wird sie von dem großen Tier über den Schotterweg geschleift, bevor ihr Fuß sich aus dem Steigbügel löst.

Sie bleibt auf der Erde liegen. Ihr Rücken tut weh, und sie kann sich zuerst kaum bewegen. Sie spürt Stiche im ganzen Körper. Ihr Vater kommt auf sie zugerannt.

»Was machst du denn?«

Sie steht schnell auf. Beißt die Zähne zusammen. Will ihn auf keinen Fall wütend machen.

»Du musst gleich wieder aufsteigen«, sagt er.

Sie schaut das Pferd an, das ein Stück entfernt auf dem Feldweg steht und schnaubt. Jemand hat es eingefangen und beruhigt. Sie stellt sich vor, wie sie auf den Hocker steigen und sich wieder auf das riesige Tier setzen muss, und gerät in Panik. Sie schüttelt den Kopf. Zittert am ganzen Körper.

»Nein!«, sagt sie. »Nein, Papa. Nein, nein, nein.«

Zum ersten Mal kann Papa ihr nicht befehlen, etwas zu tun. Sie kann nicht. Will nicht. Hat zu viel Angst.

Sie reitet nie wieder auf dem Fjordpferd. Zum großen Unmut ihres Vaters.

»Du wolltest das Pferd doch unbedingt haben. Aber so bist du eben. Eine undankbare Rotzgöre. Du quengelst und quengelst und quengelst, dass du ein Pferd haben willst, und kaum hast du eins, ist es dir egal. Was für ein undankbares Balg bist du nur.«

Sie würde so gern widersprechen. In ihrem Kopf formuliert sie Sätze wie: »Ich wollte überhaupt kein Pferd. Ich wollte einen Hund.«

Sie malt sich aus, wie er wohl reagieren würde, wenn sie sagt, was sie denkt. Manchmal ist sie kurz davor, es laut zu sagen. Und dann sieht er sie mit seinen wütenden grauen Augen an. Augen, die der verdammten Rotzgöre sagen, dass sie ja den Mund halten soll, sonst kann sie was erleben.

Die Rotzgöre hält den Mund. Sie will nichts erleben.

Am Ende glaubt sie selbst, dass sie um ein Pferd gebettelt hat. Schämt sich, dass sie ihrem Vater Löcher in den Bauch gebettelt hat. Sie kann nur nicht recht verstehen, warum. Denn sie mag Pferde ja nicht einmal.

94

Ich stand bei Gallerix und sah mir die Geburtstagskarten an, die der Laden im Angebot hatte. Ich schämte mich, dort zu sein. Auf einer der Karten war eine »60« zu sehen, die von einem Haufen gezeichneter Tiere mit Partyhüten auf dem Kopf umgeben war, die anscheinend nichts lieber wollten, als dem Geburtstagskind zu gratulieren. Ich fragte mich, ob Papa an diesem Tag solche Karten bekommen hatte.

Ich sah auf die Uhr. Kurz vor acht. Noch vier Stunden übrig von seinem sechzigsten Geburtstag. Vierundsechzig Stunden, bis die Videoaufnahme in der Tierklinik gelöscht werden würde.

Ich war müde. Eigentlich sollte ich besser zu Hause sein und die Stunden bis Mitternacht zählen. Ich massierte mir die Schläfen. Was machte ich eigentlich hier?

Es war, als hätten meine Füße ein Eigenleben entwickelt und mich in den Plakat- und Kartenladen geführt. Jetzt stand ich hier und hielt eine Geburtstagskarte für Papa in der Hand, die er nie bekommen würde.

»Entschuldigung, ich möchte nur daran erinnern, dass wir in wenigen Minuten schließen.«

Ich blickte den Verkäufer an, steckte die Karte in den Drehständer zurück und ging Richtung Ausgang.

Kurz vor der Tür blieb ich stehen und bewunderte ein Foto der New Yorker Skyline. Gott, wie sehr ich mich nach dem Big Apple sehnte. Dort war ich wenigstens für ein paar Stunden frei gewesen, ehe die Dämonen mich einholten. Ich rümpfte die Nase über den billigen schwarzen Plastikrahmen, der dem Bild überhaupt nicht gerecht wurde.

Ich dachte an Klara Hunnevies schön geschwungenen, aber zerbrochenen Rahmen aus schwarzem Holz, und plötzlich wurde mir klar, wie er womöglich kaputtgegangen war.

95

Donnerstag, den 11. März 2010

»Muss das wirklich sein?«

Diesmal gab es am Livbojstigen keine Parade von Autos der Polizei und der Kriminaltechnik. Als Ing-Marie anrief, hatte Karlkvist kaum zuhören wollen, aber anscheinend hatte er dennoch Anna Eiler zu Klara Hunnevie geschickt. Die beiden Frauen standen an der geöffneten Haustur. Hinter Anna warteten Patrik Morrelli und ein blaugekleideter Techniker mit einer Aktentasche in der einen Hand und einer Sprühflasche in der anderen.

»Wir können Sie natürlich nicht zwingen, aber es würde alles wesentlich vereinfachen, wenn wir kurz hereinkommen dürften«, sagte Anna.

Julia, Ing-Marie und Janne standen an der Hecke vorm Haus und sahen zu. Anna hatte sie nicht weggeschickt, aber sie hatte dem Trio untersagt, den Garten zu betreten.

»Ohne uns wären die jetzt gar nicht hier«, maulte Ing-Marie.

»Was hat er denn in der Sprühflasche?«, ertönte eine Stimme von hinten.

Ing-Marie drehte sich um. Hinter ihr stand Anna-Maj Hansson, die alte Nachbarin.

»Luminol«, antwortete Ing-Marie im Flüsterton. »Bei *CSI* verwenden sie das dauernd. Das ist eine amerikanische Krimiserie«, fügte sie erklärend hinzu. »Man sprüht eine Mischung aus Luminol und Wasserstoffperoxid auf eine Stelle, an der man Blutspuren vermutet. Auch wenn die sichtbaren Flecken weggewischt wurden, bleibt das Hämoglobin haften. Wenn man das mit einer speziellen Lampe bestrahlt, wirkt das Hämoglobin wie ein Katalysator, könnte man sagen. Dann sieht man das weggewischte Blut in Form von blauem Licht.«

Anna-Maj Hansson machte ein erstauntes Gesicht.

Julia lachte.

»Du findest aber nicht, dass du zu viel fernsiehst, oder?«

Ing-Marie errötete und schwieg.

Stumm blickten sie zum Haus hinüber und beobachteten, wie der Wortwechsel zwischen Klara Hunnevie und Anna Eiler immer hitziger wurde. Die schwangere Frau gestikulierte, während die Polizistin besänftigend die Hände hob.

»Ich verstehe nicht, wieso sie die Armen nicht in Ruhe lassen können«, sagte Anna-Maj Hansson.

Ing-Marie antwortete nicht. Julia murmelte etwas Unverständliches.

Schließlich schien Klara Hunnevie sich geschlagen zu geben. Sie ließ den Techniker und die Polizisten ins Haus gehen und schloss die Tür hinter ihnen.

»Jetzt passiert was«, sagte Ing-Marie und knuffte Janne, der seine Kamera hervorholte.

Anna-Maj Hansson seufzte und ging davon.

Julia und Ing-Marie blieben stehen und warteten. Nach weniger als fünf Minuten ging die Haustür auf, und der Techniker kam heraus. Sekunden später traten auch Anna und Patrik vor die Tür, gefolgt von einer triumphierenden Klara Hunnevie.

»Sie haben mich jetzt das letzte Mal verdächtigt! Wenn Sie das nächste Mal Ihre Füße in mein Haus setzen, haben Sie einen Durchsuchungsbeschluss dabei. Verstanden?«

Sie knallte die Haustür zu, gerade als die Polizisten bei den beiden Reporterinnen und Janne ankamen.

»Ich vermute, das Luminol hat nichts ergeben«, sagte Julia kleinlaut.

Anna starrte sie wutentbrannt an.

»Wenn ihr Hobbydetektive wieder mal glaubt, ihr hättet den Mörder gefunden, geht mit eurer Theorie gefälligst woandershin und lasst uns Profis unsere Arbeit machen!«

»Ihr habt ja auch schon so wahnsinnig viel rausgefunden!«, fauchte Julia ihr hinterher.

96

»Ich finde, du warst ein bisschen hart zu ihr«, sagte Patrik Morrelli.

»Du hast gut reden. Du kommst für ein paar Wochen hier angetanzt und verschwindest wieder. Ich muss hierbleiben und mit diesen Leuten jeden Tag zurechtkommen.«

Sie waren fast wieder beim Polizeirevier angekommen.

Patrik bremste und hielt am Straßenrand. Wartete, bis sie endlich den Blick hob und ihn ansah.

»Anna, worum geht es hier eigentlich? Geht es darum, dass ich hier antanze und wieder verschwinde?«

Sie versuchte, nicht in Tränen auszubrechen, und starrte auf ihre Füße.

»Ich weiß nicht, wovon du redest«, sagte sie ausweichend.

Sie schwiegen minutenlang. Schließlich drehte Patrik den Zündschlüssel und startete den Motor.

Anna blickte aus dem Fenster und biss sich auf die Unterlippe. Sie hasste es, dass er in ihr las wie in einem offenen Buch. Sie hasste es, dass er wusste, dass er sie haben könnte, aber nichts in der Richtung unternahm. Sie hasste es, dass es völlig undenkbar für sie war, die Initiative zu ergreifen, dass sie sich ihm aber sofort hingeben würde, wenn er ihr nur die Möglichkeit dazu gäbe. Sie hasste es, dass er ihr diese Möglichkeit nicht gab. Sie hasste es, dass er an diesem Morgen erzählt hatte, die nächste Woche werde seine letzte in Skövde sein.

»Fahrtkosten, Verpflegung und Hotel werden auf Dauer zu

teuer. Zehn Wochen Außeneinsatz sind das Maximum, wenn es keinen besonderen Grund gibt.«

Sie hätte am liebsten gefragt, ob sie kein besonderer Grund war. Zum Glück hatte sie es sich verkniffen und so getan, als wäre es absolut verständlich, dass er nach Hause zu seiner Familie wollte. Hatte gesagt, sie freue sich für ihn.

Für ihre Ohren hatte es gekünstelt und hohl geklungen. Für seine vermutlich auch. Ein Gutes hatte diese unglückliche Verliebtheit allerdings: Sie hatte nicht abgenommen, als David vor ein paar Tagen anrief. Es hatte ihr fast nichts ausgemacht. Schlimmer war es mit Julia. Jedes Mal, wenn sie sie traf, tat es weh. Ein Schmerz, den sie mit Vorliebe an ihrer ehemaligen besten Freundin ausließ. Sie fragte sich, ob sie wohl jemals wieder zueinanderfinden würden. Sie vermisste sie.

97

Samstag, den 13. März 2010

Die Sonne schien uns ins Gesicht, als wir spazieren gingen.

Ich spürte die Sonnenstrahlen auf den Wangen und die Wärme meines Freundes, der meine Hand hielt. Ich genoss die Zuwendung von beiden.

Es war unser letzter gemeinsamer Morgen, bevor er abreiste. Wir beschlossen, einen Spaziergang ins Zentrum zu machen und im Rathauscafé zu frühstücken. Aber als wir uns der Stadtmitte näherten, stellten wir fest, dass dort der alljährliche Frühlingsmarkt seine Zelte aufgeschlagen hatte. Wir verdrehten die Augen, als wir die vielen Stände und die Menschenmengen sahen, und kehrten um.

Stattdessen spazierten wir die Staketgatan entlang bis zum Ende und überlegten uns, welche Alternativen wir hatten. Rechts lagen die Feuerwehr, ein Sibylla-Schnellimbiss und das neue Stadtbad Arena Skövde, links befand sich ein Seniorenwohnheim. Daneben gab es einen schmalen Weg, der in eine Grünanlage zu führen schien. Obwohl ich seit zwei Jahren hier wohnte, war ich noch nie da gewesen. Ich zog meinen Freund an der Hand mit, und wir bogen nach links ab.

Die Grünanlage war größer, als ich gedacht hatte. Ein Sandweg führte um einen kleinen See, der eher ein Teich war. Eine ovale Wasserfläche, etwa zehn Meter lang und drei, vier Meter breit. Durch den lehmigen Grund war das Wasser trüb und roch nach Jauche, und über die Oberfläche huschten Wasserläufer. Rund um den Teich wuchsen Löwenzahn und Brennnesseln in Hülle und Fülle.

»Lust auf ein kleines Bad, Liebling?«, sagte mein Freund und legte eine Hand auf meinen Rücken.

Ich lachte, und wir spazierten weiter den Sandweg entlang. Vor uns öffnete sich eine Grasfläche, die mit Tausendschön und Schneeglöckchen übersät war. In der Mitte stand eine einsame Bank. Wir setzten uns und lauschten dem Gezwitscher der Vögel. Während ich mit dem Kopf auf dem Schoß meines Freundes lag, wurde ich von einer tiefen Ruhe und Entspannung erfüllt. Ich bildete mir sogar ein, dass der Wind besonders leise in den Kronen der Kiefern flüsterte, um die Stille in mir nicht zu stören.

So viele Jahre hatte ich in extremer Anspannung gelebt. Immer auf der Hut. Immer bereit, sofort einzugreifen und Papas Wahnsinn zu stoppen.

Ich lag auf der Bank, meine Hand in der meines Freundes, und betrachtete die Bäume um uns herum. Kirschbäume, Eschen, Birken, Ahorn und Eichen. Wie schön sie waren. So voller Leben, obwohl es erst Mitte März war. So stark. Ich fragte mich, wie viel ich wohl vom Leben verpasst hatte, weil sich für mich immer alles nur um eine Person gedreht hatte. Papa.

An einem schmalen Trampelpfad, der zu dem bräunlich trüben Teich führte, stand ein handgeschmiedetes Eisenkreuz. Es stand da offenbar schon sehr lange. Von unserer Bank aus, die mehrere Meter entfernt stand, war die Beschriftung nicht zu lesen.

»Was meinst du, was da steht? Ich wette ein Frühstück, dass es eine Danksagung an irgendeinen alten Grafen ist, der dieses Fleckchen Erde gestiftet hat«, sagte ich und lächelte meinen Freund an.

»Glaub ich nicht. Bestimmt ist es ein Warnschild, dass Kinder und Hunde an der Leine zu führen sind.«

Ich richtete mich auf und gab ihm einen zarten Kuss auf den Mund. Es fühlte sich gut an.

So saßen wir zwanzig Minuten schweigend da. Oder besser gesagt, er saß und ich lag halb auf seinem Schoß, ganz ruhig. Es war ein guter Tag. Ich hatte einen guten Mann. Papa würde bald tot sein. Alles würde gut werden.

Als unsere Mägen unisono anfingen zu knurren, standen wir auf, um zu gehen. Nach wenigen Schritten kehrte mein Freund um.

»Wir müssen erst noch sehen, wer das Frühstück ausgibt«, sagte er und ging zu dem Eisenkreuz.

Er beugte sich vor und studierte die Inschrift, dann kam er zurück. Sein Mund hatte sich in einen Strich verwandelt, seine Gesichtszüge waren hart.

»Und?«

»Keiner von uns hatte recht«, sagte er und wollte weitergehen.

Ich hielt ihn fest. »Was stand denn da?«

Er seufzte. »Ich will kein Spielverderber sein, aber kann ich dir das nicht ein andermal sagen? Ich möchte jetzt wirklich was essen.«

Ich drehte mich um und lief zurück zu dem Kreuz. Die Inschrift war mit Moos überwachsen, aber die beiden Worte waren trotzdem zu erkennen.

»Valdemars Grab.«

Ich spürte eine Hand auf meiner Schulter.

»Ich wusste, dass es dich traurig machen würde, und das wollte ich nicht. Nicht jetzt. Es war so ein schöner Morgen«, sagte er.

»Gib mir nur eine Minute, ich komme gleich.«

Ich fasste nach hinten und nahm seine Hand. Drückte sie.

»Es ist alles in Ordnung. Ganz sicher.«

Er ging. Ich holte tief Luft und schaute mich auf der Wiese um.

Es war mehr als in Ordnung.

Heute Abend würde ich hierher zurückkehren. Wenn mein Freund im Flugzeug saß.

Ich würde die Schritte vom Weg zum Wasser abzählen. Mich oben auf die Brücke stellen, wo der Verkehr vorbeirauschte, und feststellen, wie viel man von der Straße aus von dem erkennen konnte, was hier unten im Dunkeln vor sich ging. Dann würde ich zum Parkplatz am Seniorenwohnheim gehen und dort dasselbe tun.

Ich hatte zweieinhalb Monate gebraucht.

Aber jetzt hatte ich endlich Valdemars Grab gefunden.

98

Sonntag, 14. März 2010

Es waren über hundertfünfzig Jahre seit den schrecklichen Ereignissen vergangen, die sich auf dem Platz vor seinem Grab abgespielt hatten.

Ich saß im Stadtmuseum von Skövde und beugte mich über die Sammlung von Büchern und archivierten Zeitungsartikeln, die ich mit Hilfe der freundlichen Frau an der Rezeption gefunden hatte. Mich interessierten alle Informationen, die es zu Papas Namen gab.

Ich blätterte in alten Zeitungsartikeln aus *Skövde Nyheter*, in Dokumenten des Reichsantiquariats, in Schriften des Stadtarchivs und Aufzeichnungen des Amts für Kulturgutpflege, ehe ich mich einer Broschüre aus den sechziger Jahren über »Valdemars Grab« widmete. In ungewöhnlich malerischen Worten hatte der Verfasser die blutigen Ereignisse beschrieben, die dem Platz seinen Namen gegeben hatten.

Valdemar Fröjdh war eines Abends im Juli 1854 nach Skövde gekommen, ausgerüstet mit Gewehr und Knotenstock. Der Jüngling stammte aus Tiveden, war aber durch die Wälder in die Stadt gewandert in der Hoffnung, der Armut auf dem Lande zu entfliehen, obwohl die Lebensbedingungen in Skövde keineswegs besser waren.

Seine Gier nach schnellem Reichtum führte ihn in der besagten Nacht an den See. Sein Plan war, die Postkutsche auszurauben, die um Mitternacht von Jönköping aus hier vorbeikommen sollte.

Was genau in den folgenden Stunden geschah, ist ungewiss. Der Bauer eines kleinen Hofes nur wenige Schritte entfernt erwachte zur Geisterstunde von einem Kratzen an der Tür. Er öffnete und fand den Postknecht übel zugerichtet vor. Der Bauer weckte seinen Sohn, und gemeinsam machten sie sich mit Stalllaternen ausgerüstet auf die Jagd nach dem Täter. Am Wegesrand fanden sie den Postillon, auch er bewusstlos und blutüberströmt, mit einer Kugel im Rücken. Um seinen Hals hing immer noch das halbmondförmige Messingschild mit der Aufschrift, die den Räuber jedoch nicht von seiner Tat abgehalten hatte: Wer einen Postillon des Königs angreift und ihm Gewalt antut, wird mit dem Tode bestraft. Postillon Anders Magnus Nilsson erlangte das Bewusstsein nicht wieder und starb am darauffolgenden Tag.

Valdemar Fröjdh floh nach Stockholm, wo er schon bald Verdacht erregte, indem er seinen neuen Reichtum verprasste. Als man ihn zehn Tage nach dem Überfall in einem Wirtshaus verhaftete, hatte er immer noch Postschecks vom Überfall bei sich. Er wurde ins Gefängnis gesteckt, wo er kurz darauf die Tat gestand.

Am Tag vor Heiligabend wurde das Urteil gesprochen: Tod durch Enthaupten, am selben Ort, an dem er das Verbrechen begangen hatte.

Als die Stunde der Vollstreckung nahte, an einem Frühlingstag des Jahres 1855, herrschte großes Gedränge um den kleinen See vor den Toren von Skövde. Die Leute waren von weit her angereist, um dem blutigen Schauspiel beizuwohnen. In der Erde war schon ein Loch ausgehoben worden, und das Schafott stand bereit, bedeckt mit Tannenzweigen. Niemand wusste, wer an diesem Tag der Scharfrichter sein würde, aber es hieß, er sei extra aus Stockholm gekommen. Als sein Wagen am Hinrichtungsplatz eintraf, war die Neugier groß. Er stieg aus, doch sein Gesicht war von einer schwarzen Maske bedeckt, und er trug einen langen schwarzen Mantel.

Der Verurteilte wurde geholt und sprach seine letzten Worte: »Der Lohn des Sünders ist der Tod, aber Gottes Gabe ist das ewige Leben.«

Dann stieg er aufs Schafott.

Da Valdemar Fröjdh nicht auf dem Friedhof beigesetzt werden konnte, mussten seine sterblichen Überreste am See bleiben, der so zu einer Gedenkstätte für eins der Unglückskinder der Gesellschaft wurde. Das handgeschmiedete Eisenkreuz mit dem Vornamen des Mannes wurde zur Mahnung an andere errichtet: Wer in ungeweihter Erde ruht, wird niemals Frieden finden.

Ich ließ mir die Worte auf der Zunge zergehen. Sprach sie laut aus.

Wer in ungeweihter Erde ruht, wird niemals Frieden finden.

Perfekt.

Ich faltete die Broschüre zusammen und nahm mir dann die Unterlagen des Landesvermessungsamts vor. Nachdem ich sie mir angesehen hatte, stellte ich fest, dass es noch einige wenige Dinge zu bedenken gab.

Das Gelände war rund fünfhundertfünfzig Quadratmeter groß, von denen der See sechzig einnahm. Die Maximaltiefe betrug einhundertsechzig Zentimeter. Mit geeigneter Kleidung konnte ich bis zur Mitte des Sees waten und die Plastikbeutel versenken, aber sie mussten schwer genug sein, um nicht an die Oberfläche zu steigen, und dicht genug, um nicht die Hunde vom benachbarten Hundespielplatz anzulocken. Mir fiel ein, dass Kaffee angeblich den Geruchssinn von Spürhunden störte. Ich musste auf jeden Fall sicherstellen, dass die Beutel auf dem Grund des Sees liegen blieben.

Ich kaute an meinem Stift, während ich die Dokumente und mein Muffinsbuch durchblätterte. Ich hatte über Sand nachgedacht und verschiedene Steine in Betracht gezogen. Aber ich fürchtete, Steine könnten zu scharfkantig sein und Löcher in die Beutel reißen.

Plötzlich hatte ich es: Zement. Ich würde es genauso machen wie in den Mafiafilmen. Ihn zerteilen und die Stücke in Zement gießen.

Ich schlug eine neue Seite auf und skizzierte einen Männerkörper.

Vermutlich würde ich für den Kopf eine eigene Tüte brauchen, ebenso für jeden zusammengeklappten Arm. Der Rumpf würde, genau wie bei meinem Testschwein, in drei Stücke zerteilt werden müssen. Mindestens. Und die würden schrecklich schwer sein. Jeweils zwei Tüten für die Beine, die ober- oder unterhalb der Kniescheibe durchtrennt werden mussten, je nachdem, was einfacher war. Insgesamt würde ich also mindestens zehn Plastiktüten brauchen. Wenn die Körperteile in den Tüten verstaut waren, würde ich vorsichtshalber Kaffeepulver hineinkippen, um den Leichengeruch zu überdecken. Anschließend würde ich Zement anmischen und ihn in die Tüten gießen. Warten, bis der Zement erstarrt war, dann die Tüten nochmals in Müllsäcke verpacken, diese sorgfältig mit starkem Klebeband umwickeln und sie mit einer Sackkarre zum Auto transportieren. Dann würde ich zum See fahren, die Säcke mit der Karre zum Wasser bringen und sie schließlich irgendwo in der Mitte versenken.

Papa wog hundert Kilo. Jede Tüte würde im Schnitt zehn Kilo wiegen, bevor ich den Zement hinzugab, und anschließend das Doppelte, wenn nicht mehr. Ich spannte den rechten Oberarm an und drückte auf die kleine Muskelbeule. Würde ich es schaffen, zehn Säcke à zwanzig Kilo ins Wasser zu tragen und sie auf den Grund zu drücken? Ich fluchte, weil ich in meine Mordvorbereitungen keine Besuche im Fitnessstudio eingeplant hatte, und überlegte, wie viele Muskeln ich mir innerhalb weniger Tage würde antrainieren können. Ich wollte nicht riskieren, mir einen Muskelkater zu holen und dann überhaupt nichts mehr heben zu können, deshalb beschloss ich, mich auf die Muskeln zu verlassen, die ich bereits hatte. Kombiniert mit Adrenalin sollte das reichen.

Ich betrachtete meine Skizze noch einmal.

Es müsste gehen.

Es musste gehen.

Den Unterlagen des Landesvermessungsamts entnahm ich, dass der See in den letzten zehn Jahren nicht gereinigt worden war und dass es keinerlei Pläne gab, dies in absehbarer Zukunft zu tun. Solange der See nicht angetastet wurde, dürften die Körperteile am Grund liegen bleiben. Mindestens zehn Jahre lang. Genug Zeit für mich, um nach außen hin zu trauern, nach angemessener Zeit aus Skövde wegzuziehen und mir woanders ein neues Leben aufzubauen.

Ich überlegte, wo ich wohnen wollte. Es kam mir unwirklich vor. Mir wurde beinahe schwindlig von den ganzen Orten, die mir durch den Kopf gingen. Ein Leben, in dem ich selbst wählen konnte. Eigene Entscheidungen treffen konnte, die weder direkt noch indirekt von Papa gesteuert waren.

99

Donnerstag, den 18. März 2010

Es wurde Zeit, aber ich konnte mich nicht dazu durchringen, aus dem Auto zu steigen. Ich hatte zweihundert Meter vom Haus in der Götgatan entfernt geparkt, nun saß ich da, starrte auf das Röhrchen, das ich aus der Tierklinik gestohlen hatte, und fingerte an der Kanüle, die ich eine Woche zuvor auf einer britischen Arzneimittel-Website bestellt hatte. Natürlich war es riskant, sie im Internet zu kaufen und mit Kreditkarte zu bezahlen, denn der Kauf ließ sich dadurch zurückverfolgen. Aber ich hatte keine andere Wahl. In Schweden konnte man keine Spritzen in der Apotheke kaufen, und eine aus dem Krankenhaus zu klauen wagte ich nicht. Ich hatte mit dem Etorphin schon genug riskiert.

Als es an die Seitenscheibe klopfte, schrie ich vor Schreck auf und hätte um ein Haar das lebensgefährliche Röhrchen fallen lassen.

Ich drehte den Kopf und blickte in ein freundlich lächelndes Gesicht.

»Ist es denn die Möglichkeit! Bist du das da drinnen?«

Nein.

Nein.

Nein.

Nein.

Mühsam lächelte ich Astrid Klinthede an und öffnete die Tür. Vor vielen Jahren hatte ich in Klinthedes Fotogeschäft in Götene ein Praktikum gemacht, und ihr Mann Aron hatte mir beigebracht, wie man Schwarzweißfilme entwickelt. Ich hatte die Stunden bei dem freundlichen Mann in der Dunkelkammer geliebt. Wir hatten nicht viel geredet, aber das Schweigen zwischen uns hatte auf mich entspannend gewirkt. In diesem Raum taugte ich etwas.

»Weißt du, ich wollte mal wieder bei euch vorbeischauen und guten Tag sagen. Ist Aron zu Hause?«

»Das ist er. Aber warum parkst du so weit weg? Wir wohnen doch in Nummer eins.«

Ich kam ins Stottern.

»Ich dachte, ich hätte ein komisches Geräusch im Auspuff gehört, da habe ich lieber angehalten, um nachzusehen. Aber es ist wohl nichts.«

Ich hakte mich bei Astrid unter, und wir gingen los.

Eine halbe Stunde später saßen wir in ihrem Wintergarten, auf Möbeln, die Aron vor seinem Schlaganfall vor zwei Jahren selbst getischlert hatte, und unterhielten uns. Ich entschuldigte mich, dass ich keinen Kuchen mitgebracht hatte und dass seit meinem letzten Besuch fast zehn Monate ins Land gegangen waren, aber Aron und Astrid schienen sich einfach nur zu freuen. Sie fragten nach meinem Job und lobten die Serie über ungelöste Morde in *Västgöta-Nytt.*

»Wer hätte gedacht, dass so viele Verbrecher frei herumlaufen?«, sagte Astrid.

Ich betrachtete die beiden Alten, die ich so gernhatte. Ich sollte sie wirklich öfter besuchen. Nicht nur aus Versehen, während ich gerade den Mord an meinem Vater plante.

Das Gespräch kam auf Arons angeschlagene Gesundheit.

»Es war schwer für ihn«, sagte Astrid Klinthede und nickte in seine Richtung, als wäre er nicht anwesend. »Seit dem Schlaganfall ist ihm schnell schwindlig. Und jetzt, nach dem letzten Unfall, traut er sich nicht mehr, in seiner Tischlerwerkstatt zu arbeiten. Wirklich schade, das muss ich sagen.«

Neben dem Fotografieren war Tischlern Aron Klinthedes große Leidenschaft. In meiner Wohnung befanden sich unzählige Kerzenleuchter und Tischdekorationen, die der alte Mann gebaut hatte.

»Der letzte Unfall?«, fragte ich.

Aron Klinthede öffnete den Mund, um zu antworten, aber seine Frau kam ihm zuvor.

»Er ist umgekippt. Mitten in der Arbeit. Und hat sich böse wehgetan, der Ärmste. Er ist kopfüber auf den schönen Bettrahmen gefallen, an dem er gerade gearbeitet hat. Zeig es ihr, Aron. Zeig ihr die Stelle.«

Der alte Mann beugte sich gehorsam vor und hob das dünne graue Haar an, das wie eine Decke über einer kahlen Stelle auf dem Oberkopf lag. Ein schlimm aussehender schwärzlicher Bluterguss zog sich wie eine Girlande über den Kopf. Ich erkannte auf der Haut den Abdruck eines Musters, das wie ein Meer aus Rosen wirkte. Es erinnerte mich an etwas, aber mir wollte es einfach nicht einfallen.

»Wie ich sehe, hattest du gerade etwas sehr Schönes in Arbeit. Diese Blumen da verwelken wenigstens nicht«, sagte ich ein wenig nassforsch und lächelte, um den Mann zu trösten.

»Ich habe versucht, ein Rokokomuster nachzubauen. Das ist ziemlich kompliziert und mit nichts anderem zu vergleichen, was du bisher gesehen haben magst. Aber der Bettrahmen wird wohl nicht mehr fertig«, sagte er betrübt.

Ich reagierte sofort. Als hätte ein Wecker geklingelt.

»Aron, was hast du gerade über das Muster gesagt?«

Der alte Mann sah mich fragend an.

»Dass es Rokoko ist?«

»Nein, danach.«

»Was denn? Dass es mit nichts anderem zu vergleichen ist? Nun ja, das sagt man gemeinhin vom Rokoko. Dass es ein ganz eigener Stil ist.«

Rokokomuster.

Mit nichts anderem zu vergleichen.

In dem Moment fiel es mir wie Schuppen von den Augen.

Ich trank den heißen Kaffee in zwei großen Schlucken aus, sagte, ich müsse jetzt leider gehen, und versuchte, so gut es ging, den enttäuschten Blicken des Ehepaars auszuweichen, während ich aufstand und das Haus verließ.

Im Auto stieß ich vor Wut und Verzweiflung einen Schrei aus. Schlug mit den Händen aufs Lenkrad. Dachte an die Wohnung, in der alles vorbereitet war. Die Campingliege, die bereitstand. Ich hatte den ganzen Morgen damit verbracht, das Badezimmer mit Plastikfolie auszukleiden. Hatte Tüten zusammengesucht. Handschuhe gekauft, Eimer, einen Overall und Gummistiefel in Größe vierzig.

Elisabeth läuft nicht weg, dachte ich und versuchte, mich selbst zu überstimmen. Aber ich hatte mich schon entschieden. Noch bevor ich den Motor anließ, führte ich ein Telefonat.

Dann drehte ich den Zündschlüssel um und fuhr zurück nach Skövde.

Papa durfte noch einen Tag länger leben.

Ich hatte einen Mörder zu fangen, bevor ich selbst zu einem wurde.

100

»Jetzt komm schon, du blöde E-Mail.«

»Immer mit der Ruhe. Sie müsste jeden Moment da sein.«

»Wie lange warten wir eigentlich schon?«

Julia beugte sich über Ing-Maries Computer, die immer wieder ihr privates E-Mail-Postfach aktualisierte.

Im selben Moment tauchte eine neue Mail auf mit dem Absender E W.

»Wir mailen uns an unsere privaten Adressen, das ist sicherer«, sagte Ing-Marie.

Sie klickte auf »Drucken«, und wenig später sahen sie schweigend zu, wie Seite um Seite mit Bildern von Elisabeth Hjort auf dem Obduktionstisch ausgedruckt wurde.

»Du hättest vielleicht nicht alle anfordern müssen«, sagte Julia und verschloss die Augen vor dem Anblick der geöffneten Leiche.

Dann kam er plötzlich, der Ausdruck, auf den sie gewartet hatten. Mit dem Foto von Elisabeth Hjorts misshandeltem und inzwischen rasiertem Kopf. Sie hatte, genau wie Aron Klinthede, einen harten Schlag auf den Kopf bekommen. Mit einem Gegenstand, dessen Oberfläche von geschnitzten Rosen bedeckt war. Verschnörkelten schwarzen Rosen.

Ing-Maries Quelle hatte gesagt, dass das Muster »mit nichts anderem zu vergleichen« sei, jedenfalls mit nichts, was sie bisher gesehen habe. Allerdings hatte es große Ähnlichkeit mit einem wunderschönen Muster, das Julia und Ing-Marie schon mehrmals betrachtet hatten.

101

Sie hatte ihm nicht mal die Chance gelassen zu protestieren.

»Ing-Marie Andersson hier. Seien Sie still, Karlkvist, und hören Sie zu. Julia Almliden und ich werden gleich in einen Raum gehen, und ich werde dort drinnen mein Smartphone in der Hand halten. Sie tun gut daran, nicht aufzulegen, sondern sich anzuhören, was gesprochen wird. Verstanden?«

Ing-Marie nahm das Handy vom Ohr und lächelte Julia an.

»Wollen wir?«, sagte sie, hob die Hand und klopfte an die Tür, die Sekunden später einen Spalt geöffnet wurde.

»Ich habe einen Patienten«, sagte Göran Hjonåker und machte Anstalten, die Tür wieder zu schließen.

Julia schob ihren Fuß in die Öffnung.

»Dann sollten wir wohl besser dafür sorgen, dass dieser Patient mit unversehrtem Kopf herauskommt«, entgegnete sie.

Der Psychologe erstarrte. Sein Blick flackerte zwischen den beiden Frauen vor ihm hin und her.

»Ich verstehe nicht ganz?«

Ausgerechnet er. Julia hätte heulen mögen. Sie hatte sich so sehr gewünscht, dass es nicht Göran Hjonåker sein würde. Sie hatte eine Therapie bei ihm anfangen wollen. Mit ihm reden. Endlich Hilfe bekommen.

»Es ist vorbei, aber wir können das Ganze zivilisiert über die Bühne bringen. Schicken Sie einfach die Person da drinnen nach Hause, und dann lassen Sie uns rein.«

Der Mann, der gerade noch so vertrauenerweckend und selbstsicher gewirkt hatte, ließ die Schultern sinken. Julia meinte zu sehen, wie die Luft aus ihm entwich. Er nickte langsam und öffnete die Tür zum Sprechzimmer.

»Tut mir leid, es ist etwas Dringendes dazwischengekommen, wir müssen die Sitzung abbrechen. Sie wird Ihnen natürlich nicht in Rechnung gestellt. Wir sehen uns dann nächste Woche Dienstag zur selben Zeit«, sagte er in ruhigem Tonfall zu der Frau, die sich mit fragendem Blick aus dem Lehnstuhl erhob und den Raum verließ.

Er war noch genauso schön, wie sie ihn in Erinnerung hatte. Das exquisite rosenähnliche Muster tanzte über das Holz. Julia schämte sich, dass ihr der Lehnstuhl, der Elisabeth Hjorts Kopf zertrümmert hatte, so sehr gefiel.

»Setzen Sie sich.«

Göran Hjonåker befolgte Ing-Maries Anweisung. »War es das, was ich über das Aufräumen gesagt habe?«, fragte er dann.

Ing-Marie und Julia wechselten einen ratlosen Blick und sahen dann den Psychologen an.

»Als Sie das letzte Mal hier waren, ist es mir versehentlich rausgerutscht«, fuhr er fort. »Ich habe erzählt, dass es in den Kinderzimmern so sauber und aufgeräumt war, als Elisabeth verschwand. Die Polizei hat darüber nie etwas verlauten lassen. Aber keine von Ihnen hat darauf reagiert. Ich wusste nicht, ob Sie vielleicht gedacht haben, jemand anders hätte mir die Details verraten … Seitdem habe ich eigentlich auf Sie oder die Polizei gewartet.«

Ing-Marie räusperte sich.

»Fangen Sie am besten von vorn an. Wenn jemand weiß, wie gut es tut, sein Gewissen zu erleichtern, dann ja wohl Sie.«

Er schluckte. »Sie hat Elias geschlagen.« Göran Hjonåker wandte sich an Julia. »Erinnern Sie sich, was Sie gefragt haben, als Sie das erste Mal hier waren? Ob ich Kinder habe.«

Julia nickte. »Ich erinnere mich auch, dass Sie zu mir sagten, manche Leute dürften keine Eltern sein.«

Göran Hjonåker nickte, lehnte sich zurück und begann zu erzählen. Wie er und seine Frau fast fünfzehn Jahre lang versucht hatten, ein Kind zu bekommen. Wie sie schließlich den Gedanken an ein leibliches Kind aufgegeben und sich in die Warteschlange für eine Adoption eingereiht hatten. Nach zwei Jahren von Befragungen und ärztlichen Untersuchungen waren sie im November 2009 endgültig von der Warteliste gestrichen worden, weil seine Frau als Teenager einmal einen Epilepsieanfall gehabt hatte.

»Viele Länder wollten unser Adoptionsgesuch nicht annehmen, weil wir, oder besser gesagt ich, schon so alt waren. Schließlich blieb nur noch Guatemala übrig, und ich dachte wirklich, dort hätten wir eine Chance. Dass dort unser Kind auf uns wartete. Aber bei einer nochmaligen Gesundheitsuntersuchung erwähnte meine Frau ganz nebenbei diesen Anfall, den sie vor mehr als zwanzig Jahren hatte. Und von dem Moment an war alles aus. Ich dachte, ich könnte meinen privaten Kummer aus meiner Arbeit heraushalten. Aber dann rief meine Frau am 2. November an und weinte hysterisch am Telefon, sie hatte gerade den endgültigen Ablehnungsbescheid bekommen … Und fünf Minuten später ging ich ins Wartezimmer und holte Elisabeth Hjort zu ihrer Sitzung ab.«

Er blickte aus dem Fenster.

»Eine unangenehme Frau ehrlich gesagt. Seit fast einem Jahr kam sie jede Woche zu mir und sprach mit einem solchen Hass von ihren Kindern. Dass die Kinder an allem schuld seien. Dass Erik und Elias der Grund seien, warum ihr Mann sie betrüge. Dass Erik und Elias der Grund seien, warum sie weder mit sich selbst noch mit dem Haushalt oder mit ihrer Arbeit klarkomme. Ihre Persönlichkeit machte mir wirklich zu schaffen, aber ich hielt durch, weil es mein Beruf ist und weil ich bis zum Schluss gedacht habe, ich könnte ihr zur Einsicht verhelfen.«

Er schwieg einen Moment. Schluckte.

»Aber ausgerechnet an dem Tag, nur wenige Minuten nachdem meine Frau so verzweifelt angerufen und erzählt hatte, dass unser Kampf nun endgültig verloren sei, saß Elisabeth in diesem Sessel und beschrieb, wie sie Elias am vergangenen Wochenende hart angefasst und ihm mehrere Ohrfeigen gegeben hatte. Ich wartete darauf, dass noch mehr kommen würde. Reue vielleicht. Dass sie in Tränen ausbrechen und sich vorwerfen würde, eine schlechte Mutter zu sein. Aber es kam nichts dergleichen. Sie bereute nichts. Sie fand, dass er es verdient hatte. Sagte, dass es sich gut angefühlt habe, als ihre Hand seine Wange traf und dass sie immer weitergemacht hätte, wenn ihr Mann nicht nach Hause gekommen und dazwischengegangen wäre. Nur dafür schämte sie sich: dass er sie erwischt hatte. Nicht für die Tat als solche.«

Er zeigte auf den Notizblock, der vor ihm lag. Es war derselbe, den er ihnen vor ein paar Tagen im Wartezimmer gezeigt hatte.

»Ich weiß nicht, was mich geritten hat. Ich bat sie, eine Liste der Dinge zu schreiben, die sie verändern wollte, in der Hoffnung, sie würde ihre eigene Schuld bei der ganzen Sache erkennen … Aber alles drehte sich wieder nur um die Kinder.«

Er schüttelte den Kopf.

»Irgendwann ist mir die Sicherung durchgebrannt. Ich habe rotgesehen. Ich hatte nur noch den einen Gedanken, dass ich sie zum Schweigen bringen musste. Und zwar schnell. Während sie die Liste vorlas, stand ich auf und stellte mich hinter sie, holte tief Luft und packte ihren Kopf und schlug ihn nach hinten gegen die Rückenlehne. Mit aller Kraft.«

Seine Stimme brach. Göran Hjonåker begann zu weinen.

»Sie ist einfach auf dem Stuhl zusammengesackt«, sagte er

nach einer Weile. »Mit starren Augen und offenem Mund. Es hat nicht einmal geblutet. Sie war einfach weg.«

Die Tür wurde aufgerissen, und Ulf Karlkvist stürmte herein, das Handy noch immer am Ohr. Dicht hinter ihm, mit gezogenen Waffen, folgten Anna und Patrik. Göran Hjonåker blickte die Polizisten an und streckte resigniert die Arme aus.

»Ich hatte in meinem ganzen Leben noch keinen Menschen geschlagen. Sie hat nicht mal mitgekriegt, was passiert ist. Ich wollte nicht, dass sie stirbt ... Ich habe es nur nicht ertragen, noch ein einziges Wort von ihr zu hören.«

»Und ich will kein Wort mehr von Ihnen hören«, sagte Ulf Karlkvist.

Der Kriminalkommissar legte dem Therapeuten Handschellen an.

»Göran Hjonåker, Sie sind wegen Verdachts des Mordes an Elisabeth Hjort vorläufig festgenommen.«

Karlkvist würdigte Ing-Marie und Julia keines Blickes, während er den Psychologen unsanft aus dem Zimmer führte.

»Herr Hjonåker!«

Der Psychologe, der sich eben noch willig hatte abführen lassen, blieb stehen, drehte den Kopf und sah Julia fragend an. Sie zeigte auf seinen Schreibtisch.

»Ich möchte nur eine Sache wissen. Ist das Elias' Lok?«

»Sie hielt sie während unserer letzten Therapiesitzung in der Hand und hat erzählt, wie ihr der Junge, der die Lok kaputt gemacht hatte, auf die Nerven gegangen war und wie satt sie sein ewiges Gequengel hatte, dass sie endlich das Spielzeug reparieren solle. Sie hatte Elias die Ohrfeigen gegeben, damit er endlich damit aufhörte.«

Er schaute zu Boden.

»Ich habe fünf Minuten gebraucht, sie zu reparieren. Fünf Minuten. Nicht einmal das bisschen Zeit hatte sie für ihr Kind übrig.«

Julia sah ihn an.

»Manche Menschen sollten keine Eltern sein«, sagte sie.

Als Ulf Karlkvist und Göran Hjonåker zur Tür hinausgingen, folgte Anna ihnen. Nur Patrik blieb zurück. Er streckte die Hand aus.

»Gute Arbeit.«

Verlegen und stolz schüttelten Ing-Marie und Julia ihm nacheinander die Hand, dann folgte Patrik Morrelli seinen Kollegen nach draußen.

»Hoffentlich hat Blaulicht es rechtzeitig hierhergeschafft«, sagte Ing-Marie.

»Darüber brauchen wir uns wohl die wenigsten Sorgen zu machen«, sagte Julia und legte den Arm um Ing-Marie, ehe sie Janne nachäffte: »Das Foto des Jahres, Baby. Das wird das Foto des Jahres.«

102

So vieles, was unausgesprochen geblieben ist, dachte sie, als Patrik vor ihr stand. Er hatte die Reisetasche auf dem Boden abgestellt und hielt seine Fahrkarte in der Hand. Eine Lautsprecherdurchsage kündigte die Einfahrt des Schnellzugs nach Stockholm auf Gleis eins an.

Schweigend standen sie ein paar Minuten da.

Eigentlich war in den letzten zehn Wochen nichts zwischen ihnen vorgefallen.

Und dennoch war so viel zwischen ihnen gewesen.

Beide hätten das gern dem anderen gesagt, aber keiner von ihnen fand die richtigen Worte. Als der Zug einfuhr, standen sie immer noch an derselben Stelle, stumm. Er hob seine Hand und strich ihr behutsam über die Wange, dann nahm er seine Tasche und ging.

»Patrik!«, rief Anna.

Er drehte sich um.

Sie lächelte ihm zu. Ein vorsichtiges Nicken.

Er lächelte. Nickte zurück.

103

Sven Lindgren hatte darauf bestanden.

»So, Mädels, wenn der Aufmacher steht, geht ihr beiden heute Abend mal schick essen. Sofern die Rechnung unter fünfhundert bleibt, zeichne ich sie morgen ab. Hier bei *Västgöta-Nytt* wird gute investigative Arbeit belohnt.«

Julia merkte, wie ihr Magen knurrte. Sie warf einen letzten Blick auf den Bildschirm ihres Kollegen Kenneth. Die Titelseite der morgigen Ausgabe sah gut aus. Julia zog ihre Jacke an und verließ die Redaktion.

Västgöta-Nytt, Seite 4 und 5, Freitag, den 19. März 2010

ELISABETH HJORTS MÖRDER GEFASST

Von Ing-Marie Andersson
und Julia Almliden

Ein etwa fünfzigjähriger Mann steht unter Verdacht, den Mord an Elisabeth Hjort begangen zu haben. Laut Ankläger Björn Daveus soll heute Haftbefehl gegen ihn erlassen werden. »Der Mann hat die Tat gestanden«, so der Staatsanwalt gegenüber *Västgöta-Nytt*.

Gestern waren der Polizei neue Details über den Mord an Elisabeth Hjort bekannt geworden. Wie *Västgöta-Nytt* aus zuverlässiger Quelle erfuhr, deckten die Ermittler daraufhin einen Zusammenhang zwischen den Verletzungen am Körper des Mordopfers und einem Möbelstück auf, das sich im Besitz des Tatverdächtigen befand.

Mord gestanden

Der unter Tatverdacht stehende Mann war berufsbedingt mit der Ermordeten bekannt. Die Räumlichkeiten, in denen er und die Frau sich des öfteren trafen, wurden von gestern Abend bis tief in die Nacht kriminaltechnisch untersucht. Laut der Informationsquelle von *Västgöta-Nytt* hat der Mann die Tat jedoch bereits gestanden.

»Während einer Begegnung mit der Frau verlor er nach eigenen Angaben die Beherrschung und tötete sie im Affekt«, heißt es.

Nicht polizeibekannt

Dazu, wie der Mann sein Opfer anschließend zum Simsjön transportiert hat, wollen weder Staatsanwaltschaft noch Polizei Angaben machen.

»Aufgrund des derzeitigen Ermittlungsstands kann ich dazu keine Auskünfte geben. Ich möchte nur so viel sagen, dass die Einwohner von Skövde beruhigt sein können, dass der Mörder nun nicht mehr frei herumläuft«, sagt Kriminalkommissar Ulf Karlkvist gegenüber *Västgöta-Nytt*.

Der Mann ist polizeilich bisher nicht in Erscheinung getreten.

104

Das Pim's hatte nach einer umfassenden Renovierung seit einem Monat wieder geöffnet. Trotz der brennenden Duftkerzen hing der Geruch von Farbe immer noch in dem spartanisch eingerichteten, aber gemütlichen Lokal. Sie saßen an einem Fenstertisch, gleich links von der neuen riesigen Uhr, und nippten jede an einem Glas Rotwein.

Ing-Marie hatte sich in Schale geworfen und trug eine Bluse, die Julia noch nie an ihrer Kollegin gesehen hatte. Sie blickte hinunter auf ihre eigenen abgewetzten Jeans und wünschte, sie hätte sich etwas mehr Mühe gegeben.

»Ich hab es immer noch nicht richtig verdaut«, sagte Ing-Marie, während sie sich ein Stück von ihrem Entrecôte abschnitt, es in Sauce béarnaise tunkte und in den Mund schob.

Julia stippte einen Hühnchenspieß in Tsatsiki, nahm einen Bissen und nickte.

»Was mich am meisten frustriert, ist, dass weder Karlkvist noch Anna oder dieser Stockholmer jemals in Göran Hjonåkers Sprechzimmer gewesen waren. Sie haben ihre Gespräche offenbar immer nur im Wartezimmer geführt. Wie kann man so schlampig arbeiten? Wo sie doch gewusst haben, dass es einer der letzten Orte war, an dem Elisabeth Hjort gewesen ist. Das ist doch verrückt. Wenn sie uns die Fotos gezeigt hätten, wäre der Mord schon viel eher aufgeklärt worden. Das haben sie nun von ihrer Geheimniskrämerei.«

Julia schluckte und stellte dabei fest, dass sie die ganze Zeit mit vollem Mund geredet hatte. Schöne Tischsitten, dachte sie und fuhr fort: »Ohne deine Quelle im Kriminaltechnischen Labor wäre der Fall nie gelöst worden. Dann würde Hjonåker immer noch frei herumlaufen.«

»Mag sein«, sagte Ing-Marie.

Natürlich gab es noch jede Menge Hintergrundinformationen, die allerdings – zumindest zum jetzigen Zeitpunkt – noch nicht in der Zeitung erscheinen durften. Karlkvist hatte sie ihnen nur widerwillig gegeben und ihnen das Versprechen abgenommen, mit der Veröffentlichung bis zu dem Tag zu warten, an dem die Voruntersuchungen offiziell aufgenommen wurden.

Göran Hjonåker hatte offenbar gestanden, dass er Elisabeth Hjorts Leiche im Schrank seines Sprechzimmers versteckt hatte. Dann hatte er ihr Schlüsselbund aus ihrer Handtasche genommen und war mit dem Zettel, den sie kurz zuvor geschrieben hatte, in ihr Auto gestiegen und zum Livbojstigen gefahren. Dort hatte er gut sichtbar vor dem Grundstück geparkt, war in Elisabeth Hjorts Haus gegangen, hatte den Zettel auf den Küchentisch gelegt und war in aller Ruhe – da er wusste, dass niemand zu Hause war – ins Schlafzimmer gegangen, um ein Kleid auszusuchen. Auf dem Weg dorthin war er an Elias' Kinderzimmer vorbeigekommen.

»Kaum zu fassen, dass er sich die Zeit genommen hat, die Kinderzimmer aufzuräumen«, hatte Karlkvist gesagt.

Göran Hjonåker hatte erzählt, wie einfach alles gewesen sei. In seiner Mittagspause hatte er geschafft, zu dem Haus zu fahren, das Kleid auszusuchen und die Kinderzimmer aufzuräumen. Zwischen seinen nächsten beiden Patiententerminen hatte er Elisabeth umgezogen und anschließend den ganzen Nachmittag Patientengespräche geführt, ohne dass seine Besucher geahnt hatten, dass im Schrank des Sprechzimmers eine tote Frau lag.

Nach Feierabend hatte er die tote Frau in den Kofferraum

seines Autos geladen, war nach Hause gefahren und hatte noch lange mit seiner Frau über ihren unerfüllten Adoptionswunsch gesprochen, bis sie sich schließlich in den Schlaf geweint hatte. Erst dann hatte er sich aus dem Haus geschlichen, war zum Simsjön gefahren, hatte Elisabeth Hjorts Uhr gestellt und die Leiche ins Wasser geworfen. Wenige Stunden später hatte Frost eingesetzt. Die Polizei hatte den See nie absuchen können.

All diese Informationen hatten Ing-Marie und Julia von Karlkvist erhalten. Nur keine Entschuldigung.

»Sturer inkompetenter Kerl«, schimpfte Julia.

»Wo wir gerade von Kompetenz reden …«

Ing-Marie stocherte mit der Gabel in ihrem Essen.

»*Aftonbladet* hat angerufen und hat mich zu einem Gespräch eingeladen. Ausgerechnet heute. Ich weiß, dass ich älter bin als die meisten, die bei dieser Zeitung anfangen, aber ich habe mich auf eine Schwangerschaftsvertretung beworben, das war auch der Grund, warum ich diesen Fall hier unbedingt lösen wollte. Um zu beweisen, dass ich was kann«, sagte sie und lächelte.

Julia klatschte begeistert Beifall.

»Ich hab's gewusst! Es war nur eine Frage der Zeit, bis du nach Stockholm verschwindest. Einerseits, weil in Stockholm viel mehr Morde passieren, aber auch, weil es von dort aus viel näher zum Kriminaltechnischen Labor ist.«

Sie ließ die Andeutung in der Luft hängen, stand auf und holte Kaffee für sie beide. Als sie sich wieder an den Tisch setzte, grinste sie ihre Kollegin an.

»Na? Willst du mir nicht bald mal von dieser mysteriösen Quelle erzählen, in die du offenbar verknallt bist?«

Ing-Marie wurde rot. Julia wartete minutenlang, wie ihr schien, bis sie es nicht länger aushielt.

»Na komm, ich sterbe vor Neugier. Ich rufe dich an, und

dein Handy ist ausgestellt. Ich bitte dich um einen Stift, und der, den du aus deiner Tasche kramst, ist vom Best Western Hotel in Askersund … Ich meine, wer um alles in der Welt fährt nach Askersund und übernachtet im Hotel? Der einzige Grund, der mir einfällt, ist der, dass es auf halbem Weg nach Linköping liegt und man sich in der Mitte trifft. Also los jetzt, erzähl mir von dem Kerl.«

Sie sah, wie Ing-Marie zögerte, und legte nach.

»Ist er verheiratet? Das ist kein Thema. Ich habe nicht vor, ihn auffliegen zu lassen. Wie heißt denn dein Horatio Cane? Gil Grissom? Oder Mac Taylor?«

Ing-Marie legte den Löffel hin, mit dem sie in den letzten Minuten heftig in ihrem Kaffee gerührt hatte, und schwieg eine Weile.

»Falsches Geschlecht«, sagte sie schließlich.

Julia blickte sie fragend an.

»Frag lieber nach Horatia Cane. Oder Gillian Grissom.«

Julia machte große Augen. Dann brach sie in lautes Gelächter aus.

»Ja, leck …«

Sie hatte einen derben Spruch auf der Zunge, verkniff ihn sich aber.

»Das ist ja ein Ding, Ing-Marie. Das ist ja ein Ding.«

Ing-Marie lächelte.

»Evelina«, sagte sie. »Er ist eine Sie, und sie heißt Evelina.«

Sie schlug sich die Hand vor den Mund.

»Himmel. Ich habe es laut ausgesprochen. Meine Mutter würde mich umbringen, wenn sie davon wüsste. Ich … ich habe ein ziemlich kompliziertes Verhältnis zu meiner Mutter.«

Julia lächelte schief.

»Oh ja, Eltern können schwierig sein. Aber jetzt erzähl schon. Wie um alles in der Welt bist du denn an eine Frau vom Kriminaltechnischen Labor gekommen?«

Ing-Marie wand sich verlegen.

»Eben so, wie wir Nerds arbeiten. Wir haben uns im Internet kennengelernt. Auf Crimematch.com. Das ist wie ein normales Flirtportal, nur für Leute, die mit Verbrechensbekämpfung zu tun haben. Polizisten, Rechtsmediziner, Rettungssanitäter …«

»Und Polizeireporter«, ergänzte Julia.

Ing-Marie lachte. Sie sah erleichtert aus.

»Genau. Ich wusste, dass ich für diese speziellen Visitenkarten, mit denen du mich immer aufziehst, noch mal gute Verwendung haben würde. Mal sehen, was daraus wird, aber bisher läuft es gut … Sehr gut sogar.«

Julia hob ihr Glas.

»Auf Horatia«, sagte sie.

Sie tranken schweigend.

»Aber ich werde dich vermissen, wenn du nach Stockholm ziehst.«

Julia meinte es ernst. Auch wenn es, was sie selbst betraf, nur gut war, wenn dic hartnäckige Polizeireporterin so schnell wie möglich aus der Stadt verschwand. Am besten schon morgen.

105

Freitag, den 19. März 2010

Als die Tür neben der Garage lautlos aufglitt, wäre ich am liebsten im Erdboden versunken. Nicht, weil ich es mir anders überlegt hätte. Sondern weil ich wusste, dass die folgenden Stunden mein Leben für immer verändern würden.

Valdemar Almliden war allein im Haus.

Vom Keller aus konnte ich hören, wie er nach oben ging und telefonierte.

Ich hatte im Auto gesessen und beobachtet, wie im Laufe des Morgens ein Familienmitglied nach dem anderen verschwand. Wie Lillebror mit dem Auto ins Gymnasium fuhr, während Minimus zur Schule radelte. Groß war er geworden, unser Jüngster. Wie Stiefmutter Nummer zwei sich ins Auto setzte, um nach Skövde zur Hochschule zu fahren. Wie Papa als Einziger zurückblieb. Und jetzt saß ich hier im dunklen Keller, horchte auf die Geräusche von oben und bekam kaum Luft. Ich hielt mir den Mund zu, um nicht so laut zu atmen. Zwanzig Jahre lang hatte ich mich immer über all die stereotypen Frauen in Horrorfilmen geärgert, die laut keuchten, wenn ein Mörder hinter ihnen her war. Ich hoffte fast, der Böse würde sie allein schon wegen ihres blöden Keuchens erwischen. Jetzt entschuldigte ich mich im Nachhinein bei Drew Barrymore und Neve Campbell in *Scream* und bei Jennifer Love Hewitt in *Ich weiß, was du letzten Sommer getan hast.* Im Film *Schrei, denn ich habe mich in deinem Keller versteckt* spielte ich die Hauptrolle. Und zwar ziemlich schlecht. Mir war, als müsste man mein Keuchen im ganzen Haus hören.

Aber Papa schien nichts zu merken. Ich hörte, wie er das Telefonat beendete und ins Obergeschoss ging. Ich beschloss, die Kellertreppe hochzuschleichen. Stufe vier und fünf hatten geknarrt, als ich vor gut drei Wochen einen Probegang gemacht hatte, und auf meinem Weg nach oben ließ ich sie vorsichtshalber aus.

Nach weiteren zwei Schritten hörte ich, wie ein Handy zu klingeln begann. Ich blieb stehen und hörte Papa aus dem Obergeschoss kommen. Als er das Gespräch annahm, stand er in der Diele direkt vor der Tür zur Kellertreppe.

»Hallo?«

Er klang gereizt.

»Ja, das habe ich doch gesagt. Ich komme später, falls ich es schaffe. Wahrscheinlich erst am Nachmittag.«

Er legte auf und ging wieder die Treppe nach oben. Diesmal versuchte ich, meine Schritte mit seinen zu synchronisieren.

Ich die Kellertreppe hoch.

Er ins Obergeschoss.

Ich stand auf der obersten Treppenstufe und wartete. Zog ein weiteres Paar Latexhandschuhe über und holte Spritze und Röhrchen heraus. Ich hatte beschlossen, die Spritze erst im letzten Moment aufzuziehen, weil ich fürchtete, ich könnte sonst die Flüssigkeit verschütten, auf die Haut bekommen oder die Spritze vor lauter Nervosität fallen lassen. Als ich ihn jetzt wieder von oben herunterkommen hörte, wurde ich noch nervöser und fummelte mit der Injektionsnadel herum. Schließlich glitt sie ins Röhrchen, und ich beugte mich zum Türspalt, um ein bisschen mehr Licht zu bekommen. Es wäre ärgerlich, wenn ich jetzt falsch dosieren würde. Ich sah, wie die Flüssigkeit die Zwei-Milliliter-Marke erreichte, und hoffte, dass sein Gewicht sich in den letzten Monaten nicht extrem nach unten oder oben verändert hatte. Er musste ungefähr hundert Kilo wiegen, damit die Narkose wirkte.

Ich hörte, wie seine Knie knackten, und wusste, dass er gerade seine schwarzen Eccoschuhe zuband. Die Beute war im Begriff, sich aus dem Staub zu machen.

Der Moment war gekommen. Ich schlüpfte aus der Tür und stand hinter ihm. Ich stach die Nadel in seinen Hintern und injizierte die Flüssigkeit, so schnell ich konnte.

Er richtete sich blitzartig auf. Stand mir Auge in Auge gegenüber.

»Julia? Verdammt noch mal, was …«, rief er aus.

Dann verdrehte er die Augen und sackte in sich zusammen.

Nach Angaben des Veterinärs war ein Tier von hundert Kilo für mindestens drei Stunden bewusstlos. Ich hoffte, dass das ebenso für Menschen galt.

Ich band seinen anderen Schuh zu und packte Papa unter den Achseln. Als ich ihn anheben wollte, kam ich nicht weit. Er war verdammt schwer.

Ich öffnete die Tür, machte einen neuen Versuch und schleifte ihn die Kellertreppe hinunter. Ich ging vor und hielt seinen Oberkörper. Die Beine polterten die Stufen hinab, und als wir unten angekommen waren, war ich fix und fertig.

Ich ließ ihn liegen und schlüpfte durch die Garagentür hinaus. Während ich die Tür hinter mir schloss, spürte ich, wie sich mein Herz zusammenschnürte.

Da stand es direkt vor mir und schien mich höhnisch anzugrinsen. Das Auto. Das verdammte Scheißauto.

Ich starrte Papas Toyota Landcruiser an. Wie hatte ich nur so dumm sein können? Wenn Papa verschwinden sollte, musste sein Auto natürlich auch verschwinden. Ich ging in die Knie und stöhnte verzweifelt. Spürte Stiche in der Brust und versuchte, die aufsteigende Panik zurückzudrängen.

Ich holte tief Luft und ging zurück ins Haus. Meine rechte Hand zitterte, als ich Papas Oberschenkel betastete. Der Autoschlüssel war in seiner rechten Hosentasche. Vorsichtig zog ich ihn heraus und ging wieder durch die Garagentür nach draußen.

Das Geräusch, mit dem die Autoschlösser aufgingen, hörte sich an wie ein ganzes Orchester, jedenfalls in meinen Ohren. Ich setzte mich hinters Steuer und schloss die Augen. Versuchte verzweifelt, in meinem Kopf die Geographie von Götene durchzugehen. Die Polizei würde heute Abend alarmiert werden, vermutete ich. Aber sie würden wahrscheinlich erst nach vierundzwanzig Stunden eine größere Suchaktion starten. Wenn ich das Auto vorläufig irgendwo in der Nähe versteckte, konnte ich heute Nacht zurückkommen und es weiter weg verschwinden lassen. Ich fühlte mich langsam ruhiger. Ich würde den Nachtbus nehmen, der über Skara fuhr. Würde bar bezahlen. Keine Spuren hinterlassen.

Ich ließ den Motor an und fuhr auf den Kinnekullevägen. Bog links ab und kam bei Arla vorbei. Ich starrte sehnsuchtsvoll auf den Personalparkplatz, aber der war zu nah. Stiefmutter Nummer zwei würde sich auf die Suche machen und höchstwahrscheinlich auf dem Parkplatz nachsehen, am Hallenbad und bei den Fußballplätzen, würde das Zentrum von Götene abfahren und die Straßen, die in der Nähe ihres Hauses lagen.

An der T-Kreuzung, die zur Landstraße führte, bog ich rechts ab. Nach nur hundertfünfzig Metern zweigte auf der linken Seite ein Feldweg ab, dem ich folgte, bis er nach gut einem Kilometer endete. Am Wendeplatz standen vier Bäume, dahinter befanden sich nur noch Felder. Ich stieg aus dem Auto und schaute zurück zur Landstraße. Von dort aus konnte man das Auto sehen. Ich setzte mich wieder ans Steuer, ließ den Motor an, hoffte, dass ich nicht stecken bleiben würde, und fuhr auf den Acker hinter den Bäumen. Es rumpelte ziemlich, aber schließlich stand der Landcruiser hinter den vier Eichen. Ich stieg wieder aus, ging zurück auf den Feldweg und drehte mich um. Perfekt.

Ich schaute auf die Uhr. Papa war seit exakt sechsunddreißig Minuten bewusstlos. Ich seufzte und machte mich auf den Rückweg. Ich wollte nicht rennen, das hätte unnötig Aufmerksamkeit erregt, aber jede Minute war kostbar.

Achtzehn Minuten später stand ich wieder in der Götgatan. Ich sah mich um. Keine Astrid Klinthede. Keine Nachbarn. Niemand.

Ich ging die zweihundert Meter zu meinem Auto, fuhr los, stieg aber einige Häuser vor meinem Ziel auf die Bremse. Stiefmutter Nummer zwei parkte gerade ihren Wagen vor dem Haus.

Ich hatte Mühe zu atmen. Sie sollte nicht hier sein. Mir brach der Schweiß aus, und in Gedanken ging ich die möglichen Szenarien durch.

1. Papa war aufgewacht und hatte um Hilfe gerufen.

2. Der Unterricht meiner Stiefmutter an der Hochschule war ausgefallen.

3. Sie hatte irgendwas vergessen.

Ich hoffte auf Letzteres. Wäre Papa aufgewacht, hätte er wahrscheinlich die Polizei gerufen und nicht seine Frau.

Stiefmutter Nummer zwei stieg aus dem Auto. Sie hatte eine große Sonnenbrille auf, obwohl es ein eher grauer Märztag war. Diesmal war Papa offenbar etwas unvorsichtig gewesen, als sie »die Treppe hinunterfiel«.

Ich versuchte, ihre nächsten Schritte vorauszusehen. Sie würde ins Haus gehen. Nach Valdemar rufen. Feststellen, dass er nicht da war. Ihn vielleicht auf dem Handy anrufen, um zu hören, wo er steckte.

Ich schluckte. Auf dem Handy anrufen.

Als ich sah, wie meine Stiefmutter die Haustür aufschloss, sprang ich aus dem Auto und rannte in einem Tempo, das ich mir selbst nie zugetraut hätte, zur Rückseite des Hauses und schloss eilig die Tür neben der Garage auf. Papa lag vor mir auf dem Fußboden. Immer noch betäubt. So schnell ich konnte, durchsuchte ich Papa. Das Handy steckte in der rechten Jackentasche. Ich drückte wie wild auf die Tasten, um es zu entsperren. Kein PIN-Code, Gott sei Dank. Ich hörte, wie Stiefmutter Nummer zwei oben herumging, während ich mich zu den Einstellungen durchklickte. Endlich gelang es mir, das Handy auf lautlos zu stellen. Weniger als eine Sekunde später begann das Handy zu vibrieren. Ich starrte auf das Bild meiner Stiefmutter, das auf dem Display erschien, und wagte kaum zu atmen.

Nach einer Weile legte sie auf. Ich hörte, wie sie auf die Toilette ging. Schritte in der Diele.

Das Telefon vibrierte erneut. Eine SMS.

»Hatte mein Portemonnaie vergessen. Du warst nicht zu Hause. Wir sehen uns heute Abend.«

Und dann das Geräusch. Das göttliche, wunderbare, fantastische Geräusch einer Tür, die abgeschlossen wurde. Ich stand auf der Treppe und horchte auf die Schritte, die sich entfernten, und den Motor, der angelassen wurde. Ich drehte mich zu meinem betäubten Vater um.

»Das wäre beinahe ins Auge gegangen«, sagte ich.

Er antwortete nicht.

Ich ging wieder nach draußen und setzte mich in mein Auto. Ließ den Motor an und fuhr zur Garageneinfahrt. Ich traute mich nicht, bis vors Garagentor zu fahren, weil ich Angst hatte, Reifenspuren zu hinterlassen. Stattdessen holte ich den Rollstuhl aus dem Kofferraum.

Als ich wieder im Haus war, schaute ich auf die Uhr. Mein Vater schlief jetzt seit einer Stunde und sechs Minuten. Ich klappte den Rollstuhl auseinander und musste Papa wieder unter die Arme greifen, um ihn in den Rollstuhl setzen zu können. Ich legte einen Finger an seinen Hals und fühlte den Puls. Er war regelmäßig.

Ich ging nach oben und zog mir neue Gummihandschuhe an, holte eine Reisetasche aus dem Flurschrank und trug sie nach oben ins Schlafzimmer. Dort stopfte ich zwei Polohemden, einen Pullover mit V-Ausschnitt sowie eine schwarze und eine blaue Jogginghose hinein. Ich bekam Papas Badehose zwischen die Finger und zog eine Grimasse bei der Vorstellung, die sich mir dabei aufdrängte, aber ich legte sie trotzdem in die Tasche. Dann ging ich die Treppe hinunter und ins Arbeitszimmer.

Sein Pass lag in der zweiten Schublade von oben. Ich nahm ihn mit und suchte die Regale mit den Augen ab. Unzählige Ordner standen dicht an dicht, sorgfältig geführte Akten über jede seiner Immobilien. Was würde jemand wie Valdemar Almliden wohl mitnehmen, wenn er seine Familie verließ? Jedenfalls keine Aktenordner.

In der vierten Schublade fand ich ein dickes Bündel Tausender. Typisch Papa. Noch immer liebte er es, mit dicken Geldbündeln in der Brieftasche herumzulaufen. Er sagte oft, dass er sich nackt vorkomme, wenn er nicht mindestens Zehn-, besser Zwanzig- oder noch besser Dreißigtausend dabeihatte. Für einen kurzen Moment tat er mir leid. Er glaubte wirklich, dass sich alles nur um Geld drehte. Die Geldscheine hätte Valdemar Almliden zweifellos mitgenommen.

Ich stopfte das Bündel in die Reisetasche und durchsuchte die übrigen Schubladen, ehe ich die zehn Stufen der Kellertruppe hinunterging.

Er saß noch so da, wie ich ihn zurückgelassen hatte. Schlafend im Rollstuhl. Ich atmete auf. Er wirkte plötzlich so alt. Seine Unterlippe zitterte bei jedem Ausatmen, und er saß merkwürdig zusammengesackt da. Es fühlte sich seltsam an, ihn anzusehen und dabei keine Angst haben zu müssen, dass gleich seine grauen Augen aufblitzen würden.

Ich öffnete die Garagentür, nahm meinen ganzen Mut zusammen und schob Papa zum Auto. Solange ich das Tempolimit einhielt, würde ich nicht geblitzt werden, wenn ich aber von der Polizei angehalten wurde und sie sahen, dass ein Mann in meinem Kofferraum lag, würden sie mich zweifellos einbuchten. Ich hatte am selben Morgen bei der Verkehrspolizei angerufen und erfahren, dass sie für diesen Tag keine Geschwindigkeitskontrollen planten.

Ich öffnete den Kofferraum und legte ein großes Stück Plastikfolie auf den Boden, ehe ich den Körper mühsam verstaute. Rasch schlug ich den Kofferraum zu, klappte den Rollstuhl zusammen und legte ihn auf den Rücksitz. Ich sah auf die Uhr. Hoffentlich stimmt das mit den drei Stunden, dachte ich, während wir losfuhren.

Es war ein komisches Gefühl, denselben Weg zu fahren, den ich schon so oft gefahren war, aber jetzt mit dem betäubten Papa im Kofferraum. Vieles in Götene hatte sich verändert, aber das meiste war so geblieben, wie es immer schon gewesen war.

Ich fragte mich, ob Papa von Musik aufwachen würde, aber ich musste einfach etwas von meiner Todes-Playlist hören, um den Nachmittag zu überstehen. Ich legte die CD ein, wählte das dritte Stück und senkte die Lautstärke. Das Gitarrenintro kam nur schwach aus den Lautsprechern, bevor John Mayers heisere Stimme das Wageninnere füllte.

On behalf of every man
Looking out for every girl,
You are the guide and the weight of her world.

So, fathers, be good to your daughters.
Daughters will love like you do.
Girls become lovers who turn into mothers.
So, mothers, be good to your daughters, too.

Die Garage unter meiner Wohnung war leer.

Ich nahm den Rollstuhl vom Rücksitz und klappte ihn auseinander. Wartete ein paar Sekunden, ehe ich den Kofferraum öffnete. Ich wollte sichergehen, dass niemand kam. Alles war ruhig. Ich hievte Papa in den Rollstuhl. Zog ihm seine Jacke an, setzte ihm eine Mütze und eine dunkle Sonnenbrille auf. Dann schob ich ihn zum Aufzug und drückte den Knopf für die vierte Etage.

Der Aufzug hielt in der zweiten.

Eine Frau in den Vierzigern stieg ein, die ich nur ein paar Mal flüchtig gegrüßt hatte.

»Wollen Sie nach oben?«, fragte ich und lächelte.

»Ach Entschuldigung«, antwortete die Frau und stieg aus.

Ich hielt Blickkontakt mit ihr, bis die Tür sich geschlossen hatte. Auf gar keinen Fall wollte ich ihr eine Chance geben, sich Papa genauer anzusehen.

Im vierten Stock angekommen, klopfte mir das Herz bis zum Hals. Meine Hände zitterten, als ich die Tür aufschloss.

Ich schob den Rollstuhl ins Wohnzimmer und schaute zur Uhr. Zwei Stunden und acht Minuten. Höchste Zeit, ihn auszuziehen und aufs Bett zu legen.

Ich holte die acht Rollen Plastikfolie, die ich gekauft hatte, und begann mit der Arbeit. Ich dachte an Dexter Morgan und fragte mich, ob er wirklich recht gehabt hatte mit seiner Aussage, dass nur Plastik in der Lage sei, jemanden wirklich zu fixieren. Unzählige Male hatte ich gesehen, was Wut und Adrenalin mit Papa machten. Gleich würde er von beidem erfüllt sein.

Ich überlegte, ob ich besser ein Seil holen sollte, um ihn zusätzlich zu verschnüren, beschloss dann aber, es sein zu lassen. Stattdessen füllte ich die Kanüle mit zwei weiteren Millilitern Etorphin. Falls er anfangen sollte, sich loszureißen, würde ich ihn noch einmal in den Tiefschlaf versetzen müssen.

Ich wickelte viele Lagen Plastikfolie um seine Stirn.

Um seinen nackten Körper.

Den Brustkorb.

Die Arme.

Den Bauch.

Die Beine.

Und die Fußknöchel.

Am Ende saß ich erschöpft da. Ich war mir ziemlich sicher, dass er sich nicht würde rühren können, wenn er wieder zu sich kam.

Ich lauschte Papas tiefen Atemzügen. Er war immer noch bewusstlos.

Ich wollte ihn nicht wecken. Noch nicht.

Ich hatte keine Eile.

Nichts von dem, was in den nächsten Stunden passieren würde, sollte unter Zeitdruck geschehen.

Ihn zu töten sollte so lange dauern, wie es nötig war.

Das Jüngste Gericht

Zurückblickend werde ich mich immer mit besonderer Deutlichkeit an den Augenblick erinnern, als er aufwacht.

Wie überrascht er ist.

Dieser Blick, mit dem er den Raum absucht, um zu begreifen, was geschieht.

Wie Valdemar Almliden versucht sich zu rühren, aber die Plastikfolie ihn bewegungsunfähig macht.

Wie er vor mir liegt. Schreit.

»Was hast du vor, du Hexe? Was? Was machst du?«

Ich lache ihn an.

»Sch. Ich dachte, wir unterhalten uns ein bisschen, Papa. Aber wenn du nicht still bist, muss ich dich knebeln, und dann wird es ein Monolog. Deine Entscheidung.«

Die grauen Augen lodern. Ich habe den Hass in den grauen Augen öfter gesehen, als mir lieb ist, aber in diesem Moment ist der Blick irgendwie anders. Papa hat keine Kontrolle mehr. Er hasst es, keine Kontrolle zu haben. Ich kenne ihn gut genug, um zu wissen, dass er nicht um Hilfe rufen wird. Um Hilfe zu bitten ist nicht Valdemar Almlidens Stil. Ich frage mich, was er stattdessen schreien wird.

»Nun mach mich schon los! Lass mich endlich frei!«, brüllt er.

Weiter kommt er nicht, denn ich stopfe ihm einen Kauball für Hunde, den ich in der Tierhandlung besorgt habe, in den Mund. Sein Gebrüll verwandelt sich in ein Grunzen. Ich beuge mich über ihn und flüstere ihm seelenruhig ins Ohr: »Halt die Schnauze, du Rotzlöffel.«

Ich muss kichern. Dann hole ich einen Hocker und setze mich neben seinen Kopf.

»Das sagst du doch immer. Wie fühlt es sich an, das zu hören? Ziemlich lächerlich, oder?«

Er weicht meinem Blick aus. Ich kann ihn verstehen. Das hätte ich an seiner Stelle auch getan.

Ich warte. Betrachte ihn schweigend. Mir ist, als würde ich fliegen. Als würden Schuld und Scham Kilo um Kilo von mir abfallen.

»Dann fangen wir ganz von vorn an. Ich habe beschlossen, dich zu töten, nachdem ich meinen kleinen Bruder aus dem Krankenhaus geholt hatte. Das war am 1. Januar dieses Jahres. Um 15.51 Uhr. Seitdem habe ich die Minuten bis zu diesem Augenblick gezählt. Du wirst ihn mir nicht dadurch kaputt machen, dass du schreist wie …«

Kunstpause.

»Wie war das noch? Was hast du damals gesagt, wenn ich geweint habe? Du schreist ja wie ein abgestochenes Schwein. Bist du jetzt das abgestochene Schwein?«

Ich sehe, wie er kämpft. Der Hundeball erstickt seine Worte. Er versucht, sich zu drehen und zu wenden, aber die Plastikfolie hält ihn fest. Ich betrachte seinen Kopf und bin dankbar, dass ich die Folie auch um seine Stirn gewickelt habe. Dass er den Kopf hin und her ruckt, nützt ihm nicht im Geringsten.

»Kann ich jetzt weitermachen?«

Keine Antwort. Ich zeige mit dem Finger auf die Wand.

»Wie findest du meine Collage?«

Ich stehe auf und gehe zur Wand, an der ich zwei Tage zuvor die Fotos befestigt habe. Ich stelle mich vor das erste Foto und betrachte meine Mutter. Lege eine Hand an ihre Wange. Wie hübsch du bist, denke ich, drehe mich um und schaue Papa in die Augen.

»Eigentlich hatte ich ja vor, etwas über alle zu sagen. Aber jetzt kommt mir das ein bisschen übertrieben vor. Die Idee dazu habe ich aus einer Fernsehserie. *Dexter*. Da gestehen die Leute immer, was sie getan haben, bevor sie sterben. Die meisten zeigen auch ein kleines bisschen Mitgefühl für ihre Opfer. Bitten um Vergebung, wenn ihr letztes Stündlein geschlagen hat.«

Ich gehe neben ihm in die Hocke.

»Aber mir ist natürlich klar, dass das alles nur gespielt ist. Das hier dagegen ist echt. Ich habe so viele Jahre damit verbracht, auf eine Entschuldigung zu warten. Irgendeine Form von Beweis, dass dir leidtut, was du getan hast.«

Ich schüttle den Kopf.

»Aber du bist ja verrückt. Vermutlich findest du bis heute, dass du nie etwas falsch gemacht hast.«

Ich lache.

»Und ich bin sicher auch verrückt.«

Dann gehe ich zum CD-Spieler, drücke auf Play, und die ersten Klänge der Dixie Chicks sind zu hören.

»Wenn du dir dieses Lied anhörst …«

Ich schmunzele, als er angestrengt versucht, sich zu befreien.

»Papa, hör auf. Es hat keinen Sinn. Hör dir lieber das Lied an.«

Ich lasse Natalie Maines ein paar Zeilen singen, ehe ich weiterspreche.

»Es heißt, die Zeit heilt alle Wunden, aber die Sängerin sagt, sie wartet immer noch darauf, dass das passiert. Ich warte auch, Papa.«

Ich schaue auf den gefesselten Menschen hinunter, der mich vor dreißig Jahren gezeugt hat. Singe mit.

I'm not ready to make nice
I'm not ready to back down
I'm still mad as hell and I don't have time
To go round and round and round.

Wir hören schweigend zu, bis das Gitarrenintro zu *Zwischen einem Vater und einem Sohn* beginnt. Ich schaue Papa an.

»Ich weiß, du bist so wütend, dass der Text nicht in deinem Kopf ankommen wird, und selbst wenn, würdest du ihn nicht verstehen … Aber wenn du wüsstest, wie oft ich mir gewünscht habe, dass du dieses Lied hörst.«

Du gabst mir deine Augen und deine Sturheit.
Und deine Art zu gehen. Deine Aufmerksamkeit gabst du mir nie.

Ich schließe die Augen. Merke, wie die Tränen hervorquellen wollen. Versuche, sie zurückzudrängen.

»Wenn ich dieses Lied höre, stelle ich mir immer vor, dass du tot bist. Es ist deine Beerdigung, und ich gehe hinauf auf die Kanzel. Manchmal sehe ich mich, wie ich das Lied singe und mich dabei an deinen Sarg wende, aber meistens sehe ich mich nur dort oben auf der Kanzel stehen und den Text vorlesen. Es ist wie eine Art Abschluss: neben deinem Sarg zu stehen und diese Worte zu sagen.«

Ich öffne die Augen und begegne seinem grauen Blick.

»Du wirst keine Beerdigung bekommen. Deshalb hörst du dieses Lied jetzt. Gleich kommt eine Strophe, bei der ich immer weinen musste, ich weiß gar nicht mehr, wie oft schon.«

Ich lasse Peter Jöbacks Stimme den Raum erfüllen.

Ich verzeihe dir.
Dieses Kapitel ist zu Ende.
Ich mache hier einen Punkt.
Ich atme auf.

Ich nicke, während ich mitsinge.

»Ja, sicher, es ist nur ein Lied … aber weißt du was? Ich beneide ihn jedes Mal wieder. Er ist an einem Punkt angekommen, wo er seinem Vater verzeihen kann. Ich kann das nicht. Du hast so vieles getan, was schlicht und ergreifend unverzeihlich ist.«

Er sieht so klein aus. Jämmerlich. Was hat mich all die Jahre so geängstigt? Alt ist er geworden. Auf seiner Stirn sind lange Furchen. Die Haare sind ihm ausgefallen. Ich betrachte seine Arme, die früher so fest zugeschlagen haben, aber jetzt an den Körper gefesselt sind. Schlaff. Papa ist kein Monster. Er ist ein alter Mann.

»Ich habe mich gefragt, was ich mit dir machen soll. Ob ich dir den Schädel einschlagen soll, so wie du es mit meinem Bruder gemacht hast.«

Ich lege meine behandschuhte Hand auf seinen Bauch. Spüre, wie sein Körper zusammenzuckt. Genieße es, dass wenigstens seine Reflexe zeigen, dass mein Vater Angst vor mir hat. Nicht umgekehrt.

»Ich habe mich gefragt, ob ich dich hierhin schlagen soll«, sage ich und bewege meine Hand ein wenig. »Für Mama. Für meinen großen Bruder. Für meine Stiefmutter.«

Wir bekommen Blickkontakt.

»Ich verstehe das nicht. Ich werde es nie verstehen, solange ich lebe. Du warst mit Mama verheiratet. Sie trug dein Kind in ihrem Bauch. Wie konntest du nur? Wie konntest du ihr in den Bauch schlagen mit den Worten, dass du den Bastard umbringen würdest?«

Ich sehe ihn an, gespannt auf die Antwort. Doch da kommt nichts. Er kaut auf dem Hundeball in seinem Mund herum und versucht, ihn auszuspucken.

»Und meine Stiefmutter? Wie konntest du dich auf jemanden stürzen, der so viel kleiner und so viel schwächer war? Wie konntest du die Faust ballen und sie in den Bauch boxen?«

Meine Augen füllen sich mit Tränen, als in meinen Gedanken das Bild meiner Stiefmutter in der Waschküche auftaucht.

Ich schweige. Höre John Mayers Stimme zu, wie sie sich langsam dem Refrain nähert. Wie er singt, dass Väter gut zu ihren Töchtern sein sollen und dass die Töchter eines schönen Tages selbst Mütter sein werden, weshalb auch die Mütter gut zu ihren Töchtern sein sollen.

»Weißt du, dass ich mich habe sterilisieren lassen?«

Seine Augen richten sich verwundert auf mich. Er kann nicht anders. Ich blicke in die großen grauen Augen und nicke langsam.

»Ich habe es gleich nach meinem fünfundzwanzigsten Geburtstag machen lassen. Du bist der Erste, dem ich es erzähle. Ich habe die Vorstellung, Kinder zu haben, nie ertragen. Oder den Gedanken, selbst Mutter zu sein. Mein großer Bruder hat es geschafft – seine Kinder sind wunderbar. Aber ich habe immer gewusst, dass ich nie Kinder bekommen werde. Ich würde mich nicht trauen. Wenn seine Kinder auf mich zugelaufen kommen … Ihre Augen sind so voller Liebe, voller Zutrauen. Sie vertrauen mir. Sie könnten sich keine Sekunde lang vorstellen, was ich mit ihnen machen könnte.«

Jetzt bin ich es, die den Blick abwendet. Ich schaue auf den Fußboden und flüstere: »Das, was du hast und was dir zusetzt – das habe ich auch. Ich weiß es. Ich habe es mein Leben lang gespürt. Ich kann nicht riskieren, Kinder zu bekommen. Ich traue dem, was durch meinen Körper strömt, nicht. Ich traue mir selbst nicht. Ich bin du.«

Ich schaue ihn wieder an.

»Solche wie du und ich, Papa. Die dürfen nicht Eltern sein.«

Das leise Gitarrenspiel geht über in *Change it.* Ich zucke bei dem Tempowechsel zusammen, aber dann erinnere ich mich an den Abend im Marriott Marquis Hotel in New York. Ich lächle.

»Wie schade, dass dein Englisch so schlecht ist, Papa. Dieses Lied hier würde dir einiges erklären.«

When the road is dark and cold, walk on, fearing not.
Get your life in order, clean house and rearrange it.

»Eigentlich ist es ganz einfach. Es geht darum, das zu ändern, womit man nicht zufrieden ist.«

Committed now to tear the damn dam down
And change it.

»Mein Lieblingsstück«, sage ich. »Keine Ahnung, warum mich das so anzieht, dieses Bild vom Damm, der eingerissen wird. Jedes Mal, wenn ich diese Strophe höre, erfüllt mich eine Art Euphorie – so ähnlich wie damals, als ich mich zum ersten Mal getraut habe, dich zu hassen.«

Ich lache.

»Ich hasse dich. Schon verrückt, dass ich das zu dir sagen kann. Aber ich hasse dich. Ich hasse, dass du mich mit einem schrecklichen Selbstbild hast aufwachsen lassen, das ich niemals mehr loswerde. Ich hasse, dass du versuchst, uns Geschwister gegeneinander aufzuhetzen, denn wir sind ja alle so verdammt wild darauf, in deinen Augen der Beste zu sein.«

Ich spüre den Rausch wieder. Dieses Prickeln, das im Magen beginnt und zum Herzen aufsteigt.

»Weißt du was? Dich zu hassen ist das stärkste Gefühl, das ich jemals empfunden habe. Nichts kommt dem auch nur annähernd gleich.«

Wir starren einander an. Er beginnt immer heftiger zu schnaufen. Ich sehe, wie er seine Kiefer aufeinanderpresst. Erst halte ich es nur für Wut, aber als ich sehe, wie ihm der Schweiß auf die Stirn tritt und er gleichzeitig nach Luft schnappt, die Lippen verkrampft und am ganzen Körper zittert, begreife ich, was los ist. Ich habe ihn schon zwei Mal so erlebt. Dasselbe, was jedes Jahr zweitausend schwedischen Männern passiert, das passiert jetzt Valdemar Almliden zum dritten Mal: Seine Blutgefäße sind so mit Fett, Bindegewebe und Kalk verstopft, dass kein Blut mehr hindurchfließt.

Mit anderen Worten: Papa hat seinen dritten Herzinfarkt.

»Nein!«, schreie ich.

Während ich mich über ihn beuge und eine Herzmassage mache, überlege ich, ob ich den Hundeball aus seinem Mund nehmen und ihn beatmen soll. Ich sehe vor mir, wie er meine Lippen mit seinen Zähnen packt und sie zerbeißt, und verwerfe den Gedanken wieder. Ich drücke zehn Mal auf seinen Brustkorb, beuge mich hinunter und blase zwei tiefe Atemzüge durch seinen Mundwinkel hinein. Ich erinnere mich, bei der Recherche für einen Artikel gelesen zu haben, das Wichtigste bei Erster Hilfe sei, das Herz in Gang zu halten. Ich hoffe, das stimmt.

Also mache ich weiter.

Immer weiter.

Zehnmal Herzdruckmassage. Zweimal Atemspende.

Zehnmal Herzdruckmassage. Zweimal Atemspende.

Zehnmal Herzdruckmassage. Zweimal Atemspende.

Das letzte Kapitel

Ich weiß nicht, wie lange ich so weitergemacht habe. Aber plötzlich hustet Papa. Keucht. Ich lege mein Ohr an seine Brust. Höre sein Herz schlagen. Unregelmäßig, aber es schlägt. Ich lege meine Hand an seinen Hals und suche den Puls. Als ich ihn spüre, atme ich auf. Er versucht ebenfalls durchzuatmen. Ich greife mit zwei Fingern in seinen Mund und ziehe den Hundeball heraus. Er versucht nicht, mich zu beißen. Schreit auch nicht. Wir sind jetzt nah beieinander. Ringen nach Luft.

»Papa«, sage ich. Lege eine Hand an seine Wange.

Er wendet mir sein Gesicht zu, soweit es die Plastikfolie zulässt. Unsere Blicke treffen sich.

»Willst du mir den Spaß verderben?«

Er ruckelt mit dem Kopf hin und her. Versucht wieder, sich loszureißen.

»Hilfe!«, höre ich. »Hilf mir!«

Ich seufze und stopfe den Ball zurück in seinen Mund. Dann sitze ich einen Moment da und betrachte ihn. Ich hätte mir gerne mehr Zeit gelassen, bin aber nicht sicher, wie lange sein Körper durchhält, bevor er aufgibt. Diesmal endgültig. Ich schüttle den Kopf, stehe auf und gehe zur Küchenanrichte.

»Weißt du noch …« Ich ziehe eine der Schubladen auf und nehme ein Messer heraus. »Weißt du noch damals, als du wolltest, dass ich dir zeige, wo ich das Messer hinstechen würde?«

Ich sehe ihn an. Warte auf eine Reaktion, die nicht kommt.

»Ich musste auf deinem Schoß sitzen, Papa. Du hast gefragt, ob ich dich umbringen wollte, und du hast mich gezwungen, auf die Stelle zu zeigen, wo ich das Messer hineinstechen würde.«

Ich hocke mich neben den gefesselten Körper.

»Von allem, was du mir angetan hast, ist genau das der Punkt, den ich dir nicht vergeben kann. Und genau deshalb ist das Lied von Peter Jöback eine Utopie.«

Ich lege das Messer auf seine Brust.

Er zuckt zusammen. Vielleicht vor Angst. Vielleicht, weil der Stahl kalt ist.

»Ich glaube schon, dass du dich erinnerst. Wie ich auf deinem Schoß gesessen und geweint habe und wie ich so gezittert habe, dass ich nicht mal hätte zeigen können, wo ich das Messer hineinstechen würde. Wie du meine Hand so fest gepackt hast, dass die Finger weiß wurden. Wie du gefragt hast, wohin ich das Messer stechen würde. Du hast es immer und immer und immer wieder gefragt.«

Ich nehme das Messer in die rechte Hand. Halte es ihm vors Gesicht.

»Schau es dir an. Das ist kein Fleischmesser. Kein Schlachtermesser. Damals wolltest du mir nicht zuhören. Ich hatte dir gesagt, dass ich ein ganz normales Besteckmesser dabeihatte. Nicht, weil ich dir etwas Böses tun wollte, sondern um andere zu retten, denen du etwas Böses tun wolltest. Heute gilt dasselbe Prinzip. Ich tue es, um andere zu retten.«

Es ist so weit. Ich blicke ihm in die grauen Augen.

»Das ist zwanzig Jahre her. Aber jetzt sollst du die Antwort auf deine Frage bekommen, Papa.«

Epilog

Aftonbladet, Seite 18, Mittwoch, den 19. Mai 2010

SUCHE NACH VALDEMAR ALMLIDEN (60) WIRD EINGESTELLT

Zwei Monate und noch immer keine Spur. Heute wird die Suche nach dem vierfachen Vater Valdemar Almliden (60) eingestellt.

Zum zweiten Mal im Laufe eines halben Jahres steht die Polizei in Västra Götaland vor einem mysteriösen Verschwinden.

»Wir hatten kürzlich einen ähnlichen Fall. Da ging es um eine Vermisstensache, bei der es zunächst so aussah, als sei die betreffende Person aus eigenem Willen verschwunden, aber wie sich später herausstellte, handelte es sich um Mord. Deshalb haben wir bei dem jetzigen Fall alle vorhandenen Ressourcen genutzt: Hubschrauber mit Wärmebildkameras, Spürhunde und Suchmannschaften. Wir haben mit Freunden und Angehörigen des Vermissten gesprochen und sein Haus durchsucht. Aber alles deutet darauf hin, dass er freiwillig untergetaucht ist«, sagt Ermittlungsleiter Ulf Karlkvist gegenüber *Aftonbladet*.

Dabei betont er, dass die Ermittlungen keineswegs eingestellt werden. »Nach so langer Zeit müssen wir die Suche allerdings abbrechen. Wir hoffen natürlich, dass der 60-Jährige irgendwann wohlbehalten wieder auftauchen wird«, so Karlkvist.

Die Angehörigen von Valdemar Almliden waren gegenüber *Aftonbladet* zu keinerlei Stellungnahme bereit.

Ing-Marie Andersson
ing-marie.andersson@aftonbladet.se

Nachbemerkung

Dies ist eine fiktive Geschichte mit erfundenen Charakteren. Ich habe mir gewisse Freiheiten herausgenommen, was Gebäude und Orte in Skövde, Skara und Götene betrifft, um die tatsächlichen Gegebenheiten an die Handlung des Buches anzupassen.

Gewalt in nahen Beziehungen ist jedoch eine Realität. Falls Sie betroffen sein sollten, gibt es Hilfe.

Unter www.frauennotruf.de finden Sie eine Liste der Telefonnummern aller Frauen- und Mädchenhäuser, Frauennotrufe und sonstiger Krisenanlaufstellen in Deutschland, Österreich und der Schweiz.

Danksagung

Dieses Buch ist in vielerlei Hinsicht eine Liebesgeschichte. Während des Schreibens wurde mir immer wieder ganz warm ums Herz von all der Liebe, Ehrlichkeit und Freude, die ich erfahren habe. Meine Familie, meine Freunde, ihr alle, die ihr meinen Text gelesen oder eure Meinung dazu abgegeben habt, die ihr mich ermuntert und mir gratuliert habt, die ihr mit mir gelacht und geweint habt – ich bin über eure Existenz so dankbar, dass ich es kaum in Worte fassen kann.

Deshalb: Danke, Per. Danke, Bertil. Danke, Mama, Bosse, Nicklas & Ida & Victoria & Ludvig, Fredrik, Martin, Christian und Richard. Danke, Vesna, Johanna und Jennie und euren Familien. Danke, Karin & Peter, Jocke & Frida, Jan & Madeleine. Danke, Schwiegermutter. Danke, Sarah, Linda, Henke und Ingrid.

Danke, Magdalena Graaf. Eine Dankeschön an Lars Pålsson für medizinischen Rat und an Camilla Läckberg für die Krimischule auf ihrer Website, die dafür gesorgt hat, dass ich mich endlich aufgerafft habe zu schreiben. Danke auch an Stacy Parker Le Melle, die in New York den besten Schreibworkshop der Welt veranstaltet.

Danke an denjenigen bei *Aftonbladet*, der das Weiterbildungssparkonto eingeführt hat, und danke an Karin Schmidt und Cecilia Jönsson, die beide ihr Äußerstes gegeben haben, damit ich mir freinehmen konnte.

Danke, Eva Fallenius, dass du bereit warst, mein Buch zu

veröffentlichen, und dafür, dass du mich schon zu meinem nächsten drängst.

Und danke an euch alle, die ihr das hier lest.

Stockholm, am 11.11.11
Carina Bergfeldt

Erik Axl Sund
Krähenmädchen

480 Seiten
ISBN 978-3-442-48117-0
auch als E-Book und
Hörbuch erhältlich

Stockholm. Ein Junge wird tot in einem Park gefunden. Sein Körper zeigt Zeichen schwersten Missbrauchs. Und es bleibt nicht bei der einen Leiche ... Auf der Suche nach dem Täter bittet Kommissarin Jeanette Kihlberg die Psychologin Sofia Zetterlund um Hilfe, bei der eines der Opfer in Therapie war. Ihr Spezialgebiet sind Menschen mit multiplen Persönlichkeiten. Eine andere Patientin Sofias ist Victoria Bergman, die unter einem schweren Trauma leidet. Sofia lässt der Gedanke nicht los, bei ihr irgendetwas übersehen zu haben. Schließlich müssen sich Jeanette und Sofia fragen: Wie viel Leid kann ein Mensch verkraften, eher er selbst zum Monster wird?